文春文庫

愛子戦記

佐藤愛子の世界

佐藤愛子編著

文藝春秋

目次

愛子戦記

佐藤愛子の世界

人生には
貧乏が必要だ

破天荒な家族に影響を受けたと語る両者が、
貧しくも自由だった下積み時代を語り合う。

佐藤愛子×又吉直樹

又吉　今日は佐藤さんにお会いできるのをすごく楽しみにしていました。

佐藤　本当？（笑）

又吉　本当です、本当です。佐藤さんがお書きになられたエッセイを読ませていただいて、久しぶりに本を読んで笑いました。痛快で、一つ一つのエピソードが「なるほど」と納得できるんです。最近は自転車が後ろから静かに近づいてくるから気付かない、というお話を書かれていましたよね。その様子を「忍びの凶賊か幽霊」と表現されていましたが、いまの自転車は確かにそうやな、と。

佐藤　そうですよ。昔は自転車が近づいてくると、ガタガタとかキイキイとか、どこかが傷《いた》んでいる音が聞こえてきたので、「あ、近づいてきたな」と分かった。でもいまは自転車の性能がいいのか、道路の舗装が綺麗なのか知らないけれど、音がしないからスーッと現れる。それに気付かず「危ないじゃないですか」と言おうとしたら、逆におばちゃんに「危ないじゃないの！」と怒鳴られる。そこで「何が文明の進歩だ」「だからどうした！」と、怒りの感情がふつふつとこみ上げてくるんですよ。

又吉　僕はいま三十六歳ですけど、実家がけっこう貧しかったこともあり、佐藤さんの書いていらっしゃることも「あ、分かる分かる」と思えるんです。

佐藤　私もバラエティー番組に又吉さんが出ていらっしゃるのを見ていまして、「独特の人だな」と思って、とても関心を持っていたんですよ。

又吉　本当ですか？

佐藤　なんでこの人がお笑いに入ったのかな、って。よく言われますでしょう？

又吉　はい。先輩芸人にも「お前のような暗い奴がなんで芸人になったんや」とよく言われます。でも当時は他の仕事をするというのが考えられなかったんです。

佐藤　どうして芸人になろうと思われたんですか？

又吉　子どものころ、吉本新喜劇で間寛平《はざま》師匠と池乃めだか師匠が出ている舞台を見たのが衝撃だったんです。最初は借金取りと店員の設定でお芝居をしていたのに、急に猿と猫になって戦い始めるというシュールなものでした。でもディテールがもの凄く細かい。猿と猫が揉めた後、一回離れて、目線をそらして、肩で息をして……。大の大人がそれを真剣にやっているというのが、本当に面白くて。自分の周りの大人は、たいてい真面目だったので、大人なのにアホなことをやれる世界って楽しそうだなと思ったんです。

佐藤　このあいだ又吉さんの舞台の様子がテレビで流れましてね。相方の綾部

（祐二）さんが「又吉先生のご登場です」って紹介すると、ちょっと沈黙があって又吉さんが「フフフフ」って答えた。とても面白かった。あの間のとり方は絶妙でしたね。

又吉　ありがとうございます。

佐藤　あれをやれる人はいないんじゃないかと思ったぐらい。ああいうのは自然に出るんですか？　それとも、台本があるの？

又吉　あれは自然にですね。

佐藤　ああいう芸は、なかなかないですね。

悪口にもセンスが要る

又吉　佐藤さんはどんなタイミングで小説を書こうと思われたんですか？

佐藤　私は小説が好きで書き始めたんじゃないんです。戦後まもないころ、二十七歳で離婚して実家に出戻ってきたときに、母が心配して、自分たちが死んだあとも一人で生きていくにはこの娘はどうしたらいいか、と考えてくれたんです。何しろ協調性がありませんからね。会社組織に入っても長続きしないだろうし、もう一遍結婚したって、どうせ別れるだろうと。それであるとき、「お父さん（作家の佐藤紅緑《こうろく》）もあなたそっくりで、わがままで喧嘩ばかりしていた。でも生きてこられたのは、小説を書いたからだ。作家は自分一人でやる仕事だから、これなら何とかいけるんじゃないか」ってね。

又吉　そう言われてどう思われたんですか？

佐藤　もっともだ、と（笑）。後から聞いて知ったのですが、私が父への手紙に嫁ぎ先の愚痴や姑の悪口を書いていたのを読んで心配するどころか、「面白い。嫁になどやらずに作家にすればよかった」と褒めていたそうなんです。人間を客観的に書くことが出来れば、悪口でも面白くなる。それが作家の一つの資質である、ということを父は分かっていたんでしょう。母はそれを思い出して、私に小説家になるように勧めたんです。

又吉　悪口もセンスが要るってことですね。

佐藤　いきなり自分一人で小説を書けるわけでもないから、父の友人だった作家の加藤武雄さんのところへ書いたものをみてもらいにいったんです。すると、加藤さんは私のことを「あなたは天才だ」と、とにかく褒めるんです。

又吉　誰か味方がいると心強いですよね。僕も書いていて不安になったときに、「いいね」と言われると安心します。

佐藤　そう、私もおだててもらえたから続けられた。加藤さんに紹介された吉川英治さんには書斎に通されるなり「小説を書くのなんか止めろ」と言われたし、その弟で文芸誌を作っていた吉川晋さんにもボロクソに言われた。それでも加藤さんは「あんな奴がでかい顔して編集長をしている雑誌はいまに潰れるに違いない！」と怒ってくれて。母にそのことを言ったら「加藤さんそろそろボケてはるのと違うか？」と(笑)。

又吉　僕も若手芸人の頃はオーディションで、番組に携わっている構成作家さんやプロデューサーさんにボロクソに言われました。あるオーディションの審査員には「初めて見る人はお前のことを気持ち悪いと思って、誰も笑わないぞ」と、身も蓋もないことを言われたこともありました。

佐藤　それはひどい！

又吉　そう言われても、それはもう「芸人をやめろ」っていうことですから、直しようがない。ただしばらく後、テレビに出始めた頃はどこに行っても「なんか辛気臭い奴がおるな」と言われて、やっぱり初めて見た人はそう思うんやって気づきました。

「女に小説なんか書けないよ！」

又吉　佐藤さんのエッセイには錚々《そうそう》たる作家さんとの交友が登場しますね。僕は書き始めたばかりで、作家さんは先輩しかいない。中村文則さんや西加奈子さんは、文章を発表したときに感想を言ってくださるありがたい存在です。ただ、いわゆる文学論の話をするような関係ではないですね。

佐藤　いや、そんなもんですよ。私は遠藤周作さんや川上宗薫さんたちとよく遊んでいましたけど、文学論を戦わせるような人たちではありませんでした。川上さんなんか毎日私の家に「人の家の飯ほど旨いものはない」と言って、ご飯だけ食べに来ていましたから（笑）。

又吉　そうなんですか。

佐藤　出版社はどこへ持って行っても返されて、仕方なく同人雑誌を作った頃、詩人の吉田一穂《いっすい》先生のところへ仲間に連れられて伺った。仲間の一人が「先生、佐藤さんは詩人ではなくて小説を書くんです」と紹介したら、先生は「なに、小説？　女に小説なんか書けないよ！」と。初対面の第一声がそれですよ。

又吉　衝撃的ですね（笑）。僕が行ったら「まず髪を切れ！」と言われそうです。

佐藤　でも「なるほど」と思いましたね。先生曰く、「女はいつも自分を正しいと思っているからだ」と。自分を顧みると、確かに私には感情で物事を決めるから、何でも自分が正しいと思っているところがあった。この一言で性根が入りましたね。難しくて何を言っているか分からないことが多かったですが、私は大好きでした。

又吉　どんなところが好きでしたか？

佐藤　ご自宅に伺うと、吉田先生がお嬢さんの赤ちゃんをおんぶして、土間ではスピッツがキャンキャン吠えているんですよ。それで「俺はこの犬のためにひどい目に遭ってるんだ」っていうわけです。「赤ん坊を背負って、そのスピッツを連れて散歩に、一日に三回も行かなきゃならないんだ。背中の赤ん坊はこっちへ行けっていうし、犬のやつはこっちへ行けって言うし、俺はどうしたらいいんだ！」と怒って訴える。犬の散歩は一日一回でいいんですよ、と先生にいうと、「しかしな」と。「土間の自転車と壁の間に犬が押し込められているんだが、かわいそうでほっとけなくてな」と言うんですよ。

又吉　優しい人なんですね。

佐藤　そうなんですよ。二番目の夫が借金を背負った時も、「バカ野郎！　バカ野郎！　バカ野郎！」って、誰よりも本気で怒ってくれました。

破天荒な家族を持って

又吉　僕が影響を受けたのは、やっぱり両親ですね。母は生真面目でしたが、父が本当に無茶苦茶やったんです。あるとき、お隣さんから「お宅の息子さんがうちの壁にションベンしてる」と苦情がきたんです。それで母にやったのかと聞かれたので「いや、俺やってないよ」と答えたら、母はお隣さんに「うちの子に確認しましたけど、やっていませんでした」と伝えた。でも実は、うちの父が犯人やったんですよ（笑）。それでもの凄い夫婦喧嘩になったんです。母親は真面目なので「『うちの子はやってない』って言いに行ったのに、あんたがやってるとなると、もう一回謝りに行かなあかん」と言うんですが、父親は「そんなん行かんでええ。あんな壁、誰のもんでもないねんから」とか言う。

父親の無茶苦茶な感じは僕が芸人をやる上で、非常に影響していると思います。そして母親の、周りの人に優しいというのも、「こうありたい」と思います。

佐藤　面白いご両親ね。

又吉　ずっとなぜ一緒にいるか分からんような二人でした。でも僕が芥川賞をいただいたあと、三人で父の故郷である沖縄に行ったときに、何となく分かりました。ある資料館に入口までスロープ状の曲がりくねった通り道があったのですが、父親はスロープを無視して道でないところを真っ直ぐ入口に向かっていくんです。僕はそれを恥ずかしいなと思って母親を見たら「あの人はああ見えて賢いところがあるからな」と言ったんです（笑）。この無茶苦茶な父親のことを、母親は賢いと思って見ていたんだなと気づきました。

佐藤さんはご家族の影響はやはり受けられましたか？

佐藤　最も影響を受けたのは父ですね。一番上の兄のサトウハチローも「親父に一番似ているのは愛子だ」とよく言っていました。

又吉　エッセイでもご家族の話が非常に面白いです。

佐藤　それで家族のことを『血脈』という小説で書いたんです。北杜夫さんとは同人雑誌『文藝首都』で一緒だったんですが、彼は「斎藤家（北の本名）というのはどうしようもない連中だらけだ。だから、僕はいつか斎藤家をテーマに小説を書く」と言っていたんです。それが『楡家の人びと』なんですけど、私にしてみたら「なんだ、斎藤家はこの程度か。佐藤家はもっと凄いわ！」と（笑）。

又吉　サトウハチローさんを筆頭に、お兄さんがみな破天荒ですよね。

佐藤　喧嘩が強いのもいれば、女たらしもいるし、詐欺師もいる。硬派軟派取り揃えて、不良の種類には事欠かない家でしたね。私が多少のことでは動じないのは、あの四人の不良たちのお蔭です。

二番目の節《たかし》というほら吹き兄貴なんて、何かと理由を付けて金を無心に来るわけです。最初は女房の入院から始まって、次は義理の親の病気、その後は誰かが死んだことにする。もう殺す人間がいなくなって、最後には仙台の旅館から「節死んだ」という電報を打ったんですよ。父は「嘘に決まっている」と言ったけど、万が一本当だったら旅館に迷惑がかかるので、居候の一人がお金を持って行った。それで旅館の二階に上がって行ったら、屛風の向こうで芸者と寝ていて、「ご苦労さん」と言いながら、屛風の向こうから手を出したらしいんですよ（笑）。

又吉　ハハハ。家族としては大変でしょうけど、聞いている分には楽しいですね。

佐藤　そうそう。人に話すと、聞いた人は笑うでしょう。そうすると、それまで怒ったり悲しんでいたことが少し和むのね。そして「しゃあねえ奴だ」となって、何か許されていくんですよ。芸人の世界でも、そういう人いませんか？

又吉　僕も芸人の友人から「事故ったので、金を送ってくれ」とメールがきたときに、「大丈夫か！」と言ってお金を送ったことがあります。もちろん嘘だと分かっているんですよ。でも基本的にみんないい奴なので、次の日にはお金を借りていることよりも、僕をだましていることに耐えられなくなって「ごめん、事故は嘘。お金がなかっただけ」とメールしてくるんですよ。

佐藤　又吉さんはご自分ではそういうことはない？

又吉　嘘をついたことはないですね。でも、若手のころ、ライブのチケットを路上で売っている時、買ってくれた二人組の人に「今日はお二人はどこでご飯を食べるんですか」「付いていったらお邪魔ですよね」と言って、ご馳走になったことがありましたけど（笑）。

あとはどうやって先輩に上手くご飯をおごってもらうかということは考えていました。相方とファミレスで打ち合わせをしているときは、飲み物しか頼まないんです。そのうちどちらかに先輩から「飯どう？」と電話が来たら「いまネタ合わせしているんですが、よかったらこっちに来ません？」ってお誘いする。そして先輩が到着するまえに、沢山頼んで食べ終わって、食器も下げてもらっておくんです。先輩が来てからも何事もなかったかのように少し食べて、先輩に「会計はしておくから」と言われたらわざとらしく「いいんですか?」と。すると先輩は合計の値段を見て驚く(笑)。そうやって生きてきました。

後輩と道行く人の魂を吸う

又吉 佐藤さんの書いているものを読んで思ったのは、僕たち芸人も基本的にお金が全然ないんで、わりと現代にしては昔とつながる暮らしをしている人が多いと思うんです。

佐藤 でも、テレビでしょっちゅう見かける顔の方はもう大金持ちでしょう?

又吉 大金持ちでしょうね。

佐藤 又吉さんはどうですか?

又吉 僕はいま三十六歳ですけど、三十のころにようやくテレビに出始めたんです。それまでは風呂無しのアパートに住んでいました。

佐藤 私らの時代は風呂付きのアパートなんかなかったわよ。風呂無しが当たり前。あるのが珍しい。

又吉 そうでしたね(笑)。いまは不動産屋でも「みんな風呂無しのところでも大丈夫だと言うけど、住んだらすぐに嫌になるから止めた方がいいよ」と忠告されます。「それでも大丈夫です」と言って暮らしていました。

佐藤　でもその頃の生活は楽しかったでしょ？　お金が無くてウロウロしている時代が、一番楽しいんですよ。

又吉　はい。お金がないならないなりに、いかにお金を使わずに遊ぶかということを工夫していました。後輩と一緒に、道を通り過ぎていく人にバレないように、その人の魂をスーッて吸う遊びをしたり。だんだん真剣になってきて、後輩の魂を僕が吸ったら本気で怒られました。吸われると本当に自分の魂が抜けたような脱力感があるんです。

佐藤　よくもまぁ考え出したものですね（笑）。私も売れない小説家の頃、本当はお金がないから家にいればいいんだけど、同人雑誌の仲間と街でよくウロウロしていたんです。あるときお腹がすいたので、五人の仲間でお金を出し合ったら、ギリギリ三十円あった。かんぴょう巻六個がちょうどその値段だったんです。そして余った一つを誰が食べるかをじゃんけんで決める。大の大人がですよ。楽しかったですね。

金持ちは喜捨すべき？

又吉　子どもの頃、小説家はお金持ちのイメージがあったのですが、やはり人によるのでしょうか。

佐藤　芸人の世界と一緒で、売れるまでが大変なのよ。『文藝首都』のときは、紙代だ印刷代だといって、主宰している保高徳蔵《やすたか》先生のところにしょっちゅう取り立てが来ていました。ただ半年ぐらい払わないのが当たり前で、向こうも督促には来るけど、どうせ駄目だろうという感じでした。呑気な時代ですね。

「同人雑誌は、日本文学のために努力している新人養成のための集まりだから、金持ちの作家は喜捨すべきだ」という理屈を持ち出して、私も江戸川乱歩や野村胡堂など偉い作家の家を回りました。すると五千円ぐらいくれるんです。昭和二十五～六年の五千円だから相当なものですよ。

又吉　みなさん気前が良かったんですね。

佐藤　お金持ちは、無い人の面倒を見なければいけないという考えが残っていた時代だったんです。いまは芸人の世界で先輩の家に入り込んで、そこで居候兼弟子になるということはあるの？

又吉　落語家さんはまだあるみたいですが、芸人ではそういった内弟子みたいなことはもうないですね。

佐藤　うちの父は五十歳を過ぎてから小説が売れるようになり、決して収入が多かったわけではないのですが、家に書生や居候が常時四〜五人はいました。書生さんは働くので給料を払うのですが、居候は本当にタダでご飯を食べているだけ。ある暑い夏の日に、居候が「今日はスズキの洗いで一杯やりてえな」と言ったというので、母が「なにがスズキの洗いだ」って怒っていたこともありましたよ。

又吉　うちの場合は父親が沖縄出身なので、沖縄から大阪に出てきた人が、家や仕事が決まるまで泊まっていくことがありました。文化住宅で部屋数も少ないのですが、父親の同級生が半年ぐらい住んでいたこともありました。

佐藤　又吉さんの時代でもそういうことあったのね。

又吉　出ていくときに僕と姉にお菓子を置いていってくれて、凄く嬉しかったのですが、父親は「こんな安いものでごまかしやがって」と言っていました（笑）。

佐藤　でもそれが普通だったんですよ。日本中が貧乏だったんですから。何年か前、新聞の調査を見たら自分が中流であると思っている人が九割もいたんです。私が育った大正から昭和初期の時代は一握りの金持ちと、少しの中流、あと八割ぐらいが貧乏人でした。

又吉 その時代の方が逞しさはあったでしょうね。

佐藤 それと情がありましたね。いまは何でもかんでも合理主義の時代ですから。

又吉 そういう情って、いまの時代も必要だと思いますけどね。

文学賞の今と昔

佐藤 又吉さんが芥川賞を受賞されたときはお祭り騒ぎでしたわね。

又吉 凄かったですね。帝国ホテルで大勢のメディアの方の前で記者会見をして、終わったら別の階にいる選考委員の先生方のところに行って。みなさん何をするわけでもなくお酒を飲んで待ってらっしゃるので、「ありがとうございました」と挨拶をしていきました。

佐藤 いまはそんなことがあるのね。私が直木賞を獲ったときなんか、小さな部屋で新聞記者とお茶を飲みながら少し話をするぐらいのもんでしたよ。翌日は芥川賞の庄司薫さんと田久保英夫さんと三人で何の用なのかわからないけれど、賞をもらったので挨拶にともかく来てくださいというので文藝春秋に行ったんです。すると社長はゴルフに行っていて不在。小部屋に通されて副社長が出てきて、我々の受賞作を批評する。偉そうにね。ちょうどお昼の時間で、何かでるかと思ったんだけど、薄いお茶だけ。

又吉　お腹すきますね（笑）。

佐藤　「ご苦労さんでした」と言われてサヨナラ。庄司さんと田久保さんと三人で、真っ昼間のカンカン照りの下を、何もしゃべらず三人で帰りましたよ。

又吉　僕が挨拶に行ったときはみんな凄い優しかったです。そういった時代やったんですね。

佐藤　又吉さんは作品の評価を気にするのかしら。

又吉　多少はありますが、芸人として劇場にお金を払って来てくれているお客さんを何とか楽しませたいという感覚と一緒ですね。芥川賞を獲って、その次に面白くなかったらボロカスに言ってやろうと思って手に取るお客さんもいるでしょうし、純粋に楽しみにしてくれるお客さんもいるでしょう。みんなお客さんなので、面白いものをちゃんと出したいと思っています。

佐藤　ただ自分は面白いと思っているのに、お客は面白がらないこともあるでしょう。そのときは腹が立つ？

又吉　その時は……。

佐藤　面白がらないアホはしょうがないか（笑）。

又吉　それぐらいの強さが欲しいですが、やはり胸のあたりがモヤモヤしますね。お笑いの場合は次に劇場に立った時にウケたら消えるんですけど。佐藤さんはどうしていますか？

佐藤　「人は色々だから」と思っていますよ。小説なんて感性ですから。一人一人違うんだと。それに年を取ると「どうでもええわ」と思うことが増えてきて、だんだん楽になります。又吉さんも舞台にそれだけ立っていらしたら、たいがい「どうでもええわ」と思うようになるでしょう？

又吉　はい。おそらく他の作家さんと比べると、批判には慣れているかもしれません。

佐藤　遠藤周作さんなんて、評論家に貶《けな》されると真剣に怒るんですよ。まぁ遠藤さんはそれだけ自信があるから怒るんでしょうけど。

又吉　遠藤さんは面白い方ですよね。僕の家は両親がクリスチャンだったので、実家にも『沈黙』や『深い河』があって読んでいました。父親はお祈りもまじめにやっていなかったので、たぶん母親と結婚するために嘘をついていたとは思うんですけど（笑）。

主婦はいつでも書けないと

佐藤　芸人と作家を両立するのは大変だったんじゃないですか？　昼間にお仕事をして、夜中に書いて。私なんか一つのことしかできないから、余計にそう思うのだけど、どちらかをやめたいとか思わないですか？

又吉　瞬間的に「今日休めたらいいなぁ」と思うことはありますけど、体力は割とある方なので、やめようとは考えたことがないです。

二作目の『劇場』の時は、追い込みの時期に四日間ほど札幌に泊まり込んで書いたんです。東京にいると夜中に「飲みに行こう」「ご飯だけでも」と誘われる。そうすると「キリのいいところまで書けたら行こう」と思っちゃうんですよ。それを無くすために、誰もいないところに行ったんです。

佐藤　私なんか主婦の成れの果てが作家になった人間ですから、書いている最中に娘が声を掛けてきたら返事をしなければならないし、途中で手を止めて料理もしなければならないし。その合間を縫って書いていました。

又吉　書くのに助走がいらないんですね。

佐藤　父は昔、新聞記者をしていたのですが、新聞記者と言うのは周りで電話がジャンジャン鳴ってうるさい中で、原稿を書かなければならない。それに慣れていたから、小説家になってもあまり周囲を気にすることはありませんでした。あるときハチローが、表を豆腐屋が通ったとき、「うるさいから、ラッパ止めろ」と言ったんですよ。そうしたら父は『誰かさんが、誰かさんが、誰かさんが』と繰り返すような詩を書いていて、豆腐屋のラッパを止めるとは何事だ」と怒っていましたよ。

又吉　そういうお話を聞くと、机に向かってすごく集中しているのがアホみたいです（笑）。

相方がいなくなって

佐藤　又吉さんは本当に真面目な方ですね。お書きになられたものを読むと、ひしひしと伝わってきます。私も本当は真面目だと、自分では思っているんですが（笑）。

そういえば相方の綾部さん、アメリカに行かれるんですって？　又吉さんが作家として成功したからやけくそになっているんじゃないですか？

又吉 そうなんですかね（笑）。彼は昔からスターになりたかったらしいです。

佐藤 漫才師が相方もいないのに何をやるのかしら？ お笑いなのか、俳優なのか、どうやってスターになりたいんですか？

又吉 そこは具体性がないんです。みんなに「英語も話せない、プランもない。何をしに行くんだ」と言われるんですけど、とにかく有名になってレッドカーペットの上を歩いてキャーキャー言われたいらしいです。

佐藤 夢がまずあるわけですか。子どもはそうですわね。

又吉 ハハハ。それが一番腑に落ちる答えですね（笑）。でも僕は期待しているんです。彼は、いまの仕事のやり方でも日本でテレビに出してもらえることは分かった。それは想像できる範疇なわけです。もちろんアメリカに行って失敗する可能性の方が圧倒的に大きいけれども、いま想像できる将来の自分を超えるためには行くしかない、と考えたんだと思います。

佐藤 綾部さんがいなくなって、又吉さんはこれから作家一本でやっていかれるのかしら。

又吉 いえいえ、芸人として劇場にも立ちます。相方がいなくなるので、三人か四人ぐらいでコントをしたり、一人でも立ったり。もちろん書くのも好きなので、どちらも続けていきたいと考えています。

「文藝春秋」二〇一七年五月号

またよし・なおき
1980年大阪府生まれ。高校卒業後にお笑い芸人を志し、2003年に綾部祐二とお笑いコンビピースを結成。芸人として活動しながら、文筆業でも活躍し、15年「火花」で芥川賞を受賞。近著に『人間』『月と散文』がある。

随想 修業時代かくありき①

それは淀んだ暗い沼の中だった

青春というものを、文字通り青い春、明るく楽しい時代、人生の幕前と捉えるなら、私の青春時代は何の楽しいこともロマンチックなこともない、ただつまらないの一言に尽きる時代だといえる。

あの頃について語ろうとしても、人に聞いてもらえるような話は何もないのである。「大東亜戦争」が勃発したのが私が高等女学校を卒業した年の暮である。それから二十歳で結婚するまでの二年半の月日は、私にはまるで四年にも五年にも思える暗くて長い時間である。その間、私はいったい何をしていたのだろう?

私は何もしていなかった。あの月日が長く感じられるのは、おそらく何もしていなかったせいである。今、思い出せることがあろうかと遠い時間を遡《さかのぼ》ってみると、防空演習で「伝令」として走った甲子園五番町の（今は二番町というらしい

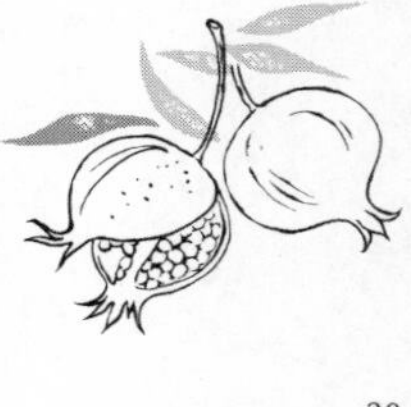

が）住宅街が蘇ってくる。そこの道路で私は近所の奥さんたちに混ってバケツリレーをやったり、火叩きをふり廻したり、また防空壕を造るために空地の土を掘ったりしていた。私の母はまったく何もしない人だったので、姉が東京へ嫁いだ後は、私は母の代りにそういうことをさせられていたのだ。私は隣組の集りにも母の代りに出ていたが、その集りではまずはじめに「皇居遥拝」をするのが決りなのであった。

「えーと、皇居はどっちの方でっしゃろ」

「東、東……こっちですな」

と皆、それぞれ東に向きを変えて、隣組長の号令に従ってお辞儀をする。日によっては隣組長が戦陣訓や教育勅語を朗読するのを低頭して聞くのである。身体のまわりを荒涼とした風が吹いている心地だった。

「大阪でこういうことがありましてん」

と隣組長はいった。

「若い娘で、髪を赤う染めるばかりか、目玉まで青うしたのがいたというんです。日本は今、どこと戦争してるかを考えたら、そんなアホなことは出来る筈がないんですけどな」

「信じられませんな」

「ほんまですか」

と並いる人はざわめく。

隣組長は真面目な顔で、そんなアホらしい話をなぜするのだろう。私は信じかねる思いである。しかしどうやら隣組長は「お上」からの指令でその話をしているらしい。彼は大阪に店を持っている大きな綿糸問屋の二代目で、あまり学問などはないらしいただただ人のいい旦那さんである。隣組の寄り合いでも着物を着て白足袋を履いていた。

私の家の西隣りなので時々、夜の八時頃、三味線の音が聞えてくる。風呂場の横の化粧部屋の出窓の上に上って隣りを覗くと、縁側を廻らしたまるで新派の舞台のような明るく美しい座敷で踊りの稽古が始まっている。扇子を持った右手を前にさし出し、左手は袖に入れてポーズを作っているのが、バッチリ、正面に見える。痩せぎすでなで肩の夫人は優美に踊るので私には面白くない。何といっても面白いのはふりを間違えてはニヤーと笑う旦那さんで、私は電気を消した部屋の出窓に上っては飽きずに見物したものだ。何という貧しい青春だろう。

小学校女学校を通しての友達であるMちゃんは、四番町（今は何番町というのか知らないが）に住んでいた。Mちゃんもいやいや防空演習に出されていたが、私にこんな話をしてくれた。

防空演習の時に隣組長が教育勅語を読んだ。隣組長は歯科医である。「朕惟ウニ」から始まって、つっかえつっかえ、どうにか最後までいった。

「朕、ナンジ臣民トトモニ拳拳服膺シテ、ミナソノ徳ヲ一《イッ》ニセンコトヲコイネガウ。」

それから「明治二十三年十月三十日」と日付をいい、そうして最後に「御名御璽」と結ばなければならない。

しかしそこで歯医者さんはハタと止った。

「御名御璽《ギョメイギョジ》」を何と読むのか忘れたのである。少しためらった末、歯医者さんは自信なげな小声でいった。

「オンナオンジ」

それから歯医者さんは自分の奥さんの方を窺うようにチラッと見たという――。

「あすこは先生より奥さんの方がえらいねん」

とMちゃんはいった。私たちはお腹を抱えて笑った。笑いながら何もかもが情けなかった。いったい私たちは何をしているんだろう。そう思いながらおとなに従っていたのである。

青春を語れといわれて、そんなことしか思い出せないのはまことに情けない。私は何も考えなかった。そんな時代だから考えなかったのか、元来怠け者だからそうなったのか、おそらくその両方が重なり合って私を木偶《でく》にしていたのだろう。まったく私は怠け者だった。何をしたい、というものが何もなかった。私と同時に女学校を卒業した人たちの大半は花嫁学校というところへ行き、和裁や料理や習字、お茶お花などを習っていた。少数派が上の学校——といっても大学は東京女子大か日本女子大だけで、あとは高等女学校に附属している家政と国文科と英文科の専門科だけだったが——へ行ったが、私はどこへも行かなかった。稽古ごともしなければ、学問もしない。ただ退屈しながらぶらぶらしていた。

なぜ何もしなかったのかと訊かれても、なぜなのかわからない。父は女に学問など不必要だ、という考えの人であったが、だからといって父に従ったわけではない。とにかく「学校」というものが私は嫌いなのであった。そこは集団で、規則というものがある。あれをしてはいけない、こうしなければいけない、ということが多すぎる。それに何よりも、学校にはどんな学校でも「数学」というものがある。

私は数学というものがまったくわからない。今でもわかるのは割り算から初歩の分数に入ったあたりまでで、その後は皆目わからない。説明をされればされるほど、わからなくなる。努力してわかろうとすると頭がブーンと鳴り出して、目の前がまっしろになってしまう。

――数学のない学校へ行きたい！

それがその頃の私の望みだった。しかしどんな学校でもやはり数学の授業はあるのだった。

それでも一応県立第一高等女学校の国文科へ行こうという気になって願書を出したが、試験の当日になって別の友達に誘われて映画を見に行ってしまった。いざとなると数学の試験があることを思っていやになったのだ。

映画を見て夕方帰ってくると、留守中に受験にいった友達が二人、心配して来てくれていた。

「あんた、いったいなにしてるの」

と母は私にいった。二人の友達は私が病気で欠席したと思って見舞に来たのである。

上級学校や花嫁修業にいそしんでいる友達を尻目に、私はぶらぶらしていた。何をする気もなかった。そんな私に父も母も何もいわなかった。父も母も、私がどこにも出ないで、家にじーっとしていることで満足していたのである。

私は父母にさからったことは一度もない。さからうにも何をしたい、どこへ行きたいということがなく、自分の意見というものもなかったからだ。

私の姉は子供の時から表へ出るのが好きだった。女学校を出てからも、三日と家にいたことがないといって母は始終、怒っていた。女が出歩くことは悪徳のようにいわれていた時代である。私たちの周囲には勤めに出ている女性は一人もいなかった。姉は色んな稽古ごとをし、音楽会へ行き、スケートやスキーをし、そして煙草を吸った。

当時は娘が煙草を吸うことは「大罪悪」であった。姉がスキーへ行くといい出すたびに、我が家は険悪な空気になった。スキーへ行くにはどうしても一泊しなければならない。保護者のつき添いなしに、年頃の娘が外泊するなど、言語道断のことだった。母のとりなしで一度はまあまあ許されても、二度、三度となると父の罵声が鳴り響いた。

「お前のような奴は、オレが死んだら棺桶の上でダンスを踊るだろう！」

そう叫んだ父の言葉は、今も私の耳に残っている。姉は一旦、こうしようと思ったからにはどんなことがあってもやりぬくという性格だった。父が怒っている最中に、姉はすーっと立って部屋を出て行き、トイレの戸を開閉する音がする。父は姉が出てくるのを待っている。しかしいつまで待っても姉は戻ってこない。

「早苗はどうした！」

父が怒鳴ると、手伝いがおそるおそる顔を出していった。

「お出かけになりました……」

「なにッ、出かけたぁ！……」

私は父の顔を見ていられない。

「どこへ行ったんだ！」

「スキーを担いで出て行かはりました」

私はそのような騒動に堪えられないタチだった。だからスキーにもスケートにも行かなかった。映画も姉ほどには見ていない。姉はシャルル・ボワイエの熱狂的なファンで、「歴史は夜作られる」を十七回見た。部屋の壁にはシャルル・ボワイエのポートレートと、芥川龍之介が顎に手を当てて上目づかいをしている写真と、ターキーのブロマイドが貼ってある。

私の部屋には何もなかった。小学校時代は東郷元帥の写真を額に入れていたが、兄たちが笑ってからかうので外してしまって以来、壁にはカレンダーひとつかかっていない。人形もない。いや、姉が作ったマンドリンを抱えたフランス人形が部屋のすみのガラスケースに入っていたが、それも嫁ぐ前に姉が置いたものがそのままになっていただけのことである。

私は人形やぬいぐるみを見て「可愛い、ほしい」と思ったことがなかった。特に愛読書というものもなかった。本を読むのは退屈しのぎであって、読書欲というようなものではなかった。友達は女学校時代からのグループ三、四人がいればそれで沢山だった。

その中の一人であるH子は一人娘なので婿養子を迎えねばならなかった。やがて婿になる人が決った。しかしそれはH子の両親が決めたことであって、H子は気持が進んでいなかった。

「仕方ないから結婚する」

というようなことをH子はいった。彼女だけではない、殆どの友達が「イヤやけど仕方ない」といって結婚していった。どの結婚も全部、親が決めた結婚である。親が決めたからイヤなのか、その男がイヤなのか、みんな自分でもよくわからないようだった。

私たちは皆、結婚を「いやらしいことをすること」だと思いこんでいた。その思いこみは、当時の処女性重視の教育のためである。性は不潔でみだらなものとして教えられていた。不潔でみだらなそのことは、結婚という形式を経れば、不潔でもみだらでもなくなるのである。おとなのそんな勝手な理窟は、娘たちに不消化を起させていたのだ。

「結婚しても、あんなことしやへんのならええけど」

と皆いっていた。あんな「いやらしいこと」はしたくないけれども、しかし、私たちは結婚しなければならないのである。なぜなら結婚しなければ私たちは「生きて行くことが出来ない」からだった。

ある友達は結婚しても「ゼッタイ許さへん！」と決意していた。また別の友達は「メンスやといい通してやる！」ともいっていた。「新婚旅行の間じゅう、頑張ってやった」というような話を私は面白がって聞いていた。しかしそういった彼女たちは、その後、様子を見に行くと、ただニヤニヤ笑うだけで何もいわないのであった。

したいことが何もない私は、結婚もしたいとは思わなかった。といって、結婚はしたくないと殊更に頑張る気持もないのである。恋愛に憧れることもなかった。女学生の頃は中等野球（今の高校野球）などを見に行き、中学生のピッチャーにネツを上げて騒いだりしていたが、それも「恋」と呼ぶようなものではない。

およそ色恋の入る余地のない世の中だった。恋愛をしている友達など、一人もいなかった。恋愛は恰《あたか》も罪悪であるかのような見方が世間を蔽っていた。それは人目にふれぬよう、コソコソとしなければならぬもので、そしてまた親や世間は瞬時も油断することなく、若い男女の動静を監視していた。その監視干渉をかいくぐって交際を深める男女は、「不良」の烙印を押されるのである。

女学校を卒業したばかりのさる病院長の娘さんは、何人もの青年と楽しく遊んでいた。世間はそれを見て彼女を「不良」だといい、その噂はついに院長夫妻の耳にも入った。そのため院長は我が娘を糾問し、それだけでは不十分だとして、いやがる娘さんの処女膜の有無を検査した。

「検査しましたところ、娘は処女であることがはっきりいたしました。処女膜はちゃんとありました」

院長はそう、隣組の寄り合いで報告したのである。

まったく妙な時代だった。現代は「本音と建前」の時代だというが、当時は殆どの人がそういう本音で生きていたのだ。「鬼畜米英」と、建前ではなく本音で叫んでいた人は少くなかった。敗戦後になって、それは建前だったと思うようになっただけではなかったか。

何かというと「非国民」「国賊」と憑《つ》かれたようにいう人が多かった。それで私は道でツケ文をポケットに押し込もうとした大学生に向って、

「非国民！」

と叫んだことがある。まさか本気でそう思ったわけではない。

「なにをするの！」

というほどのつもりであった。しかし「なにをするの！」というよりは「非国民！」という方が威力があって面白かった。

なぜか私は男性をバカにしていたのである。

——男というものは女さえ見れば、砂糖にたかる蟻のようにやってくる。彼ら

はみな不真面目でいい加減である。真面目で誠のある男は、蟻のようにやってきたりはしない。女など見向きもしないで、まっすぐ、勉学の道をいそしんでいる――。そういう男こそ私たちの理想の理想だったのだ。

だからいつまで経っても「理想の男」に巡り会えるわけがなかった。やってくるのは皆「蟻」だと思い決めていたから。

抑えられねじ曲げられた青春だった。結婚の相手は、親が運んで来てくれる男を手を拱《こまね》いて待つしかないのであった。しかし私たちはそれを当り前のこととして、反発も疑問も持たなかったのである。

ある日、私はニュース映画で、「落下傘部隊」の敵陣降下の場面を見た。まず飛行機の中が映し出される。落下傘部隊の若い兵士が装具に身をかためてかがんでいる。どの兵士もみな、とてもハンサムに見えた。やがて飛行機は敵陣上空に来た。森と草原が俯瞰で映る。愈々《いよいよ》、兵士たちは降下するのである。カメラは飛行機から飛び出す兵士の後姿を一人、また一人と映し出す。やがて最後の兵士が飛び出す姿勢になりながら、出口でふり返り、にっこり笑った。

その笑顔に一瞬私は身慄いを覚えた。実に美しい、頼もしい笑顔だった。私はその笑顔を四十五年経った今もまざまざと瞼に描くことが出来る。半ば空に身を乗り出していた彼の飛行服の袖を、ハタハタとはためかせていた風の強さも。

私の恋心はたとえばそういう兵士に向けられるのだった。死を怖れない、よく訓練に耐えた屈強の若者。

だがやがてそんな若者の姿は次第に私たちの前から消えて行った。日の丸の旗に囲まれて駅頭で「出征の挨拶」をする青年は、たいていメガネをかけ、青白く痩せて弱々しく絶望的な表情をしている。

「あんな人まで召集されるようになりましたんやなあ」

という歎声が耳に入るのである。

「天にかわりて不義を討つ
　忠勇無双の我が兵は」

という歌をそれでも私たちは歌った。防空演習や配給物の行列に並ぶほかに私がしたことといえば、これも母の代理として町内の応召者の見送りと、戦死者の葬儀に出ることだった。父は七十を過ぎてからかかった腸の大患のあと、体調が崩れたままウツ病のような症状で明けても暮れても、あっちが痛い、こっちが具合悪い、といい暮している。母はそんな父にかまけ、たった一人になった家事手伝いとのらくらの私を相手に、広すぎる邸をどうするかに頭を悩ませていた。

戦況はどうなっているのか、日本は勝っているのか、負けているのか、私たちには何もわからなかった。しかしわかったところでどうなるものでもなかった。私たちは行き先わからぬ難破船に乗っていたのだったが、さし迫った絶望感は私にはなかった。

私は何も考えなかったからである。何の希望も持たず、欲望もなく、これをしなさいといわれればいやとはいわずにするけれども、自分から進んで何かをしたことがない。新聞を見ていると、漢文の塾の広告が出ている。その時ふと、漢文を習ってみたい、と思う。母にそのことをいう。すると母は即座に一蹴した。

「漢文みたいなもん、習うてもしようがない」

すると私はすぐ諦めた。

またある日、私はふと、コーラス団に入りたいと思った。私は子供の頃から歌うのが好きで、女学校時代の音楽会ではデュエットのアルトをよく歌ったものだ。しかし母はいった。

「歌なんか歌うて何になる」

母は私がしたいと思うことのひとつひとつを簡単に叩きつぶした。そんな母に私は反抗したことがない。反抗するほどそのことに対して情熱的ではなかったのだろう。

友達からテニスクラブに入ろうと誘われたこともある。その時も母は、一言のもとに反対した。その時の母の考えはいまだに私にはわからない。母は実利主義者だったのだろうか？　しかし母は私に、いわゆる花嫁修業としての稽古ごとを勧めたこともないのである。

何かをしたいと思うことは無駄だ、という思いが私の胸に巣喰うようになっていた。それはいつか、「何かをしたいと思っても、どうせ反対される」という思いから、「何も出来ない、しても無駄だ」という思いに移行していた。その頃の私が見た夢といえば、菓子屋のショウケースに色とりどりの菓子がいっぱいに並んでいて、どれを買おうかとわくわくしている、という夢である。バナナを食べようとしたとたんに目が醒めた——そんな夢だ。

してはいけないということが、世間にはいっぱいあった。ピアノを弾くのは非国民、袂の長い着物を着てモンペを穿かないのは非国民、パーマネントも非国民。女子大学へ進んだ私の友達は、授業はそっちのけで毎日、兵隊服のミシンかけをやらされているということだった。

ミシンかけ！

聞いただけで私はゾッとした。私はミシンをかけることが出来ないのである。

ボタンの穴かがり！

それも出来ない。手先のことは何も出来ない。学校時代、裁縫は全部、姉か家事手伝いにしてもらっていたのだ。

私はまるで暗い沼の底に沈んでいるようだった。楽しいことは何もない。私に出来ることといったら防空演習で火叩きを持って走ることぐらいである。やがて一人だけ残っていた家事手伝いの娘も、軍需工場へかり出されて行った。

そんなある日の隣組の寄り合いで、私は学校へも勤めにも行っていない娘は、町会から軍需工場へ派遣されることになるという話を聞いた。

「佐藤さんのお嬢ちゃん、どないですか？　今、なんぞしてはりますか？」

と訊かれると、私は、

「何もしてません」

と答えないわけにはいかない。私がそう答えると、隣組長は何やら用紙に書き込んで、

「そんなら、協力してもらえますな？」

念を押した。

「はい」

と答えたものの、私の胸はつぶれている。私はミシンかけもボタンの穴かがりも出来ないのである。そんなことが出来ないといったら、どんな目に遭うか、想像しただけで目の前が暗くなった。いっそ、そんなことをさせられるくらいなら、私は戦場へ行って殺し合いをした方がマシだとさえ思ったのである。そしてあっさり死んでしまった方が、簡単でいい。

「えらいことになった、徴用に行かされる……どないしよう……」

私は必死で母に訴えた。徴用にとられたが最後、戦争が終結するまで休みなく働かされて、親の死目にも逢えないという噂だった。そして戦争はどこまでつづくのかわからない。どこかの島で、毒ガスを造っているが、そこで働かされている中学生たちは、全身、皮膚病に冒されて見るも無惨な姿になったまま、家へも帰してもらえずに働きつづけている——そんな噂も流れていた。

それから逃れる方法は、軍需関連会社に勤めるか、そうでなければ結婚をするほか途はないのである。

さすがの母もこれは何とかせねば、と考えたのであろう。母は親しくしていた鉄鋼会社の社長を思い出した。

我が家では「鉄成金」だなどといって蔭口を叩いていたのだが、その人の会社へ入れてもらえば徴用は逃れられる。

「そうするか?」

と母はいい、私は暗澹として、

「うん」

といった。

その会社は大阪の南にあり、私の家からは一時間あまりかかる。私は億劫だった。いや、億劫というよりも不安といった方が近かった。私は父と母と姉と、時々姿を現す兄と、女学校時代の仲よしのほかは、どんな人ともつき合ったことがなかったのだ。私は他人に挨拶をしたり、話をしたりするのが苦痛で、従ってとても下手だった。会社へ行けば、男、女、年寄り、若い人、いろんな人とつき合わなければならないのである。

それが私にはたまらない。考えただけで疲れる。なぜ、そんなことがたまらないのか、といわれても、そうなのだからしようがない。私は過保護に育ち、骨の髄までのらくらが染み込んでいたのだ。そののらくらを母が許容していたのは、母もまた相当ののらくらだったのだろう。

私はその会社へ「お目見得」に行ったきり、二度と行かなかった。イヤなものはどうしてもイヤだった。父も母もそういう不義理は、社長の厚意に対して許されないとはいわない人間だった。世間では我儘と断じられることが、私の家では何の文句もなく認められたのだ。寛大なその社長は、では籍だけ会社に置いておきましょう、といってくれた。

会社へ行くくらいなら、結婚した方がマシだと私は思った。私ははじめて結婚したくなったのである。まわりを見廻すと、友達は殆ど結婚していた。政府は早婚を奨励し、戦場に赴く学生は、子孫を残すために慌ただしく妻を娶った。その頃、理科系の学生は、戦場へかり出される文科系の学生に向って「お前は戦場の露と消えろ。オレは内地でタネ馬となる」といって見送ったという。

結婚すれば徴用されなくてすむ。そしてまた結婚すれば、この暗く淀んだ沼の底から出られる。ここから出れば、何か新しい生き生きしたものが見つかるかもしれない――。

そんな期待が私の胸に灯を点した。

そしてたまたま縁談が来た。すぐに私は乗った。相手はどんな人間でもよかった。医師の息子で陸軍主計将校といえば、まず食糧の心配はありませんな、と仲人はいった。その時代にあってはこれは良縁である。戦況の逼迫《ひっぱく》は私のような者にもわかるようになっていた。昭和十八年の暮であった。私は一度見合をしたきりの男と結婚した。式は名古屋で挙げるのである。大阪駅は何の目的でこうも大勢の人がいるのかと思えるほどに、人で埋まっていた。その群衆は黒とカーキ色が混った陰欝な色彩でガヤガヤと動いている。駅全体がワーンと鳴り響いているような喧噪だった。私は汽車のデッキに立って、必ず見送りに行くといった親友がくるのを待っていたが、彼女はとうとう来なかった。後で聞くと、彼女は群衆に阻まれて、どうしてもプラットフォームまで辿り着けなかったのだという。その大阪駅の喧噪は、日本人がもう国に頼ることをやめて、一人一人、自分で自分の身と家族を守ろうとしはじめたはじまりだったかもしれない。

「オール讀物」一九八八年四月号

随想　修業時代かくありき②

暇あって金なし

長い戦争はやっと終った。まったく長い戦争だった。それは私が女学校二年の時に始まり、結婚して二年目にやっと終ったのである。私の青春期はその中に埋没している。女学校時代には学校のいうなりに（教師の悪口や悪戯で僅かに憂《う》さを晴らしつつ）なり、卒業後は親のいうなりになり、国の指導者のいうなりになり、結婚後は舅姑のいうなりだった。朝がくるから一日が始まり、夜になるから眠るのだった。結婚後は結婚前よりもひどい「ぐうたら人形」だった。私が家事をしたのは新婚三カ月だけでその後、夫は航空基地建設のために各地を廻っている。間もなく生れた赤ん坊を連れて私は婚家先で夫の両親と暮した。婚家先は医院だったから、何人もの看護婦や家事手伝いがいる。初孫が可愛くてたまらない舅姑は、私の手から赤ん坊を取り上げて、自分たちの好きなように育てている。

私は「ぐうたら人形」となって二階の自分の部屋で本ばかり読んでいた。

まったく本でも読んでいるほか、私にはすることがなかったのだ。時間がくると家事手伝いが食事を知らせにくる。身体の中には鬱屈がとぐろを巻いていた。鬱屈の捌《は》け口はどこにもなかった。どんな世界に身を置いても、私が満足を覚えるような生活はなかった。いや、自分がどんな生活をしたいのかも、私にはわからないのだった。

終戦の詔勅のラジオを私は舅たちと一緒に聞いたが、意味不明で何のことやらわからなかった。舅は、

「つまり、耐え難いことも多いが、がんばってくれよ、ということやろう」

といった。

日本が負けたことがわかったのは夕刻である。

「日本は降参したらしい」

と舅は訂正した。

「あんたたちに遺《のこ》してあげるつもりやったが、これでもう、何もなくなったよ。そのつもりで、この後はあんたらの力でがんばって下さいや。子供のために」

舅はそういったが、私には何の感動もなかった。「遺してあげるつもり」のも

の、というのは何なのかも考えなかった。私はただ、

「はあ」

といっただけである。悲しくも口惜しくもなかった。これからどうなるか、全面降伏だ、えらいことになる、という声を聞いたが、それでもぼーっとしていた。

そのうち少しずつ希望が湧いてきた。

――さあ、これからだ、という思いが湧いてきた。といっても、何が「さあ、これから」なのかわからない。ただそういう希望みたいなものが、ぼんやり私の中に射し込んできたことをはっきり憶えている。

日本を蔽っていた暗雲が漸く取り払われて、広い青い空が見えて来たという実感だった。しかしそういう実感とは裏腹に、私の現実は檻《おり》の中だった。

私は早まって結婚したことを後悔した。こんな時がくるのなら、なにも慌てて結婚することはなかったのだ、と思った。私は何もしなくていい生活、上げ膳据え膳の結構なその暮しを、檻と感じていたのである。

その時から四年後に私は夫と別居した。別居の理由は夫の麻薬中毒である。このことは既に何度も書いたことではあるし、ここであえて委《くわ》しく書く必要もない

と思う。

ずっと後になって（私がどうにか職業作家として暮せるようになってから）何度か私は思った。

――もしもあの時、彼が麻薬中毒にならなかったら、私の人生はどんなものになっていただろう？　と。夫が麻薬中毒になっていなくても、私は夫と別れたかもしれない。あるいは胸に鬱屈のとぐろを巻いたまま、別れていないかもしれない。婚家先は地方の小さな町にありがちな、世間態や外聞ばかり考える家だったから、おそらく私は夫婦間に決定的なことがない限り別れることは出来なかっただろう。夫は別居して二年目にクスリのために死亡した。

私の「青春」は独身に戻った二十五歳から始まる。戦災で焼け爛《ただ》れた東京は、私には限りない可能性に満ちている沃野に思えた。何よりもそこには「自由」があった。これからはいいたいことがいえ、したいことが出来るのだった。自分以外の者の意志で生かされまいとすればそれが出来るのだった。

私は小説を書いて生きて行こうと思った。そんな身の程知らずなことをなぜしようとするのか、という人は私のまわりにはいなかった。かつて私がしたいと思うことを片端から反対した母が、今度はなぜか賛成した。おそらく母は私が結婚生活に向かない女であることを理解したのだろう。いや結婚生活ばかりでなく、生きるために私に出来ることは何もないことを見抜いたのだろう。

実際、私には出来ないことが多すぎたのである。手先のことは不器用で、裁縫も編物手芸、何も出来ない。金勘定もすぐにわからなくなる。父親譲りの（そして母親譲りでもある）我儘で固まっているから、とても会社勤めなど出来ない。小説を書いて生きて行くことが出来れば、それが一番向いている、それ以外にどんな道もない、と母は考えたのだった。母が私に協力的だったのは、かつて父が私の手紙を見て、あの子には文才があるなあ、といっていたことを忘れなかったからである。（父は既に亡くなっていた）

あの子は文才があるなあ、と父がいったという、ただその一ことだけが私を励ました。二、三年もすれば小説でお金が貰えると本気で思っていたのだ。

私はせっせせっせと小説を書いた。小説とはお話を書けばいいものだと思っていた。どんどん書けた。書き上げると、父の友人だった加藤武雄さんのところへ持って行って読んでもらった。丁度その頃読売新聞で新聞小説の懸賞募集をやっていて、当選作が掲載されていた。これくらいなら私にだって書けると思い、早速取りかかった。応募締切りの日に書き上げ、郵便で送っていては間に合わないと思って読売新聞社へ持って行った。受付でその旨をいい、渡して帰ろうとすると、受付嬢が学芸部に問合せの電話をかけた。どうやら電話の様子では、学芸部の記者が原稿を持ってきてるのは男か女か、と訊いているらしい。受付嬢は私をチラッと見て、

「女の人です」

そういってからちょっと笑いを目に漂わせて、

「若い方……」

と答え、直接学芸部へ持って行くように、といった。

——はは一ん、若い女と聞いて、どんなやつか見てみる気になったのだな……。

そう思いながら私は教えられた通りに階段を上り、学芸部へ入って行った。雑然とした広い部屋の向うの隅の机の前に、もうもうとタバコの煙が立ちのぼっている。その煙の中に三人ばかりの男がくつろいだ風に（行儀悪く）椅子に腰を下ろしていて、品定めをするように一斉にこっちを見守っている。

私は近付いて行って丁寧に一礼した。校長先生か警察署長の前にでも出たような気持だった。

――この野郎ども……

という気持と、粗忽があってはならないという気持が同時に私を占めている。

「懸賞小説の応募作品を持ってまいりましたが、こちらでよろしいでしょうか」

「ああ、ご苦労さん」

真中の男が無雑作にいって受け取った。なかなかのハンサムだった。その目に面白がるようなからかうような笑いが浮かんでいる。当時は女の投稿者は珍しかったのかもしれない。

――なにがおかしい！

そう思いながら、

「よろしくお願いします」

しっかりと一礼して部屋を出た。社屋を出るとほっとした。まるで病後の湯上りのような気分だった。

その記者が、私が生れてはじめて単独で接触した男性だった。私が「社会」というものに一人で関ったのはそれが最初である。それまでは私は父、母、姉、夫、姑、舅、そうしていつも家事手伝いの人か、友人か、誰かが私を庇《かば》うようにそばについていたのだ。

その長篇小説の内容も題名も私は忘れてしまった。敗戦直後の東京下町の路地の奥のポン煎餅屋や、高架線の下に住んでいて、クシャクシャの十円札を数えてはボロ畳を上げて隠している金貸しの老婆が出てきたことだけ記憶している。その原稿を加藤武雄さんに読んでもらうと、加藤さんは、

「実に面白い！　これは傑作だよ！」

といわれ、私は、

「エミール・ゾラの向うを張ったんです」

などと吹いた。

加藤さんは私の書くものは何でも「面白い！　傑作だ！」といわれるのだった。関西に育ち岐阜県へ嫁に行き、千葉県に住み、昭和二十四年になって（父の死と同時に）はじめて東京で生活するようになった私には、知り合いも友人もいなかった。加藤さんだけが頼りだったのだ。応募したその小説は選外佳作に入っていたそうだが、私は知らない。入選者はなしと知った途端に関心をなくしてしまったのである。

私は加藤さんの紹介で小説新潮へ原稿を持って行った。数日して感想を聞きに行くと、編集長の佐藤さんという人が出て来て、丁重にしかしあっさりと断られ

た。その人が今の社長佐藤亮一氏であったことを私は最近知った。

私はまた加藤さんに「小説公園」という雑誌を紹介してもらった。小説公園の編集長は吉川という人で吉川英治の弟だということだった。そこでは、

「まだまだ勉強なさらないと……」

問題にならんという顔をされ、返された原稿は赤で誤字が直してあった。

私は意気消沈して加藤さんの所へ報告に行く。こうこういわれました、という。すると加藤さんは、

「なんだあの連中は！　小説のわからない奴ばっかりだ。吉川なんてあれは吉川英治の腰にぶら下って編集長になってる奴じゃないか！」

とカンカンになった。相模トルストイと呼ばれるほど真面目な人で、しかも穏やか、親切な紳士として知られていた加藤さんがそんなに怒るさまを見ると、私は大いに力づけられた。考えてみると小説作法というようなものは、加藤さんからは何も教えられなかった。加藤さんはいつもただ、「面白い！　傑作だ！」と叫んだだけだった。しかしそんな加藤さんのおかげで私は失意や絶望を知らず、大いに自信をもって次々と書きつづけたのである。

しかし私の母は心配して、よく、

「大丈夫かいな、加藤さんは」

といった。

「二人で傑作だ傑作だというて喜んでるけど、ほんとにそうなんかねえ……」

うちのお父さんと同じで、加藤さんも身贔屓《みびいき》が強いあまりに客観性を失っているのではないかというのであった。

加藤さんの「傑作だ！」は身贔屓だったのか、励ましだったのかわからない。少くとも私の作品が「傑作」でないことは確かだった。今思うと臆面もなく、よくもあんなものを持ち込んだものだと思う。しかしそんな臆面のなさ、根拠のない確信があったからこそ、文学的な素養など何もなかった私が、とにもかくにも生れつき持ち合せていた若干の才能を伸ばして行くことが出来たのだ。加藤さんのあの温かな愛情がなかったら、加藤さんが「厳正な師」であったなら、私はとっくに潰れていたことだろう。

ある日、私は三軒茶屋の古本屋で「文藝首都」という同人雑誌を見つけた。それまで二人三脚という趣で、加藤さん一人を頼りに小説を書いていた私は、文学修業をするための同人雑誌というものがあることを知らなかったのだ。

十円で買ってきた「文藝首都」には批評料（百枚まで五十円）を添えて原稿を

送れば、批評してもらえることが書いてある。加藤さんに相談すると、主幹である保高徳蔵《やすたか》はよく知っている。彼は好人物で間違いのない男だから行ってごらんといわれた。

行ってごらんといわれても、私はすぐには行かない。毎日、とつおいつしている。そこは私にとってはじめての世界である。「はじめての世界」が私は怖い。誰か一緒に行く人がいれば行けるが、一人で行くのは勇気と決断が必要なのであった。

「文藝首都」へ手紙で入会したのは二十五年の夏前だった。毎月二十五日に会員の集りがある。来月は行こうと思っているが、当日になると来月にしよう、という気になる。そうこうしているうちに十月になった。

ついに意を決して出かけた。「文藝首都」は、小田急線参宮橋駅から五分とかからない静かな住宅地に入って間なしのところにある。それは保高徳蔵さんの自宅でもある。古びた板塀の平家。格子戸を開けると、玄関のタタキいっぱいに靴が並んでいた。それを見ただけで私はもう、怖気《おじけ》付いてしまうのである。

勇気を振り起して玄関を上った。八畳と六畳の境の襖を取り払った座敷に、ぎっしり人が坐っている。人は廊下にも溢れている。正面にこちらを向いて坐っている人が、保高徳蔵先生なのであろう。その左右に恰《あたか》も右大臣左大臣という趣で何やら偉そうな中年の男性がこちらを向いている。

私は廊下の一番端っこに坐って、正面に向ってお辞儀をした後は、新入りへの関心の視線に耐えて小さくなって俯いていた。一座は先月号の作品批評をしているらしいが、何をいっているのやら私にはさっぱりわからない。どの顔も偉そうに見え、どの発言も立派に思えるのである。

そのうち皆の新入りへの関心が逸《そ》れて行くのを感じると、私は少しずつカマ首を擡《もた》げるような感じで来ている人たちを観察した。部屋の柱近く私とは対角線上に坐っている若い男が、ちらりちらりと私を見る。あまり見るので私の方もついその男に目が行く。

——なんだ、あの若僧は。

と思っている。

その若僧が数年後に結婚することになった田畑麦彦だった。

「あなたはあの時、私に見とれてたわね」

後になって私がそういうと、彼はいつもせせら笑って否定した。

私は少しずつ「文藝首都」に馴れていった。私には友達が出来た。天笠一郎という男が私に声をかけてきて、我々のグループに入らないかと誘ってきたのである。そのグループには天笠のほかに庄司重吉という保健所の小使い（当時は用務員をそう呼んだ）をしている男と、田畑麦彦、そうしてこのグループの長老ともいうべき林圭介というマッサージ師、そうして女性は後年、ジュニア小説家になった佐伯千秋と私だった。

田畑麦彦は毎日新聞学芸部記者になったばかりで、火野葦平の「花と龍」という連載小説を担当し、挿絵の向井潤吉画伯のところへ毎日挿絵を取りに行っていた。向井画伯はその頃、母と私が暮していた世田谷真中の家に近い、畑を見下ろす高台の豪邸に住んでおられたので、田畑麦彦はその帰りに私の家へ立ち寄るようになった。

はじめて彼が私の家に現れた時、彼はすみませんが、十円貸してくれませんかといった。向井画伯の家へ行ったが、社へ帰る電車賃がなくなったのだという。なぜなくなったのかとは私は聞かなかった。たった十円だったから、すぐに貸した。私の母は驚いて、

「十円借りにくる男なんて聞いたことがない。どういう人や」

といった。多分、彼はパチンコをして電車賃まですってしまったのだろう、と

私は思った。後になって私が、

「あの時、あなたは私に近づきたいために、わざと十円借りに来たんじゃなかったの」

というと、田畑は「バカをいえ」といった。

田畑麦彦の本名は篠原省三という。ある日、ペンネームをつけなければ、と思いながら家の近くを歩いていた。彼の家は田園調布にあり、その頃は文字通り近くに「田園」があったのだろう。畑の畔道を歩いていると、向うに麦刈をしている農夫が見える。そこで彼は「田畑麦刈」という名を思いついた。しかし「麦刈」という名ではあまりにふざけ過ぎているという意見があって、「麦彦」に落ちついたのだという。そんな話は私の気に入った。

田畑麦彦とのつき合いはそうして始まった。彼は向井画伯のところへ行くたびに、帰りは必ず私の家へ寄るようになった。

「また十円かいな」

と母はいった。

田畑が来るようになったので、天笠も来はじめた。天笠は無職だったから、いつも暇だったのだ。天笠だけでなく、失業者が町に溢れている時代だった。「文藝首都」の同人にも無職が珍しくなかった。無職であることがなく、金もなく、ほかに何の楽しみもないから皆、小説を書いていたのかもしれない。

私たちのグループはその名称を「ロマンの残党」といった。しかし私には（石川達三の「ろまんの残党」から借用したのだろうと思う以外に）何が「ロマンの残党」なのかわからなかった。

私たちは月に一度集会しては書いてきた小説を朗読し、それを皆で批評し合った。その会合は私の家ですることが多かった。母はそれが私の「文学の勉強」になると信じていたから、会合には協力的で、カレーライスなどを作ってもてなしたのである。その会合ではどんな作品も、殆ど褒められることがなく、いつも痛烈な批評に終始したが、私の作品を「面白い！　傑作だ！」という人がいないという点で、母は信用したのである。

その時の批評が正鵠を射たものであったかどうか、私にはわからない。はっきりわかることは、それによって私は完全に混乱し、自信を失ったことである。しかしこの混乱が「ためになる」のだと私は思うことにした。

グループの中で、誰よりも痛烈に私をこき下ろすのは田畑麦彦だった。私の文章を彼は、水面に浮いている油みたいだ。ギラギラして浮いている、というのだった。そういわれればそうかもしれない、と私は思った。しかしそれではどんな文章を書けばいいのか、私にはわからない。彼らは「我らはなぜ書くか」という問題について議論した。しかし、「なぜ書くか」といわれても、私はなぜなのかわからない。

「書きたいから書く？　ではなぜ書きたいのか？」

そういわれても、答えようがない。なにせ私は小説好きでも文学少女でも何でもなかったのだ。夫が麻薬中毒にならなければ、小説なんか書こうと思わなかった人間である。私は「ほかに出来ることが何もない」から小説を書いて暮しを立てようと考えただけなのである。小説とは「お話」を書けばいいとだけ思っていた。二、三年もすれば、すぐに職業化出来ると安気に考えていたのだ。

皆の議論を聞きながら私はただポカーンと坐っているだけだった。「文藝首都」の小説、あれは古くさくてどうにもならぬ、というのを聞くと、そういうもんか、と思った。では古くさくないどんな小説を書いているのか、といえば、誰も何も書いていない。口を開けば既成作家の作品の悪口だった。来る日も来る日もせっせと書いているのは、私と庄司重吉だけだった。

庄司重吉は中央保健所の小使いだったが、彼は二、三年で文壇に出るという自信があったから、わざと小使いという気らくな職業を選んだのだということだった。

「普通の会社員になると、簡単にやめられないだろ。だからさ」

といわれると、「なるほど」と思った。

天笠が無職でいるのは、気に入った就職先がないというのが理由だった。彼は建築家としての資格を持っていた。一時はそれで景気のいい時代もあったという。しかしそれは話ばかりで、現実の彼はいつも貧乏だった。彼は母と姉夫婦の家に同居しているので食べることに心配はない代り、小遣いというものは一文もないのである。

床屋へ行ったことのない髪を総髪のようにして、よれよれのズボンを穿いていた。メガネのフレームの片方が外れたので、紐をつけて耳にかけている。彼がくると一種独特の臭いがしたが、私にはその臭いは文学のために清貧を選んだ「芸術家の臭い」に思われたのだった。

彼は暇だったし、家にいるとおふくろさんの文句を聞かなければならないこともあって、よく私の家へ来た。遊んで歩くにも金がなかったからである。私は彼から「もっと社会見学をした方がいい」といわれて連れ出され、あちこち歩いた。「洲崎パラダイス」の中を歩いたこともある。秋の夕暮近く、まだいくらか陽が残っている時刻だった。一人の娼妓がスカートにブラウスの普段着のまま、化粧もせずに小走りに通りを横切ったほかは、どこにも人影はなかった。その一劃の行き止りにはコンクリートの塀が陰気に立っていて、その向うを覗くと川原に芒《すすき》がそよいでいた。暮れなずむ空の下で、そこここの店に黄色い電燈が点り始める。何ともいえないもの哀しい景色だった。

「こういうところの情緒を知っておく必要があるよ」

天笠はそういい、それから、

「ああ、やりてえなあ」

と吐息をつくのだった。天笠は始終「やりたがって」いる男だった。彼は太った女が好きで、通りすがりに着物の衣紋を抜いた（というよりは抜かざるを得ないといった）白熊のような中年女を見た時も、

「ああ、やりてえ……」

と呻いた。

グループの中では私が比較的、小遣いを持っている方だった。といっても肩身の狭い思いをして時々母から貰う千円か二千円の金である。その金を持って私は

渋谷へ出る。グループの誰かに会おうと思えば渋谷のパチンコ屋を捜せばよかった。向うもまた、パチンコ屋で二十円で十個の玉を買い、それを増やしたり減らしたりして時間をつぶしながら、私が金を持って現れるのを心待ちにしているのだった。

「はい、二十円……はい、二十円」

私は天笠や田畑がさし出した手のひらに十円玉を置いてやる。しかし私はパチンコがそう好きではなかったので、いつも天笠か田畑のそばに立って見ていた。

「ねえ、まだァ？　もういいじゃないの、出ようよう」

と私は催促する。

「もうちょっと待って。もうあと三分……」

などといって彼らは帰らない。私は勝手に玉を掬《すく》ってタバコやチョコレートに替えてしまう。天笠はチョコレートに替えたことを残念がって、「オレはサルマタをとるつもりだったんだ」とぼやいた。

田畑、天笠、庄司。私は三人とも大好きだった。三人とも貧乏で純粋だった。田畑麦彦の父がT電鉄の創始者で彼の家は大金持だったことを長い間、私は知らなかった。彼はいつもアイロンのコゲ跡がべったりついているズボンを穿いていたし、コーヒー代もラーメン代もパチンコ代も人にたかるのを当り前のようにしていたからである。

私は彼に「新宿二丁目」へ行く金を二千円、貸したことがある。彼は翌日、

「おかげさんでさっぱりしました」

と挨拶に来た。しかしその二千円を返してもらったか、そのままになったか、よく憶えていない。

今から思うとあれが私の青春だったのだ。私たちはいつも金に困っていた。自分たちの将来がどうなるか、考えもしなかった。田畑麦彦は毎日新聞社をやめた。彼は、

「やめたくなったんだよ」

といっただけだった。それを誰一人、不思議なことだとは思わなかった。

「オール讀物」一九八八年五月号

右は兄のサトウハチロー氏

随想　修業時代かくありき③

文藝首都の若僧たち

その頃、私たちは陽気だった。私たちは先のことなんか考えていなかった。文壇に出たいとか、賞がほしいなどとはつゆほども思っていない。当面の目的は「文藝首都」に作品が掲載され、仲間の好評を得ること、ただそれだけだった。私は「食うため」に小説家になろうとしたのだったが、いつの間にかそんな考えはかき消えていた。私が齧っている母の痩脛がなくなれば、その後の生活は成り立たなくなる。その時はどうなるのか、考えたこともなかった。

私は仲間——特に田畑麦彦から酷評を浴びせられながら、毎日、机に向って「何か」書いていた。書かない時間は読んでいた。三島由紀夫の「愛の渇き」を教科書にしていたかと思うと、井伏鱒二が神さまになった。三島由紀夫の文体を真似する時代が過ぎると、猛然と井伏風になった。それからチェホフに憧れ、マ

ルセル・プルーストにうちのめされ、ヴァージニア・ウルフに心酔し、私の文体はそれに伴って千変万化した。

もう何が何だかわからない。メチャクチャに書いていた。後に恩師北原武夫さんにめぐり逢った時、愛子さんには文体がないと指摘され、自分の文体を作るためには、好きな作家の作品を、原稿用紙に写し取ることだと教えられた。そうすることによって、文章の結構が会得されてくる。それからその文体を真似て書く。そのうちに自然にその文体から卒業していく。そんなくり返しのうちに、自分の文体が確立していくのである、と。私がわけもわからず、闇くもに人真似をしていた習作方法は間違ってはいなかったのだ。

私は月に一度の同人会以外にも、何度か文藝首都に顔を出した。職のない人が多かったせいか、ほかに楽しいことも金もなかったためか、文藝首都へ行くといつも必ず、誰かが来ていた。三人以上人がいると、必ず酒になる。私たちはみさ子夫人の苦労を斟酌《しんしゃく》することを忘れていた。

文藝首都は「首都」を「酒徒」に変えた方がいい、といわれるくらいに、何かにつけて飲んだ。夕方が近くなると保高先生は、古い坐り机の抽き出しを開ける。中には地方の会員から送られてきた会費が現金書留の封筒のままほうりこんである。先生はその一つを取り出して大きな裁ち鋏で封を切り、中から千円札を出して夫人に渡す。それがその日の我々の酒代になるのだった。

文藝首都は同人雑誌であるが、保高先生一人の負担によってすべてがまかなわれていた。会員は全国で二千人くらいもいただろうか。しかしその全員が毎月の会費を滞りなく送ってくるというわけではなく、会員から昇格して同人になった者も、同人費の支払いは悪かった。

保高先生の肩には、常に印刷所の支払いがかかっていた。二カ月や三カ月、支払いが滞ることは当り前の状態で、印刷所がたまりかねて泣きついてくると、そのうちいくらかを払うというやり方だったと思う。

愈々《いよいよ》詰ると保高先生は、文壇の懇意な作家に寄附を仰いだ。文藝首都は「新人養成」という目的を持っている。それを意義のあることとして、寄附を求めるのは恥ではないという考えが先生にはあり、そういわれると私たちも「そうだ、そういうものだ」と思うのだった。

私は先生から、その寄附を貰いに行くことを頼まれた。保高先生は早稲田出身の作家であるから、寄附を仰ぐ相手の作家ははじめのころは早稲田出身の人が多かったように思うが、後にはだんだん関係のない作家にまでお願いするようにな

り、これは私の経験ではないが、三田系統のある作家からは、

「わたしは保高さんの飲み代《しろ》を出すのはごめんです」

といわれたということもあった。

しかし私はそのお使いを、それほどいやだとは思わなかった。「文学」のためならどんなことも許されていいと思っていたのだ。

常識？　そんなものクソくらえ！

という気持だった。

朝、文藝首都へ顔を出し、保高先生から電車賃と道順を書いた地図を受け取って私は出かけた。その時着ていたオーバーの重さを憶えているから、寒い時分のことだったのだろう。もしかしたら、その寄附金で印刷所は正月を迎えることが出来たのかもしれない。

昭和二十六年頃のことで、寄附の金額はたいてい五千円くらいだった。金を持ちつけない、それゆえに価値がわからない私は何とも思わずに貰って来たが、当時は大金だったのだろうと今になって思う。

田村泰次郎、角田喜久雄、村上元三、江戸川乱歩、野村胡堂、そのほかにも沢山の作家を廻ったが、この五人だけがはっきり記憶に残っている。田村さんはわ

ざわざ角封筒に入れた寄附金を内玄関まで持って来て下さったからであり、角田喜久雄さんのお宅では座敷に通されてお茶をいただいた。村上さんのところでも、ご自身から玄関で手渡された。

私が子供の頃、私の家でもよく父が「社会主義者たち」の無心に応じて、若干の金を包んでいたが、父は自分から玄関先へ出ていくということはしなかった。いつも怒り顔になって吐き出すように、

「いくらか包んでやれ」

と母にいい、母は包み金を書生に手渡していたのだ。

そんな光景を見て育った私は、田村さんや村上さんが、わざわざ自分で玄関まで出てこられたことにひどく感激した。野村胡堂さんの玄関のたたずまいをよく憶えているのは、無造作に与えられた金額が一万円という大金だったためである。

「さすが、銭形平次は金持ちなんだなア」

と感心したものだ。それからまた私は江戸川さんの大きな暗い古風な玄関を憶えている。そこに太った夫人が正座して、

「この前もさしあげましたから」

と断られた。なぜか夫人は男物のような灰色のズボンを穿いておられ、式台の

向うにきちんと正座されたズボンの太腿が、ハチきれんばかりに盛り上っているのが妙に親しみ深かった。

「そうだろうなあ、断るのが当り前だ」

と私は思った。

夕方、私は保高家へ帰り、貰った金と電車賃の残りを先生に渡す。先生はにこにこして、

「ご苦労さん、ご苦労さん。寒かったでしょう、疲れたでしょう」

と優しい大阪弁のアクセントで労を慰《ねぎら》って金を勘定し、

「それではイッパイやりましょう」

今、貰ってきた寄附金の中から千円札を抓《つま》み出して、夫人に酒を買ってくるように命じるのであった。

私は呆気にとられた。あまりの天衣無縫（？）に怒る気にもならなかったのは、保高先生独特のパーソナリティというものであろう。保高先生の人の好さには、なにびとをも黙らせる不思議な力があった。先生はもの柔らかで優しく、それでいて独断専行だった。

先生は文藝首都の経理と家計をゴッチャにしているという批判が同人の間には

絶えずあった。そのためにやめて行った人もいる。しかし我々の未熟な習作が活字になるのは先生のおかげだった。私たちは先生を批判しながら、先生の人の好さに屈伏し、感謝しながら不満を持ち、不満をいいながら先生に甘えた。

私たちは金の心配をしなければならなくなるたびに、文藝首都のもっと合理的な経営方法があるにちがいないといい合ったが、それを合理化することは不可能だった。第一、その気が先生になかったからである。そしてまた合理化したからといって、赤字が解消するわけではないこともわかっていた。先生の生活と文藝首都とは一体になっているがゆえに、文藝首都は成り立っていたのである。

忘れもしない昭和二十八年の一月末日。その日も私は文藝首都のために寄附を貰いに廻る予定になっていたが、朝食の膳に向った時、母がもう我慢出来ぬ、といった調子でいい出した。

「お前はいったい、毎日、何してるのん。文藝首都のためかなんか知らんけど、乞食みたいに金を貰い廻って……」

私はムカッとして母を睨んだ。三年前は私に文学の道を行くことを勧めた母ではあったが、三年の間、鳴かず飛ばず、いったい何をしているのやら、男友達とほっつき歩いて家のことは何もしない私に対して、こみ上げる不満、怒りが積っていたのだ。

しかし母を睨んだ私の頭の中は、「乞食みたいに」という言葉が焔となって渦巻いた。

「それが何が悪い!」

私は喚いた。

「自分がほしくて貰って歩いてる金じゃない! 文藝首都のためにしていることじゃないか!」

いきなり私は朝食のお膳をひっくり返し、そのままレインコートを引っかけて家を出たのであった。

家を出た私はその日の予定の寄附を貰いにまわった。それを先生に届けると、すぐに公衆電話で天笠一郎を呼び出した。彼は失業者だから、どんな時でもすぐに現れる。渋谷のライオンというクラシックを聞かせる喫茶店が、その頃の我々の溜り場だった。やがて田畑麦彦もやってきた。

「おふくろさんと喧嘩して出て来たんだって?」

田畑は面白そうにいった。天笠も笑っていた。二人とも笑っているので、私も家出をしたことがそれほど重大なこととは思わなかった。しかしとりあえず、今夜はどこに寝るかが問題である。

私はズボンにセーター、レインコートを着ただけの着のみ着のままである。金は古着屋に着物を売った金が二万円あった。それを持っている。

「旅に出る」と私はいった。私は結婚した時に三カ月ばかり住んだ長野県伊那町を思い出した。その頃、二階を借りて暮していた「看水」という料亭を私は思い出した。看水のおばさんはほんとうに優しい親切な人だった。とりあえず看水へ行こう、と思った。

私は天笠と田畑に見送られて、午後十一時五十分新宿発の中央線三等車に乗った。三等車には四、五人の乗客がいるだけである。ガランとして寒かった。汚れた窓ガラスの向う、人気ない深夜のプラットホームに天笠と田畑が立っている。

「がんばれよ」

と天笠がいい、田畑はおどけた顔で笑っている。

ガタン！　と汽車が動いた。

私は手を振った。先のことは何も考えていなかった。レインコートを頭からかぶって固い座席に丸まった。寒かった。猛烈に寒かった。寒い寒いと思いながら眠っていた。

目が醒めると乗替の辰野駅だった。顔も洗わずに私は汽車を降りた。

その頃、私たちが陽気で楽天的だったのは、贅沢を知らなかったためである。私たちはいつも金に困っていたが、その貧しさは食うに困るような貧しさではなく、小遣いに困るというほどの、丁度頃合の貧しさだった。その貧しさと周囲の無理解が、私たちに活力を与えていたのである。

話は前後するが、私が文藝首都に入った年の十二月、同人会に出ると詰襟の学生服を着た色の白いやさ男が来ていた。そのうちに酒宴になるとそのやさ男は私のそばへ来て、こういった。

「えらいお父さまを持たれたお気持はどんなものですか?」

私の父は大衆小説家であって、「えらい」といわれるような作家ではない。私はやさ男の質問に困り、

「私の父はべつにえらくなんかありません」

ぶっきらぼうにいったのだったが、数カ月後、そのやさ男が斎藤茂吉の子息であると聞いた時のショックといったらなかった。それは驚きというよりも、

「コンチクショウ! あの野郎め!」

といった口惜しさである。

北杜夫はそういう形で登場したのだった。

彼は東北大学医学部の学生で、洗濯するにつれて布地が縮んで行くという「スフ」の学生服を着ていた。彼の上着の袖丈は既に大分縮んでいて、手首から五センチほども腕が出ている。その学生服の色は「何色」と一口にはいえない不気味な色に褪《あ》せていた。その頃の男はたいてい汚れたドタ靴を履いているのが普通だったが、彼の靴もまたものすごいドタ靴だった。

天下の斎藤茂吉の息子もやはり金に困っていた。彼は財布というものを持たず、常に手帳に五百円札を一枚挟んでいたが、それが外出時の彼の全財産なのだった。

しかし田畑や天笠に較べると、そんな彼は「金持ち」の方だといえたかもしれない。私はよく彼と新宿の武蔵野館という映画館の地下にあるダンスホールへ踊りに行ったが、その時既に彼は後の「楡家の人びと」の構想を熱っぽく語っていた。私たちはダンスホールへ行っても文学の話をしていたのだ。私は彼の才能からすれば、必ずやこの人は作家として大成すると信じていたが、彼自身もまたそのやさ男ぶりには似合わぬ確乎たる自信に満ちていることを隠さなかったのである。

そんな時、文藝首都では「文藝首都賞」が設けられ、私がその第一回受賞者に選ばれた。賞金は五千円という規定だったが、当日、私は保高先生に呼ばれ、もの陰で五千円の賞金を三千円に値切られた。

三千円の賞金を懐に、仲間と歩いた初夏の新宿の夕暮を今でも私は鮮かに思い出すことが出来る。この三千円をこれからどうして使おうという相談に弾みながら、通りすがりにはたん杏《きよう》を売っているのを買って、皆でそれを食べながら歩いた。はたん杏の赤い皮や種をそのへんに捨てながら、風の吹くまま、気の向くまといった趣でガヤガヤといいたいことをいいながら歩いた時、その時は気づかなかったが、私は青春のまっただ中にいたのだ。

私たちは皆、二十代だった。私が一番年かさで二十六くらいだった。文藝首都には四十代五十代の先輩が保高先生側近（?）という格好で聳《そび》えていて、私たちは「若僧」だった。

北杜夫が大学の休暇で帰京した時のことである。北杜夫には帰京すると必ず一升瓶を下げて保高先生のところへ挨拶に出るという律儀なところがあったが、それに私も時々同行していた。ある夜、私たちが文藝首都へ行くと、丁度先輩の藤口透吾と竹森一男がいて、もう酒になっていた。我々も座に加わって飲むうちに、酔の廻った北杜夫が保高先生のことをなにげなく、

「徳さん」

といった。我々の間では保高徳蔵の徳をとって、かげで「徳さん」と呼ぶことがあったのだが、勿論それは親しみを籠めた呼称だった。

ところが藤口透吾は明治の人間らしく、それを聞くと俄然、怒り出した。

「何だ、徳さんとは何だ！　無礼じゃないか！　この頃の若い奴は礼儀を知らん……」

温厚な保高先生は笑いながら取りなされたが、藤口の怒りは鎮まらず、ますますしつこくなっていく。

そのうち先生は気分直しに新宿へ飲みに行こうといい出され、私たちは席を立った。私と北さんは先に表へ出て、後の人が出てくるのを待っている。北さんははじめのうちは、

「わーん、佐藤さアーん、やられちゃったよう……どうしよう、助けてエ……」

などといっていたが、傍の電柱に向って立小便を始めたと思うと、突然大声で喚いた。

「何だい！　えらくなりゃいいんだろ！　えらくなりゃあ……」

——今に見ていろ！……

私たちはのらくらしながらも、それぞれ胸の中にそんな思いを秘めていたのだ。しかし「えらくなる」とはどういうことか、私には具体的にはどんなイメージもなかった。

その頃、私たちは渋谷でよく遠藤周作を見かけた。遠藤さんはまだ芥川賞作家ではなく評論家として活躍していた頃である。どういうわけか天気のいい日でもレインコートを着ていて、そのレインコートのくたびれようが一度見たら忘れない、といった体のものだった。

遠藤さんは必ず若い女連れだったが、会うたびにその女の顔が違っている。私たちは、

「遠藤周作だ……」

といってふり返った。背の高い遠藤さんの、痩せた肩を蔽っているレインコートのくたびれようが、私たちの目には新進気鋭の文学者の眩ゆいばかりの象徴に見えたのだった。

しかしながら、それらは私にとってはやはり無縁の世界だった。私は自分がそ

の世界に入ることがあろうとは思えなかった。あるとしても、まだまだ先のことだった。その日が来るのか来ないのか。考えてもしようがないから考えない。とりあえずは、かつては理解者だったが今は批判者になった母と、どう戦うかが問題になっていた。それは天笠も田畑も庄司も、皆が抱えている問題だった。私たちは金が入らなくても、有名でなくても、自分が書きたいと思うものを書いていればそれでよかった。だが私たちはそれぞれの家族を安心させるため（黙らせるため）に、認められる日をやはり待つのだった。

話を戻そう。

伊那町へ行った私は、とりあえず「看水」を訪ねた。「看水」のおばさんは快く私を迎えてくれた。私は一宿一飯の恩義を感じて、お客に膳を運んだりお酌をしたりしていたが、そのうち伊那町から奥へ入った高遠町よりも更に山奥に山室《やまむろ》という鉱泉があることを聞いて、そこへ行くことにした。そこなら一泊六百円くらいで泊めてくれるだろうということだった。金のつづく限りそこにいて、金がなくなれば関西へ向う。関西へ行けば死んだ次兄の未亡人が料亭をしている。そこへ行って暫く居候を決めこむつもりだった。

山室鉱泉宿はいったん登った山を下り、渓谷に面した一軒家である。宿の親爺は日溜りで薪割りをしていた。まだ雪はきていない。宿はいかにも古びてはいるが、昔は立派な建物だったにちがいないと思える総二階で、玄関も広い。私は親爺に宿賃の交渉をした。一泊六百円だというのを、長逗留するからといって四百円にまけさせたのである。

宿泊客は一人もいない二月だった。到着した日は晴れていたが、翌日から雪が降り出し、あっという間に一面の銀世界になった。四百円に値切ったためか、食事はくる日もくる日も冷凍イカを煮たり焼いたり揚げたりしている。掃除はしてくれない。朝になると中学へ通っているという太った手伝いの少女が十能に炭火を入れて黙って部屋に入って来る。私が寝ている炬燵の布団をまくり上げて火を入れると、黙って出て行く。彼女がしてくれることはそれと、食事を運んで来ることだけである。必然的に部屋は万年床に埃の山という状態に陥る。

その中で私は炬燵に入って原稿用紙を広げ、朝から晩まで何やら書いていた。たいして書きたいものがあるわけではないが、格好だけでもそうしていなければ何もすることがなかったのである。

そのうちひょっこり田畑麦彦がやってきた。田畑は一週間もいただろうか。一週間の間、私たちは隣り合った部屋にいて、朝になると待っていたように一緒になって花札でハチハチをした。いくらかの金を賭けていたが、「つづきは明日」、といって、どちらも支払わない。朝も昼も夜もハチハチをした。宿の女の子はいつ覗いても（廊下に面した障子は雪見障子だった）二人が花札をいじっているので驚いていた。

ある日、その女の子が、珍しくやって来た村の青年団の湯治客に、こういっているのが聞えた。

「あの二人はアベックじゃないよ。夜はべつべつに寝て、起きると花札やってる」

田畑が帰るとまたもとの一人になった。私は埃の中、まるで置物になったようにじっと炬燵に入っていた。床の間にどんどん綿埃が溜っていくのが壮観だった。

そこに何日いたのか、「置物」になっていた私にはわからない。誰とも口を利かず、炬燵から向う正面に見える渓流の果の白い尖った山が、アルプスにはちがいないが、何という山か訊ねようともせずに眺めていた。

私は漸く御輿《みこし》を上げる気になった。懐中が寂しくなったからである。そこを出て伊那電鉄で豊橋へ出、そこから大阪へ行った。大阪で誰かに金を借りるつもりだったが、転がり込んだ友人が、丁度、淡路島の先っちょの沼島という島にある知り合いの別荘へ行くつもりをしていたので、それにくっついて沼島へ行った。東京に帰ってきたのは三月も末である。東京駅には天笠が迎えにきてくれていた。一月末に新宿を出る時のレインコートに、暑くるしい同じセーターにくたびれたズボンという姿のまま、私は東京の暮春の中へ戻ってきたのである。

私の留守の間に庄司重吉が聖路加病院の事務の口を探しておいてくれた（それを知って私は帰ってきたのだ）。天笠は私の母に何度か会い、一緒になって私の悪口をいうことによって、母の気持をなごめ、信頼をかち得ていた。帰ろうと思えば、母の家へすぐに帰れるようにお膳立は出来ていたのだが、が、私は帰りたくなく、いつまでも天笠と新宿をほっつき歩いた。

今夜はどこかに泊って、家へは明日帰ることにしたい、と私は天笠にいった。私は母に会うのが億劫だったのだ。懐には最後の金が二千円余りあった。私は追分の広い道の角に旅人宿といった趣の、くすんだ木造の小さな旅館に「宿泊千円」とあるのを見つけた。

「天笠さん、あすこに泊ろうよ」

と私はいった。

「あんなところ佐藤さん一人で大丈夫かい?」

「気味悪いから一緒に泊ってよ。宿泊千円て書いてある。丁度二千円あるから、二人で泊れるわ」

天笠は暫く考えていたがやがていった。

「じゃあ、こうしよう。君は新小岩の庄司のところへ行って泊りなさい。ぼくはその金でこれから〝二丁目〟へ行かせてもらう」

「うん、それでもいいよ。でも二千円はあげないよ。千八百円のひとを探しなさい」

私はいい、天笠は了承して新小岩の庄司重吉の家まで私を送ってくれた。庄司は結婚したばかりで二階借りをしていた。突然夜更に私たちが行ったので庄司の奥さんはさぞ面白くなかっただろうが、奥さんの機嫌がどうだったか、なにも憶えていない。その頃の私は、友達の女房の機嫌なんかどうだってよかったのだ。

天笠は私から二千円受けとって、にこにこと新宿へ向った。別れ際に私は、

「いいわね? 二百円のおつり持ってこないと承知しないから」

といった。

庄司の部屋で庄司夫婦と枕を並べて私は眠った。布団は二組しかないから、庄

司夫婦は一つ布団で寝ている。奥さんが嫁入り支度に整えたものにちがいないフカフカの毛布が、とても気持よかった。

「いやッ、ダメ！　よしなさいよ」

などという奥さんの嬌声が聞えていたが、そのまま、私は眠ってしまった。

翌日、庄司は私のために勤めを休んだ。保健婦をしている奥さんは、早く出かけたとみえて姿はなかった。庄司と二人で出窓に腰をかけて表を見ていると、向うから天笠がノコノコ歩いてくるのが見えた。

「よう！」

と庄司がいった。

「どうだったい？」

天笠は眩しそうに私たちを見上げて答えた。

「お天道さんが黄色いよ……」

天笠は私につり銭の二百円を渡したが、「千八百円の妓」を探すために十二時すぎまであちこちの店をうろうろと交渉し、ついに女たちから罵声を浴びせられたということだった。その後天笠はやっと見つけた「千八百円の妓」から、毛ジラミをうつされ、庄司が保健所から持ち出してきたＤＤＴで退治した。（その時私はＤＤＴの威力をまざまざと知った。）

庄司と天笠と私は、近くの荒川堤を散歩した。うららかな昼前だった。陽は穏やかにあたたかく、風はなく、川面は静かに光っていた。平日なので誰もいない。私たちはボートに乗って、歌を歌った。ステンカラージンとかボルガの舟唄などだった。

「省ベエのやつ、今頃どうしてるだろう」

と庄司がいった。省ベエというのは田畑麦彦の愛称である。毎日新聞社をやめた彼は、東映の企画部に入ったばかりだった。

「ざまあみろ！」

意味もなく私たちはいい合い、大声に歌を歌った。私は庄司がステンカラージンの低音部の音程を外すといって本気で怒った。

それは私の青春のクライマックスともいうべき日だった。私は三カ月着通していたズボンとセーターを、何とも思わずに着ていた。天笠は平気で失業をつづけ、庄司が勤め先を休むのは当り前のことになっていた。ボートに飽きると私たちは川にかかった鉄橋を歩いて渡った。

「もう十分で上りがくるぞ」

と庄司がいいながら、枕木を飛ぶように歩いて行く。枕木と枕木の間から、下の方に悠然と流れる川面が見えた。

「わーッ、こわい、助けてえ！」

「早くしろよ、汽車が来るぞ、来るぞ」

天笠はもはや向うへ渡りきって笑っている。

私の足は不意に竦《すく》んだ。

「どうしよう！　歩けない！」

「笑いごとじゃないのよう。本当に進めないいんだから……ほんとなんだってば……」

私は本気で叫んだ。それでも二人は笑っている。

「助けてえ……」

叫びながら私は硬直した足で一歩一歩、枕木を踏んでいった。

とうとう渡り終えた時、汽車の汽笛が聞えてきた。私は土堤の青草の上に転がり、理由もなく、けたたましく、息もたえだえに笑ったのだった。

「オール讀物」一九八八年六月号

1965年世田谷の自宅にて。左は田畑麦彦氏

愛子の自選傑作小説ベスト3

ソクラテスの妻

村上豊・画

1

ゆうべもソクラテスの帰りは一時すぎでした。それで今日もわたしたちのお昼御飯と、ソクラテスの朝御飯とが一緒でした。

「ゆうべは?」

とわたしは聞きました。それが一昨日の昼以来、はじめてわたしが夫に向っていった言葉です。一昨日の昼以来、はじめてわたしは夫と会ったのですから。けれどもソクラテスは何も答えませんでした。黙ったまま、目の前にある新聞の、連載漫画のところにちょっと目を止めただけで、あとはいつもの寝呆《ねぼ》けたような薄ぼんやりした、ポカンと口を開けた顔を、壁から下っているカレンダーの方に向けていました。

「ゆうべはなにしてたんですよ?」

わたしは声を高めました。ソクラテスがポカンと口をあけているときは、いつも何かものを考えている時なのです。それがなんだかわたしにはわかりませんが、ともかくわたしには用のないことを考えているのです。ソクラテスのその顔を見ると、ついわたしは高い声を出したくなります。

「太郎の熱が、また三十八度に上ったんですよ」

我ながら甲高《かんだか》い声だと思いました。茶の間の壁には村野証券のカレンダーが懸っており、それは仰向けたソクラテスの顔と、丁度向き合うように下っていました。ソクラテスの口は、そのカレンダーに向ってポカンと開いていました。上唇にはいつものように乾いてめくれかけた白い皮がついています。下唇は厚く、色が悪く、まるで唇自身の重さで開いたかのように垂れています。そしてその目は、一見カレンダーの絵の中の三匹の小馬に見入っているようですが、本当は小馬なんか見てやしないのです。わたしのいっていることが聞えないのではなく、耳に入っていないふりをしているのです。ソクラテスがこの顔になりはじめると、わたしはもう我慢出来ないといった気持になります。ソクラテスがそんな顔をするのは、わたしがしつこいためなのです。そんなことくらい、わたしは知っています。わたしをしつこくさせたくなければ、その顔をやめればよいのです。わたしのいうことを素直に聞き、素直に答えればよいのです。わたしの胸の中には一度にそんな思いが湧《わ》き上ってきて、わたしはますます甲高い声になっていいました。

「太郎が熱を出してるのを覚えてたんですか？　忘れてたんですか？　一体どこ

をうろうろしてたのよ！」

するとと花子がわきから、

「お父さん、お話ししてるときは、ちゃんと聞いていなくちゃいけませんよう」

といいました。子供は何でもちゃんと見ていますし、何でも知っているのです。おとながいちいち教えなくても、何がどういう風に悪いか、五つの子供にだって批判する力はあるのです。

「花子はほんとうにお利口さんね。なんでもわかるのね」

わたしがそういいますとソクラテスは、はじめてカレンダーから目を放し、

「太郎はおとなしく寝ているかね」

といいました。

「小島先生のお薬を飲ませて寝かせていますわよ。だけどそんなことより、昨夜はどこへ行ってたんですよ？」

そういうとソクラテスは、はじめて素直に、

「案山子《かがし》の会だよ」

と答えました。案山子の会というのは、得体の知れない文学かぶれが集って、小説を読み合ったり、雑誌を出したり、およそ非生産的な議論を戦わしたりして

日を送っているグループの名称なのです。始めてからもう七、八年になりますが、二十人ほどの同人のうち、半数くらいが最初からずっといる人達だということです。勿論ソクラテスはその一人です。ソクラテスがいるから、案山子の会は潰《つぶ》れないのだといわれています。そのわけは案山子の会の連中はみな、ソクラテスを尊敬しているからなのだそうです。学識の点ばかりでなく、人格者だからということです。けれどもわたしにいわせると、人格者ということは、お人好しといわれるのと同じことなのです。

「で、昨日の会はどこでやったんです？　あんな時間まで……」

「城《じょう》君の家でやった。そのあとたこ平へ行ったんだ」

「へーえ、そう！」

とわたしはいいました。

「それでまた勘定を払わされたってわけなのね。あの連中ときたら、いつだってあなただけは、欠かさずに誘うんだから……で、いくら払ったの？　ねえ、払わされたのはいくらなんです……」

そういっているうちに、ソクラテスへの腹立ちは、案山子の連中への腹立ちとごっちゃになって、

「あの連中のおべっかを真《ま》に受けるのはもういい加減にしたらどう！」

と叫びました。

「あの連中はあなたを利用することしか考えてないんじゃないの。あの連中の考えていることといえば、雑誌を出すにせよ、酒を飲むにせよ、トクだってことだけよ。どうしてこんなことがわからないの？　わたしにさえわかっていることが、どうしてわからないのよ……」

ソクラテスは三杯目の紅茶を茶碗に注ぎ、一杯目のときから入れたままになっているレモンの薄切をスプーンで押し潰しながら、

「よしよし」

といいました。それがわたしとの会話を進めまいとするときの、いつもの彼の手なのです。わたしはかまわずにいってやりました。

「案山子の会だなんて馬鹿馬鹿しい名前をつけて、どんな意義があってああして集っているんですよ？　時間と金の浪費以外に一体何があるの？　ねえ、何があるの？」

「よしよし」

「よしよしじゃないの。ねえ、なんとかいったらどう……」

いっているうちにふと思い出して、

「そうそう、城さんから紹介されて来たひと、もう十五カ月になりますよ。ひと月の利息も入れないで……まだ待つんですか」

ソクラテスは答えません。

「あんな背広、どう踏んだって二千円は出ませんよ。それを一万円も貸すなんて……うちじゃ伊達《だて》や酔狂で質屋をやってるわけじゃないんですからね」

「よしよし、わかったよ」

「わかったよわかったよは、もう聞き倦《あ》きたわ。もう今後商売の方にあなたの友人関係は立ち入らせないで下さいね」

「よしよし、そうしよう」

わたしはソクラテスを睨《にら》みすえました。いつも思うように、もう何もいうまいと思い決めました。わたしは案山子の連中がみな、わたしを悪妻だといっていることを知っています。そんなことは面と向っていわれなくとも、いつかしら耳に入ってくるものです。だけど案山子の連中にかかったら、女なんて結局はみんな悪妻なのです。

わたしは口を結んで、じっとソクラテスを見つめました。ソクラテスは相変らずカレンダーに顔を向けたまま、紅茶茶碗の底に残ったレモンに砂糖をかけて少しずつ齧《かじ》っています。実際には四十を過ぎたばかりですのに、もう五十の坂を越したような顔をして。私が知り合ったときからずっと、私の記憶にある限り、ソクラテスはそういう顔をしているのです。

一体いつから、何の苦労があって、こんなに老けてしまったのかわたしにはわかりません。もっとも一週間に二日しか剃らない無精髭《ひげ》のせいもありましょうが、その髭がまた、鼻の下だけじゃなしに頬にまで生えるので、ソクラテスが社会科を教えている定時制高校の生徒たちは、ソクラテスにタワシという渾名《あだな》をつけているそうです。ソクラテスの労働といえば、一週間に三日、バスに乗って四ツ目の停留所のそばにある定時制高校へ行くことだけです。あとは質屋の主人としての仕事と、気が向いたときに好きな書き物をするために机に向うことぐらいです。

昔わたしは、ソクラテスが書き物をしているとき、よく子供に向って邪魔をしないようにといったものでした。今では、あの頃のわたしはお人よしだったんだな、と思うばかりですが。彼が書いているのは、どうせ案山子に出すための役にも立たない代物なのです。そんな仕事のために、子供らの自由を束縛する必要などないではありませんか。しかもそのために彼は、肝心の質屋の方はさっぱり身を入れないのです。ソクラテスが帳場に坐っているときの顔を見れば、誰にだってわかるでしょう。ソクラテスの顔の真中に、いかにも陣取ったという風に坐っている団子ッ鼻と、奥へ引っ込んだ鋭い角張った眼は、確かに質屋の帳場には不似合な顔です。ソクラテスに対抗するとき、わたしはその鼻が一番憎らしくなります。ソクラテスの自信はその鼻のせいだという気がしてくるのです。

わたしにはその顔は、わたしを阻んでいるということしかわかりません。何をいっても、怒鳴っても、物を投げても、いつも同じ顔、驚いたり、怒ったりしたことのない顔、感じない顔、銅像のような顔……わたしは胸の中いっぱいに詰った塵芥でも吐き出すような気持で、力いっぱい叫びました。

「髭くらい剃ったらどうなんですか！　牢名主《ろうなぬし》じゃあるまいし！」

けれども、わたしのいいたいのはそのことではありませんでした。けれどもわたしがいいたいことは、どういう言葉なのかわたしにはわかりませんでした。とにかく何かいいさえすれば、矢が的に当らなくても、力一杯弦を引き絞って放ったというだけで、気持が清々するものなのです。

ソクラテスは手のひらで、不精髭の上をこすりました。そうして、

「よしよし」

といいました。

2

「ドストエフスキイって男は、賭事の気違いだったってね。凄《すご》いもんだったらしいな」

ソクラテスの部屋へ入って行くと、いつの間に来ていたのか、案山子の会の森山修が来ていて、畳の上に寝転んでそんなことをいっているところでした。

「博打《ばくち》というものは観念と隣り合せにあるからね」

とソクラテス。見れば二人の間には、花札と点数を書いた紙片が散らばっていて、横目でちらっと見たところでは、どうやら森山修の方が八百点ほども負けているようでした。

「おや、この分では、森山さんはまた、今日はお帰りが遅くなりますことね」

とわたしはいってやりました。しかし森山修はわたしの皮肉が通じたのか通じないのか、ふけだらけの頭を掻《か》きながら、

「奥さん、夕飯は鰻《うな》どんがよいようですな」

などとうそぶいて、本人としては洒落たポーズのつもりでしょうが、さっと前髪を掻き上げると、黒いワイシャツの肩に吹雪のようにふけが舞い落ちるのでした。

私の経験では、色シャツを着た男に紳士がいた験《ため》しがありません。縞物《しまもの》を着ている人にはただ軽薄さがあるだけですが、無地物を着ている手合は殆《ほとん》どが不良の気があるといってもいい過ぎではないと思います。無地物でも薄色の無地から、だんだん色が濃くなって行くに従って、品性の下劣さが増して行くような気がします。

森山修は、年じゅう黒シャツを着ているのでした。といっても黒に凝って、何枚も黒を持っているというのではなく、一枚きりの黒シャツをその季節じゅう着ているということなのです。要するに森山という男は、不潔の王様みたいな男で、森山修の存在のおかげでソクラテスはこの世で最も不潔な男であることを免れているという定評があるくらいです。全くソクラテスときたら、洗髪はおろか、手足の爪を切ることまで、わたしがしてやらなければ駄目なのです。その上に腋臭《わきが》が酷《ひど》いので、夜学の生徒は〈芬芬《ふんぷん》〉とか〈芬芬タワシ〉とかいっているそうです。そういうことを聞くたびに、わたしは妻としての責任を感じます。けれどもわたしが責任を果そうとすると、ソクラテスはいつも煩わしそうな、いやな顔をするのです。

「今日は二の日ですから、生憎《あいにく》と商店はみなお休みですの」

わたしは森山修に向ってていってやりました。

「もうそろそろ暖かくなって来ましたから、いつぞやのスプリングコート、返して下さいね」

「あッ、そうそう。持って来ます。持って来ます。クリーニングしてからと思ってるもんだから、ついつい……」

「クリーニングなんかよろしいの。こちらからいただきに上ってもよろしいけれど……」

「いやいや、それではあんまり恐縮です。持って来ます。持って来ます……」

わたしは茶の間へ戻りました。口を開けばいやなことをいう女だと思っているにちがいないと思いました。だけどわたしは平気だ、と思いました。この世の中にはどうしてもいわねばならぬということがあるのです。それをいうことの出来る者は、勇気のある人間なのです。たかがスプリングコート一枚じゃないかと思うかもしれませんが、そういうたかがという気持がどれほど社会悪を助長して行くことでしょう。しかもこのスプリングコートは去年の三月に貸したものなのです。（それもわたしの知らない間に）それ以来、森山修はそのコートを着て春を過したのでしょうが、ソクラテスはコートなしで、そのため四月初めに風邪をひいて熱を出したりしたのです。

わたしどもでは今年で十年、質屋を営業して来ましたが、質屋へ来る連中などというものは、ろくでもない手合ばかりです。わたしがそんな風にいうと、番頭の中村などは、奥さん、そんなことをおっしゃるものではありません、などといいます。そんなことをいっているから、五十過ぎても他人の家で番頭なんかしていなくてはならないのではありませんか。

中村は質屋の経験が二十年もあるというので、ソクラテスが連れて来た番頭です。当時四十を二つ三つ越えていました。一度も妻帯したことがなく、独学で日本歴史を勉強し、野《の》見宿禰《みのすくね》の研究をしようとしていると聞いただけで、わたしと姑は大反対でしたけれども、ソクラテスは中村が気に入っているのです。確かに中村は悪い男ではありませんが、悪い男でないというのは、役立たずの代名詞みたいなものではないでしょうか。

しかし実際、ソクラテスの友人連中を見ていると、中村のせりふではありませんが、質入れに来る客の方がまだしもましなようにさえ思われて来ます。質入れに来る連中は、少くとも金を借りるには担保が要るものだという固い考えを持っています。ところが案山子の連中などは、担保はおろか、手土産ひとつ持たないで金を借りに来ては、飲んだり食ったりして行くのです。ほんとうに文学だとか芸術だとかいっている手合ほど、箸にも棒にもかからぬものはありません。小説を書くことが、なんでそんなに特別のことなのでしょうか？　役にも立たぬ糞理窟をこねたり、わけのわからぬ文章を書いたりしてさえいれば、怠け者や浮気者やだらしのない人間が、大きな顔をしてのさばっていられるというのでしょうか？　そのくせ彼らは二言目には深刻な顔をして、やれ〈孤独〉だとか、やれ〈人生〉だとかいった言葉をふり廻すのです。一体あの人たちは、そういう言葉が担保の代りになるとでも思っているのでしょうか。

わたしはミツ子にいいつけて、海苔を巻いたお握りと、とろろ昆布を巻きつけたものとを作らせました。それからお昼の残りの鰺《あじ》の干物をむしって、ソクラテスの部屋へ持って行かせました。

「奥さま、蟹《かに》がございますが……」

とミツ子がいいますので、

「いいの、冷蔵庫へしまっといて」

と答えました。ソクラテスに食べさせるつもりで買って来た高価な蟹なのですから、とても森山修などに出せるものではありません。様子を窺《うかが》いかたがた蜜柑《みかん》を持って行くと、二人はお握りを食べながら、またオイチョカブを始めておりました。見るといつの間に持って上ったのか、森山修はサントリーの角瓶を膝の間に挟んでいて、

「奥さん、ウイスキイに握り飯というのはいただけませんなあ」

といいます。

「お握りはお茶でどうぞ。ウイスキイなんか持って来させた覚えはありませんのよ」

わたしはソクラテスを睨みつけてやりましたが、ソクラテスときたら気がついているのかいないのか、そうかといってオイチョカブが面白いのか面白くないのか、さっぱりわからない顔で、森山修が並べた札のうち、萩の猪と二十坊主の下にマッチ棒を五本ずつ置きました。今夜はまた、徹夜になるのにきまっています。そうして明日の朝には、二人とも不潔を絵に描いたような顔になって、森山

修が勝てば金を取られ、ソクラテスが勝てば一文も入らぬぐらいはいい方で、タクシー代ぐらいは借りられて別れるのが落ちなのでしょう。そしてその揚句が、「博打というものは観念と隣り合せにある」ですか！

茶の間に行くと、姑が花子に夕飯を食べさせていました。わたしを見て、

「またこれかい？」

と札を打つ真似をしました。

「森山さんが相手ですもの、今夜は夜明しですわ」

「で、負けているのかい？」

「どうせあんな巾着切り《きんちゃくき》りみたいな男ですもの。勝つまで帰りゃしませんわよ」

「困った男だねえ。あんな男と何だってあの子はつき合うんだろうねえ」

「お母さん、巾着切りってなあに？」

と花子が傍からいいました。わたしは太郎が生れたとき、その誕生祝いとして、森山修が案山子のグループから預かった祝い金を着服してしまったことやら、お正月の年始に来たとき、テーブルの上に出してあったウイスキイを瓶ごと持って帰ってしまったことやら、女を妊娠させて、その始末をする金を借りに来た上に、とうとう返さぬままになっていることやらを、次から次へと姑に向って

しゃべり立てずにはいられません。森山修は貧乏なのではなく、シナリオライターとして相当の収入があるのです。

花子は顔中、ご飯粒だらけにして、

「お母さんたらア、巾着切りってなあにイ」

とまだいっています。

「でもねえ、あなたがしっかりしているから、まだわたしは安心していますよ」

と姑。それはもう今では二人ともすっかり馴染みになっている会話でした。

――女二人が男を虐《いじ》めている。彼女らは決して、どんな時にも棍棒《こんぼう》の一撃を加えようとはしないで、ちくりちくりと先の尖《とが》った針でもって男の生身を刺すのである――

いつかわたしは、ソクラテスがそんなメモを書いているのを読んだことがあります。それがわたしたちのことなのかどうかは知りませんが、しかしソクラテスにそれだけの感受性があるとしたら、もっと文句をいわれないように努力すればいいではありませんか。

わたしは長火鉢にかけておいた、太郎のお粥《かゆ》が煮上ったのを持って立ち上りました。わたしはなにも好きでこうしているわけではない、と思いました。ソクラテスがしないからこうしているだけのことなのです。おそらくソクラテスなら、それをわたしが女だからだ、とでもいうでしょう。ソクラテスにいわせれば、女というものは、いつも現実にしがみついている動物でしかないのです。

女は現実を怖がる、だから現実にしがみつくのだ――それがソクラテスの言葉です。

「いいえ、お母さま、わたしはもうくたびれました」

姑に向ってわたしはいいました。

「もうわたしには、あの人とやり合う元気なんかありませんわ……」

3

わたしは、世間の妻の大部分が、他の男性に対してはとに角、自分の夫にだけは何のかのといいながらも結局は批判の矛先《ほこさき》を鈍らせるのを、いつも腑甲斐《ふがい》ないことだと思っています。そうして男というものの全部が全部、無批判に夫に同調している妻を、貞女の鑑《かがみ》のように褒めそやすのを見ると、バカバカしいやら胸くそが悪いやらで、横を向いて唾《つば》を吐きすてたくなるのです。妻に対して無批判に服従している夫は妻ノロと笑われ、夫に対して無批判な妻は貞女の鑑のようにいわれるのは、それは男が作り出した価値基準なのでしょうけれども、なにも女がそれに同調することはないのです。男から褒められる女なんて、そんな女こそほんとうの助平にきまっています。そんな女は、現実の中で生きているのではなくて、男の中で生きているのですから。

太郎の枕許《まくらもと》で、安寿と厨子《ずし》王のお話をしてやっていると、太郎は目に涙をいっぱいにためているのですけれど、その涙を見られまいとして、瞼を出来るだけいっぱいに見開いたまま、じっと動かないで天井に顔を向けていました。

南に向いた縁側の前は、丁度白桜が咲ききったところで、ソクラテスはその縁に寝ころがって何を考えているのか、例によって髭だらけの、芝居の「鈴ヶ森」にでも出て来そうな顔を空の方へ向けて、目を開けているのかいないのか、わたしのところからは逆さになっているその顔は、まるで長患いの揚句に死んでしまった人のようでした。

朝から中学時代の友人だとかいう、山口という人が来て、二、三時間、応接室で話し込んでいたようですが、そのことについては何ひとつ話もしないで縁側に寝転んだきりなのです。

太郎にお話をしながらも、わたしはそのことについて聞きたくてちらちらと何度もソクラテスの方を見やりましたが、そのたびに「山口さんって、何の御用?」と訊《き》こうとしては思い止まったのは、ソクラテスの寝転んでいるその様子が、いかにもわたしの訊きたがっていることを防ごうとしているように見えたからでした。どうせ訊いたって、納得の行くような返事をしてもらえるわけではない、煩《うるさ》い女だと思われるのが落ちだと思うからで、しかしそうは思うもののやはり訊きたく、訊けない、訊くまいと思うと、いっそう訊きたい気持が強まるもので、わたしはソクラテスの半死人みたいな姿に目をやるたびに、鼻の奥が煙硝くさいような、つまり怒りが高まって行く匂いがたちこめて行くのを感じるのでした。

「……見るとお母さんの乗ったお舟は、安寿たちが乗ったお舟から離れて、だんだん遠くの方へ行ってしまうのよ。お母さんはびっくりして、もしもし船頭さん、これは一体どうしたことなのでしょうか、と何べんいっても船頭さんは聞えないふりをして、知らん顔してお舟を漕《こ》いでいるの……」

いいながら太郎の顔を見ると、太郎はもう既に次の情景を思い出してか(というのは、もう何べんもこのお話をしているので、太郎はすっかり言葉の抑揚まで覚えてしまっているのです)口の端をヒクヒクさせ、膨《ふく》れ上った涙をこぼすまいとして鼻の孔を膨らませ、じっと身体を固くしています。

「それでお母さんは舟の中から、安寿やアい、厨子王やアい、というと、向うのお舟からはお母さんやアい、お母さんやアい、と子供たちが泣きながら呼んでいるのが聞えてくるのよ……」

わたしはいかにもかなしげに声を慄《ふる》わせていいました。

「安寿やアい、厨子王やアい、お母さんやアい、お母さんやアい」

太郎は今はもうこらえきれなくなって、くるりと向うを向き、枕の端を嚙みしめてシクシクとすすり泣きをはじめました。すると突然、ソクラテスが強い声で、

「もうよせ」

といいました。

「なにがですの？」

「泣いてるじゃないか。可哀想《かわいそう》に」

わたしはわざと笑って、

「何を泣いているのよ、太郎。これは嘘っこのお話なんだから、なにも可哀想なことなんかないのよ、おかしな子ねえ」

そういってソクラテスの方を見ると、相変らず寝転んだままですが、顔だけはこちらへねじ向けています。

「だって、これくらいのお話で泣くような意気地なしでは、どうなるんでしょう。来月から学校へ上るというのに。男の子なんだから、もっとしっかりした心を持たなくちゃ困るわよ」

ねじ向けたソクラテスの髭面に向って、わたしはいいました。

「今から鍛えてやらなくちゃ……」

「そんなやり方は鍛えることにはならん」

とにかくそんな風にして、ソクラテスと会話する糸口がついたものですから、わたしは早速、

「山口さんって何してる人？」

と訊《たず》ねました。ソクラテスは面倒くさそうに、

「印刷屋だ」

それを聞くなり、わたしの頭には反射的にパッと浮かぶことがあって、

「また雑誌を出すのね」

思わず非難めいた口調になりました。

「売れもしない雑誌を……古本屋だって目方でしか買わないのよ……どうせ案山子の連中とでしょうね？　つぶれてもつぶれても倦《あ》きもしないで……相手変れど主《ぬし》変らずってのはあなたのことだわ。今度は城さんが力こぶを入れてるのね？　この前は西沢さん、その前は川上さん……利口なひとは、だんだんやめて、離れて行くじゃないの。今度は同人は何人なんです？　同人費は？　ねえ、いくらなの？　あなただけ特別の負担金ってのがあるんでしょう？　どうせ……」

こういう具体的な質問が、一番ソクラテスをいやがらせることをわたしはよく知っていますので、よけいに並べたててやったのです。ソクラテスは向うを向いたまま、わたしの言葉など聞いていないということを見せようとして、目を閉じています。わたしはますます執拗にしゃべりまくりました。わたしのことが不満だったら、何とか答えればいいではありませんか。あるいは腹が立ったら、世間の御亭主のように怒鳴るか殴りつけるかしてみたらいいのです。

わたしたちが見合をしたのは、わたしが二十一の春でした。ソクラテスは二十八でした。わたしたちは牛込《うしごめ》の伯父の家で、はじめて会いました。わたしは庭で野点《のだて》をしました。

ソクラテスはわたしに、

「これは、まことに立派なお庭ですね」

といいましたので、わたしは、

「はア」

と答えました。それが、わたしたちがはじめて交した言葉でした。そのときのソクラテスは、今のようにむさくるしく人間ばなれした様子はありませんでしたが、何だか妙に黙った人だという印象を受けました。ソクラテスはそれから、

「これ千坪くらいありますか」

と訊ねましたが、わたしにはわかりませんでしたので、

「さあ、どうでございましょう」

と答えたのでした。それからまたソクラテスは、

「伯父さまは今年でお幾つになられますか」

と訊きました。

「伯父は六十八といっておりますが」

とわたしはいってから、

「満でいいますと、六十六歳と七カ月になると思います」

といい足しました。

「なるほど、年を取ると実際よりももっと年を取っているようにいいたいものですな。これは面白い」

ソクラテスはそういいましたけれども、その様子には言葉ほどに面白がっている風はありませんでした。

見合のとき、わたしとソクラテスが交した言葉というのはそれだけでした。ソクラテスも姑も舅《しゅうと》も、わたしのことを大へんおとなしい娘さんだが、少し弱々しすぎはしないかという印象を受けたということを、後にわたしは伯父から聞きました。わたしはいま、十五貫とちょっとありますが、その時のわたしといえば、十一貫五百くらいしかありませんでした。婚礼の晩餐《ばんさん》に、わたしは一箸もつけることが出来ませんでした。最初の晩の翌日、わたしは熱を出しました。わたしは何も知らなかったので、ソクラテスを本当にいやな男だと思ったのでした。わたしはよほど逃げて帰ろうかと考えましたが、思いとどまりました。逃げて帰ったりすることは恥かしいことでしたし、やはり我慢しなければならないことなのだと、自分にいいきかせたのでした。

城守夫が来たのはそれから一時間ほどしてからでした。そのときソクラテスはさっきと同じ姿勢のまま、半死人のように縁側で眠っておりました。朝から印刷屋が来たと思ったら、すぐさまこうして城守夫がやって来ます。そうして次の日曜日あたりは案山子の会の連中がぞろぞろやって来て、夜ふけまでつまらない原稿の読みっくらをはじめるにきまっています。ソクラテスが二階へ行ったのと入れ違いにミツ子がやって来て、

「奥さま、中村さんが出かけましたので、お店の方をお願いいたします」

といいました。店に坐っていると、二階から城守夫のケラケラという、けたたましい笑い声が聞えてきます。あの笑い声を聞いただけで、一流の作家になれるわけがないと思われるような声です。それに比べると、ソクラテスの方が余程、貫禄のある笑い声です。二人とも雑誌を出そうというので、いい気持になっているにちがいありません。

わたしは帳簿を調べようと思って、机の抽き出しを開けました。思った通り、先週の木曜日からずっと、毎日のしめがしてありません。帳簿の下から、ヌード写真が出て来ましたが、それはこの前あったのとはポーズの違う、新しいものでした。番頭は商売の合間にヌード写真を眺め、主人は帳つけもしないで変てこな小説を書いている――これで商売が繁昌したら、結構すぎるというものです。

実をいうとわたしは、品物の値を踏んだり、かけ引きをしたり、客の素性を睨

んだりすることは得手なのですが、数学的なことになるとまるっきり才能がないのです。数学も三桁《けた》になると計算にも時間がかかりますので、経理面のことだけはソクラテスがしてくれるように、くれぐれも頼んでいるのです。それでいて、わたしが念を押すといつもソクラテスは、「大丈夫、大丈夫」と強く肯《うなず》いてみせたりするのです。腹を立てながら帳簿を調べていると、ミツ子が来て、

「城さんが中華そばを取ってくれって、おっしゃってますけど」

そういってから、いかにもおかしそうに笑いながらいいました。

「城さんったら、奥さまに内緒で頼む、なんて……」

その言葉はわたしの胸を衝《つ》きました。たとえそれが冗談だとしても、わたしはそうした冗談は嫌いなのです。

「九官亭へ電話おし」

短くいいました。ミツ子はそれでもまだ笑いながら電話の方へ行きかけましたが、ふと思い出したようにもどって来て、ひそひそ声でいいました。

「奥さま、城さんがなんだか、壺みたいなものを旦那さまに見せていらっしゃいますけど」

「壺？」

「ええ、とても値打ちのあるものですって」

ミツ子の目は、わたしが怒り出すことを期待して、いかにも面白そうに潤んでいます。

「旦那さま、お買いになるんじゃないかしら……」

わたしはそれに答えずに、ミツ子に店番をいいつけて蔵の中へ入りました。

わたしはよく、一人でいるときとか、何も用のないときなど、一人で長い時間を蔵の中で過すことがありました。何故かはわかりませんが、何となくそこがわたしの心を落着かせてくれるような気がするからです。それはあるいは、蔵の壁が厚いせいでしょうか。それとも扉を開けるときの、あの重々しい手応えのせいでしょうか。蔵の中は、階段の途中にある四角い明り取りから射し込んでくるぼんやりした光線が、やや斜《はす》かいに横切っています。光線には埃《ほこり》がいっぱい浮かんでいます。それはもう何年も見馴れてきた、懐しいとさえいえる光線です。そうしてそれはまばらに並べてある時計の列を力なく照らしています。ひと頃はこの蔵の棚は、どこもかしこも一杯だったものでした。けれども今は全体の三分の一くらいしか埋まっていません。天井から吊したバイオリンは、持主が音楽家だからというので、ソクラテスがもう三年以上も流さないで置いてあるものです。わたしは奥の棚に、はじめて男物のラバソールを置いたときのことを思い出しました。それが質屋を開いた、最初の客でした。そのとき蔵の中には新しい木の香が満ち、ソクラテスでさえ、なにやら活き活きして、わたしの傍に来て、わたしがそこにラバソールを置くのを見ていたりしたものでした。

わたしたちがこの商売を始めたとき、ソクラテスの父は病床にいました。それまで父は既製服の会社を経営している傍《かたわ》ら、三つ四つの名誉職のようなものに就いていたのでしたが、急に心臓の病に倒れ、それと同時に会社の中で内輪揉《も》めが出来たために、厭気がさして何もかもやめてしまったのでした。それから父は、ソクラテスに質屋をさせることを考えついたのでした。内玄関を帳場に改造し、蔵に棚を作るだけで、大して費用もかかりませんでした。昭和二十五年といえば、質屋の黄金時代といわれた二十八、九年を控えて、開業するには最も時宜《じぎ》を得た年でした。ただこんな山の手の住宅街では、という不安もありましたが、四軒ばかり向うの地主さんの宅でも、郷里からお茶を取り寄せて商売を始めたのが、どうやら繁昌している様子なのに力を得たのでした。

けれども質屋の全盛期は、それからせいぜい四、五年くらいのものでした。世の中が安定して来て物が出廻り、庶民の生活に余裕が出て来たということもありますが、特にわたしどもでは、中村とソクラテスに全く商売気がありませんから、成績は下る一方なのです。

「ともかくも質屋へ来る人間というのは、末端の人ですから、よくよく面倒を見てやることが肝心でございますな」

これがかねてからの中村の持論です。そうして昔の質屋はみな、それでやって来たのです。しかし時代はすっかり変りました。親切にすればなめられるだけの話です。上物なら高く貸したのは昔のことで、現代では物が良くても柄や色合が流行遅れであれば、何の値打ちもなくなるのです。

わたしは暫《しばら》くの間そこに立って、そこにある色々な品物を眺めました。それらのものは、どれもみな、わたし達の喧嘩《けんか》の種になったものばかりでした。棚の端に置いてある小さな紙袋は、一昨日、ソクラテスが百円も出した煮干しでした。一体、煮干しを質にとる人なんてどこの世界にいるでしょう！　傘やバットやラケットがひとまとめに立てかけてある壁に、昨日中村が五千円で貸した、問題の背広がぶらさがっていました。英国製だというので、中村が気前を見せたダブルの背広です。それをちょっと手に取ってみました。いかにも田舎芝居に出てくる色がたきでも着ていそうな、どうしようもない代物でした。わたしはそれをたとう紙に畳み、それからも暫く色々な品物の整理をしました。三日に一度はそうするのですが、それでもいつ来ても蔵の中は雑然としているのです。どうしてあの人たちは、ものごとをきちんと片づけることが出来ないのでしょう。

わたしが蔵を出たのはもう夕方近くでした。驚いたことに城守夫の笑い声が、まだ二階から響いておりました。きっと晩の御飯を食べて行くつもりなのでしょう。うちに来る客ときたら、他人の家で三食食べるぐらいのことは、何とも思っていないのです。その日もわたしの思ったとおりでした。城守夫はそれから夕食を食べ、わたしたちと一緒にテレビを見、やっと帰って行ったのは、確かその日も夜の十二時を廻っていたころだったと思います。

4

四月になってはじめての、日曜日の朝でした。町内会主催の〈春の教養講座〉とかいう催しがあって、ソクラテスは西洋の歴史とかの講義を頼まれて、珍しく早起きをして出かけて行きました。

あまり暖かくて静かな日なので、縁側に出て花子の散髪をしてやっていると、台所の方でミツ子がけたたましく笑う声が聞え、その笑い声の下から何やらしゃべっているのは、坂田万吉の声のようでした。

「あっ、坂田の小父《おじ》ちゃんだよ、花子」

思わずわたしは声を上げ、笑い顔になって茶の間の入口を見ていると、やがて万吉が姿を現わしました。今日はいつもより、一層派手な格子縞の開襟シャツで、それは赤と青と黄と茶でした。

「今日はまた、凄《すご》い開襟シャツじゃないの」

といいますと、

「ああ、色彩が恋しくなると、こういうのを用いるのさ」

こんなときによくするおすまし顔でいいました。こんなときの万吉のすまし顔は、中学生時分からの癖で、〈色彩が恋しくなると〉などというい方も、その頃と少しも変りません。万吉はわたしの従弟《いとこ》で、わたしと同い年です。本職は都庁の役人なのですが、三十近くなってから夜間大学の美学へ入学したりした故か、誰が見ても官吏には見えませんし、都庁へ入ってから十年近くなる筈ですのに、一向に役どころが上った気配もありません。わたしは万吉に向って、

「万さん、待ってたのよ」

といいましたが、万吉の顔を見ると、いつもどういうわけか、今の今まで万吉

を待ちうけていたような気持になるのです。

「してみるとまた、何か腹を立てていたね」

そういう万吉の調子には、ツーといえばカーと答える確実な手応えがあります。万吉は男性には珍しく、唯一人のわたしの味方なのです。

万吉の母は、わたしの母の姉に当ります。父親というのが不運な人で、定職というものがなかったために、(わたしの母にいわせると意気地なしだったといいますが)わたしの父の補助によって、小さな美容院を経営していました。万吉とわたしとは三月ちがいで生れました。それで赤ン坊のときの万吉は、いつもわたしのお古を着ていたということですし、少し大きくなって水屋さんごっこをするときは、万吉はいつも水を汲みに行く役でした。

わたしは万吉に、ソクラテスが又もや株で損をした話をはじめました。わたしのいいたいことは、ソクラテスは好きで株を買うのではなく、株屋から無理やりに勧められるために株を買うのだということなのです。ですから買ったと思うとすぐさま売り、売ったと思うとまた矢つぎ早に買うという風なことをさせられて、株屋の手数料稼ぎのいいカモになっているのです。

「全く株屋なんて、ごまの蝿みたいなやつらなんだから。どこかの国で内紛でもあると、喜び勇んで海運株なんか買わせに来る。人類の不幸まで儲けの種にしようっていうんだからね。人でなしだわ。それをあの人ったら何ていうかと思えば、それはあの男が悪いんじゃない。彼の職業がそうさせているんだ、っていうの。株には上り下りがある。損をするときもあれば得をするときもある。それはあの男のせいじゃない。我々は誰とでも人間としてつき合わなければならんのだ、ですとさ……」

「ふーん……」

万吉はさも驚いたといわんばかりに肯いて、

「それで損させられてちゃ世話ねえな」

「それそれ、それをいいたいのよ」

わたしは勢いこんでいいました。

「あの人だってもっとしっかり現実を見たらどうかと思うのよ。それが出来ないくらいなら、無能者らしく引っ込んでいればいいのよ」

「困った男だなあ。それじゃいくら金があったって足りやしない……しかしあんたも全くよくやって行くよねえ。大変だなあ」

万吉は溜息《ためいき》まじりにそういうと、気を変えるように、

「どうだい、これから多摩川の方へでも行ってみない？」

といいました。

「多摩川へ？　なにしに？」

わたしが訊き返しますと、

「なにしに？」

と万吉はさも呆《あき》れたようにおうむ返しにいって、まじまじとわたしを眺めました。

「だって多摩川に何があるの？」

「何がって……つまり、ぶらぶらと行ってみないか、っていうんだよ」

「ぶらぶら？」

「そうよ。つまり散歩にさ」

それから万吉は、

「あんまりがめつく金勘定ばかりしてちゃ、身体《からだ》に毒だよ」

といいました。万吉のことですからその言葉に皮肉をこめたわけでないことはよくわかっていましたけれども、わたしはふと不愉快になって、つい、

「いじる金のない人は健康でいいわね！」

といい返してやりました。そんな風にわたしは、わたしについての少しでも批判的な言葉に、非常に神経質になっているのです。わたしの剣幕に、万吉はちょっとびっくりしてわたしの方を見ましたが、なにしろ長年、わたしの癖を呑みこんでやって来た男ですから、すぐけろりとして、

「それもそうだな」

といってから、

「花ちゃんのお父さんは、まだ寝てるの?」

と花子に向いいました。すると花子の横で、さっきから塗り絵をしていた太郎が、突然、

「お父さんはお仕事――」

といいました。そんな風に父親のことをいうときの太郎の様子は、何か昂然《こうぜん》とした、挑むようなところがいつもあります。

「お仕事? ふうん、そう、だが何のお仕事なの?」

「どうせ、お金とは縁のないお仕事よ!」

投げつけるようにわたしはいいました。万吉と話していると、わたしはいつもこんな風な強い調子が思わず出るのです。いってみればこの上天気の春の日曜

日、普通ならばぶらぶらと多摩川へでも出かけるような日にも、子供の散髪をしながら、店の監督をしていなければならないのではありませんか。わたしのその心を見ぬいたかのように万吉は、

「いつ来ても、羨《うらや》ましい男だなあ!」

と溜息をついてみせました。

「全くの話が、細君があんたでなかったら、とてもやって行けるもんじゃないよね。いい御身分だよ。一日でいいから、なってみたいね。俺なんか、自分の好きなことなんか、とっくの昔に諦めちゃったなあ……これもみな、女房子供のため――」

というのですが、しかし万吉だって本当は、ソクラテスのことがそんなに嫌いなわけではないのです。いや、それどころか、ときにはわたしに内緒で金を借りたりしていることも、わたしはちゃんと知っています。

縁側にあぐらをかいて、万吉はいつの間にか、さっきまで太郎が遊んでいた塗り絵に、たんねんに色をつけていました。その横顔を見るともなしに見ているうちに、ふと妙にうら淋しい、心細いような気分がやって来るのを感じました。突然わたしだけが取り残されて、一人ぼっちになってしまったような、やりきれな

い感じでした。わたしはときどき、そんな感じに似た夢を見ることがあるのです。ソクラテスが突然いなくなってしまい、どうしたらよいのかわからないで、うろうろしていたり、そうかと思えばソクラテスが何ともいえない冷やかな、軽蔑し切った表情をじっと動かさずにわたしを見つめていたりする夢なのです。また時には、ふと気がつくと、ソクラテスが坐ったまま、上を向いて死んでいたりする夢もあります。そんな夢から醒《さ》めた後の、誰に訴えようもなく説明のしようもない、急に身のまわりが広く空気が稀薄になったようなたよりなさ、沈み込んで行くような淋しさ、そんな孤独感がそのときわたしを蔽《おお》って行ったのでした。

しかし坂田万吉は何も知らないで、塗り絵に倦きてふいと立ち上ると、好奇心の強い子供のようにそのへんを歩きはじめました。暖かなので靴下を脱いだその足は、妙にピンク色をしている扁平足《へんぺいそく》なのです。

「何だいこれ？　この箱？」

見ると例の城守夫の持って来た壺の箱を手にしています。わたしが何とも答えないうちから、もうそれを開きにかかったのは、美学を専攻しているという自信のようなもののためなのでしょう。

「ややッ、万暦《ばんれき》赤絵だね！」

万吉が叫ぶようにいいました。

「どうしたの？　買ったの？」

「城さんの親戚の人が、急にお金の入用が出来たので、誰かに買って貰いたいそうよ。うちへ相談に来て置いて行ったのよ」

「ふーん……それで？　買ったの」

「四十五万もほしいっていうんですもの。買わないわよ。わたしが買わせないわよ」

万吉はそのわたしの言葉も耳に入らぬように壺を手に取って、右左からうち眺め、ひっくり返して底を見、どういうつもりなのか、赤い舌を出して底を嘗《な》めてみたりしていましたが、やがて、

「買っておきよ！」

と厳粛な声を出しました。

「こいつは買物だぜ。四十五万なんて、べら棒な値段だね。俺なら百万とつけたいところだね」

思わずわたしは笑いました。万吉ほど、すぐに調子にのる男はいないと思ったからです。

「万暦赤絵といえばいつの時代だと思う？　明《みん》ですぜ。ほら、ここに大明万暦年製って書いてあるだろう。この銘がいいんだ。こんなに字が見良いのは少いね。それにこのコバルト。どうだい、この色。ねえ、万暦時代ってのは、支那の絵の具じゃなくて、南洋産のコバルトを使っているんだ。ごらん、絵の具が爪で起すと、ぽこっと上るような感じだろう？　贋物《にせもの》はこうは行かないね。それにどうだいこの土味の細かいこと……」

「じゃあ？　本物なの？」

「本物なのとは情ないねえ。こう向うから迫ってくるものがわからんかねえ。贋物にはこんな風に訴えてくるものがないんだよ。わからないかねえ……この統一が……見事な統一がさ」

わたしは笑っていましたが、ふともしかしたら、本当かもしれない、という気が起りました。万吉だって美学を専攻しているのだから、ほかのことは駄目でも、その方の眼だけは確かかもしれない。案外、こういう妙チキリンな人間に限って、真贋《しんがん》を見る才能のようなものがそなわっているものなのかもしれないと思いました。

「惜しいなあ。月賦でいいのなら、俺が買ったっていいんだ」

万吉はいいました。わたしは壺を眺め、胸の高鳴るのを覚えました。こういうときのことを、俗に魔がさしたというのでしょう。いつのまにか、わたしはそれを買う気で、金の胸算用をしているのでした。わたしはそれを五万値切るつもりでした。百万に売れたら、万吉にいくらかやってもいい、とまで考えていました。ヘマばかりしているソクラテスに、華々しいところを見せてやりたいという気持もありました。城守夫だって、だらしのない男ではあるが、悪人ではない、などと思いました。すると妙なもので、急に城守夫が身近な、親しい人に思われてきたり、坂田万吉が頼り甲斐のある、一見識ある人間に見えてきたりしたのでした。

5

ソクラテスにいわせると、作家というものはあらゆるものを無限に許容する人なのだそうです。それから、あらゆる現実にただ耐える人でもあるそうです。許容出来ない人間を、作家は描くことは出来ないからだそうです。

けれどもそのことと、株屋の食いものになったり、何かといえば金を貸したり、帳簿の整理をしなかったり、徹夜で博打をしたりすることと、一体どう結びつくのでしょうか？

あらゆるものを無限に許し、ただあらゆる現実に耐える――そうしてその結果はどうでしょう？　家庭は平和でしょうか？　商売はうまく行っているでしょうか？　ソクラテスは幸福でしょうか？　妻であるわたし、子供、母、そうして、ソクラテスを尊敬している中村は……

「例えばここに、坐り心地の悪い椅子があるとする――」

ソクラテスはいいます。

「政治家や実業家や経済学者たちは、その椅子についてこういうだろう。この椅子はどうも脚がよろしくない。肱掛《ひじかけ》の工合も感心せん。クッションも、見た目はよろしいが、いざ腰を下ろしてみると、云々とね。それから彼らは、彼らの政治理念を、彼らの理想を思いうかべるだろう。その理想である安楽椅子をもって、坐り心地の悪い椅子を否定するだろう。しかしだ、作家にとっては、ただその椅子の坐り心地の悪さに、じっと耐えるということ、そのことだけがあるだけなのだ。作家には安楽椅子というものはない。作家は決して、他の現実のために、いま一つの現実を否定することはしないだろう……」

それはもう、何回となく聞かされ、聞き倦きた言葉です。ソクラテスときたら、本当に必要なことは何もしゃべらないくせに、こういう屁理窟みたいなことになると、人が変ったように熱中して、演説口調でしゃべりたてるのです。わたしでさえ、門前の小僧みたいに、覚えてしまいました。けれども何回聞いても、わたしにはソクラテスの考えていることは納得出来ません。坐り心地の悪い椅子よりも、いい椅子の方がいいにきまっているではありませんか。坐り心地が悪ければ、それをよくしようとするのが、人間の本能であり、かつまた使命ではないでしょうか？　だからこそ、人類は進歩してきたのではないでしょうか？

ところがソクラテスは、それに対してこういうのです。

「現代の人間の危機は、人間の征服の意志の無制限性にあるということも出来るのではないかね。人間はそういうものによって、自分をより幸福に出来ると考えている。その結果が現代の精神的危機をもたらしているのだ。果して人類は進歩して来たといえるのかね？　逆に退歩しているともいえるのではないかね。だからこそガンジーのように、真に個人というものを重んずる人間は、原子爆弾の平和的利用さえも拒絶するんだ」

そんなことをいっているから、ソクラテスはいつまで経っても一人前の作家になれないで同人雑誌を作っていなくてはならないのです。わたしはまだ一度もソクラテスの書いたものを読んだことはありませんが、案山子の連中にいわせると、ソクラテスはまだ誰も書いたことのないような優れた小説を書いているのだそうです。しかしそれが本当にそんな優れたものなら、どうしてその原稿が売れないのでしょうか。するとあの連中がいうには、小説が売れないということは、作家としてむしろ名誉なことだというのです。あの人たちにいわせると、世の中に出ている者は、皆、妥協しているか、低俗な連中ばかりだということになってしまいます。わたしにはあの連中は唯、ひがみ根性によってより集っているとしか思えません。そして隠れキリシタンの指導者みたいに、その真中にソクラテスがいるのです。作家とは職業ではなくて精神を意味するものだ、これはソクラテスの言葉です。

だけどわたしはもう沢山です。精神なんて目に見えないものは、わたしは好きじゃありません。そんな終点のないものを、いくらひねったって、この世間では何の役に立つのでしょう？　一体誰が理解するのでしょう？　案山子の連中は彼ら自身でいっているように、本当にソクラテスを理解しているのでしょうか？　その〈精神〉とかを利用しようとするときだけ、みんなはやって来るのではないでしょうか？　ソクラテスの〈精神〉は、完全にひとりぼっちなのにちがいありません。その孤独を、ソクラテスはどうして自分の欠点だと考えないのでしょうか？　人々は利用する時だけやって来る。それがすむと去って行く。再びやって来るのは、彼らが貧乏になったり、孤独になったりした時ではなかったでしょうか？

実際ソクラテスは腹を立てないのです。それでも立てないのです。なぜソクラテスは腹を立てないのでしょうか？　なぜもっと真剣に生きないのでしょうか？　イモ虫でさえ、ソクラテスよりは真剣に生きているではありませんか。そういうわたしを見るとき、ソクラテスの目には、憐れみのような光がありました。どうせわたしは脚のガタガタしている椅子なのです。そしてソクラテスは、その椅子に耐えているつもりなのでしょう。わたしはそういってやりたくなります。わたしは負けずに、ソクラテスを憐れみの目で見てやろうとしました。けれどもそんなことをしたところで、やはり無駄なのです。怒鳴りちらしても暴れても無駄なように、何をしてもソクラテスを動かすことは出来ないのです。ソクラテスをひっくり返らせることができるなら、貞操でさえ犠牲にしてもいいと思いつめたこともありました。実際わたしがもう少し若く、そうしてこんなに肥っていなかったら、本当にそうしたかもしれません。わたしは坐り心地の悪い椅子は、断乎《だんこ》として直す主義です。人間は最後の最後まで、直そうとしつづけるべきです。

さてその朝、又しても中村がつまらない失敗をしでかしたために、わたしは何もかもがソクラテスのせいだといい張って、腹立ちまぎれに坂田万吉の家へ家出しようかと思いつめたのでした。夫婦喧嘩をしても、わたしは万吉のところくらいしか行くところがないのです。けれども万吉の細君がわたしを好いていないことや、行って泊めてもらうには手土産のひとつも持って行かねばならないことや、ちょっとした気温の変化で太郎が熱を出すことや、わたしの留守中の子供たちの食事のこと、ミツ子が不経済なやり方をすることなどを考えると、いつも結局は行かないでしまうのです。

中村の失敗というのはこうです。

前の日の夕方、五時を少しまわった頃に、眼鏡をかけたインテリ奥さん風の女がD製糖の株券を持って来て、いくらでもいいから貸してほしいというので、夕刊の株価を見て七掛で貸したというのでした。

「株式課に問い合せもせずに?」

わたしが大声を上げたのは、それだけ聞いただけで、もうピンとくるものがあったからでした。詐欺にやられたのです。その株券は戦前の無効株だったのです。大体、五時を過ぎてから株券を持ってくる客というのは、一応疑ってかからなければいけないのが質屋の常識というもので、五時を過ぎてしまうとどこの会社でも終業しますから、株式課へ問い合せをすることが出来ないからなのです。

「で、今日になって、株式課へ訊いたんですか？」

「まことに面目次第もございません」

「あなたは面目がつぶれただけですむでしょうけれど、わたしの方は五万円の損なのよ」

「…………」

「五万円の損なのよ。あなた」

とわたしはソクラテスに向き直りました。ソクラテスがまるで他人《ひと》ごとみたいに黙りこくっていることが、そうして黙っていることの中からわたしに迫ってくるものが、わたしをガタガタ椅子だと思っていることが、わたしをソクラテスに立ち向わせるのだということを、ソクラテスは知っているでしょうか？

「五万円の損なのよ。あなた！」

しかしソクラテスがわたしに向ってやっといった言葉は、

「よしよし」

の一言でした。見るとソクラテスは、わたしが興奮のあまり、ついヒーターの上から取るのを忘れた食パンの黒こげを、一生懸命バターナイフで削っているのです。

「しかし、人から欺されたということは、決して非難に価することではない」

そうしてソクラテスは、やっと黒こげを削り落したパンに、山のようにバター

を盛り上げて、殆《ほとん》ど二口で口の中へ押し込んで、顔じゅうの筋肉を動かしなが

ら、上目づかいにカレンダーの小馬を眺めはじめました。

「価するもしないもないのよ！　損は損なのよ！　厳然たる事実よ！　蜂にささ

れれば瘤《こぶ》になるのよ！　わかる？　瘤になれば痛いのよ」

「痛いのはすぐ治る」

ソクラテスはいいました。

「唾をつけとけば治る」

角砂糖ばさみを握りしめたわたしの手は、ソクラテスに向ってぶるぶる慄《ふる》えま

した。この男みたいに鈍感な、屁理窟屋の、コンクリートの塊みたいな人間に

は、暴力を振うしかないのです。しかしその暴力にしたって、決してソクラテス

の心臓にまで傷を与えることは出来ないので、わたしの怒りはくすぶったまま、何かといえば忽《たちま》ち次の怒りを触発し易い状態を持続しているわけなのです。中村がどこからか、三十万という金を工面して来たのは、それから間もなくでした。後で知ったことでしたが、その頃からもう我が家の経理は支離滅裂になっていて、中村の失敗なんか、どっちにしても五十歩百歩というところだったらしいのです。

ソクラテスはそのことをよく知っていました。そうしてそれを知っていながら、中村が工面して来た金を、右から左へ、つまり神崎という夜学の同僚に渡してしまったのです。

今から八年前といえばまだ庶民の生活は安定していなかった頃ですが、その頃、五人の子供を抱えた高校教師の生活といえば、インテリ貧乏の見本みたいなものでした。そのとき、神崎さんの奥さんのお父さんが急に亡くなって、思いがけない七十万の遺産が転がりこんで来たという事件がありました。神崎さんは興奮のあまり、一時失語症のようになられたということでしたが、そのときソクラテスが、その金を有利にまわしてあげるといって、うちの商売の借り入れ金に繰り入れたのでした。普通どこの商売でも、借り入れ金の利息は、せいぜい二分止まりというのが常識なのですが、ソクラテスときたら、神崎さんに限って四分の利息を払うことにしてあげたのでした。

当時は景気のいい頃でしたから、四分の利息を払っても結構採算は取れました。けれどもその三、四年あとからは、四分の利息の借り入れ金を使っているなんて、質屋仲間が聞いたら呆れ返るほど、この商売もやりにくくなって来たのです。神崎さんの利息に関しては、毎年、年中行事のように喧嘩をしてきました。このバカバカしいやり方を見ると、眠れなくなってきて、ソクラテスを叩き起して喧嘩をふっかけたことも何度かあります。ところが度を過ぎた親切というものは、相手に感謝されるよりも、むしろそれに馴れさせ、当り前のことと思わせ、おしまいには却《かえ》って向うで妙な錯覚を起して、恩着せがましい気持になって来たりするものなのです。この頃うちの商売が思わしくなくなって来たようなことでも耳に入ったのでしょう。一、二カ月前から、急に金を返してほしいという催促を再三受けるようになって来たのでした。

そんな急なことをいわれても、商売をしている者が、今日明日のうちに二つ返事で返せるものではないことぐらい、誰にだってわかる話じゃありませんか。しかも八年間、ただの一度だって利息を遅らせたこともなく、月々二万八千円ずつ払ってきましたのに、今になってまるで仇討ちみたいな顔で、使い馴れない遊ばせ言葉なんか使って金の催促に来られるなんて、これもソクラテスが腑甲斐《ふがい》ないためなのです。月々二万八千円ずつ八年間といえば、年に三十三万六千円ずつですから、元金の七十万なんか、二年ちょっとで元が取れているわけです。ソクラテスは、中村が工面した金を、その返済に当ててしまいました。そうして残りの四十万を返すために、家を抵当に入れて金を作ったのでした。

しかしわたしがそのことを知ったのは、ずっと後になってからでした。家を抵当に入れたのは、神崎さんの返金ばかりでなく、株で相当の痛手を受けたためもあったのでした。ところがその株というのが、店の方の金の回転率が悪くなって来たために、神崎さんの利息を捻出《ねんしゅつ》しようとして無理をしたのだとわかっては、もう呆れ返ってものもいえません。その上にまだ、大学時代の友だちで、共稼ぎで五十万の貯えを作ったという人から、最高の利殖の道はないかと頼まれて、それを株で殖やしてあげていたのですが、株の地合《じあい》が悪くて、損になって行った場合などは、その損を自分の方にまわし、自分の儲けをそちらに渡すようなことまでしているのでした。

「作家というものはただそれらの現実に耐えるのだ。作家は決して他の現実のためにいま一つの現実を否定することはしない。実際、あるものをあらしめる以上に、どのような愛情がありうるかね？　芸術家はたとえ、善意からであろうとこの世の中をよりよくしようなどという考えを起してはならない。芸術家が悪魔に荷担するのはむしろそのときなのだ。なぜならば彼はそのとき、無意識におのれ自身の責任を回避しているからだ。無限なるものにかかわるべきおのれ自身の責任をだ。永遠に不毛であるべき栄冠をだ……芸術家はただ、この世の中の悪いものもよいものもその身に感じとる。剣や槍《やり》の痛みがその身を刺し貫くように感じとるのだ。実際あらゆるものを茨《いばら》と感じ、悪《あ》しきものも良きものと感じて尚、それを抱きしめること、これ以上に困難なことがあるだろうか？　それは既にそれ自身が精神の現われじゃないかね。それこそ有限なるものからの超脱ではないかね……」

ソクラテスはいいます。わたしに向って、このわたしに向って。顔を赤くしてこういう風にしゃべるときだけに見せる情熱をその目に輝かせ、唾を飛ばし身を乗り出して、まるで大雨のあとの大河が流れるようにしゃべるのです。だけど、わたしは案山子の同人ではありません。案山子の同人にならそんな言葉も通用するでしょうが、このわたしにはそうは行きません。案山子の同人みたいに、どれもこれも足が宙に浮き上った連中とは、わたしはちがいます。坂田万吉はソクラテスのこの雄弁を、〈魔術〉だといいました。

そういえば疲れた頭の中になだれこんでくるその言葉は、今まで聞いたこともないような、どこの国の言葉かわからない、得体のしれないまじないのような気がして来ます。そうしてわたしの頭には朦朧《もうろう》と霧がかかり、頭の回転はゆるやかになってやがて全く停止し、それからあくびが出て眠くなってくるのでした。

6

〈案山子〉の第一号が出来上って、わたしの家で同人会が開かれたのは、五月はじめの連休で店がごった返していたときのことでした。この頃の客は生活のためよりも、行楽や季節の買物のために質屋を利用する人が案外多く、その上に競輪競馬が重なりますので、こんな山の手でも日曜祭日とつづく日は、店を開ける時間もいつもより一時間早くするくらいなのです。丁度同人会のあった日は、朝から夕方までの間に六十人も客があって、中村は近年での最高でございますな、と大喜びでいるのですが、わたしの忙しさといったら、怒る暇もないくらいでした。

応接間にはお昼前からもう城守夫が来ておりまして、お昼ごはんを出し、それを下げに行く頃にまた一人、昼飯はまだ、という人が来、ごたごたしているうちに夕刻には十二、三人にもなったでしょう。丁度坂田万吉も来合せて仲間入りをし、カットがどうの、表紙の色がよく出ていないなどと、盛んにしゃべっている声が聞えていました。

わたしはミツ子にいいつけて豚のコマギレを買わせ、じゃが芋をうんと入れてカレーライスを作らせました。ソクラテスにいわせれば、なにもそんなに忙しいのに、カレーライスを作る必要はない、寿司でも天どんでも取ればよいというにきまっていますが、お寿司だって天どんだって一人前、百五十円、安くて百円はするのですから、十三人で千三、四百円はかかります。会費を取るということだって、いざとなれば払う人なんていやしないのですから、はじめからそのつもりで用意をしておかないと、また腹を立てなければならないことになるのです。

応接間へカレーライスを運ばせ、子供たちを風呂へ入れたところへ、姑が長唄の稽古から帰って来ましたので、ミツ子に魚を焼かせすまし汁の味つけをみていますと、台所へ中村がやって来ました。新品のテレビを持って来た客がいるのだが、一万円ばかり金が足りないので……とあとは口ごもり、

「まことに困りました」

と長い額に手をあてました。

「今朝はあんなに用意しておいたのに、あれでも足りないの？」

と訊きますと、

「はあ」

と浮かぬ顔のままです。はっと思い当って叫びました。

「わかった！　印刷代に持ってったのね！」

中村は肯定の証拠に黙って答えません。警戒はしていたのですが、今日のように忙しい日に、印刷屋が勘定を取りに来たのが運の尽きでした。中村を問い詰めると、ソクラテスが店の金から三万円ばかり持って行ったといいます。

「自分らの好きで雑誌を作っておきながら、印刷費の割当さえも出さないなんて、どういう根性なの！」

わたしはつゆ杓子《しやくし》を持ったまま、台所から顔をつき出して、応接間に向って声を張り上げました。

「し、しかし旦那さまは、明後日までにきっと返すからとおっしゃいまして……なに、今日の会が終れば、幾らか金を置いて行く方もありましょうから……」

「質屋の金庫に、お客さんに貸す金もないなんて……侍なら、大刀が錆《さ》びついているようなものよ！」

わたしは叫びました。中村は台所の入口に突っ立ったまま黙りこんでうなだれています。応接間からわたしの叫び声に頓着《とんちゃく》なく、何とかいう女流作家の卵が、よく響く声で、

「だからさ。何てったって男は立派だわよ。そうですとも立派ですともさ。忍耐ってことを本当に知ってるのは男だわよ。どんな悪党だって、女の意地悪に比べたら善良なものだわよ。第一ねえ。自分の女房が産んだ子供だからって、それが自分の子供だと確信出来るってこと、この一つだけで、神さまが男に与えた資質なり天命なりがよくわかるわよ」

としゃべっているではありませんか。すると坂田万吉の声が、まるっきり有頂天になって迎合している調子で、

「なるほどねえ。これは穿《うが》った着眼だなあ」

などと、つまらない声を出して感心しているのです。卵はますますいい気になって、

「女はよくそれを知ってるのよ。ふだんはいかにも男の被害者みたいな顔してる

けど、本当は知ってるのよ。本当は女同士の方がこわいっていうこと、知ってるわよ。だけどさ、もしも男と女が戦争するようになったときは、女の団結力ってものは、男の比じゃないわよ。ちょっとでも裏切りの気配でも見えようものなら、ただじゃすまないんだから。ゲシュタポの比じゃないわよ。だけど、もしそんな戦争がはじまったら、お宅の奥さんなんか、智謀《ちぼう》武勇ともに秀でた猛将になるんじゃない？」

ふき上るように哄笑《こうしょう》が起り、一番高らかに、一番あとまで笑っているのは、まぎれもなく万吉の声でした。〈お宅の奥さん〉というのは、わたしのことにきまっている、とわたしは思いました。わたしは思わず中村を見ましたが、台所の入口にうなだれたまま突っ立っている中村は、何やらもの思いにふけっていて、今の声は耳に入らないようでした。ふと顔を上げてわたしを見た中村の目には、一途《いちず》な光があって、

「奥さま、あの壺は、あれは贋物でございました」

一息にいうなり、わたしの目の前に深々と頭を下げて、そのまま動きません。

中村のいったことの意味が呑みこめたとき、その瞬間わたしを襲った感情は、わたしの目の前の中村の、ところまだらに日焼けした禿頭の、白々しい平安に対

する憎しみでした。その禿頭に煮えたぎっている薬罐《やかん》をぶつけてやりたいという欲望が、一瞬、絶望的な事態を忘れさせてくれました。しかしそれはほんの一瞬のことでした。忽ちわたしは、今わたしの目の前に、廊下を隔てて見えている茶の間が他人の家になってしまった、茶箪笥《だんす》も長火鉢もカレンダーも、すっかり好みのちがう他人のもので占められたという、妙に明るい幻を見たのでした。

「実はさきほど、写楽を持って来た客がありまして、値の見当がつかなかったものですから黒石さんに来てもらいましたら、実は誠にいいにくいが、先日奥さまからお頼まれしたあの壺は、明らかな贋物だと申しまして……奥さまにお気の毒で、今日まで申し上げられなかったと……ただ旦那さまにだけは四、五日前にお耳に入れておいたと申しておりましたが……」

「じゃあ、あの人は知ってたの!」

思わずわたしはいいました。知っていながら、気《け》ぶりにも出さなかったソクラテスの顔が浮かびました。

「はい、ところが黒石さんの話では、どうやら旦那さまは、前から御存知だったと……つまり贋物らしいと、旦那さまは……」

「もうおしまいですねえ、この家も……」

突然冷やかに、静かな声でわたしは中村の言葉を打ち切りました。

「わたしたちは金儲けには向かないのよ。つぶしてしまった方がいいのよ」

応接間の方からは女流作家の卵と、それから万吉の笑い声が聞えて来ます。その笑い声がかっと頭にきました。一体万吉が何だって笑っているのです！　何だって笑う権利があるのです！　わたしは応接間まで響き渡る声を出しました。

「つぶした方がいいのよ。どうせ他人の餌食《えじき》になるために商売をやっているようなものだから……」

しかし応接間からはソクラテスの声が、いつものあの、しゃべり出すと人が変ったようになる、高らかな朗読調でこういっているのが聞えました。

「才能？　なるほどね。たしかに君は才能があるよ。あるものを感得し理解し描き出す力というものはね。しかし果して才能はあるということは、作家の資格だろうかね？　じゃあ作家とは何だろう？　作家とはいわば、その才能に先立ってあるものではないのかね？　作家とはその才能を照らし出し、それに方向を与え、それを位置づけるものではないかね？　この世の中のさまざまなものと、光との関係を考えてみたまえ。光はそれ自身では何も存在しないが、世の中のあらゆるものを照らし出す。あらゆる存在を与え、形を与える。あらゆるものを許容し、それを保有する精神じゃないのか……」

「奥さま」

と中村は、まだ台所の敷居の上に立ったまま、沈痛な声でいいました。

「わたくしは旦那さまを信じております。旦那さまは商人に向いてはいらっしゃいませんが、わたくしは人間として、旦那さまを信じております。あんな立派な方が、どうしてこのまま破滅しておしまいになりましょう。そんなことがこの世の中にあっていいものでしょうか……」

「あなたは他人ですからね」

わたしはたたきつけるようにいいました。

「他人のことは簡単に信じられるのです。わたしは他人じゃないから、信じられません。信じてはいけないの。信じてはならない立場というものがあるんです！ミツさん、魚が黒こげじゃないの！」

わたしはミツ子が思わず皿をとり落したほどの剣幕でいいました。

「おつゆをつけて御隠居さまのところへ持ってってちょうだい！」

そうしてわたしは、自分が何をしようとしているかはわからないで、廊下を応接間の方へと進んでいました。わたしの足の下で廊下はなにやらふわふわしたゴムみたいでした。ドアのノッブはいつのまにやら、わたしの手の中にありました。そうしてわたしは、並んで坐っている男や女や、食べ散らしたカレーライスの皿や、吸殻の溢れている灰皿や、部屋いっぱいに籠《こも》っている煙草の煙や、何やら不潔な人いきれの中に立っていました。わたしの目には、煙草の煙を越して、ソクラテスの赤い大きな顔が見えました。太い眉の下に隠れようとしているかのように角張った大きな目は、かつて一度だってわたしが見たことのなかった情熱的な輝きに潤み、唇は生き生きと濡れていました。ソクラテスはわたしの知らないソクラテスになって、力強く、男らしい風貌でそこにいました。彼はわたしを認め、何かしゃべって開いていた口を静かに閉じました。

「何だね？」

ソクラテスはいいました。わたしは口を開こうとしました。いおうとすることが氾濫《はんらん》し、言葉を選ぶ間、我にもあらず口があぐあぐしました。

「酒を飲んだり、洋服を新調したり！」

唐突にそんな言葉が噴き出してきました。

「女を口説いたりする金はあっても、自分たちの小説を載せる雑誌の金は出せないんですか！……」

わたしはいいました。我ながらまるで別の人間がしゃべっているような声でした。

「もう沢山だわ。これ以上他人に利用されたくないわ。これじゃあたしたちは他人のために生きているようなもんだわ。贋物の壺は摑《つか》ませられるし、ひとの食いものにばっかりなって、これでおとなしくしていられると思うの？」

部屋の中のいろんなものは、いまごちゃまぜの色彩となってわたしを取り巻いていました。それは無声映画の一齣《こま》のように静かでした。その静けさはわたしを非難している静けさでした。そうしてその静かさの底を、わたしの方へ向って棘《とげ》のような、氷のような冷笑が流れてくるのをわたしは感じました。わたしはその方を見つめました。おそらくさっきしゃべっていた女流作家の卵なのでしょう。唐辛子色の服を着た女の顔が見えました。彼女はわたしを見つめ、薄い唇の端に薄い笑いを浮かべていました。

「何よ、女のくせに女を嗤《わら》うことしか出来ないで……」

いきなりわたしはその顔にくってかかりました。

「ひとの家へ来て、そこの女房の悪口なんかいう必要ないじゃないの！」

腑甲斐ないことにわたしの声は慄《ふる》えました。

「あんたみたいな女は、女の恥だわ。食べ散らした皿に吸殻を突っこんで……結婚生活も人並みに出来ないような半端者《はんぱもの》のくせに、ひとかどの口利かないでよ」

彼女の顔は驚いてわたしを見上げ、それから固くこわばるのが見えました。そのときソクラテスの声が遠くから、

「何をいっているんだね」

というのが聞えました。

「何だってそんなに興奮しているんだい」

と万吉が横からいいました。その横に城守夫の、うつむいた困ったような顔が見えました。のんびりした万吉の声は、更にわたしを逆上させました。一瞬、部屋の中のすべての物が、わたしに集中するのを感じました。そこにいる者たちの目だけではなくて、汚れた皿や湯呑茶碗や、吸殻のはみ出た灰皿までが――そうです。それでもわたしは、今日朝早くからこの会を用意したのです。何杯もの麦湯を沸かし、灰皿の数を揃え、カレーライスを作ったのです。誰のためでもない、ソクラテスのためにそうしたのです。

「どうせわたしは鵞鳥《がちょう》だわ。ロバよ。跛《ちんば》の椅子よ！」

しずまり返った部屋の中に、わたしの声が響きました。ソクラテスは黙ってい

ました。黙って銅像のような顔を私の方に向けていました。誰も何もいいませんでした。誰かが何かをいえば、逆襲してやろうと待っているのに、誰も何もいわないのです。まるで申し合せて、わたしを孤独の中へ押しこめようとしているようでした。

わたしはカレーライスの皿をつみ重ねました。みんなはじっとそれを見ているだけでした。わたしはつみ重ねた皿を抱えて、沈黙の中をドアの方へと歩きました。わたしの胸は、ほんとうにはり裂けそうでした。手の中の皿を、その場でたたき割ってやろうか、と思いました。そう思うだけで手がふるえました。それをしなかったのは、お皿の値段が頭に閃《ひらめ》いたからです。

沈黙をかき分けるようにして、わたしは部屋を出ました。力まかせに肘《ひじ》で閉めた扉が、後で大きな音を立てて閉まるのが聞えました。

客が帰ったのは、夜も大分更けてからでした。おどろいたことには、そんな事件があった後でも、あの連中は平気で長居をして行ったのです。

お互の気持をひき立てようとするためか、ソクラテスをいたわるつもりなのか、あるいはわたしに当てつけるためか、いつにも増して笑い声が何度も上っていました。

わたしは二階の子供部屋へ行って、眠っている太郎と花子の布団の間で泣きました。ときどき泣くのをやめて、階下の気配を聞きました。呆れたことには帰るとき、玄関で誰かがミツ子をからかっている様子なのです。

ソクラテスが二階へ上って来たのは、皆が帰ってからすぐでした。彼が女流作家の卵が持って来たという、シュークリームの箱を持って上って来たのです。わたしがシュークリームが好きなことを、何かのときにソクラテスが彼女に話したことがあるのだそうです。

「よく覚えていたもんだ」

ソクラテスはいいました。

「ああ見えても、女らしいところがあるんだね」

ソクラテスは、全く何ごともなかったかのように、けろりとしていました。わたしの泣き腫《は》らした顔にも、気がついていないようでした。彼はシュークリームの箱をあけ、わたしにさし出しました。いきなりわたしは立ち上り、寝ている太郎をとびこえて窓のそばへ走ると、窓の外へシュークリームの箱をほうり出しました。

「その手はくわなの焼き蛤《はまぐり》よ！」

わたしは叫びました。それは太郎の漫画で読み覚えた科白《せりふ》です。

「おとぼけもたいがいにしろってのよ！」

ソクラテスはあぐらをかいた姿のまま、わたしを見上げていましたが、やがてゆっくり立ち上りわたしの立っている窓のところへやって来ました。思わずわたしは身構えましたが、ソクラテスは庭に落ちて行ったシュークリームの行方を見に来たのでした。

わたしは拳固《げんこ》でソクラテスの胸を殴りました。二つめを殴ろうとしたとき、ソクラテスの手が、痺《しび》れるような力でわたしの手首を握ってねじ上げました。

「およし」

彼は落ち着き払っていいました。

「たとえどんなことがあろうとも、人の好意というものは大事にすべきだ」

わたしは全身の力で、取られた手をふりはなし、ソクラテスの脛《すね》を蹴上げました。それからわたしは飛びすさり、もう一度、殴りかかろうと身構えたとき、思わずふり上げた手から力がぬけました。わたしの足もとに眠っている太郎のかたくつむった目尻から、一筋の涙が耳の方へと流れて行っているのでした。

7

わたしたちの商売が、目に見えて傾いて行ったのはその頃からでした。

悪い事というものは悪い時に重なるものです。神崎さんへの返金のこともそうでしたし、贋物の万暦赤絵もそうでしたし、今までずっと上っていた株価が急に下り始めて、月々その利潤で補っていた商売の方も、埋めきれなくなったのでした。

秋のはじめには、わたしたちはもう、今までのような生活は許されなくなりました。姑にもそのことを知らさないわけには行かなくなりました。牛込の伯父が相談に乗り、それから親戚会議が開かれました。ソクラテスの意見というのは、この際質屋を廃業してしまうことでした。ソクラテスは前々から(事態がこうなる以前から)そのことを考えていたのでした。

質屋というものは経済発展の不合理に依るものだから、こういう成行きになるのは当然のことだ、というのがソクラテスの意見でした。ソクラテスはいいました。

「要するに今の世の中では、質屋というものだけに江戸時代の名残りがあるんですね。質屋というものは経済意識の低さによって成立っているものなのですからね。西鶴だって織留《おりとめ》の中で、一時逃れに質に置くよりは、当銀に売り払うべきだ、と断言しているくらいです。ところが現代はどうです。利用者の経済意識は高まって来たにも拘《かかわ》らず、質屋だけは旧態依然たる形で存在しているのです。しかしこの質屋の問題は、現代の日本文化の全体の歪《ゆが》みと全く同じだということが出来ますね。急激に変化が来て、しかもそれは上から与えられたものであるために追いついて行けないものがあるのですなあ。日本の文化の総ての現象と同じことなんです……」

わたしたちは呆気に取られて、ソクラテスの演説を聞いていました。ソクラテスがあの案山子の会で見せたような情熱的な顔になって、日本の経済と文化を論じるのを。それから更にギリシャに於ける質屋の起源に遡《さかのぼ》り、欧米の質屋のあり方から、世界文明批評へと話が進展して行くのを。

それでおしまいでした。親戚連中がよってたかって、やっとソクラテスから聞き出せた将来のことは、「人間、生きている限り、食うことぐらいは何とか出来る」ということだけでした。そうして、商売を畳み、家は処分し、残った金で生活を立てて行くことになって、親戚会議は終りました。

十二月でした。

太郎は熱を出してまた学校を休んでおりました。医者はこのように少しの気温の変化で、すぐに気管支がやられるというのは、普通では考えられないことだといいました。

街ではもう歳末売り出しがはじまっていました。出入りの植木屋が、正月用の盆栽を歳暮の挨拶に持ってきました。青森県の中村の弟の家からは、この十年間毎年そうだったように、新巻鮭を送って来ました。けれどもわたしたちは、年内にこの家を明け渡さねばなりませんでした。この家を買いとった東亜建設というのが、開け渡しを急いでおりました。わたしたちの家は、東亜建設の手でとり壊され、土地は四分されて住宅が四軒建つことになったのでした。

秋の間、わたしたちは夜遅くまでかかって、「閉店いたしますので、質物をお引取り下さい」という葉書を何枚も書きました。わたしたちが家を売り、この土地を立ちのいて行くことは町内にはもう知れわたっておりました。

冬になってからは、もう客もないのでしたが、閉店のしらせを貼り残したガラス戸の内側で、中村は相変らず客待ち顔に坐っていました。中村は蔵の品物の整理がつき、わたしたちの引越しが終れば、青森県の弟の家へ行くことになっていました。そこで弟は雑貨屋をしているのです。

お正月は新しい家で迎えるのだと聞いて、子供たちは大喜びでした。新しい家へ移れば、太郎も丈夫になるだろうと、姑はただそのことのためにこの家を引き払うかのような口ぶりでいうのでした。新しい家というのは都心から三十分近く電車に乗って、そこから更にバスで四十分、それからまだ二十分近く歩いて、後は竹藪《たけやぶ》、前は大根畑と向き合っている、屋根に草の生えた家でした。中村がわたしたちのために、安くて間数が多く、庭も広いという条件で探し出してくれた家でした。ソクラテスはその家を見もせずに話を決めました。

わたしたちの財産としては、家を売って借金を整理した後に、五百万ばかりのものが残っただけでした。ソクラテスは中村の退職金としてそのうちから五十万円をあげるつもりをしていました。そのことに関してだけ、ソクラテスは浮かぬ顔をしました。出来ればソクラテスは、中村を新しい家へ連れて行き、野見宿禰の研究でもしながら余生を送らせてやりたかったのでしょう。

わたしは、毎日家の片付けにかかっていました。わたしの家のような古い家は、どこからともなく、実に沢山のがらくたが出てくるものなのです。わたしは黒石を呼んでその殆どを買い取らせました。そのたびにわたしは姑といい争いをし、姑は負けて涙ぐんで、離れへ引き下って行くのでした。

十二月の半ばには、家の中は急にがらんとなりました。上倉の中も殆ど空になりました。いい天気がつづいて、急に広くなった家の中に冬の日射しが溢れ、家の中は寒いのか温かいのかよくわかりませんでした。わたしたちは、子供たちのためにクリスマスのお祝いをしてから、新しい家へ行く予定でおりました。今年はクリスマスのお祝いはやめようといいましたが、ソクラテスは反対しました。ソクラテスは太郎に電気機関車を、花子に電気仕掛で歯を磨く人形を買ってくる約束をしていました。しかし歯を磨く人形というのは、歯磨きの広告人形なのです。

しかしクリスマスの日は、ソクラテスは朝から警察に呼び出され、夜遅くまで帰って来ませんでした。警察に呼ばれたわけというのは、二、三カ月前にたままソクラテスが帳場にいたときに預かったテレビが、倉庫破りの盗品だったために、故買《こばい》の疑いをかけられたのでした。そんなことで、子供たちのプレゼントは間に合いませんでした。それでも子供たちは幼稚園で習い覚えたクリスマスの歌を声を揃えて歌いました。花子はクリスマスケーキが毎年のより小さいことに、いち早く気がつきました。

森山修の妻だという女が訪ねて来たのは、漸《ようや》く子供たちが眠って、一息ついたところでした。女は大きな腹をして、赤い暖かそうな半外套を着、衣裳をつけたサーカスの象のようでした。彼女はお金を立て替えていただいたお礼だといい、クリスマスケーキらしい見ごとなリボンのかかった箱をさし出しました。今日うちで買ったものの倍はあるかと思われる大きさでした。彼女の話によると、森山修は彼女の腹の赤ん坊のために彼女と結婚することになり、家を建てる費用の頭金二十万円をソクラテスに借りたのだそうです。

女が帰ったあと、わたしはぼんやりと茶の間の卓袱台《ちゃぶだい》の前に坐って、ソクラテスが帰って来たらまっ先にいうべき、肺腑をえぐる言葉を考えていました。帰って来たソクラテスに出会頭《であいがしら》に湯呑茶碗を投げつける場面や、その両頰に往復ビンタを喰らわせているところを想い描きました。わたしの手は、その手触りを思うだけで熱くなりました。それからわたしは、今日までにソクラテスがして来た数々の愚行をひとつひとつ思い出しました。その一つを思うたびに新たな怒りがこみ上げました。あの女の腹の子供はソクラテスの子供ではないか？　それを森山修が引き受けて、その交換条件に二十万の金をやったのではないか？……離れの方から姑の弾く三味線の音が、さも暢気そうに聞えました。わたしはソクラテスを苦しめるために子供を殺してやる、と思い、その情景を思い描いて涙を流しました。

玄関の戸が開いてソクラテスが靴を脱ぐ気配がしたときも、わたしはその場に坐ったまま迎えに立とうとはしませんでした。わたしは正座し、入口の方に向いて身構えていました。

けれども茶の間の襖《ふすま》が開き、ソクラテスがわたしの前に現われたとき、洋品店の質流れのジャンパーを着てわたしの編んだ毛糸の衿巻《えりまき》を顔に巻きつけ、両方の脇に大きな紙包みを抱えたソクラテスが寒さと空腹のために薄汚れた顔をして入ってくるのを見たとき、そうしてその汚れ疲れた顔にさも嬉しげな微笑が浮かんでいるのは、子供たちのために買って来たクリスマスのプレゼントのことを考えているからだとわかったとき、わたしはわたしの身体の中の焔《ほのお》が急激に鎮まり、その後に今まで感じたことのなかった悲しみのようなものが、静かに湧き拡がって行くのを感じたのでした。

「子供たちは寝たのか」

何も知らないソクラテスはいいました。そうして彼はその姿のまま子供たちの寝室の方へ行こうとしました。

「あなた」

そこに坐ったままわたしはいいました。

「森山さんにまた貸したの？」

ソクラテスはふり返り、わたしを見ました。その顔にありありと当惑の色があるのをわたしは見ました。

「さっき、森山さんの奥さんって人が来ましたよ」

冷やかにわたしはいいました。

「ねえ、こんな羽目になったのに、どうしてまだそんなことを、森山みたいな男にしてやるの？　ねえ、どうしてなの？　どうしてこんなことをするの？　こんなになっちまったのに、もううちではお金はなくなってしまったのに……」

わたしは同じことをくり返していました。そうくり返す以外に、どんな言葉もないのでした。そうして今いっているその言葉でさえ、ソクラテスから遠いところにあって、ただ彼を困らせている以外にどんな力もないということがよくわかっていました。ソクラテスの顔は、いつもの主張と意志が作るあの無表情ではなく、むしろわたしを気の毒に思い同情しているような、しかしそれがわかっていても自分にはどうにもならないのだという、困惑の色がありました。わたしはわたしの前に立っているソクラテスの、背の高い厚い大きな胸に詰め寄り、泣きながらそれを殴っている自分に気がつきました。そうしてソクラテスは胸を叩かれながら、無器用に紙包みを持ったまま突っ立っていました。

「森山は俺の方の事情は何も知らないんだ」

ソクラテスはいいました。

「こんなわけで困っているというから貸したのだ。来月返すといっている」

「そんなことじゃないの、そんなことじゃないの」

わたしは叫びました。

「わたしはわかりたいのよ。なぜなのか知りたいのよ。知りたいのよ。なぜこんなにまでなっているのに、まだこんなことをするのか……」

「俺には森山に貸す金はまだあった」

ソクラテスはいいました。

「お前が金を人から借りたり貸したりするのはよくないという信条を持っているのは、それはそれでいい。だが人間はみな、それぞれの立場によっていろいろの考え方があるのだ。だから俺がお前のそういう考えかたに固執すれば、俺という人間は狭い人間になってしまう。わかるかね？　それが俺の考え方であり俺の人生なのだ。なるほど俺は前のように金は持っていない。しかしそうはいっても、やはり森山よりは金を持っているんだから」

わたしはソクラテスの胸から離れ、元の場所に坐りました。ソクラテスは子供たちの寝顔を見に行きました。わたしの中にはもう怒りはなく、深い悲しみのようなものがあるだけでした。ソクラテスに向って、もう何をいう言葉もなくなってしまったのを、わたしは感じました。

いつの間にか眠ってしまったのでしょう。気がつくとわたしは、卓袱台にうつ伏せになって眠っていたのでした。いつの間にか、肩に毛布がかかっていました。うたた寝から醒めた目に、引越しの荷造りをすませた部屋が、妙に明るく写りました。そしてその部屋の真中に、ソクラテスの大きな背中が、衿巻を巻いたまま向う向きに坐っていました。ソクラテスのまわりには、電気機関車のレールが、丸い輪を作っていました。ソクラテスは手の中の電気機関車の上にかぶさるようにして、まるで子供のように熱心にそれを調べているのでした。そのあぐらの膝のそばで、シグナルが明滅していました。やがて電気機関車は、軽やかな音を立ててソクラテスのまわりを走りました。

翌日、わたしたちは引越しをしました。太郎の熱が下りませんので、姑と中村とミツ子が花子を連れて先に行き、あらかた片づいたところへわたしが太郎を連れて行くことになりました。荷物は朝の暖かいうちからオート三輪で五回運び、陽のかげらないうちに最後の車が出ることになりました。ソクラテスとわたしは、太郎を寝かしている離れの縁側に並んで、朝のうちに作っておいた握り飯を食べました。お握りを食べながらわたしは、この部屋がわたしたちの新婚時代を過した部屋であることを思い出しました。ソクラテスのような夫ではありますけれども、わたしにはわたしなりの新婚時代の思い出というものはあるのです。しかしソクラテスには、どうせそんな感慨などこれっぽっちもなかったにきまっています。手拭いを頭にかぶり大きなお握りを二口で頰張って、顔じゅうの肉を動かして咀嚼《そしやく》しているのです。

お握りを食べ終った頃、最後の車が帰って来ました。運転手とソクラテスが荷物を積み込んでいる間に、わたしは太郎をおんぶし、ねんねこを着て離れの雨戸を閉めました。表へ行くと、中村ももどっていて、店ののれんを外すのを忘れていたので取りに来たのだ、といいます。中村はそののれんを、記念として青森県へ持って帰るつもりをしているのです。荷物を運び終ると中村は、名残り惜しそうに店の方の入口を掃いておりました。

年の暮には珍しい、風のない春のような日射しが、道いっぱいに当っていました。年の暮といっても、住宅街であるこの界隈《かいわい》では滅多に人通りもありません。運転手が荷物に縄をかけ終ると、ソクラテスは運転手の横の小さな出っぱりのような補助椅子に腰をかけました。

「じゃあ……」

とソクラテスはいい、わたしを見ました。

「大丈夫?」

とわたしはいいました。何が大丈夫なのかわたしにもわからないでいったのでしたが、ソクラテスは、

「大丈夫だ」

と答えました。そうしてソクラテスはわたしを見ました。

「心配するな」

とソクラテスはいいました。

「旦那さま行っていらっしゃいませ」

ソクラテスの着ている質流れのジャンパーを、中村もお揃いで着ていました。

ソクラテスは補助席の前の、小さな金棒をしっかりと握りしめました。頭を手拭いで縛り、黒足袋をはいた足にはつっかけを穿《は》いていました。そうしてソクラテスは出発しました。

車はゆっくりと走り出し、四軒ほど先のお茶屋の角を曲って行きました。車がお茶屋の角を曲るとき、ソクラテスの背中がそれにつれて傾くのが見えました。それは殆ど車からはみ出さんばかりに大きく斜めに傾いておりました。

一九六三年「半世界」春季号初出
P＋D BOOKS『ソクラテスの妻』（小学館）所収

自作解説★力づけられた読者の手紙

すれちがう夫婦を描いたこの小説では、一方的な女のいい分だけではなくて、男と女の本質的な差異を描こうと心がけました。質屋の亭主なんだけど商売気が全くなくて文学にウツツをぬかしている男と、その亭主に腹を立てている女房との話なんですけど、その妻の独白を一人称で書いています。

この女房は私の分身です。けれど作者の私としては、自分の愚痴、いい分を正しいとして訴えるつもりはなくて、女というものと男というものの本質的な隔絶を書こうとしたんです。それは一口でいってしまうと、女は現実主義で男はロマンチストだということね。この二つには共同生活をおくる上で埋めようのない断絶がある。女がシャカリキになってヤキモキしても、怒り狂っても、これはもう埋めることはできない。男はただ困っている。そこにユーモアが生まれるんですよ。もっともそれは五十年前のことであって、いまは男もリアリストになって現実の平安を願うようになっていますけど。

一生懸命書いたんだけれど、どの文芸誌からも断られました。新潮、文學界、群像、文藝、それからそれから……。もう忘れました。

仕方なく同人誌に出したら、その頃、同人誌批評をしておられた小松伸六さんに「文學界」の「今月の同人雑誌推薦作」という欄に推薦、掲載され、それで芥川賞候補になったんです。

その時の芥川賞は河野多恵子さんの「蟹」でした。これはもう文句のつけようのない傑作でね。私の作品なんか足もとにも及ばない。私なんかが芥川賞など貰えるわけないわ、と素直に受け止めていたのですが、選者の一人、中村光夫さんの選評を読んで急にハラが立った。「語り手である細君が自分の正しさを全く疑っていないために、諷刺が一方的」だというんですね。作中の「わたし」と作者の「私」とに距離を置いたつもりが、わかっていない。これは私が稚拙であったためか、中村さんの理解力がないためか。多分前者だろうと、何しろ自信がないものだから思っていたのですが、その時、読者の人から、中村評を「わかってない」と憤慨する手紙が来ました。その読者一人だけにでもわかってもらえたことに、どんなに力づけられたか。それ以来、わかってくれる人が一人いればいい、批評家なんてどうでもいいと思うようになったんです。

夫婦作家の悲喜こもごも

かつての夫のことを知るために
『晩鐘』を執筆した佐藤さん。
やはり小説家同士の結婚は困難が多いようで……。

佐藤愛子×小池真理子

「わかりたい」という欲望

小池　亡くなった母が同じ大正十二年生まれで、生前、元気だったころ、愛子さんのお書きになるものをよく読んでいました。「佐藤愛子さんって面白い人ね、同い年なのよ」といつも口にしていて……。愛子さんは、鳴尾《なるお》村のご出身ですよね。

佐藤　ええ、兵庫県の。いまは西宮市って言いますけれど。

小池　私は東京生まれですけれど、父の転勤で中学のとき西宮に行きまして、高校は鳴尾高校に入ったんですよ。

佐藤　まあ、そうですか。

小池　愛子さんの経歴を見て勝手に親近感を抱いていたので、こうしてお宅におじゃまして対談できるのが夢のようです。母とよく愛子さんの話をしていたし、夫（藤田宜永《よしなが》さん）が作家という共通点もありますし。

佐藤　そうね。私も小池さんたちと同じように、最初は夫婦でものを書いていましたから。

小池　田畑麦彦さんですね。昨年末に出された『晩鐘』を読んで、愛子さんのお書きになるものは、かつての夫である田畑さんのこと——田畑さんに対するご自身の気持ち、怒り、苦しみ、いらだち、その裏にあるもっと違う何か——を、ずっと描こうとなさっていたんだなと、あらためて思いました。あまりに面白くて、感想のお手紙も書かせていただいて。

佐藤 ありがとうございます。田畑に対する気持ちは、そのつど違っているんですよ。直木賞をいただいた『戦いすんで日が暮れて』（昭和四十四年）のころは、会社が倒産したばかりで、倒産という現象にぶつかって怒り狂ってはいるけれども、田畑に対してそう失望はしていませんでした。まだ、あのころは（笑）。

小池 あのころはね（笑）。

佐藤 あれから四十五年もたって、まさかまたこういう小説を書くなんて、神ならぬ身の知る由もなく、ですよ。

小池 『晩鐘』を書き始めたのは？

佐藤 八十八のとき。

小池 （ため息をついて）すごい……。私、今日はあやかるつもりで来ています。手を合わせると私も愛子さんみたいになれるかもしれないって（笑）。

佐藤 信頼する霊能者によれば、私は九十歳まで生きることになっていて

（笑）、気がついたら八十八でしたから、早く書かないと死ぬ、死ぬってせき立てられるような思いで書き始めたんですよ。

田畑麦彦という人間は、やっぱりよくわからない男です。本当にわけがわからないから、わかりたいという気持ちはずっとありました。

小池　田畑さんは事業に失敗して、会社を畳んで、借金の取り立てから愛子さんを守るために偽装離婚された。それだけでもすごい話ですけれど、偽装離婚だったはずなのに、知らないうちに他の女性を籍に入れていて。

佐藤　離婚して戸籍が空いてるんだから、それはもうスイスイ入りますよ（笑）。

小池　はっきり言って、とんでもない男ですよね。そんな田畑さんのことが、愛子さんはずっと心に引っかかっていて、それも憎しみだけではない、もっと複雑な感情があった。いまおっしゃったように、「わかりたい」という欲望がずっとおありだったんだろうなと思います。

佐藤　どうしてしつこくわかりたいと思ったかといえば、出逢ったころの田畑は大変な理想主義者で、世俗とはまったく反対のところに立っている、そんじょそこらにはいない人物だと思っていたんです。率直に言って、私は彼に傾倒していた。その気持ちがずっと根っこにあるから、「あのとき私を引きつけたものは何だったんだろう」という疑問にとらわれ続けているんですね。

小池　田畑さんは最初、愛子さんの理想形として存在したわけですね。その原点……ご自分が惹かれた当時の熱情みたいなものが、後にどんどん壊れていくとしても、かたちを変えつつこんなにも長く残るものなのかと驚きます。『晩鐘』には随所に田畑さん（作中では畑中辰彦）の印象的な姿が描かれていますね。別れてずいぶんたつのに、平然と家にやってきては茶の間の掘りごたつにまで入ってきちゃう図々しさとか、お嬢さんが作った煮込みうどんをおいしそうに食べて「ごちそうさま」と帰っていく無邪気さとか。

佐藤　私がいちばん怒っているのは、田畑の会社のために、新居を妻に内緒で抵当に入れて自殺未遂をした運転手がいる。何十年も働いて手にした退職金を言われるがまま出資して、その三日後に会社がつぶれたという人もいる。そういう人たちに対して彼はどういう気持ちでいるんだろう、呵責《かしやく》も何もないんだろうかと、それが私にとって何より許せないことで、理解のできないところでした。

私を騙すようにして他の女と入籍したことは、私は自分を悪妻だと思っているから、まあ無理もないと。優しくしてくれる女がいたら、やっぱりそちらが居心地よくなるだろうから、「ごもっとも」とも思うんです。ただ、周囲の人たちの人生を狂わせたことについて、彼に、もっと苦しんでほしかった。

小池 人が生きていく上での常識やモラルがすっぽり欠けている人だったんですね。

佐藤 そのかわり、自分が裏切られても平気なんですよ。

小池 優しい方ではあった？

佐藤 寛容なところはあるんです。だから、やっぱり本人が述懐したように、「ぼくはカタワだよ。ぼくには現実というものがわからない。世の中の人は実に簡単に現実がわかっているんだ」という言葉が当を得ていると思います。どこか神経が欠落した人。

小池 幼少のころから田畑さんの足が悪かったというのは本当なのですか？

佐藤 ええ、あれは実話です。

小池 そういう身体的なコンプレックスも遠因かもしれないけれど、でも、お生まれはいいし、お父さまもお金持ち。理想主義者で、高等遊民みたいなところがありますよね。ものを書く女って、高等遊民の男に憧れるじゃないですか。

佐藤 それは、自分たちも高等遊民みたいなところがありますから。

小池 そうですよね。別にお金がなくても、ないならないで平気でいられる男の人がかっこいいなと思っちゃう。私も若いころはそうで、ずいぶん失敗もしているんですが（笑）。

佐藤　私にとって、人間に対する興味が刻々に膨らんでいったのは、やはり田畑麦彦と一緒になったせいじゃないかと思いますね。だから小説も、自然と「人間を描く」ことが書く目的になって、ストーリーテラーにはなれませんでした。人間がどう動くか、どう変化していくか、そこに興味が尽きるものだから。

父の代弁者になりたい

佐藤　小池さんがお父さんのことをお書きになった『沈黙のひと』を読みましたよ。小池さんは本当にやさしい人ですね。痛烈なところがまったくない。私とは対極の方ね。

小池　私は父親っ子で、パーキンソン病で言葉を失った父の代弁者になってやりたいという気持ちがあったんですね。父は何か私に言い残したいことがあったらしく、でも、病気でしゃべれなくなり、ワープロも打てなくなって、沈黙したまま逝ってしまった。多くの遺品や手紙から父の言いたかったことを探ってみたいと思ったのが執筆の動機です。

でも、いざ書いてみるとつくづく自分は過剰にセンチメンタルなロマンチストだと痛感して、こういうのは作家としてマイナスだと思えてきて、もう、自分が嫌になるくらい。

佐藤　でもそれが小池さんの魅力なんだから、嫌になることはないわ。とにかく文章がうまい。とてもていねいに書いていらっしゃるわね。特に自然描写がていねいですね。文章を読むとよくわかりますよ、センチメンタルな方だってことが。それがたくさんの読者を惹きつけているんですね。

小池　どうでしょうか。でも私、このお庭を見ただけで、ワーッと描写したくなる文章があふれてきて、十枚ぐらいすぐ書けちゃう気がする。

愛子さんは自然描写をあまりなさいませんね。男性的で、叙事的にお書きになるタイプです。

佐藤　無駄だと思っちゃうんです。私は面倒くさがりですから、主人公の、そのときの心情を自然描写に託したいときだけ書いています。

小池　そういう意味では、愛子さんの小説は現代的で、時代を超越していますす。『晩鐘』でも、あえて作中の時代、年代をお書きになっていないですね。

佐藤　九十まで生きると、もういつのことだかわからなくなって、考えるのが面倒くさい（笑）。

小池　『晩鐘』に渋谷の「ライオン」というクラシック喫茶が出てきて、若いころ私もよく通ったんですけれど、そんなふうに自分のよく知っている場所が描かれると、「あれ、これは一九七〇年代の話だったかしら？」と、錯覚しそうになります。愛子さんと私とは二十九歳違うんですけれども、年齢や時代が違っても、過ごしてきた青春時代の空気が同じなんですね。読んでいると、とても自分より昔の話とは思えません。私の青春時代にも同人雑誌があって、私も詩なんか書いてたんですよ。

佐藤　あら、そうですか。

小池　街頭詩人がいて、自作の詩を道ばたで売ってたりもしましたね。そういう中で男女がくっついたり離れたりするのも同じだし、『晩鐘』を読んでいて、まったく違和感がないんです。

佐藤　私らのときも、小池さんのころも、そうやってのらくらしてる若者がまだいっぱいいたんですよね。いまはの、ら、く、らが特殊な存在になって、やれニートだとか名前を付けられて社会問題化しているでしょう。あのころは、のらくらも堂々とのらくらしてた（笑）。

小池　本当にそうですね。

佐藤　誰も先行きの心配をしないし、親だって、「おまえ、そんなことでどうする」なんて言わないしね。

小池　みんなお金がなかったし。

佐藤　なかった。お金がないというのは、やっぱりとても自由なことでした。

悲劇を喜劇に変える力

小池　愛子さんはご自分でもお書きになっているように、波乱の人生をおくってらっしゃいます。しかも、はたから見たら悲劇的な物語を、腕力で喜劇に変えてしまうような強さがある。ちいさな娘さんを育てながら、別れた亭主の借金をわざわざ負ったがために、書いて書いて書きまくらなきゃいけない。そのころの精神状態ってどうだったんでしょう。

佐藤　とにかく「書く」というか「稼ぐ」というか、それ以外のことはまったく考えられなかった。よく病気にならなかったものだと思いますよ。

小池　普通だったら体を壊すか心を病むか、どちらかになっちゃいますよね。

佐藤　私には、鬼か何かがついているんじゃないですか（笑）。

小池　直木賞をお取りになったのが、四十五歳のとき。

佐藤　会社が倒産した直後です。上がったり下がったりで、運がいいのか悪いのかわかりません。でも、そもそも倒産や離婚がなければ『戦いすんで日が暮れて』は生まれてなくて、直木賞ももらっていなかったかもしれないし、人生というものはマイナスがあるとそれが今度はプラスに変わっていくものだ。だとするとマイナスは恐るるに足りないという確信が生まれました。

小池　本当にめまぐるしい。

佐藤　怖いもの知らずのまま無我夢中で書き、仁王のように立ちはだかっていましたから、まわりはさぞ迷惑だったろうと思いますけれどね。

小池　『晩鐘』でいちばん可笑《おか》しかったのは、陰毛の話です。私、読みながら爆笑しちゃって(笑)。弁護士に借金の返済を延ばしてもらうために、愛子さんが言い訳に行くんですよね。応接間のソファに座って弁護士の帰りを待っているとき、白いカバーにくっついている一本の陰毛が目に入る。すると愛子さんは女性の事務員を見て、「弁護士とあの事務員がソファの上でやったな」と直感的に思っちゃう。借金で首がまわらない大変なときなのに(笑)。ああいう観察って人間を強くしますよね。「陰毛に励まされた」とお書きになってるのが可笑しくて、本当に愛子さんらしいなって。

佐藤　あそこを読み返すたび、「やっぱり私は変な人間だ」と思いますね。田畑麦彦のことをわけのわからない男と言ってるけれど、私のほうがよっぽど変じゃないのかと。『晩鐘』を書き上げて、ひとつわかったことはそれなんです。

小池　精神状態としてはどん底にいる人間が、白いカバーの上に陰毛を見つけること自体、まず心に余裕がありますよね。

佐藤　余裕かどうか、とにかく見えちゃったんだから。

小池　見えてしまったところから、自分の置かれている状況を何とかして明るい方向へと持っていこうとする。たった一本の陰毛によって、これほど深い人間ドラマが生まれるなんて！

佐藤　そうおっしゃるけれど、私にとっては普通のありふれた日常ですよ。

小池　アハハ、やっぱり愛子さんは面白いですよ。これも『晩鐘』の印象深い場面ですけれど、別れてずいぶんたったある日、軽井沢の貸別荘にいた愛子さんのもとに突然、田畑さんが現れる。まるで何事もなかったようにお手伝いさんに紅茶を入れさせ、食事をして、泊まっていく。怒った愛子さんは「帰れ！」と言いたくて悶々と一夜を過ごすのに、翌朝、結局、お財布を開けて一万円札を一摑み、彼に渡してしまう……。ここに描かれているのは、まぎれもなく「人間」の姿そのものですね。愛子さんが小説でお書きになろうとしている様々なものが、ここに結集していると思いました。

佐藤　田畑という男は、とにかく紅茶中毒でね。

小池　紅茶の葉を何度も何度もスプーンで押して、出がらしを飲むってお書きになってましたね（笑）。

佐藤　アイロンで紅茶茶碗を割った話は、『晩鐘』には書いていないのよ。

小池　アイロンで紅茶茶碗を？　それ、どんなお話ですか？

佐藤　倒産した直後、外に出ると借金取りに捕まるから、田畑はずっと家にいて、寝ころんでテレビを見ながら、「紅茶」って言うんですよ。そのとき私は、小学校二年の娘が明日学校に着ていく洋服にアイロンをかけていた。私は一日仕事をして、ご飯を作ってアイロンかけして、それが終わったらまた小説を書かなくちゃならないわけです。ところがあの男は、テレビを見ながら、「紅茶」って。こっちはムカムカムカムカッとして……。

小池　思わず。

佐藤　飲んだばかりの紅茶茶碗に向けて、黙ったままアイロンをガンッッと。

小池　アハハ、すごい！（笑）

佐藤　相手は「何するんだ」ってひと言言っただけで、あとは黙っていましたね。

小池　反撃してくる人じゃなかったんですね。

佐藤　しないの。だから、夫婦ゲンカに明け暮れたっていっても、ケンカじゃないんですよ。

小池　一方通行（笑）。

佐藤　いま思えば、それは優しくしてくれる女のところへ行きますよ。マゾでもない限りは（笑）。

小池　そう言われると納得します（笑）。

夫婦で小説を書く日々

佐藤　小池さんは、ご夫婦で作家でしょう？　うちは夫婦で作家といったって、互いに売れない小説を書いてたころ、ほんの十年、夫婦だっただけですからね。実際の生活はどんなふうですか？

小池　うちも売れないときに一緒になったんですよ。長年暮らしていたパリから帰ったばかりの藤田と友人の紹介で知り合ったんですが、そのとき彼は無職で、健康保険証も住民票もないような状態。私のほうもそのときはまだエッセイを書いているだけで、きちんとした小説は書いていなくて。ふたりで「がんばって小説を書こうね」って励まし合って一緒になったんです。

当時、東京の広尾に住んでいたんですけれど、マンションの狭い部屋の真ん中にスクリーンを下げて、互いの顔が見えないように向かい合わせに机を置いて、コツコツ小説を書いてました。

佐藤 でも、それからおふたりともどんどん書いていくでしょう。私、夫婦とも作家で仲よく暮らしているのが、信じられないんですよ。

小池 私もいまだに信じられません(笑)。

佐藤 たとえば津村節子さんと吉村昭さんのご夫婦を見ていると、吉村さんが津村さんのことをとても尊敬しているんですよ。それでバランスが取れている。作家ふたりが一緒にいて、対等でってわけにはいかないじゃない?

小池 いかないですよ。だからすごく難しいです。

佐藤 バランスを取ろうと努力してらっしゃるの?

小池 うまくお伝えするのが難しいんですが、作家って、忙しくなってくると自分のことしか考えなくなるものじゃないですか。

佐藤　当然そうですよ。

小池　「相手のことはどうでもいいし何をやっていようがかまわない」と、互いが自分のことしか考えないようになったときから、かえってバランスが取れるようになりました。そういう境地に至るまでは、かなり難しい時期もありましたけれども。お互いの書いているものが気になったり、下世話な話ですけど、たとえば「オール讀物」の新聞広告に名前が載るとき、私のほうが大きいとか彼のほうが大きいとか、そういうつまらないことでも心に棘《とげ》がグサッと刺さったり。そんな時期が長くありました。

佐藤　売れない時代、お互いに作品を批評し合ってました？

小池　し合ってました。うちはふたりともお酒を飲むんですけれど、昔は仕事をしているとき以外は、バーボンを飲みながら朝まで小説の話をしたりしてました。

佐藤　それはやっぱり勉強にはなった？

小池　そうですね。刺激はお互いずっと受けていたし、もちろんケンカになることもありましたけれど、でも、いま思うと、お金も思うようにならなくて、いつ日の目を見るかわからない状況でお互い書いていたときが、人生でいちばん楽しかったかもしれません。

佐藤　同じ目的に向かって努力しているわけですからね。

小池　男と女ということを超えてね。その後、先に私が直木賞を受賞してしまって、しかもその回で、私たち夫婦を同時に候補に上げるというひどいことを、文藝春秋（編集部注：日本文学振興会）がしてしまったんですよ（笑）。

佐藤　ふたり一緒に入りたかったわね。

小池　もちろん。でも、そんな都合のいいことは絶対にあり得ないと思っていました。

佐藤　あなたが先にお取りになって、ご主人は面白くなかったですか？

小池　それは面白くなかったと思いますよ。別に何かを言うわけではないけれども、私のほうが気を遣って、疲れてしまいました。私の受賞はかなり世間で騒がれましたし、本が売れて、増刷通知も入ってくる。いっぽう、彼は落選した身。ひとつ屋根の下に光と陰があったわけですから。

先ほども申し上げたように、私はどこかセンチメンタルなところがあるので、そういう状況になればなるほど彼のことが気になったし、そんなことを気にしてしまう自分も嫌でした。だから、五年後、彼が直木賞を受賞したときは本当にうれしかったです。うれしいというか、肩の荷が下りた感じですね。

佐藤　ホッとした。

小池　これでようやく自由になれる、と思いました。あのときの喜びは忘れられないです。

思い出話ができるのは

小池　『晩鐘』を書き終えて、いま、いかがですか。

佐藤　もう九十も過ぎて、やっぱり、何とかしてうまく死にたいと思うだけ。仕事をしなくなると、一日に一回は死ぬことを考えますよ。

小池　書いてらっしゃるときは考えなかったでしょう？　荷下ろし症候群みたいなものですよ。

佐藤　そうでしょうね。目が覚めて、起きてもすることがないっていうのは、本当に生きている感じがしないです。

小池　すぐまた何か、書きたくなるんじゃないのかな。

佐藤　どうかしら。私と同年輩の人たちは同じようなことを思ってるんだろうかと、女学校時代の友達と電話で話をすることもあるんだけれど、みんなボケちゃってて。大正十二年生まれって恐ろしいほど生命力があって、身体は元気で、生きてるんですよ。

小池 でも、ボケちゃってる?

佐藤 そう。だから、「○○さんから年賀状来なくなったけれども大丈夫なのかな」って尋ねると、相手は「ああ、あの人ボケてはるから」って。そういうあなたこそ大丈夫なのかと言いたいけども、もはやどっちがどうなのかわからない。そのうちに、私自身もおかしくなってるんじゃないかと思えてきて(笑)。

小池 『晩鐘』の中に、「老人が無口なのは、孤独に耐えているから」という一節がありましたけれど、そのとおりだなと思います。まわりの人がいなくなって、ひとりになって、思い出話もできなくなっちゃう。

佐藤 できませんよ。家族にだってできません。娘や孫にいくら話をしたって「また同じ話が始まった」って。「前に聞いたよ」って言われるのがオチ(笑)。

小池 不思議ですね。思い出話を共有できるのって、やっぱりその時代を一緒に生きた人となんですよね。

佐藤 そうなの。私は中山あい子さんと親しかったもので、お互いに面白がるところがよくわかっていてね。ほかの人は面白がらないけれど、中山さんなら大笑いだろうと思えることがあったりすると、ああ、彼女はもういないんだと気がついて。そのときの寂しさといったら。

小池　私はいま六十二歳ですけれども、昨年、親しくしていた作家が立て続けに先に逝って、これからもどんどん人がいなくなるんだろうということは身にしみて感じています。置いてけぼりというんじゃないけれども、いつまで自分はこのまま書いていられるのか、ということも考えずにはいられません。

佐藤　私なんか、次は自分の番、と思っちゃう。

小池　だから愛子さんの存在がすごく励みになるんです。父のパーキンソン病に続いて、母が認知症を発症して、私が見舞っても誰だかわからないような状態で亡くなったのが一昨年の夏でした。そんなときに「オール讀物」を開けば、愛子さんが『晩鐘』をお書きになっている。本当に人間っていろいろだなって、しみじみ思ったものでした。母と同い年の大先輩が、自分が書いているのと同じ雑誌で連載をやってらっしゃる。どれだけ励まされたことか……。

「愛」という言葉の軽さ

佐藤　結局、『晩鐘』を書き上げても、そのときわかったような気になるだけでね。いまこうして話していても、やっぱり田畑のことはわからないし、自分のことだってわからないんですから。

小池　私、五十を過ぎるころまでは、年を重ねたらこれまでわからなかったことがすべて明晰にわかるようになるんじゃないかと思って、楽しみにしていたんです。でも、そんなの嘘ですね。

佐藤　嘘ですよ。

小池　どんどんどんどん、いろんなことがわからなくなっていく。

佐藤　そりゃそうですよ。正確に言えば、いろんなことがわかるようになるぶん、わからないことが増えていくんでしょうね。若いときは単純だから、分析してわかったような気になるんです。まあ、ひとつ言えるのは、女流作家とつき合う男って大変だろうなってこと（笑）。

小池　それは大変ですよ、同情します（笑）。だって、普通の女の人と一緒にいたら、ずっと穏やかに暮らせたかもしれないのに。

佐藤　そうそう。ご亭主の言うことを「はいはい」って聞いてる女の人とね。

小池　田畑さんが亡くなって、文壇のまわりの方たちが「佐藤愛子（作中では藤田杉）は彼のことをものすごく愛してたんだ」って言うくだりは可笑しかったですね。それを聞くたび愛子さんがムカムカッとされたそのお気持ち、私もすごくわかるんです。

作家どうしの夫婦なんて大変なことが山のようにあるのに、「小池さんがあんなに一生懸命、家のことをやっているのは藤田さんを愛してるからだよね。本当は惚れてるんだよ」なんて言われると、私、もうカーッときて（笑）。

佐藤　本当に世間って簡単なんですよね。

小池　そんな簡単なことじゃないのよって。軽々に愛などという言葉を使ってほしくない。

佐藤　簡単じゃないから、私たちは苦労して小説を書いているのにね。

小池　そうなんですよ！　今日はお話を伺えて本当によかった。もう、佐藤愛子さんがいてくださるだけで勇気づけられます。生きているといいことあるんだなって。

佐藤　何を大げさな（笑）。小池さんだけよ、そんなに言ってくださるのは。

小池　だって、こんなにお元気で、きれいで、これだけの小説をお書きになって。

佐藤　年季が入ってるだけです。
小池　愛子さん、若い恋人なんていらっしゃらなかったんですか？
佐藤　そんなのいませんよ、若い恋人なんて（笑）。片思いというのはありますけれど、恋愛というかたちにまではなかなかならないです。相手に迷惑だろうと思うの。
小池　どうして？
佐藤　だって、むこうが若いから、ババアに思いを寄せられたら迷惑だろうと。それにね、暇もなかったのよ。とにかく書いて書いて稼がないといけなかったし、相手が新しい女と籍を入れたからって「私も」なんて、そう旅行に出るようなわけにはいかないですもの。
小池　「ファンです」って言ってくる男性はいませんでした？
佐藤　「ファンです」なんていう男にろくなのいない。ほんとに（笑）。
小池　アハハ、いたためしないですよね（笑）。でも、マルグリット・デュラスは、三十八歳年下のファンの男と晩年暮らしていて、最期、その年下の彼氏に看取られたんですよ。うらやましいなと思って。
佐藤　日本じゃいないでしょう、そんな作家。

小池　いないですね。だいたいそんな粋狂な男が存在しない（笑）。だから、愛子さんが先例を作ってくださらないかなあ、と。

佐藤　何を言ってるの。もしいたらヘンタイですよ。……小池さんはずっと軽井沢？

小池　はい、もう二十五年になります。うちは子どもがいないので、亭主が先に逝ったら私ひとりなんですよ。私の夢として、人生の最後にこういうすてきな、いかにも作家らしいお家で暮らすのもいいなって、さっき編集者と話していて。

佐藤　じゃあ、ここへ住んでくださいな。私が死んだら処分するしかないんだから。

小池　あら、もったいない。じゃあ、私もひとりになったら（笑）、そのときは軽井沢の家を処分して……。

佐藤　ぜひ、そうしてください。

小池　本当に？　夢のようです（笑）。

（二〇一五年一月二十七日／佐藤愛子氏邸にて）

「オール讀物」二〇一五年三月号

こいけ・まりこ
1952年東京都生まれ。96年『恋』で直木賞。2013年『沈黙のひと』で吉川英治文学賞を受賞。近著に『死の島』『月夜の森の梟』『アナベル・リイ』『日暮れのあと』がある。
藤田宜永氏は2020年に死去。

この記事は佐藤愛子さんが直木賞を受賞した「オール讀物」1969年10月号の選評を再掲載したものです。

第61回 直木三十五賞決定発表

正賞（時計）及び副賞二十万円――財団法人 日本文学振興会

〈受賞作〉

戦《たたか》いすんで日《ひ》が暮《く》れて

佐《さ》藤《とう》愛《あい》子《こ》

■選考経過

第61回直木賞は、昭和43年12月1日から昭和44年5月31日までに発表された単行本並びに諸雑誌に発表されたものの中から、下記7氏の作品を候補作として、さる7月18日午後6時から、築地の「新喜楽」において選考会が開かれました。

大佛次郎、石坂洋次郎、今日出海、海音寺潮五郎、松本清張、村上元三、源氏鶏太、柴田錬三郎、水上勉の9委員（川口松太郎、中山義秀両委員は病気のために欠席、書面回答）の出席のもと、約一時間半、各委員の間に熱心な議論が重ねられた結果、右記のように、佐藤愛子氏への授賞が決定致しました。その詳細については、各委員の選評を御覧下さい。

■候補作

「袋叩きの土地」（別冊文藝春秋107号）　阿部牧郎
「ちりめんじゃこ」（三一書房刊）　藤本義一
「戦いすんで日が暮れて」（講談社刊）　佐藤愛子
「花を掲げて」（文學界1月号）　勝目　梓
「B少年の弁明」（中央公論6月号）　利根川裕
「島のファンタジア」（オール関西4・5月号）　黒部　亨
「小説　心臓移植」（文藝春秋刊）　渡辺淳一

佐藤愛子氏

・大正12年11月5日大阪市住吉に生る。
・兵庫県甲南高女卒。
・現在文筆業。

〈受賞のことば〉

直木賞受賞と聞いて、最初は呆然たる気持だった。ここ数年、私は主に雑文や少女小説のような仕事をし、文学的には、自分はもう、晴れがましい席につくことはないという風に思いきめていた。家庭の事情が（受賞作に書いたような）一段落したときこそ、再出発のペンを取るぞ、とひそかに自分を慰め励ましていた。それにはせいぜい長生きせねばならず、少くとも九十までは生きたいというと、ボケた頭で書いた小説を読まされる方こそいい迷惑だと友人はいった。だが、少くとも私はそういう決心である。聞くところによると今回は受賞ナシにするかアリにするかで選考会が沸騰したということだが、佐藤にやろう、と強く主張して下さった方々のことを聞いたとき、呆然たる気持は消えて私は感激した。この数年、人の厚意などあまり信じぬ明け暮れだったのだ。小説を書く人間になっていてよかった、と、そのときつくづく思った。

選評

（到着順）

安定感

松本清張

佐藤愛子氏の「戦いすんで日が暮れて」におさめられた諸短篇をよみ、すでにでき上っている実力の安定を感じた。どれをよんでもひどいムラがない。近ごろ珍しいドライなユーモア

で、塩からいペーソスがある。これが作者の技巧でなく体質から出ているところに信頼がもてる。

いわゆる私小説に近いものが多いが、もしこの題材で「純」文学の告白が出たら湿っぽい深刻げな作品をまた読まされることだろうとふと思った。そんな作品に「人生」があると思うのは個人の告白体（社会とは関係のない）に飼いならされてきた錯覚や偏見である。

佐藤氏の傾向は独自性があり、男っぽい筆つきのようだが、女性の繊細な感覚で裏打ちされている。

選考委員会では、これよりもいい作品が前にあったという意見も出たし、作者も受賞決定後にこの作品集に受賞した不満を述べているのをよんだが、それは作者の才能のほどを示すものである。

佐藤氏は今後に与えられる十分な枚数によって自らの不満を解消するにちがいない。（私も一、二篇を読んだだけだったら推薦をためらったかもしれないが、作品集の全部をよみ、大丈夫と思ったのである。直木賞にはそういう意味がある）

藤本義一氏の「ちりめんじゃこ」もそれなりに面白いが内容も文章も少々軽すぎる。

利根川裕氏の「B少年の弁明」は、少年犯罪の動機になっている疎外感を衝いているが少しく常套に陥っている。

渡辺淳一氏の「小説心臓移植」はあまりに正面から書きすぎて「小説」としては中途半端な感がまぬがれない。新聞記者と看護婦との安手な恋愛を挿入したのもよくない。氏には医者もの以外で実力を示してもらいたい。

悠々閑々たる
大佛次郎

リストが見あたらないので、記憶をたよりに書く。スキー地とその人々を精細に書いたひとがあった。話の筋はやや取ってつけたようで、特に仇敵(?)を狙って猟銃を放つところなど、的となっている当人がすこしも気がつかないでいるような、奇妙な隙があったが、スキーやスキー小屋の描写になると、私自身もよくスキーに出かけたことで解るのだが、スキーをこう清新にたくましく描けるものかと、つくづくと感心した。とても私にはこうは書けなかった。直木賞の候補作品として見ると、これが文学的過ぎて障碍《しょうがい》になるようである。「戦いすんで日が暮れて」になると、無神経なほどに大々としていて、所謂《いわゆる》「文学」の埒《らち》を越えて、いのちのある文章、——あるいは文学に成っている。自己のものを存分にひろげて見せたからであろう。見ように依っては大ざっぱで浅いとも言えよう。同じ主題をくりかえして展開している難もある。しかし、それだけでは言尽せぬメリットがあった。ふとい奴と云うよりほかない。それで、書いた人が女性だと知るに及んで、私は生きていることが甚《はなは》だ愉快になった。きちきち取組んで、努力の汗が感じられるものよりも、この無文体の悠々閑々たる大きな味は文学なのである。学と称してはいけない

かも知れないが、ラブレエだって文学とは考えられなかった大文学作品だったろう。この一冊がそれほど良いとはもとより言えないのだが、とにかく地平線に穴をあけて明るい眺望をあけて見せてくれた。この調子で、後からどんなものが出て来るかを考えるとひどく楽しみである。自愛を祈る。

滑稽の才を珍重す

海音寺潮五郎

　こんどの候補作品には悪いと思うものはなかったが、きわ立つものがなかった。こんどはなしになりそうだと思った。それでも、受賞者をつくるなら、「戦いすんで日が暮れて」の作者にしたいと思って出席した。

　この作品がとくによいとは思わなかったが、日本の作家にはめずらしくすぐれた滑稽の才能がうかがわれたからである。それも甘く品の悪いものではなく、にがみのある上等なものであるらしいのを珍重したのである。こんな才能は見つけ出して世間に紹介すべきであると思った。書ける人であることは、これまでに見て来ている。授賞しても失当ではないと思った。結局そうなって、うれしいことであった。

「ちりめんじゃこ」

　大へんおもしろく読んだ。ねばっこくテーマを追究して行くところ、いい素質である。この人はきっとまたよいものを書くであろう。

「小説心臓移植」

　すぐれた素質と才能とを持っている人であるが、いわばキワモノを書いたのが損になった。もっとも、キワモノでなければ出版されもしなかったろうが。

「花を掲げて」

なぜこんな無理な文体を使うのであろう。それで効果が上るならだが、読者に抵抗を感じさせるだけで、逆効果だ。中盤以下になって素直な文体となるところに、無理な文体を採用したことがわかるのである。せっかくのユーモアの才能が、この文体でまるで効果を殺している。よく考えてほしい。

「袋叩きの土地」

前のタコ売りの話の方がよい。

「B少年の弁明」「島のファンタジア」いずれもおもしろく読んだが、あと味にのこるところがない。何かが足りないのである。

佐藤君に期待する

川口松太郎

今度ほど候補作品の貧弱な事は珍しい。利根川裕君なぞは既に数回候補に上りながら今度の作品が最も悪かったのではないか。今回は委員諸氏が受賞なしというのだったら自分も賛成するつもりでいた。よく考えて見ると一年に二回ずつの直木賞に毎回傑作出現を望むのは無理のようだ。現在の中間読物雑誌と週刊誌の小説欄を埋める大半は、直木賞出身作家である事は、誠に見事であり、各種文学賞のうち直木賞ほど多くの作家を世に送り出した賞はないと信じ、彼らを見つけ出した委員が我々である事を思うと欣快にたえない。同時に、時には受賞者なし

でも好いと思っていたが、その中でやや将来に見込みある作家は佐藤愛子であるが、それも今度の作品の「戦いすんで日が暮れて」は彼女としても会心の作ではあるまい。もっといい小説の書ける人と信じ、僅かに賛意を表し、今後の作品を期待したいと思う。

津軽の血

石坂洋次郎

第六十一回直木賞予選を通過した作品は、「戦いすんで日が暮れて」「佐倉夫人の憂愁」（佐藤愛子）、「ちりめんじゃこ」（藤本義一）、「袋叩きの土地」（阿部牧郎）、「花を掲げて」（勝目梓）、「B少年の弁明」（利根川裕）、「島のファンタジア」（黒部亨）、「小説心臓移植」（渡辺淳一）の八篇（作者は七人）だった。

　どの作品もそれぞれに面白く、私は入賞作品を決めかねて審査会に出席した。ただ、私の本心は、せっかく直木賞というものが存在するのだから、毎回ぜひ当選作品を出して、新人作家たちを励ますべきだということだった。私は故人・直木さんに会ったことはないが、いい意味で変人だったという直木さんもその方を喜んで下さるのではないのかしらんという気がしているのだ。

　さて、私の好みでは、昨年カミュの「異邦人」を再読し、映画で「異邦人」を観た印象が残っていたせいか、「異邦人」の主人公ムルソーを少年にしたような「B少年の弁明」に心をひかれたが、賛成者は少なかった。ほかに私は、佐藤愛子氏の二篇のうち「戦いすんで日が暮れて」が好きだった。小説ずれがしてない率直でユーモラスな文体が、暗くなる筈の題材を、陰翳《いんえい》に富んだ明るい作品に仕上げているのだ。

審査員の間に十分な意見の交換があって、佐藤さんの二作が、今回の直木賞作品に選ばれたが、それについて私は〈よかった〉という私的な親近感を覚えた。というのは、佐藤愛子さんの父君・故佐藤紅緑は、私の郷里・津軽出身の先輩作家であり、太宰治が陰性な破滅型の人物であったとすれば、紅緑は陽性な破滅型――あるいは豪傑型の人物であり、その血が娘である愛子さんにも一脈伝わっているような気がして、同じ郷土気質をいくらか背負っている私をさびしく喜ばせたのである。

つぎに「ちりめんじゃこ」「小説心臓移植」はともに達文で精細によく描かれてあるが、題材が特殊なものなので見送られてしまった。しかし、藤本義一、渡辺淳一両氏とも一本立ちが出来る力を備えていることはたしかだ。

行き届いた眼

今日出海

今回の候補作品の読後感は低調であったということに尽きる。誰も達者になって、腕で筋をこなしているが、何を言いたいのか、何を訴えようというのか、そのような働きかけに迫力を欠いているように思われた。

藤本義一氏の「ちりめんじゃこ」は面白い読み物に違いない。大衆小説として充分通用する作品であることに間違いはないが、ベテランのすりと刑事との物語を綿々と語って、人間の味わいがその割に滲み出ない。ある選考委員は最も大衆小説の体をなした小説だと推賞していた。その通りだが、新人だけに職業化するよりももっと冒険をしてもいいのではないかとも思われる。

「島のファンタジア」を書いた黒部亨氏の作品はこの意味で冒険的だった。主人公のあの少年の育ちや性格を設定したのは興味が持てたが、二部に到ってペースが崩れ、印象も鮮明を欠いたのは何とも遺憾である。イマージュを定着させる前に筆が走るのだろうが、走った筆のために作品があのように崩れるとは重大なことである。

佐藤愛子氏が直木賞を獲得した。小説歴もあり、当然何賞かを得ていい人だ。「ソクラテスの妻」は芥川賞の候補にのぼり、次いで「加納大尉夫人」が直木賞の候補になった。つまりそれだけの力量は既に認められていたということになる。従ってまた直木賞の候補になれば、もう当選してよいわけだ。

「戦いすんで日が暮れて」は勿論心憎いほど行き届いた眼で二人の夫婦を描いているが、まだこの作家はもっと力作の書ける人なのにという感を深くした。何も四角張って作品に向かう必要はないかも知れないが、余力を残して淡々と書く年齢でもあるまい。そんな物足りなさがあった。

上質のユウモア

源氏鶏太

こんどはずば抜けた作品がなく、そのために授賞作なしという話も出たほどであった。しかし、私は、佐藤さんの「戦いすんで日が暮れて」の上質のユウモアと藤本義一氏の「ちりめんじゃこ」の構成力を高く評価していたので、そのことを主張した。佐藤さんの場合、もう一人前の作家になっているという感じで、これを機に一段の飛躍が期待される。藤本氏は、描写が柔軟なのがいい。力まないで全力投球をしているといった感じである。今も授賞に値いするのではなかったのか、と思っている。

阿部牧郎氏の「袋叩きの土地」も感心して読んだ。殊に前半がよかった。弟の死を海軍兵学校生徒の講演と結びつけたのはちょっと無理な気もするが、その元海軍兵学校生徒の戦死を狙って果さぬ幕切れのあたりが爽やかである。

黒部亨氏の「島のファンタジア」は、終始興味を持って読んだ。朝鮮人を父に持つ思春期の少年の歪んだ心が納得のゆくように描かれていたし、預けられた寺

受賞決定記者会見時の佐藤さん

の娘も印象に残る。文章もわかりやすくてよかった。必ずしもその必要がないことかもわからないが、やや未熟という感じが残った。

渡辺淳一氏の「小説心臓移植」は、問題はないというべきであろう。冷静に描いてあり、スリルも感じさせられる。しかし、読了後の感動がそれほどでなかったのは、すでに私たちが週刊誌やなんかで知っていることが多かったからであろうか。そこを突き抜けていないようである。

勝目梓氏の「花を掲げて」と利根川裕氏の「B少年の弁明」は、どちらも直木賞向きでなかったようだ。といって、芥川賞の候補になり得たかというと疑問がある。そういう作品であった。

新鮮な作品を

村上元三

こんどの八篇の中では、藤本義一氏の「ちりめんじゃこ」が、わたしには一ばん面白かった。八篇の中で、これだけが大衆文学であり、刑事と掏摸《すり》との関係も、戦前によく読んだマッカレーの「地下鉄サム」よりも人間くさい。しかし、これを推したのは源氏鶏太氏とわたしだけなので、多勢に無勢という形になった。この作者は、ときどきテレビで観ているだけだが、次作を期待したい。

佐藤愛子氏の「戦いすんで日が暮れて」よりも、同じ候補作の「佐倉夫人の憂愁」のほうが、わたしには面白かった。八篇の中でも、もう作家として立派にやっている人だし、いまさら直木賞でも、という気もするが、作品が安定している点では無難であろう。

阿部牧郎氏の「袋叩きの土地」は、最後まで読んで、背負い投げを食わされた気がした。しっかりした文章なのに、この作品は構成を誤っていると思う。

勝目梓氏の「花を掲げて」は、直木賞のものではない。

利根川裕氏の「B少年の弁明」は、「オール讀物」に書くときとは違って、どうしてこう読みづらい文章で書くのだろうか。弁明そのものが、少年ではなく大人の心理で書いてあるのも、疑問に思う。

黒部亨氏の「島のファンタジア」は、密航者が出てくるあたりから、前半の詩情も失せて、つまらなくなった。

渡辺淳一氏の「小説心臓移植」は、まだ小説にするには時機が早かったのではなかろうか。読んでいると、やはり生々しい事実に対する関心が先に立つし、最後が煮え切らないのも、仕方がないだろう。

総じて、こんどは、それほどずば抜けた作品がなかった。慾張った望みだが、やはり大衆文学としての、新鮮な候補作品が読みたい。

受賞作ナシ

柴田錬三郎

私は、今回は、ナシ、ときめて選考委員会に出席した。
候補作八篇いずれも、それぞれの力量をしめしているが、直木賞受賞にはあたいしないと思われた。

佐藤愛子「戦いすんで日が暮れて」が、受賞ときまったのは、これに決定する前に、今回ナシにするか否かをきめることにして、五対四（川口・中山両委員欠席）になったからである。

たった一票の差で、賞をおくることにきめ、きめたとなると、八篇のうち、「戦いすんで日が暮れて」にしようということになったのである。

この作品は、決していいものではない。これは、作者自身もみとめるところであろう。

「ソクラテスの妻」の作者としては、不満だらけの作品である。いわば、これまでの実績を買われたわけである。私は、最後まで、授賞に反対であった。

他の六篇は、いずれも、帯に短し、襷《たすき》に長しで、こん後の精進を待たねばならぬ、と思われた。

私は、藤本義一「ちりめんじゃこ」を、かなり買ったが、直木賞としては、どうか、と思われたので、つよくは推しかねた。

しかし、佐藤愛子がこん後大いに書ける作家というならば、藤本義一もこん後期待できる作家というべきである。

私は、「ちりめんじゃこ」のような、底辺の人間ばかりではなく、関西でなければ生れないようなバイタリティーのある前向きの人間を描いて欲しい、とこの作家にのぞみたい。

選評

中山義秀

「島のファンタジア」を

推します。

尻すぼみの感がありますが、この作者の才能には未発掘の豊かなものが感じられます。

「ちりめんじゃこ」「心臓移植」にはすでにプロとして充分なものがあり、賞を与えるまでもないように思われます。

佐藤愛子さんを

水上　勉

今回は、候補作全体にこれといったきわだったものがない。ひょっとしたら受賞作なしということになるか、といった気持もあった。委員会に出ると、やはり、各委員そのような気分である。しかし、私は、「戦いすんで……」に若し賞が与えられるなら、佐藤さんは力量もある人だし、この人以外にないという気がしていた。例によって、候補作一点ずつに票が入れられて、最後に「戦いすんで……」と「ちりめんじゃこ」が残った。私はこの二作のどちらを取るといわれれば、むろん佐藤さんだった。「ちりめんじゃこ」は達者である。村上さんが推された大衆小説の面白さもある。だが、「戦いすんで……」と比べた場合、ユーモアの質もちがうし、佐藤さんのユーモアは、この人の心田のものであった。そうして、ユニークだ。夫が大借金を背負って倒産する、いわゆるありきたりの貧乏物とちがって、胸のすくような、作者独得の痛快な味が文体にある。これが注文をうけた諸雑誌に載ったものなら、尚更この作家の水準は

高いものだろう。私はますます積極的になった。最後まで意見が割れた。該当作なしでゆこうという票は四票に及んだ。佐藤さんを認めるにやぶさかではないが、「戦いすんで……」では弱いという意見だった。しかし、私は、この作家をあくまで推した。授賞ときまってほっとした。

渡辺淳一さんの「小説心臓移植」は面白くよんだ。が、事実とつくり話とがしっくりいっていない。もっといい物が書ける人だろう。他の作品については、あらためていうことはないが、今回もまた新味のある力作に接しなかったことが淋しい。

贈呈式でスピーチする佐藤さん(1969年、新橋第一ホテルにて)

随想　受賞ドキュメント

直木賞がくれたラブレター

直木賞が決定するという日、私は急性肝炎《かんえん》で入院している川上宗薫氏を梶《かじ》ヶ谷《や》にある虎の門病院の分院に見舞う約束をしていた。前日、宗薫氏に電話をかけると、それではいなりずしとメロンを持って来いという。私は今までいろんな人の病気見舞いに行ったが、病人の方から見舞いの品を指定するというのははじめてである。しかも宗薫氏はこういった。

「メロンは一つでいいよ。貧乏人なんだからな」

私は夫の会社が倒産して以来この一、二年、メロンなどというものは久しく口にしたことがない。午後、私は渋谷の西村へ行ってメロンを買った。千八百円のにしようか、二千円のにしようかと二十分くらい迷った揚句、自分も一緒に食べる気で二千円のにした。それからいなりずしを買い病院へ行った。後に遠藤周作

さんに会ったとき、その話をしたら、

「やっぱりこわかったんやな？　逃げたんやろ」

といった。こわいというのは当っていないが、逃げたというのは当っている。

私は六年ほど前に「ソクラテスの妻」という小説ではじめて芥川賞候補というものになった。そのとき下馬評では佐藤が有力とかいうことで、ニュースカメラマンなどがまだ明るいうちから押しかけて来た。なにも決まる前から来なくても、決定後にした方が無駄がなくてよいではないですかというと、受賞の電話を聞いた瞬間の新鮮なニッコリ顔を写したいのだということである。

ところが一時間経ち二時間経ち、三時間経っても一向に報《し》らせがない。この頃は落選者でも電話通知が行くそうだが、その頃は落選者は受賞決定と同時に瞬時にして忘れ去られる運命にあった。ふった女にゃ用はないというわけだ。しかし当方としては、ふられたということはツユ知らず、ジリジリしながら待っている。その頃近所にトランペットに夢中になっている少年がいて、夕方になると何ともいえぬ悲痛な音を響かせるのだが、その夜は特にその悲痛な音が胸に応えた。私は元来、短気者である。だんだん気が立って来て、

「うるさいねッ！　トランペット！」

と怒り声を上げるものだから、ニュースカメラの人はまるで自分たちのせいであるかのようにハラハラオロオロしているのも気の毒である。新聞社に電話をかけて聞きましょうと、カメラの人がダイヤルを廻しているとき、テレビが芥川賞・直木賞決定を発表した。河野多恵子さんともう一人、男の人だった。居合せた者は(私をも含めて)キョトンとしたが、その一瞬ニュースカメラの人は憤然としたように叫んだ。

「おかしい! そんなはずはない!」

私はニュースカメラの人が、憤然とした声を出してくれたその苦衷《くちゆう》及び真情を決して忘れない。そんなはずはないといっても、そう決ったのである。

私が宗薫氏を見舞いに行く気になったのは、「そんなはずはない!」というあの声が六年ぶりで蘇《よみがえ》ったからである。私は逃げ出す気になった。メロン代二千円といいなりずし代二百円(私はいいなりずしは嫌いなので、この方は安いのにした)かけて逃げたのだ。ところが道に迷ってウロウロし、やっと病院にたどりついたのは七時半である。廊下を歩いて行くと、いきなり向うのドアが開いて宗薫氏が出て来た。私を見るなり叫んだ。

「よお! きまったよお! 直木賞!」

「えーッ！」と私は叫んだ。えッ、でもない、あッ、でもない。「えーッ！」である。

「ええ？　ホンマかいな」という気持だ。

「どないしよう！」が後につく。

もしその場にニュースカメラの人がいたら〝新鮮なニッコリ〟ではなく、借金取りの不意打ちを喰《く ら》ったようなうろたえた顔を撮影したであろう。私は夫の会社の倒産以来、借金取りに追いかけられてばかりいた結果、顔の表情が「うろたえ顔」「怒り顔」「困り顔」のほぼ三種類に限定されてしまった感があるのだ。もしかしたら私の「えーッ！」を叫んだ顔は、はじめて倒産を知ったときの顔に似ていたかもしれない。

「ああ、とうとう……」

と私は思った。私は倒産者の妻としてこの二年間、債権者と借金を向うに廻して奮戦して来た。しかし家庭は倒産後の波瀾の中でいまだに揺れ動いている状態である。その上に直木賞受賞ということが加わったら、いったいどういう生活が展開されて行くのか。実は候補に入ったと聞いたとき以来、私は再び襲うかもしれない新たな嵐の日々を想像しては、少なからず気が滅入っていたのである。

「あんたは不運な人やから、そんなときに限ってもらうんやないの」と女学校時代の友達がいった。私の「えーッ」の中には、そうした諸々《もろもろ》の現象から生じた歎声がこもっているのである。

「直木賞が佐藤さんと決定しましたが、お受けいただけますか」

と文春の人が急に改まっていった。

「は、はい、あのう……はい、やむをえま……」

と思わずいいかけて慌《あわ》てて口をつぐんだ。文春の人は苦笑いをして部屋を出て行った。電話で私の返事を伝えるためである。私は呆然《ぼうぜん》としてベッドの上の宗薫氏を見た。

「どうしよう。川上さん」

「いいじゃないか、貧乏しとるんだから、これから稼げるぞ」

と何やらドサまわりの一座の座長のような顔つきである。ガーゼの寝まきでガラの違うガーゼの紐《ひも》をしめている。文春の人が入って来て、九時から記者会見が第一ホテルであるのですぐに行きましょう、という。せめてメロンの一切れなりと食べて行きたい。

「メロンは……メロン……」

と叫んだが、川上氏は冷淡きわまる顔つきでこういっただけである。

「早く行って来いよ」

病院の玄関を出ると、実に美しい紫紺《しこん》色の夜空があった。ビルもスモッグもない、田園の上にひろがる懐かしい夜の色だ。正面にくっきりとオレンジ色の三日月がかかっていた。七月十八日のこの三日月の色を忘れないだろう、とそのとき私は思った。そのときになってようやく私に直木賞受賞の感慨が湧き起って来たのである。

それから後はもう、何が何だかわからない。第一ホテルへ行くと色々な人がやって来て、おめでとうをいってくれたが、あとで芥川賞の田久保さんに聞くと、「何となく浮かぬ顔をしていた」ということである。最後まで賞を争ったという藤本義一さんから、お祝いをいいたいからと電話がかかって来た。小説現代に藤本さんが書いている随筆によると、そのとき私は「スミマセン」といったことになっているが、どうやら私はあまりに多くの債権者と交渉を持ち過ぎたらしい。私はおとなしい債権者にはスミマセンと謝り、憎たらしい債権者にはお尻まくって喧嘩した。そのときの藤本さんの声は、おとなしい債権者の感じだったのであろう。

翌日は朝の八時頃から祝いの電話がかかりはじめた。歯ブラシに歯磨をつけたのを、口の中へ入れると電話、やっと終ってまた入れるとまた電話という騒ぎである。数軒の銀行からビールの祝いが届く。その中には倒産のときに足蹴《あしげ》にした銀行もある。

「ええときばっかりチャラチャラすんな」

と怒鳴りたいところだが、祝いをもらって怒鳴るわけにもいかないのである。祝電を読んでいると、忘れられぬ名前が出て来た。倒産のときに誰よりも先にやって来た女債権者の名である。この名前の電話は毎晩、一晩に五回はかかって来た。彼女はすべて打つ手が早い。それで今回もまっ先に祝電が来た。

時間が経つにつれて、私は次第に疲労困憊《こんぱい》して来た。どうやら私という人間は戦争向きに出来ているのである。憤激して相手を打ち倒そうとするとき、元気が出る。受賞祝いに来てくれた人を打ち倒すわけには行かぬので、私は疲れ果てた。午後にはついに声を出す力を失う。子供はそんな私を見て、ここぞとばかりに祝いに贈られたメロンを一個、ひとりでマルごと食べている。来客と電話の合間合間に家政婦がいう。

「奥さん、今夜のお惣菜《そうざい》は何にしまひょう」

「奥さん、氷が間に合いまへん」

「奥さん、今夜のお米は何合とぎまひょ」

「奥さん、電気屋さん、まだ来まへんけど、どないしまひょう」

彼女は三日前の電気掃除機の故障が頭にこびりついていて、毎日毎日、そのことばかりいっているのである。さらに彼女はケロリとしてこんなことをいった。

「奥さん、レモンが切れましたさかい、奥さんの分はさっきのお客さんに入れた分を洗うて入れときました。ナニ、レモンなんてかじるもんやなし、かめしまへんやろ」

夕方になるともう目を開けているのも辛くなって来た。お祝いの人とインタビューと原稿依頼がゴッチャになって、誰が何の用で来たのかわからなくなる。無理とわかっている原稿もいつの間にか引き受けている。しかし借金を引き受けたときのように、元気のいい引き受け方ではない。

「恐れ入りました。私が殺《や》りました」

といいさえすればこの尋問から解放してもらえるなら何でもいう、という心境での引き受けかたである。

後で友達から聞いたことだが、そのときの私の顔は〃黒雲がかかったようだった〟という。ひと眠りして目覚めると夜の十時である。家政婦も子供も寝しずまっている。台所へ行って冷蔵庫を開けると、友達が持って来てくれた鯛《たい》があった。それを焼いてひとりで食べた。侘《わ》びしさが身にしみた。いったい誰が祝われているのか。いったい誰のためにかくも疲労困憊しているのか。考えてみれば、その一日のうちで食物らしい食物を口にしたのはその鯛を食べた時がはじめてであった。

翌日、一通の求婚の速達が来た。

「突然の御尋ねにて御面下さいませ」

という書き出しである。

「私は本日、新聞紙上にて貴女の直木賞決定、おめでとう御座居ます。紙上にて御嬉び申し上げます。御話は別に成りますが、私は貴女に再婚する御気持がありましたならば、結婚を前定とする御交際を希望する者ですが貴女の御気持を卒直に御伺いしたいのです。私はけっして貴女を生活上にてたよる気持は毛とうありません。一妻として私も生がいを友にする人が良いのです……」

というような文面である。年は五十歳で六年前に妻と別れたという。「年格好も丁度頃合と存じ」などとも書いてある。そのくだりに来て私は少しむっとした。何もむっとすることはないだろう、とこの文章を読む人は思われるかもしれないが、何を隠そう、私は若い男が好きなのである。

それから授賞式の八月八日までいろいろなことがあった。受賞決定後の三日目の朝、新聞社からの電話で呼び起された。いきなり、

「アポロが着きましたが、ご感想を」

といわれ、呆気《あっけ》にとられた。その朝アポロが月に到着することなど、私はすっかり忘れていた。十八日の夕刊から、私は新聞を読んでいない。自分の受賞記事がどんな風に出たかも、人の話で聞くだけだったのだ。

正午近く、文藝春秋へ受賞の挨拶《あいさつ》に行くために家を出ると、通りすがりの電気屋の前に人だかりがしていた。これからアポロ十一号から二人のアメリカ人が出て来て、月の上を歩こうというところである。私はタクシーを拾って文春に向いながら思い出した。十八日の夜、私が受賞を聞いて虎の門病院の玄関へ出て行ったときに見たオレンジ色の三日月を、あのとき私が感慨こめて見上げたあの月のあたりをアポロ十一号はウロウロしていたというわけだ。

感慨こめて山を見る、ということがある。また、海や空を見るということもある。感慨に打たれると我々は、人間の匂いのせぬものの方を向くものらしい。熱

海の海岸の貫一だって月を見上げて慨歎《がいたん》した。そこに人間がウロウロしていると わかれば、慨歎の調子も少なからず狂うのではないか。

文春へ行くと、社員の人たちはほとんどテレビにかじりついていて今日は仕事にならぬ、ということである。早速、アポロの話がはじまる。私は浦島太郎のような心境で坐っていた。月がどんな風だったか、アポロがどんな風に着いたのか、私は何も知らぬのである。

現在では三日、自分のことにかまけていると浦島太郎になってしまう。まったくドエライ世の中になったものだとつくづく思った。

世界中が月へ行った人間について沸き立っている。そうして私は直木賞という賞をもらってアチコチ駆けずりまわり、ヘトヘトに疲れ、雑誌のグラビア撮影のために呉服屋などへ行ってニッコリ笑ったりしている。

二週間目、ついに熱が出た。右の目が充血し、近所の医者へ行くと目ボシだという。栄養失調と睡眠不足と過労のためであるから、まず睡眠と栄養を十分にとり、疲労せぬようにして下さいといわれる。そうしなければ直りませんよ、と念を押されたが、どうすることも出来ない。赤い目をして方々の写真に撮られる。

「カラーじゃありませんから、目の色は写りません」

とカメラの人は慰め顔にいってくれた。老いたりといえども私も女のハシクレである。同じ写真が出るなら、美人に写りたい。まったく私という人間は、昔からイザというときに必ず困ったことが起きる人間だ。二十歳の結婚式のとき、それまでニキビなど出来たこともなかったのが、一夜のうちにものすごい親玉が出来た。しかもハナの頭のてっぺんに、である。それから小学生の頃、これからトビバコの試験があるというときにパンツのゴムが切れたこともある。

八月八日の晴れの受賞パーティまでには何とかして直したいと祈っていた目の充血は、次第に消えて行った。やれやれと思ったのも束の間、パーティの前々日になって、突如、真赤になった。以前の充血よりひどいのは、またしても熱が出たためなのである。睡眠と栄養を十分にとらず、疲労していてもこの充血が取れる方法はないかと奔走《ほんそう》した結果、さる名医によってやっとパーティ当日の朝、充血は取れた。いろいろな薬を浴びるように飲んで熱を下げ、美容院へ行く。

美容院で多少手間どって、渋谷でタクシーを拾ったときが四時半である。授賞式は六時からだが、テレビ撮影があるので五時二十分には第一ホテルへ来ているようにという命令である。しかしその前に洋服屋へ寄って出来上った洋服を受け取らねばならない。臨時の秘書のTさんがタクシーに同乗して、それを受け取ってくる間、私はタクシーの中で待っていることになっている。タクシーは高速道路へ入った。ところが入って間もなく、車は徐行をはじめた。高速の中で事故が起きたのだ。

——そら、きた！

と瞬間、私は思った。ハナの頭のニキビ。切れたパンツの紐……今に充血の直った右の目が、いきなり血を噴くのではないか！　やっと高速を抜けて銀座八丁目に出た。洋服屋は八丁目のとっかかりの天国というてんぷら屋の隣にある。タクシーは天国の横の道で停車して、Tさんが洋服屋へ走って行った。ものの一分と経たぬうちにTさんの姿が現れた。と何を思ったか見るまにTさんは私のいるタクシーの前を横切って、ハンガーにかけた洋服を抱えたまままっしぐらに新橋の方へ走って行ってしまったのだ。私は仰天した。Tさんひとり行方不明になるのならばとにかく、洋服を持って行かれては私はいったいどうなるのか。するとそのとき、車のお尻にドシンと何やらぶつかった。とたんにものすごい罵声《ばせい》がとんで来た。

「何だい、こんな所に車を止めやがって！」

ふり返るとヤキイモの屋台を引っぱったオッサンである。その前から機嫌の悪かった運転手はたちまち「なにをッ！」と叫んで出て行った。私は車の中にひとりだ。Tさんはどこへ行ったのか？　時間は刻々迫る。運転手とヤキイモ屋はものすごい喧嘩をはじめた。ふと見ると向うの歩道を洋服を抱えたTさんが血相変えて走っている。私は必死で窓から顔をつき出して叫んだ。

「Tさん、Tさん、ここよオ」

しかし、イモ屋と運チャンの大声の喧嘩に消されて私の声は届かない。伸ばした首の前を他の車が走る。私はハンドバッグを開け、千円札をつかみ出して絶叫した。

「ちょっと、千円あげるから、ケンカはやめてちょうだい！　お願い、お願い。五百円ずつ、分けて……」

運転手とイモ屋は一瞬、シンとなってその千円札を見た。私の絶叫はようやくTさんにも届いたとみえる。Tさんが車に駆けこんで来るのと同時に運転手は運転席にもどった。私の手の中の千円札はそのままだ。考えてみれば喧嘩した者同士でおつりのやりとりをするのも変なものだったかもしれない。結局、私は千円を渡さずにすんだ。

おまけによく考えてみれば、高速料金の百五十円を運チャンに渡してやるのを忘れた。ずいぶん気の荒そうな運転手だったが、気が荒すぎてソンをしたのであろう。

第一ホテルの玄関には、見上げるような大きな字で（と私は感じた）

「芥川賞直木賞授賞式」

という立札が出ていた。出来れば私はその立札の前に横づけにしたベンツか何かから、しずしずと盛装して現れたかったと思う。しかし私は洋服を下げたTさんと二人、汗みずくになって受付の人の目をかすめるようにして、まるで借金とりの目をかすめるようにコソコソと入らねばならない。受付の人は横向いてコソコソと入った私をいち早く見つけ

「あッ、佐藤さん、こちらへ」

などと叫んだようだが、私は一目散に階段をかけ上った。来合せたボーイに頼んで空いていた部屋で着かえる。鏡もない部屋だ。しかし、とにかく、どうやら着がえが出来た。私は改めてしずしずと階段を下り、にこやかに受付へ行って、ピンクのリボンの花を胸につけてもらったのである。

「文藝春秋」一九六九年十月号

直木賞受賞作

戦いすんで日が暮れて

村上豊・画

1

私は桃子とテレビを見ていた。

テレビはどんなものをやっていたのか覚えていない。私は炬燵《こたつ》に脚を入れて横になり、座布団を二つ折にして枕にし、炬燵の外にいる桃子とふざけていた。目が覚めたときははっきり覚えていた夢が、人に話そうとすると急に光に当てられた映写幕のように色褪《あ》せてすーっと後退し消えてしまう。そんな夢のように私の脳裡《のうり》には、ただ明るく暖かな茶の間と、ふざけていた桃子との間に流れていた楽しい気分がかすかに残っているだけだ。

多分そのとき、私は例によって、テレビの歌手のしぐさや表情について、いつもの悪口をいっていたと思う。

「なにもあの程度の歌を歌うのに、眉毛上げ下げすることもないと思うけどね」

とか、

「よオよオ、塩ダラのおにいさん！」

というようなことを。

桃子は必要以上の大声で笑いこけていた。来る日も来る日も母親が雑文書きの仕事に追われているので、こんなひとときは桃子を興奮させるのだ。

夫が帰ってきたとき、私の顔にも桃子の顔にも、楽しい笑いの名残りがあったにちがいない。私は茶の間に入って来た夫に向っておかえりなさいと身を起し、笑いの余波を顔に残したまま夫の顔を見て、そして直感した。

夫の顔は赤く、酒を飲んだ男のようにいやな光りかたをし、目のまわりが赤く、そうして今まで見たこともなかったような、子供子供した顔になっていた。夫はいつもの彼の坐り場所である炬燵の一辺にくずれるように坐りながら、重病人のような涸《か》れた声でとぎれとぎれにいった。

「すまない……会社……つぶれた……」

と同時に夫の異様に赤く光った顔が歪《ゆが》み、こらえきれぬ涙が溢《あふ》れ出たのを私は見た。

私は自分が何をいったのか覚えていない。桃子が学校から泣きながら帰って来たときと同じ、叱咤《しった》するような調子でこんなことをいったことだけは覚えている。

「伊藤さんはどうしたの、伊藤さんは……えっ、どうしたんですか、ウソをいったの？　伊藤さんは……」

その前の日、私は伊藤という金持が、三千万の金を出して会社のテコ入れをしてくれるという話を珍しくはれやかな顔の夫から聞いたばかりだったのだ。私は自分の心が、冷やかに醒《さ》めて行くのを感じた。私は炬燵の縁に額を置いたまま、黙って動かぬ夫の姿を見ていた。私は何といっていいのかわからなかった。私は驚いてもいなかったし、悲しんでもいなかった。来るべきときが来た、というような悲愴感もなかった。ただ夫が今まで私に見せたこともないような顔を見せたことに当惑していた。私は桃子を見た。びっくりして、泣いている父親を見ていた桃子は、私を見上げた。私たちの目は合った。私は桃子の目に、ふと、笑いが浮かぶのを見た。桃子は唇をすぼめ、私に向って首をすくめ、笑いをこらえる真似をした。

2

その年の十二月が寒かったのか暖かかったのか、何も覚えていない。十二月に入ったのはそれから三日目か四日目だったと思う。私は骨董屋《こっとう》の石田を呼んで家中の絵や焼き物のたぐいを売り払った。といってもこの二、三年の間に我が家の骨董の大部分は値のあるものから順に売り払われ、私がまだあると思っていた物

も、

「あれは秋にご主人からお頼まれしまして、もう……」

と石田は既に売却したことを伝えた。

早朝から深夜まで、電話のベルが鳴りつづけた。いろいろな声がいろいろない方で夫の行く先を聞いた。夫が毎日どこで何をしているのか、私には何もわからなかった。夫は深夜、三時か四時になって漸《ようや》く帰って来るとものもいわずに寝てしまい、朝、七時には起きて家を出て行ってしまう。

「旦那さまはお出かけになっておられますが……、夜中の三時頃には帰られますけど……」

ツルヨが応答している声が、まるでテープレコーダーのくり返しのように、私の仕事部屋に聞えて来た。

「奥さまはお留守です。さあ……わかりませんけど……」

債権者の電話の合間に、雑誌社やテレビ局からの電話がはさまった。

「〝亭主を叱る〟という座談会なんですがね。ひとつそのう、痛烈なところでやっていただきたいんですよ。いや、それがですねえ。どうしてもその方のオーソリチイであられる瀬木さんに中心になっていただかないと……」

そうかと思うとこういうのもあった。

「マイホーム主義撲滅論者の一人として、賛同派の方たちと大いに論戦していただきたいんですが……」

夜になると私は仕事場を二階の書斎から茶の間に移した。ツルヨが寝てしまうと、電話は私が取らねばならない。私は万年筆を右手に持ったまま、左手で受話器を握っていった。

「申しわけございません。まだ帰りませんのですが……はあ、なにぶんにもご存知のような状態でございまして、あちらこちらと走り廻っておりますものですから……」

——電車の中でミニスカートの前に坐るのが一日のうちで最大のたのしみ、という男性がいる。そのおたのしみにあまりに一生懸命になりすぎて、電車の座席からすべり落ちたという男性もいる。会社でやたらとペンや鉛筆を机の下に転がす男がいる。前の席にミニスカートが坐っているのである。

女のハギを見て雲から落っこちて来た久米《くめ》の仙人以来、男が女のモモに弱いというそのえんえんたる歴史を今になって非難してもはじまらぬことぐらいはわかっているが、それにしても激変するこの世相の中で、男性としてのもろもろの伝統を失って来た男性諸氏がただ一つ、女のモモに対する興味だけを失わなかったということは、まことに哀れとも情けないともいいようがないのである……

私は書いた。それだけ書くのに三時間かかった。その原稿は新聞の連載随想で、明日の朝にはどうしても渡さねばならぬものだ。電話が鳴った。

「瀬木、帰ってる?」

いきなりいうその声は、私たち夫婦の古くからの友人である作家の片桐だった。

「困っちゃったよ、アキ子さん、瀬木にね、頼まれて五十万余りだけど、貸してるのさ。そうしたら今度のことだろう? 瀬木から何とかいってくるのを待ってるんだけど、ウンともスウともいって来ないんだよ。何とか挨拶《あいさつ》ぐらいしてくれてもいいと思うんだけどね。女房はギャアギャアさわぐし、いや、もうホトホトマイっちまってねえ。ぼくはとにかく瀬木を信頼してたんだよ。あの男を好きだしね。そのぼくの友情と信頼がこんな形で裏切られるとは思わなかったなア」

片桐は少し酔っている。

「ぼくはね、金のことよりも、そのことがいやだねえ。辛いねえ。わかるだろ? アキ子さん……ぼくのこの気持、わかるだろう」

「うーん」

私は唸《うな》った。

「わかる……ごめんなさい……」

私はそれしかいえない。

「何とかならないかなあ、困っちゃったんだよ。女房がねえ……わかるだろ、うちの女房のことだから……」

「ごめんなさい。ごめんなさい。何とかするわ。あたしが……何とかお返しします」

電話を切って仕事をつづけようとすると、じわじわと怒りが頭を擡《もた》げて来た。

――信頼……友情……

と私は呟《つぶや》いた。するといきなり胸に火がついた。

――片桐さん、あなたの信頼と友情は金で左右されるものなの？　私は胸の中で叫んだ。

あなたも作家のハシクレなら、サラリーマンがいうようないいかたで信頼だの友情だのって言葉を使わないでよ。信頼だの友情だのなんていわないで、「困るじゃないか、金を返してくれよ」となぜはっきりいわないの。オレは友情よりも五十万円の方が大事だと、なぜはっきりいわないのよ！……

私は片桐の電話番号を何度か廻したが、そのたびに信号音が鳴る前に切った。おそらく私の怒りは理不尽《りふじん》な怒りなのにちがいない。私はそう思った。多分私には片桐に腹を立てる権利などないのだ。私は「信用を裏切った男」の妻なのだ。夫婦して土下座して謝罪すべき人間なのだ。私はそれを知っており、そしてそのことが、そのどうにもならなさが、いっそう私の怒りを煽《あお》るのだった。

私がしたことではない。私の夫とそしてあなたがしたことだ！

私はそういいたかった。もし片桐が事前に私に相談してくれれば、私は絶対に夫の会社に金を出すなと警告しただろう。

――瀬木作三みたいな男に金を貸すときは当然、それだけの覚悟があってしかるべきなのに……瀬木も甘いけどあなたも甘いわね。

そうもいってやりたかった。何としてでも五十万の金を作りたい。その札束で片桐の横面をひっぱたいてやる場面を空想した。

「どう、これで友情と信頼はとりもどせた？」

そういってテレビ漫画の女賊のように高らかに笑い声を響かせてやりたいと思った。

しかし私にはそれをする権利はないのだった。私は夫が会社を経営することに反対しつづけた。夫の社長としての月給は五回ほどもらっただけで、それ以外に私は会社の恩恵を受けたことはなかった。そればかりか、社員の月給や落さねばならぬ手形の期日が来るたびに、五十万、百万と、私が働いた金が持ち出された。私が雑文を書いて稼いだ金は、右から左へと消えた。会社のボンクラ経理部長は、まるで当り前のように私に金を借りにやって来た……。だがそんなことをいくら並べ立てても、その事実はどんな力も持たないのだ。私は倒産者の妻で、妻である限りは何をいう権利もないのだ。

私は片桐にかける代りに川田俊吉に電話をかけた。もう十二時を過ぎていたが、かまわずにかけた。川田は片桐や私たちとの共通の友人だった。

「もしもし」

川田の眠そうな声が聞えて来た。流行作家の川田はいつでも眠そうな声を出す。その声を聞くと私はいつも何か激越ないい方をして、彼を仰天させてやりたい気持になるのだ。

「川田さん？　ああ、あたし、もう腹が立って腹が立って……ねえ、何とかしてよ。明日の朝に渡す原稿があるっていうのに……」

「またボンクラ亭主が何かしたのか」

「何かしたのかどころじゃないわ。倒産したのよ」

「倒産？　会社がつぶれたってこと？」

川田の声は少し緊張して高まった。だがその程度の高まり方では私は不満足だった。

「たいへんなのよ、借金とりに追われて……電話電話で仕事も出来やしない……」

私は大きな声を出した。

「ちょっと、聞いてるの、川田さん！　たよりない返事すると承知しないから……」

「聞いてるよ。聞いてますよ。だがオレは今日は熱があるんだ」

「ネツ？　何だって熱なんか出してるのよ、贅沢《ぜいたく》な……」

「手術やったんだよ。パイプカットの復元手術だ」

川田は十年前に妻の病弱が理由で避妊手術をした。ところが最近、彼は妻と別れて年若い恋人と結婚した。その若い妻が異常なまでに子供をほしがっているとかねてから聞いていた。

「やったの？　とうとう……」

「うん。それで今日はあそこが引きつってってね。うまくねえんだよ」

「へえ、引きつってるの?」

私は気勢を殺《そ》がれた。

「ああ、人生だわねえ……」

私はがっかりしていった。

「イロイロあらアな、だわ、全く……」

「で、どうなるんだい、会社がつぶれたって……」

「どうなるかわかりやしない。でも、もういいの、静かに寝なさい。引きつってる人に話したってはじまらないわ」

「いいのかい」

「いいわ、かんべんしてあげる」

電話を切ると、急に寂寥《せきりょう》が身を包んだ。深夜のためにいっそう明るさを増した頭の上の煌々《こうこう》とした電燈。ひとり起きている私。電話が鳴った。私は電話を炬燵の中に突っこんだ。

——かつて明治時代に出歯の亀太郎という女湯ノゾキの専門家がいて、爾来《じらい》デバカメという言葉がノゾキ趣味の代名詞にまでなったが……

炬燵の中で電話は鳴っている。もしかして夫の交通事故を報《し》らせる電話ではないかという疑いが頭にひらめいた。だがもしそうだとしたら尚のこと、電話を聞く前に原稿を書き上げてしまわねばならない。

――……明治の女は和服を着ていたのでデバカメ氏はわざわざ女湯まで出張しなければならなかった。デバカメ氏、泉下《せんか》にありて当今の男性群像を見、ああ世はまさにインスタント時代と嗟嘆《さたん》、これ久しゅうしているかもしれない……

電話は鳴りつづけている。時計が十二鳴った。一時半なのに十二鳴っている。根負けして炬燵から電話を引っぱり出した。

「もしもし、瀬木社長のお宅でいらっしゃいますか」

私はぞっとした。女実業家の平井かよの声だった。会ったことはないが、倒産以来日に三回ずつ電話をかけてくる。

「まあ、まだでいらっしゃいますか。いったいこんな時間にどこで何をしていらっしゃるんでしょう……」

相手は夫が居留守を使っていると思いこんでいるのだ。私は小さくなっていった。

「相すみません。申しわけございません。とにかく出かけたが最後、どこで何をしているのやらさっぱり連絡がつきませんで……」

電話はたっぷり一時間かかった。やっと受話器を置き、私はいきなり手の万年筆を壁に向って投げつけた。

3

夫の会社の決算書を見たとき、私はしばらくの間それを眺めたが、その数字が示している桁《けた》は私にはよくわからなかった。

「これ何？」

私はいった。

「ゼロが八ツ……ホントなの？　これ億？」

もう一度、私は勘定した。
一、十、百、千、万、十万、百万、千万……
「そうだ」

夫はいった。それだけだった。私は黙った。

「二億三千万――」

しばらくして私はいってみた。その額の途方のなさが却《かえ》って私を平静にしていたといえるかもしれない。私にはそれがどのくらいの金なのか、見当もつかなかった。たった三十人の社員で、僅《わず》か二年の間に二億三千万の負債――たとえば川田俊吉が一億の金を貯めたと聞いたら私はホラだと思うだろう。だが一千万の金を貯めたと聞けば納得する。私にとって億とはそんな数字だった。その数の途方のなさは、瀬木作三という男を最も端的にあらわしていた。

夫の会社は四年前に産業教育の視聴覚教材を製作販売する会社として発足した。夫はその会社を自分の発意ではなく、知人の発意によってはじめたのだった。私は反対した。夫は事業をやれる人間ではないのだ。夫はその知人から利用されてひどい目に会うだろう。

「しかし俺はやるよ」

そのとき、夫は威張っていった。自分の思ったことをやり通そうとするとき、いつも夫は威張った口調になるのである。だが、夫は結局その友人に裏切られた。

「そうら、ごらんなさい。私がいった通りじゃないの」

結婚以来私は夫に向って何度「そうら、ごらんなさい」といったことだろう。友人に裏切られた夫は、意地になって別会社を作ろうとした。そのときも私は反対した。だが夫はいった。

「オレが新会社を作らなかったら、分裂したまま宙に浮いている社員はどうなる！」

夫は威張った顔つきをしていった。そしてまだ収入もない会社が、はじめから借金と三十人の社員を抱えて発足した。

「問題は出来るか出来ないか、じゃない。今はやらねばならん、ということだ」

夫は怒り顔になり私に無力感を抱かせるあの断乎《だんこ》とした声でいった。夫がその顔になりその声を出すときは、もう誰の力も無力だった。夫の周囲の人間の反対は夫の決意を固める助けとなるばかりなのだった。

ある朝、骨董屋の石田から電話がかかって来た。

「先日お預りしたシャガールとレジェの版画ですが……」

私は直感した。だから石田が次の言葉をいったとき、私は驚かなかった。

「実は調べてみましたら、あれは印刷したものでして……非常によく出来てはいるのですが、版画ではございませんでした」

五年前、夫は夫の友人のそのまた友人に頼まれて、三十万円あまりでその二つの版画を買ったのだ。

「金を急いでいるからこの値で買えるんだ。そうでなかったら、百万近くするだろう」

夫は知ったかぶりの顔をしていった。そのとき私は何といってそれに反対したか。私はそのときの部屋の明るさから、夫が床屋へ行ったばかりの頭をしていたことから、活けてあった花まで覚えている。

「そう。やむをえませんわね」

私は石田にいった。私の平静さは石田にむしろ危惧を抱かせたようだった。

「がっかりなさいましたでしょう。お驚きになりましたでしょう」

石田は探るようにいった。

「私も何とかして、値にならないかと、色々と当ってみたのでございますが……」

「いいんです。ご厄介かけました。どうせそんなことと思ってましたわ」

私は意味もなく笑った。

「おついでのときにお返し下さいな」

——そうらごらんなさい……私は夫に向ってそういうときを、むしろ楽しみに思った。

「審判のときが来たのよ!」

そこにいぬ夫に向って、私は勝ちほこっていった。

「あたしとあなたの勝負はとうとう今、つきつつあるわ……」

勝負がつき、私が勝ったところで私の不幸が減るというものではなかった。だが私は夫の帰宅を心待ちにした。

「シャガールとレジェ、贋物だったわよ!」

すらりとそういう。そのときの夫の顔を私は早く見たくてたまらないのだった。

私は「亭主を叱る」座談会に出席した。その座談会でどんなことをしゃべったのか、私は覚えていない。

「私の主人の会社の女の子が、主人にこんな渾名《あだな》をつけたそうです。〝シームレス〟って……ズボンに筋がないというわけです……」

そういうと皆がどっと笑ったことだけ覚えている。

「私は毎晩、仕事をしていて二時か三時に寝ます。それでも主人の帰りはまだその後なんです。主人は帰ってくるとズボンとズボン下と靴下を一緒に脱ぎます。一緒に脱いだものはベッドの横につくねたままになっていて、明日の朝はそこへ足を入れて引き上げればいいようになっています」

皆は笑いこけていた。誰かがいった。

「でもいいじゃないですか。この頃の男はみなおしゃれだから、一人ぐらいそんな人がいても……そうじゃないと世の中、面白くないですよ」

座談会が終ると、私はその足である出版社の年忘れパーティが開かれている赤坂のホテルへ行った。私はそのパーティに出ている筈《はず》の親しい編集者に原稿料の前借りを頼むつもりだったのだ。会場へ入って行くと、グラスを右手に持った川田俊吉が近づいて来ていった。

「おどろいたなあ、君んとこのボンクラ亭主はバイオリンを抱えて、神田を歩いていたそうだぜ」

「バイオリン?」

「村島がひょっこり会ったんだそうだよ。それを売って社員の最後の月給にするんだって。二億もの倒産をした人間が、今頃、バイオリンを抱えて走ってるなんて、大丈夫かね、って村島が心配してたよ」

私の目に師走の町を、バイオリンを抱えて歩いて行く夫の後姿が浮かんだ。

「奴はいったい何を考えているのかね。毎日何をしているんだい?」

川田はいった。

「そんなことより、もっとしなくちゃならない大事なことがあるんじゃないのかね」

「あるんでしょうねえ。きっと。わたしにはわからないけれど……」

冷やかに私はいった。師走の町をバイオリンを抱えて歩いていたという夫の後姿のあわれさが、私を冷やかにしたのだ。私は顔見知りの作家や編集者と挨拶をした。料理を食べ、酒を飲んだ。

「実際、あの男のすることはいちいち意表を衝《つ》くねえ」

川田はまた寄って来ていった。

「村島が見たらバイオリンにカビが生えてたっていうぜ」

私は黙っていた。顔見知りの流行作家が近づいて来ていった。

「聞いたよ、瀬木さん。たいへんだったんだってねえ。しかしねえ、これはいいことなんだ。いいことだ。お嬢さんと坊ちゃんが、やっと苦労にぶつかった。これで人生というものがわかる！　瀬木アキ子もやっとオトナになれる……」

彼は酔っていた。私は彼の得意顔を軽蔑した。

彼は川田俊吉をつかまえて税金の話をはじめた。税金の話はやがて女の話になった。

「あれはなかなかいいですよ」

「やらせますか」

「やらせますよ。勿体《もったい》ぶったりしないのがいいですねえ、あの子は」

私は川田俊吉に向っていった。

「川田さん、サヨナラ」

「帰るの？　もう……」

川田はいった。

「まだ早いじゃないの、もう少し気晴しして行けばいい」

そのとき私はまるで嘔吐《おうと》のように胸底からこみ上げてくる激情を感じた。川田俊吉の暢気《のんき》そうな丸い目を見ると、なぜか私の我儘《わがまま》はいつも誘われてさらけ出されてしまう。

「こんな中にいられると思うの！」

私はいった。私は編集者に前借を頼む目的を忘れた。

「どれもこれもいい気になってる奴ばかり。男と女がねる話書いて、税金の心配してる！　下司《げす》下郎！　恥知らず！　成り上り！　国賊！　……」

呆気《あっけ》に取られた川田の、ふくらんだ顔は可愛かった。その可愛らしさが私を我に返らせた。

私は夢中でエレベーターに乗った。いつもは一人で自動エレベーターに乗れないことを忘れた。私は惨《みじ》めだった。恥かしさで私は腸詰のようになってタクシーを待っていた。そのいたたまれないひとりぽっちの気持が、私に夫を思い出させた。

4

年も押し詰ってから債権者会議が開かれた。その日、私は一日中「おせっかいの季節」という少女ユーモア小説を書いていた。桃子は私が仕事をしている机の前で、ケシゴムを刻んでママゴトのおかずを作っていた。

「あーあ、ここの家ときたら、いったい、一家団欒《だんらん》ってことを何と思ってるのかねえ」

突然、桃子は呟いた。私はす早く聞き咎《とが》めた。

「一家団欒って何さ？　桃子は何をいいたいの？」

「だからさ、あのさ……」

桃子は詰りながらいった。

「日曜日にどこかへ行くとか、みんなで笑ってテレビ見るとか……」

「へえーえ、日曜日にどこかへ行くことが一家団欒なの、ふーん」

私は大げさな声を出した。

「呆《あき》れたねエ、情けないねエ、日曜にどっかへ行く！　笑ってテレビ見る！　ああ、何たる退屈な人生よ！　アホウの人生よ！　そんなものがいいと思ってるようじゃ、桃子もロクな人間にならないね」

「だってさ、だってさ」

桃子はムキになって口を歪めた。

「たのしいじゃないのさ。パパとママでボートに乗ったりさ、ジェットコースターに乗ったりさ……」

「ジェットコースター！　あんなものはロクデナシが喜ぶもの……」

私はいった。

「毎日ノラクラして暮してるもんだから、ああいうものに乗って、スリルを味いたくなる。ママなんか毎日、ジェットコースターに乗ってるようなもんだわ」

私は債権者会議の様子が気がかりだった。夫に惨めな姿を晒《さら》させたくないのは、夫が桃子の父親であるということのためだと思った。桃子はうつむいて消しゴムを刻んでいたが、思い切ったようにいった。「桃子、いつまでもここの家にいたい、ママ！」

私は愕然《がくぜん》として桃子を見た。

「だってさ……だって、上野さんがいったんだもの、桃子ちゃんの家は会社がつぶれたから、もう今のお家にはいられなくなるって……」

私は桃子の目に涙がふくれ上るのを見た。

「上野さんはいつ、そんなことをいったの？」

「もうせんにいったの、上野さんのお母さんがそういったんだって……」

桃子が今日までそのことをいわなかったことは私には衝撃だった。桃子はいった。

「ママ、うちはもう貧乏になっちゃったの？」

私は気を取り直し、突然声をはり上げた。

「何だ、あの上野の教育ママ！　何だ、あのコルゲンコーワ。ザマス言葉でうちのかげ口をいったというのか。失敬な。よし！　ママがぶん殴ってやる！」

桃子はいった。

「お母さんとおばあさんと二人でいったんだって……」

「よし、バアサンも一緒に殴ってやる！　並べといて往復ビンタだ！」

「でもあの家、すごい土佐犬がいるのよ」

私はどなった。

「かまわん！　犬をトビ蹴りしながら、バアサンをぶん殴ってやる！　おふくろは原爆投げだ」

桃子はやっと元気になった。

「うちのママって、おもしろい人ねえ」

桃子はませた調子でいった。

「ほんとにうちのママは威張り屋で、困ったママだ」

債権者会議は予想以上に平静だったと聞いた。重役は一人も出て来ず、経理部長も姿をくらましていない。夫が一人で質問に答えている姿を見、却って債権者の同情が集った、と知人が電話で伝えて来た。何しろ百人からの債権者である。罵詈罵倒《ばりばとう》は無論のこと、暴力を振う者が出て来ても当然なのだ、とその人はいった。

「いや、さすがですよ。社長の人徳ですよ。大声を出す者なんか一人もいなかった。むしろ同情的でさえあったですよ。社長はいい人すぎるんだ、よってたかって皆に食われたんだ、ってみないっていいましたよ」

いい人すぎる——

私はもうその言葉に聞き飽きていた。二億三千万の債権者たちは、その「いい人すぎる」夫を信用し、同情し、あるいは利用し、あるいは甘くみ、そして苦汁をなめさせられたのだ。夫はかつて何の因縁もない人間のために我が身をはいで金を貸したり、助けたりした。その善意と同じ善意を持って何の因縁もない人間から金を借りたり、保証人に立ってもらったりした。夫の善意は底がぬけていて、そこから害毒を撒《ま》き散らした。夫の善意は今の世の中ではマンモスの化石のように珍しいものだった。その稀少《きしよう》価値が人を迷わせた。何のかのといっても、やはり人間は善意には目がくらんでしまうのだ。我々は善意にこそ用心しなければならないものなのに。

債権者会議から帰って来た夫は、珍しく興奮していた。

「森口のやつ……」

夫は何度もそういったが、それ以上はいわなかった。森口はもと夫の会社の営業部長だった。営業部の社員の怨嗟《えんさ》の声がたえず上り、部長がいる限り、我々は全員、社をやめるという決議が夫のもとに来たことが何度かあった。それを夫がどうにも出来ないでいるうちに、森口は会社をやめて自分で下請けの仕事をはじめた。夫は森口と取引きをした。そして森口は夫の会社の大口債権者となったのだ。

「たった二年の間に二億三千万もの負債が生じるとは、常識では考えられませんな。これは背任横領の疑いがあります。私は彼を告訴することを提案します」

森口は債権者会議でそういう発言をしたというのだ。そのことを私は何人かの債権者から聞いた。

「そうでしょう、そうでしょう。そういう男ですよ、あの男は……」

私は又もや勝ちほこって夫にいった。

「だからあたしがいったでしょう。あの顔はエゴイストの顔ですよ。耳の後から声出してペラペラしゃべるあのクツベラみたいな顔には酷薄の看板がぶら下がっているわ……」

私の声はなめらかになり、よく響いた。勝ちほこると私はいつもそんな声になる。

「全くお笑いだわ。ナンセンス、ナンセンス！　社員教育や管理者教育の教材作ってる会社の社員はノラクラ、管理者はボンクラ……全く喜劇ですよ。『社長学』を売りながら、部下に踏みつけにされてる。背任横領の疑いですって！　森口を連れて来てちょうだいよ。森口に聞いてやるわ。二億の負債が出た二年のうちの半分以上は森口が重役として在社してたのよ。その間の責任はどうなるの、手前が働きもしないで甘い汁吸ってたことはどうなるの、吸えなくなったら悪口ですか。よくもそんなことをいわれて黙ってるのね。なぜブン殴ってやらないのよ。えっ、なぜよ、意気地なし……」

「バカいうんじゃない。債権者会議で債権者を殴る社長がいるかよ」

「いたっていいじゃないの、なぜいけないの！　あたしがいたら殴ってやる！」

夫は余計なことをいってしまったという表情になった。その表情が私をいっのらせた。

「あなたのことを人はお人よしという わ。でも、今やっとお人よしなんてもんじゃないことがわかったわ。あなたは救いがたいウヌボレ屋なんだ。ウヌボレがあなたを滅ぼしたのよ。どんな人間でも、自分の善意や理想主義に屈伏すると思ってる。あなたの罪科のうち、一番大きな罪をいってあげる。お人よしじゃない。無能でもない。ルーズさ。ノー、依頼心でもない。瀬木作三の救いがたい罪、それは傲慢《ごうまん》の罪ですよ」

私はどなった。

「いってあげようか。あなたは今日の債権者会議が、見たこともないほど静かだったことを内心得意に思ってるんでしょう。その満足で二億の負債を忘れる！あなたってそういう男よ。現実に対して思い上りすぎてるわ」

そのとき、私と夫の間で本を読んでいた桃子が顔を上げていった。

「ねえ、ママ、綿ない？」

桃子はいった。

「うるさいから耳に栓《せん》をしたいのよ」

5

静かな正月が来た。

本当に静かな正月だった。客も電話もない正月というのは結婚以来はじめてだった。私と夫は一日じゅう炬燵でテレビを見て暮した。正月のテレビ番組は面白くなかった。けれども私たちは飽きずにテレビの前に坐っていた。ツルヨは大晦日の日から姉の家へ骨休みに行っていた。庭で桃子がひとりで羽根をついていた。去年、腰揚げを下ろした晴着は今年はもう短かくなっていた。暮に草履を買ってやれなかったので、桃子は運動靴をはいていた。

「静かだわね」

私はいった。

「静かだ」

と夫は答えた。夫は痩《や》せも衰えもしていなかった。少くとも私にはそう見えた。この一年で急に白髪が増えたが、もともと若白髪の持主だった。夫の上には何も起らなかったように見えた。夫はまるで、遠くから帰って来た人のように私の隣に坐っていた。

「ねえ、いつまでこんな風に静かなの」

「そうだな、五日過ぎるとはじまるんじゃないかな」

私たちは塹壕《ざんごう》の中の兵士のように顔を見合せた。新しい年がどんな年になるのか、私には見当もつかなかった。おそらく遠からずこの家には住んでいられなくなるだろう。だが少くとも今は、この数年来、私たちが持ったことのない平和な時間だった。それは塹壕の兵士が味う、銃火の合間の静寂に似ていた。

「今のうちに眠っておけよ」

と戦友にいう兵士のように、私は夫に枕を渡した。

私は立ち上って遅い昼餉《ひるげ》の支度をした。正月といっても何の支度もしてなかった。私は電気コンロで餅を焼きながら、ふと思いついていった。

「去年の正月、水沢さんに貸したお金、返って来ましたか？」

「いや」

夫は横になったまま短かく答えた。私は去年の正月のことを思い出したのだ。丁度三日の日、私が餅を焼いていると水沢がやって来て、来客でごった返している応接間から夫を連れ出して来た。水沢の母が急死したため水沢は夫に四万円の金を借りに来たのだ。

「水沢さん、うちの今度のこと知ってるんでしょ」

「知ってるだろう」

「なら返してもらったら？」

「うん」

私はまた思い出した。

「井村さんはどうなったかしら？」

たしか夫は井村にも二万か三万かの金を貸したといっていたことがある。夫は答えなかった。答えないのはそのままになっている証拠だった。

餅をひっくり返し、私はまた思い出した。

笠井――庄野――森……私は餅を焼くのを中止し、紙とペンを持って夫のそばへ行った。

「ねえ、一応書き出してみたら？　そして返してもらえるような人には、手紙でも出して返してもらったら……」

「うん」

夫はしぶしぶ起き上った。

「金をくれっていうわけじゃないんだから、恥かしいことなんかありやしないわ。場合が場合ですもの。それで迷惑をかけた人に少しでも返せればいいんだから。そうでしょう？　そう思わない？」

「そりゃそうだ」

夫は素直に肯定した。気のりのせぬ様子で夫は書きはじめた。私はまた餅を焼きにかかった。

「書けた？　思い出せた？」

私は思い出した名前を追加した。私は少し浮き浮きして来た。私は夫が素直にその気になったことが嬉しいのだった。夫はそろばんを弾《はじ》いた。

「合計出たの？　いくらになった？　四十万？　五十万？」

それでも私としてはその金額を誇大にいったつもりだった。すると夫はいった。

「百九十八万六千円だ」

「なんですって！」

私は餅をほうり出して夫のそばへ駈け寄った。紙片には一目では数えきれないほどの人の名前が並んでいた。私は絶句した。部屋の空気の密度が急に変ったのを感じた。私は並んでいる氏名を見た。

上山光枝――私は思い出そうとし、そうしてやっと思い出した。それは昔、私たちが文学の勉強をしていた古い同人雑誌にいた女の名前だった。しかし上山光枝は私や夫がその同人雑誌の集りに顔を出したり出さなくなったりしはじめた頃に同人になった女だったから、私も夫も決して親しい間柄ではなかった。

「上山光枝なんて……あなた親しかったの？」

「親しくないよ。同人会で二、三度会っただけだ」

「それがなぜお金なんか借りに来たの？」

夫は私の表情をチラと見た。

「突然会社へやって来たんだ。勤め先の計理士と大ゲンカをしてとび出したんだ。安場さんが女性週刊に紹介して小説を書かせた。その稿料をあてにしていたらダメになったというんだ」

突然私たちの平和はかき消えた。いつか私は夫の前に立ちはだかっていた。

「なに、これ！」

私の声は上ずった。そのとき私は上山光枝に貸した金額が、三千円ではなく三万円であることに気がついたのだ。

「一、十、百、千、万！　三万！」

私はどなった。

「三万も！　上山光枝に……」

舌がもつれ、顎《あご》がガクガクした。思ったように舌がまわらない。しかし胸の中につかえている熱いかたまりを、一刻も早く吐き出してしまわないことには、この場に悶絶《もんぜつ》してしまいそうだった。

「上山光枝に何のギリがあったの！　え、聞かせてちょうだい。なぜそんな縁もユカリもないやつに金を貸すのか。え？　なぜなのよ、いいなさい。いいなさいったらいいなさいよ」

夫は黙っている。小学生の頃、組に猿メンという男の子がいた。教師に叱られると黙ってしまう。猿メンをムキになって憎んでいる女教師がいて、何とかして猿メンに返事をさせようとして金切声を上げていた。それを、私は思い出した。女教師の気持がよくわかった。夫は猿メンだった。テコでも動かぬ図々しさがあって、コンクリートのかたまりのように鈍感でにくたらしかった。

「上山光枝をくどいた？　え？　どう……」

私は叫んだ。

「返事なさいよ、返事を。何を威張ってるの。やったのかどうか、正直にいいなさいよ」

「バカなことをいうなよ。あの女のツラを考えてからいってくれよ」

私は焰《ほのお》に包まれた仁王のようになった。

「やらなかったっていうの？　くどきもしなかった！」

私は叫んだ。

「だからあなたは倒産する男だというのよ。モトも取らないで、金を出すバカがどこにいるの、そんな根性だから倒産するのよ。イッパツもやらないで三万も貸すなんて！　さあ、行っていらっしゃい。くどいて来なさい。この世はすべてギブアンドテイクですよ！……」

私は台所に走り、電気コンロの上の餅をつかんで廊下から夫めがけて投げつけた。餅は夫のもう何日も洗わないフケだらけの頭に当って、部屋のあちこちに飛んだ。夫は炬燵に入ったまま、凝然《ぎょうぜん》と貸金の表を見つめていた。

正月が明けると、再びさわがしい毎日がやって来た。電話が鳴りつづけた。夫は朝八時に家を出、夜更けて帰ってくるまで何をしているのか、行く先もわからなかった。私は夫の会社の重役に名を連ねていた南原の訪問を受けた。南原は自分が保証した銀行の借金について相談に来たのだ。南原は重役とはいえ、月給をもらったことはなかった、と力説した。私は南原の代りに保証人となり、月々若干の返済をして行くことで話がついた。数日すると、野方正夫がやって来た。野方はもと私の家に出入していた保険屋だった。H信用金庫からの会社の借金に、島中という人が保証人になっている。島中という人は夫とは何の関係もない人だが、野方の頼みで夫に同情してそういう親切をほどこしてくれた。そうして野方もまたその借金の連帯保証人になっているのだ。長い時間かかって、私はやっとその関係を呑みこんだ。要するにその金を私に返せということなのだ。私はそれを引き受けた。野方は私があまり簡単に引き受けたので拍子ヌケがしたようだった。彼は却って疑わしそうに私を見、何かうかぬ顔で帰って行った。

出来る範囲において私は人にかけた迷惑をつぐなわねばならぬと考えていた。この数年、私は夫から金を借りて行った連中が、暮しがらくになっているにもかかわらず、当然のようにして金を返さないことに対して、考えられる限りの言葉を使って罵倒して来た。その罵倒に対しても、私は今回金を惜しんではならないのであった。私が借金の肩代りをしたという報告を聞いて、夫はただ、

「そう」

といった。それだけだった。夫は私に向って一度も、この借金を肩代りしてくれ、と頼んだことはなかった。私はいつも自発的にそれを背負ったのだ。そんな私に対して夫は何の表現もしなかった。一週間ほど旅行してくるわね、とか、ヒスイの指輪、買ったのよ、などといったときと同じように夫は、

「そうか」

というだけだった。

いつのまにか私が月々返済する借金は、私の収入に迫る額になっていた。

「夫の負債に対して妻は責任はないんですよ。しかも個人じゃなくて会社の負債

なんですから」

そう注意してくれる人たちがいた。だが会社の負債であっても、迷惑をこうむる人は個人だ、と私は答えた。そうだ、その頃まで私はまだ義務や責任を云々《うんぬん》出来る世界にいた。私にはまだ売って金に出来る品物がいくらかあった。金のために声の出し方が変ったり、笑い方がヒステリックだったり、下唇がつき出ていたり、要するにその表情が細かく変化して来た男たちを、私は軽蔑した。私はその軽蔑によって、私の懐《ふところ》から出て行く金の重みと均衡を取った。

6

年があらたまればすぐにでも開く筈だった債権者委員会はいつまで経《た》っても開かれなかった。大口の債権者の間で話し合いがつかず、いつかもう二月に入っていた。

私は私たち夫婦の共通の友人である画家の沼田四郎の家が、会社の借金の担保に入っていることを知った。それを私に知らせたのは夫の兄だった。二月中に金を作らなければ沼田の家は差押えられてしまう。夫は兄のところへその金を借りに行ったのだ。

それは東京には珍しい大雪が降った翌日だった。私は腹を立てたり心配したりする気力を失って、膝までの深さに庭に降り積った雪の眩《まぶ》ゆい輝きを見ていた。また新手の襲撃が近づいて来ていることを私は感じた。今度の襲撃は大きかった。兄からの電話は作三のためにしてやれることはもう何もない、ということを告げる電話だった。それはいわば最後通牒だった。破産宣告でも何でも受けさせるがいい、と兄はいった。

「ぼくらはもう、あの男を見捨てます」

襲撃は次から次からやって来た。私は貴金属や装飾品を全部売り払った。だが沼田四郎の家を救うためには、私の貴金属や原稿料の前借りではどうにもならぬのだ。

「もうこうなったら、矢でも鉄砲でも持ってこい、ってのよ！」

私は景気づけにどなった。

「金の亡者ども！　どんどんやってこい！」

夫に対する私の怒りは、債権者たちに向けられていた。私は当然の権利のように、彼らを憎んだ。私は生きねばならなかった。そのためには怒りが必要だった。それは私を守る唯一の武器だった。怒りの力をかりて私は金を投げ出した。

もし今、私が金を惜しいと思ったら、その瞬間から私は倒れるにちがいない、そういう予感が私にあった。

「つまらない自尊心に酔ってると、今にとんでもないことになるわよ」

と親しい女友達はいった。

「そりゃあ、あなたみたいに生きていたら気持はいいでしょうよ。でもそれがしていられないのが人間よ。それを知らなくちゃいけないわ」

女友達のいうことはその通りかもしれなかった。だが私の中では自分で自分をどうすることも出来ない力が働くのだった。私のイトコに北支で戦死した男がいた。彼は斥候に出た帰り、軍装を頭に乗せて裸で河を渡っているときに背後から銃撃を受けた。丁度、河の中央まで進んで来ていたときだが、銃声にカッとなってふり向くと、やにわに河をあともどりしはじめた。部下が制したが聞かなかった。彼は斥候の任務を忘れて敵の方へ引き返しはじめた。彼は岸辺に躍り上り、「この野郎！」と叫び右手に高く銃をかざして裸のまま倒れた。敵の弾丸が心臓を貫いたのである。私が男ならそのイトコと同じように死ぬにちがいない、と昔から私は思っていた。

私は沼田四郎の家の担保をぬくために、町の金貸しから金を借りる決心をした。それには五百万の金が必要だった。担保になるものはもう何もなかった。金貸しは日雇労務者や浮浪者たちの集る町に住んでいて、彼らのための簡易宿泊所を十何軒も持っているという男だった。夫は以前、その男に二、三度手形の割引きをしてもらったことがあるのだ。

曇った寒い午後、灰色の空の下にふしぎなほどの静けさがひろがっているその町へ、私は出かけて行った。私がその町に住む金貸しから金を借りることに反対したのは私の母だけだった。母はその町の名を聞いただけで慄《ふる》え上ってしまった。母は私の夫を罵《ののし》り、夫の親や兄たちに腹を立てた。

「なぜお前ひとりが、そんなに、何もかもせんならんのです！」

私がその金貸しから金を借りることに反対したのは、母だけであることが私を憤らせた。母の反対によって私は、私の身を思ってくれる人間は、この世で母一人であることに今更のように気がついたのだ。沼田四郎と共通の友人たちはみな、

「沼田を何とかしてやってくれよ」

というだけだった。川田俊吉だけが苦しそうに、

「うーん、困ったねえ」

と唸った。それが私の唯一つの慰めだった。沼田四郎は私に電話をかけて来て、

「女房を安心させてやって下さいよ」

と、いった。そうして夫は私に、

「そうしてくれるか」

といった。

金貸しは縁なし眼鏡をかけた、四十余りの色の白い小肥りの男だった。高いカラーで苦しそうに太い頸《くび》をしめつけ、十年も前にはやった胸巾いっぱいのイカエリの灰色の背広を着ていた。私は彼を西部劇に出てくる裏で隠然たる勢力をふるう公証人のようだと思った。

「奥さん、よくお考えなさいよ。瀬木さんは倒産したんだ。どうにも出来ないから倒産したんだ。倒産した以上借金はもう払うことはないんです」

金貸しはせっかちな性格をあらわす、せかせかした早口でいった。

「借金の保証をした者は、保証したことに対して責任を取らなければならないんです。家を担保に貸した者は、それだけの覚悟で貸したんでしょう。まさか隣へ鍋を貸すようなつもりで貸したのではないでしょう。バカバカしい。この世はね、奥さん、ママゴトじゃないんですよ。そんなもの、奥さんが心配する必要はありません。ほっときなさい。ほっとけば皆、仕方ないから、それぞれ自分の智恵で何とかしますよ。え？　そういうもんでしょう？　人間は自分のしたことの責任は自分で取るものですよ」

彼は私の方に身をさしのべ、子供にでもいい聞かせるように、一言一言、くぎっていった。

「そうですよ。そういうものなんですよ。瀬木さんは倒産したんだ。名誉とか面目とか友情とかにこだわっているようじゃ、瀬木さんは立ち上れませんね。世の中はそんな甘いものじゃない。泥におちた以上は平気で泥をかぶるんですよ」

突然、涙が溢れた。それは夫が倒産してからはじめての涙だった。私は自分が小さく小さく、幼児のようになって行くのを感じた。私は年老いた父の末っ子に生れ、八歳まで乳母の乳を吸って甘やかされて育った。私は一人ではどこへも行けず、人に話しかけられると返事が出来なくて涙ぐむような女の子だった。いつも女中か姉の尻についてまわり、人目につかぬようたえず心を砕いていた。

私は金貸しが私を憐《あわ》れんでいることを直感した。彼は金を惜しんでいるのではなく、心そこ、私のためを思ってくれているのだ。私はそう思った。彼は私を世間知らずだと思っている。それが私を泣かせた。

「奥さん、奥さん」

私の方へ身を乗り出して、せっかちに彼はいった。

「奥さん、しっかりしなくちゃいけませんよ。感情に流されては駄目です」

泣きやもうとしても私は泣きやむことが出来なかった。私は生れてはじめて男らしい人間に出会ったような気がした。私を弱い女としてあつかう男に出会った。私は、子供のようになって彼に懇願した。

「でも、どうしても……お金を貸していただきたいんです。どうしてもあたし、貸していただきたいんです」

彼はしばらく考えた末、では三百万だけにしておきなさい、といった。

「わたしは奥さんのためを思うからそういうんですよ、奥さん、わかりますか」

「わかります。でもどうしても五百万ほしいんです」

私は強情にいった。彼は困ったように黙った。しばらくして諦《あきら》めたようにいった。

「いいでしょう。お貸ししましょう。しかし奥さん、いいですか。これ以上は絶対に借りてはいけませんよ。わたし以外の所からも絶対に借りちゃいけません。でないと自分で自分の首を締めることになりますからね」

私は勢よく家に帰って来た。私は嬉しかった。

「世の中はまだ捨てたものじゃないわ」

と私は大声で夫にいった。

「まことの男がまだいたわ。女をいたわることを知っている男が……」

私は元気づいた。嬉しさのあまり私は、また更に五百万の借金が増えたということの苦痛を忘れた。

7

私が返さねばならぬ借金は、気がつくと単位が千万になっていた。それだけの金を返しおおすのには、約六年の歳月が必要だった。

私は大阪テレビの主婦向け番組に出るために大阪へ行った。私はもう仕事の選り好みはしていられないのだ。テレビ局には一般聴視者の主婦が多勢来ていて、夫の小遣いは月収の何パーセントが妥当かというようなことについてしゃべっていた。小遣いを月に二千円しか使わぬという男も来ていた。月給袋を封のまま渡す夫、封は切ってあるが手はつけずに渡す夫、自分の小遣いをさし引いて渡す夫――それらの比率を書いた表があらわれ、一人の五十がらみの女がしゃべった。

「そりゃあ封のまま渡された方が気持がよろしいわ。そのまんま渡してもろたら、夫のま心というか、愛情というか、そんなもんがしみじみと伝わって来て、ほんまに心から、ああ、ありがたいなあ、とお礼をいいとうなるような気持になります……」

「瀬木さんはいかがですか？」

司会者は突然、私にマイクを向けた。私はいった。

「封なんか私はどっちでもいいんです」

我ながらあまりにそっけないいいかただと思って、私はつけ足した。

「中身が健在ならば……うちなんか、封どころか袋そのものがないんですから……」

そういうと時間が切れた。私はただその一言をいうために新幹線に乗って大阪まで行ったことになってしまった。

「ご苦労さまでございました」

「お忙しいところをわざわざありがとうございました」

私は担当の人に最敬礼をされ、謝礼金をもらって東京へ帰って来た。私の羞恥心《しゅうちしん》は家へ帰っても三日ほど疼《うず》いていた。私は今自分が、最もくだらない生き方をしていることを知っていた。それを夫に向って難詰《なんきつ》したかった。だが難詰する時間が私たちにはなかった。明け方近く夫は帰って来て、私が仕事をしている部屋に声をかける。私は万年筆を持ったままふり返って、その日やって来た債権者やかかって来た電話のことを告げ、夫は敷居ぎわに立ったままそれを聞いて寝に行ってしまうのだった。私は仕事を選んではいられなかった。割のいい仕事なら何でも引き受けた。私は「東京メガネ組合」へ講演に出かけた。なぜ私が「メガネ組合」で講演するのか、その必然性がどこにあるのか私にもわからなかった。

庭には冬の間の落葉が積っていた。庭は荒れたまま気がつくと春が来ていた。債権者と話をしながら私はそのことを、枯芝の間から伸びた雑草を見て気がついた。ある日、学校から帰って来た桃子が、ランドセルを背負ったまま、けたたましい声で叫んだ。

「ママ！　たいへんよ、コロがお尻を怪我してる！　……」

私は債権者の詰問の電話に答えていた。

「ママ、早く早く、コロのお尻から血が出てるのよ。赤チンつけてやってよ、ママ！」

私が電話をかけている目の前のガラス戸に、桃子の丸く、赤い真剣な顔があらわれ、ガラスを叩いた。

「早く、早くったら、ママ！　コロを見てやって……」

「大丈夫よ、ほっとけば直る」

私は送話口を手でふさいで、急いでいった。

「そんなことといって……じゃ、ママはコロが死んでもいいっていうの……」

ガラス戸の向うの桃子の瞠《みは》った目がみるみる赤くなって涙がにじみ出て来た。

「ママってどうしてそんなひどい人なの、コロが死んでもいいっていうの！」

私は疲労していた。実際、犬のメンスなんかにかかわっている暇なんかないのだ。

ある朝、一人の男がやって来て、夕方の六時まで応接間に居坐った。彼は夫にではなく、私に金を出させようというのだった。今では債権者たちは夫を追うより、私を追う方が得策だと考えたのだった。私は気弱さではなく、怒りのために借金を引き受ける。彼はさんざん夫の悪口を並べ立てた。

「いったいあれが倒産した男のすることでしょうか」

と男はいきまいた。二、三日前、彼が夫と喫茶店で話をしているところへ、夫の友人がバーのホステスを三人ほど連れて入って来た。ホステスたちは夫とも顔馴じみだったので同じテーブルに坐り、てんでに好き勝手な注文をしたが、帰りがけにその勘定を夫が払ったというのだった。

「ぼくはアタマに来ましたねえ。全く、あの人はなんて人でしょうかね。借金を踏み倒して、なにもホステスのアイスクリーム代を払うことはないじゃないですか」

いかにも夫のやりそうなことだった。私はもう腹が立たなかったが、私は男の怒りをもっともだと思った。それで私は届いたばかりの現金書留の稿料を、封のまま、男に渡してしまった。

ある日、夫は私に向っていった。

「アキ子、籍を抜いてだな、離婚した方がいいように思うんだがね」

夫が何をいい出したのか、私にはとっさにはわけがわからなかった。

「誰の話？　あたしとあなたの話？」

「うん」

夫はいった。

「そうした方がいいと思うんだよ。これからうるさいことが色々起ってくる」

「これから？」

私は呆れた。私は二千万以上の借金を背負った。それなのにそれがまだ序の口だったというのか。

「離婚してしまわないと、アキ子は仕事が出来なくなるだろう」

それはまるで引越の相談でもするような調子だった。

「で、あなたはどうするの？」

「オレはどっかへ行くさ」

こともなげに夫はいった。

「どうやって食べて行くの？」

「食べるくらい何とでもなるさ」

私はしばらくの間、何もいわなかった。結婚以来、事あるごとに私を焦《いら》だたせたあの無表情が夫の顔を蔽《おお》っていた。

「あなたは今度のことをどう考えているのか、説明してもらいたいわ。こんな結果にしたことをどう思っているのか、こんな結果になることは、私にはわかっていたわ。私にはわかっていたけど、あなたはわかっていたのか。わかっていてここまで来てしまったのか、それともわかっていなかったのか、せめてその点だけでも知っておきたいわ」

夫は返事をしなかった。

「わたしはともかくとして、あなたは友人を裏切るようなことをしてしまったわね。それでもあなたは平気だわ。少くともそんな風にわたしには見える」

私はいつものあの馴染《なじ》み深い憤怒の焔が燃え立ってくるのを待った。夫は今までのいつのときもそうだったように、倒産のことになると貝のように口を閉じてしまう。しかし、その夫の剛情な沈黙に向って飽きもせず火焔《かえん》放射器のようにほとばしった私の怒りは、今日はあらわれなかった。

「俺が考えていることを口にしたところで、誰にもわかりやしないんだ」

やっと夫はいった。

「わからないだけならいいが、聞いた相手を怒らせるだけだからな。だが、こういうことだけはいえる。渦中にいる人間と、そうでない人間との間にある断絶の深さは、普通の人にはわからんものだ」

「何ですか、それ。渦中の人間は目が見えなくなるのが当り前だってこと？」

夫はしぶしぶいった。

「そうじゃない。そんなことじゃない。どっちが正しいとか正しくないとかの問題はそこにはないんだ。本質的にいえば、これは、なるようになった、ということなんだ。それだけのことだ」

胸の中でやっと怒りが動きはじめるのを感じながら私はいった。

「あなたはことここに至ってもまだ、そんな観念のネゴトをいってるの！」

夫は急に雄弁になった。

「ヘルダーリンは大へんいいことをいっている。――およそ人間ほど高く育つものはない。深く滅びるものもない――この言葉のおそろしさが、アキ子、わかるかい。この言葉は人間は高く育つこともあり、深く滅びることもあるという可能性の問題をいっているのではない。この言葉の怖ろしいところは、深く滅びるということと高く育つということは、全く同じ一つの能力だということをいってる点だ。全く、それが人間の怖ろしさなんだ」

動きはじめた怒りは消え、無力感が微熱のように私を蔽った。それは遠い故郷の味か匂いのように、なつかしい馴染み深い無力感だった。彼はかつて、その流れるような弁舌で私や文学の仲間を煙に巻いたときの、あの昂然《こうぜん》とした自負に満ちた顔をしてそこにいた。

「いいかね、アキ子、みんなはいう。倒産は瀬木のいい薬になっただろうと。しかし本質的にはクスリなんてものはないんだよ」

彼は蘇《よみがえ》ったのだろうか？　それとも彼は死ななかったのだろうか？　私の中

を、バイオリンを抱えて師走の町を歩いていたという彼の姿が通って行った。

「俺は倒産した以上は、借金を棚上げにしようという考え方には不賛成だ。最後の最後まで払うべきだと思っている。しかし、今の俺には払えない。それだけのことだ」

おそらく彼は平然と私と離婚出来、何日もものを食べなくても平気で、何の苦痛も感じずに橋の下で寝ることが出来るだろう——私は思った。彼は何ひとつ変っていない。彼は私に二千四百万の借金を背負わせて、去って行くというのだ。

「あなたは人間じゃないわね。観念の紙魚《しみ》だわ」

私はため息をついた。これほどの事件があっても夫の観念が微動もしていないことに腹を立てながら、その変らなかったということに私は心のどこかでかすかに安堵《あんど》しているのだった。

8

翌日、私は桃子を連れて散歩に出た。

生あたたかな四月の夕暮は、濁ったうす桃色と青灰色の空を、古びた屋根と新しい屋根の細かくいりまじった住宅地の上にひろげていた。むかしこの住宅地が丘陵だった頃の名残りの大銀杏や欅《けやき》がところどころに黒く高く突っ立っていて、魚を焼く匂いが流れてくる生垣の前を通り過ぎると、次の垣根では肉をいためる匂いが漂ってくるのだった。

「ママ、ママはこの世の中で一番こわいものなあに?」

「こわいものなんかママはないよ。ママは偉いんだからね。ママをこわがる人はいるけど、ママがこわいなんてものはいやしないよ」

「ママったら……またすぐ威張る……」

桃子はいった。

「あたしは犬殺しが一番こわいの、それから誘拐魔……ママ、あたしが誘拐されたらどうする?」

「そうねえ。新聞でいうわよ。誘拐魔に告ぐ! 桃子に書取りをさせて下さい。算数は九九を七と八の段をやらせて下さい……」

ふいに環状七号線がひらけた。それは何度来てもふいにという感じで私の目の前にあらわれる。それは多分、私たちの歩いて来た道が、昔ながらのたたずまいの中で不器用に曲りくねっているからで、環状七号線はその道の終り近くになって急に出っぱっている木造アパートのかげに姿を隠しているのである。

暮れなずむ空の下で渓流のように車が走っていた。歩道橋に上って南の方を眺めると、既に暮れた鼠色の町の果からヘッドライトをつけた車が際限もなく湧き出して来て、まるで無人車のように機械的な速力でまっしぐらに走り、あっという間に足の下に消え去る。警笛も人声も聞えぬ、ただ轟々《ごうごう》と一定の音のかたまりが、環状七号線をゆるがしている。

「うるさいぞオーッ、バカヤローッ！」

突然、私は歩道橋の上から、叫んだ。

「桃子、あんたもいってごらんよ」

桃子は喜んで真似をした。

「バカヤローッ、うるさいぞオーッ」

私と桃子の声は轟音の中に消えた。私はどなった。

「いい気になるなったら、いい気になるなーッ」

車は無関心に流れていた。沿道に水銀灯がともった。轟々と流れる車の川の上で、私と桃子は南の方を向いて立っていた。

一九六八年「別冊小説現代」新秋号初出
新装版『戦いすんで日が暮れて』（講談社文庫）所収

佐藤愛子の変な人たち

遠藤周作さんと
鹿児島の
講演先にて

遠藤周作 *Shusaku Endo*

1923年、東京生まれ。慶応大学仏文科卒業後、1955年「白い人」で第33回芥川賞受賞。代表作に『沈黙』『海と毒薬』『イエスの生涯』『深い河』など。37歳で大病を患った後、自ら「狐狸庵山人」と雅号を名乗り、軽妙なエッセイ集「ぐうたらシリーズ」も人気となった。素人劇団「樹座」や素人囲碁集団「宇宙棋院」も率いた。1996年、73歳で没。

川上宗薫 *Sokun Kawakami*

1924年、愛媛生まれ。九州大学法文学部英文科卒。高校教諭のかたわら同人各誌に参加。1954年から芥川賞候補に5回挙がるが、受賞を逸す。友人の水上勉とのトラブルで文芸誌から遠ざかり、60年代後半より中間小説、さらに官能小説分野に進出し、流行作家となる。銀座ほかで多くの浮名を流し、結婚・離婚を重ねた。1985年、61歳で没。

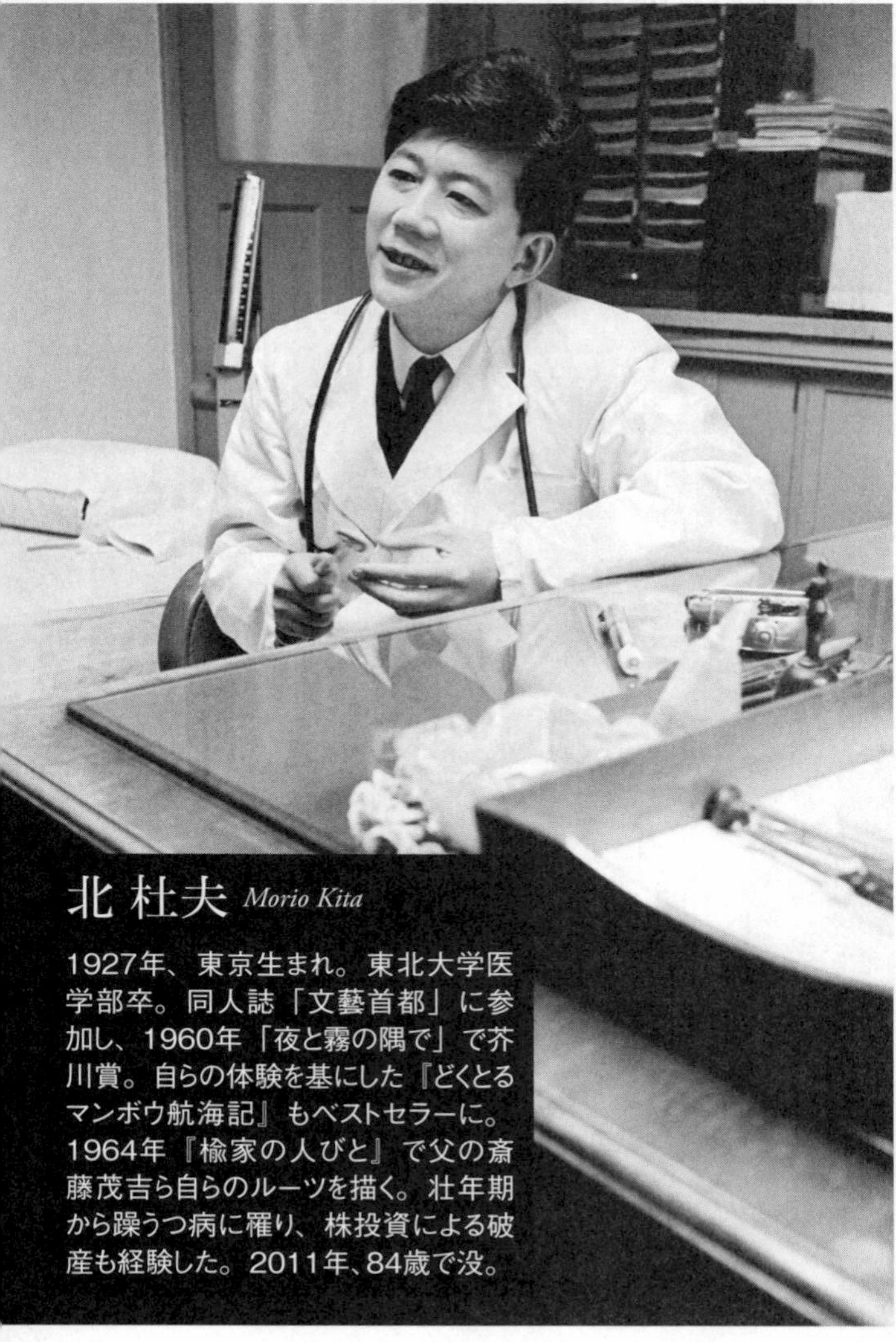

北 杜夫 *Morio Kita*

1927年、東京生まれ。東北大学医学部卒。同人誌「文藝首都」に参加し、1960年「夜と霧の隅で」で芥川賞。自らの体験を基にした『どくとるマンボウ航海記』もベストセラーに。1964年『楡家の人びと』で父の斎藤茂吉ら自らのルーツを描く。壮年期から躁うつ病に罹り、株投資による破産も経験した。2011年、84歳で没。

色川武大 *Takehiro Irokawa*

1929年、東京生まれ。終戦後ギャンブルに没頭し、アウトローの道を歩んだ後、編集者に。1961年「黒い布」で中央公論新人賞を受賞。その後、阿佐田哲也名義でギャンブル小説を書き始め、『麻雀放浪記』が誕生。この頃からナルコレプシーに悩まされていた。1978年「離婚」で直木賞受賞。代表作に『百』『狂人日記』など。1989年、60歳で没。

中山あい子さんと行った
佐渡島旅行

中山あい子

Aiko Nakayama

1922年、東京生まれ。長崎の活水女学院卒業後、結婚。一児（女優の中山マリ）を儲けるも夫は戦死、英国大使館でタイピストとして働く。その後ビルの管理人をしながら、瀬戸内晴美らの「女流」同人となり、1960年自ら「炎」創刊。1963年「優しい女」で第1回小説現代新人賞を受賞。代表作に『奥山相姦』「幻の娼婦たち」など。2000年、78歳で没。

佐藤愛子さんのアルバム秘蔵写真

右から田中小実昌さん、色川さん、川上さんと

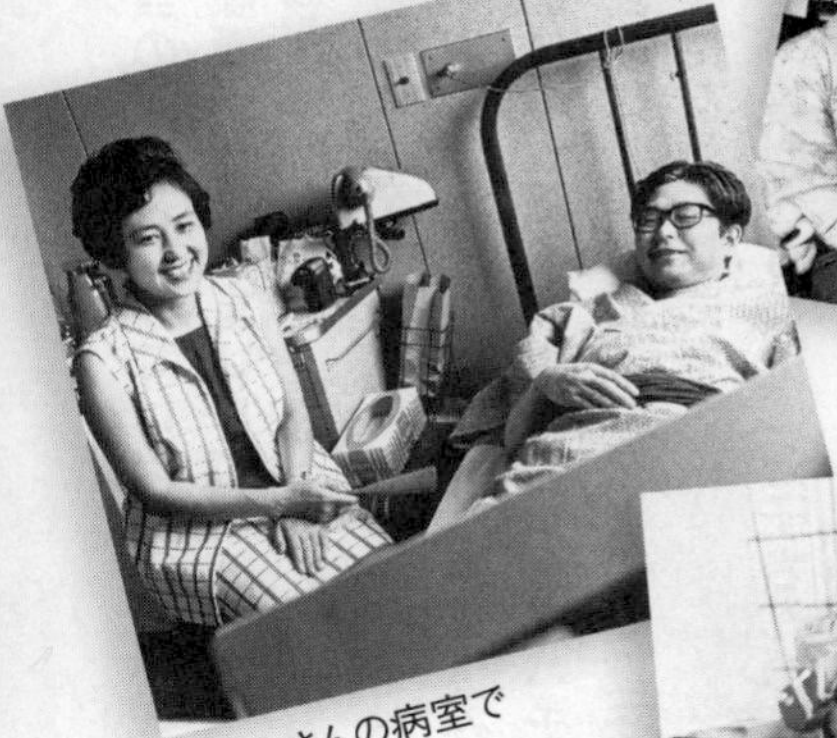

川上さんの病室で

劇団「樹座」でホセ役の北さんとカルメン役の佐藤さん

「すばらしき仲間」で遠藤さん、北さんと

遠藤さんと講演先にて

「今は本当のことを言ってはいけない時代」と、佐藤愛子さんは言います。

政治家や財界人の言葉は薄っぺらく、「死の街」と言うだけで大臣を辞めなければならない。閉塞感は募るばかりでおもしろい話が聞こえてこない……。

愛子さんの生まれた大正時代、作家はみんな「変な人」でした。なにしろ家にいるのは父の佐藤紅緑や兄のサトウハチローで、奇人に囲まれているうちにご自身も変人になってしまったという愛子さんには、極め付きの奇人変人たちとの濃密な交友があります。

こんな世の中だからこそ、愛子さんの人生に笑いをもたらしてくれた作家たちとのヘンテコな思い出を、愛惜をこめて語っていただきました。

作家といっても今は常識をわきまえたちゃんとした人たちが多いんでしょうけど、昔は、作家というと、はずれ者というか、まあ普通の常識でははかりきれないヘンな人が多かったですね。ヘンなのが普通でしたね。

私の家なんぞ、その巣窟みたいなものでしたから、私もそれに馴れて、だからヘンな人と波長が合って仲良くなってしまう。常識をわきまえている人とは、どうも緊張していけません。だから私の交友関係というのは、どうしても狭くなってしまう。遠藤周作さん、川上宗薫さん、北杜夫さんの三大奇人に、色川武大さん、中山あい子さんが続きます。相よる魂というか、同族感というか、そういう親近感を私も持っていたし、向こうも持ってくれていたと思いますよ。

真夜中の「君、何してんねん?」

今日(二〇二一年九月二十九日)は、遠藤周作さんの十五回目の命日だと聞きました。

遠藤さんと私は同じ、大正十二年の生まれです。私が同人雑誌で売れない小説を書いていて、ほかにすることがないから、仕方なく渋谷や新宿でパチンコばかりしていたような時代に、遠藤さんはすでにもう有名人でした。

いつもヨレヨレのレインコートを着ていて、背が高くて痩せているから、雑踏の中を歩いていても、とても目立つんです。我々はその姿を見つけると、「あっ、遠藤周作だ!」と一目置いて、後ろ姿を眺めていたものです。何年経っても、そのくたびれたレインコートを着ていて、「まだあのレインコートを着ているわ」と思ったりもしましたけど(笑)。

昭和三十年頃だったかしら、私の処女出版『愛子』の推薦文を書いてもらおうと考えて……なぜ、そう親しくもない遠藤さんに頼もうと思ったのか忘れましたけど、遠藤さんのお宅を訪ねたのが最初です。遠藤さんは作家というよりは、気鋭の評論家として名が出ていました。そこでいきなり、

「君は甲南女学校にいた佐藤君か？」

と聞かれたので、

「そうです」

と応えたんです——後になってから、遠藤さんは関西で中学生だった頃、女学生の私の気をひくために、電車の中で吊革にぶら下がってサルの物まねをしたとか言うようになったんですけど、全然でたらめ（笑）。中学生のときの初恋の相手だなんて、口から出まかせをまことしやかに言ったり書いたりするので、私はあちこちでそれを打ち消すのに往生しました。とにかく人気作家だから、全国的に有名な話になってしまうんですよ。

遠藤さんは、ずっと『週刊朝日』で対談のホストを連載でやっていて、私が直木賞を受賞したとき、ゲストに呼ばれたんです。対談場所は銀座裏の料亭だったと思うんだけれど、私がそこまでトコトコ歩いていったら、遠藤周作めが乗った

ハイヤーが、その横をザーッと追い抜いていった（笑）。そんな差をつけられていたの。

その時に話したのは、賞をもらって作家として立っていく上での三つの心得――その一つが小説の中ではセックスシーンというものを書いてはならない。要するに濡れ場を書くなということです。そういえば、遠藤さんは書かなかったですよね。私の場合は書かないというよりも書けないんですけれど（笑）、あとの二つは何だったか……。思い出せないのは、たいしたことではなかったんでしょう。

遠藤さんの電話魔は有名でしたけど、退屈するといきなりかけてくる。

「君、何してんねん？」

と、言うのがきまりでね。そう言われると、何かしらん面白い返事をして期待に応えねば、という気持になってしまうんです、私は。例えばね、

「君んとこの昨日のおかず、何や？」

と言うから、

「うちはね、スキヤキ」

と言ってから、口から出まかせに、

「それもね、百グラム千五百円の松阪牛を一キロ買って……娘と二人で一キロのスキヤキですぞ。卵かて、ひとり二つずつ!」

なんて言ってしまう。電話を切って、私はすぐ仕事を続ける。私なんか、主婦のなれの果てが作家になった人間ですからね。執筆中は電話に出ない、なんてエラい作家じゃないから、書く手を止めて冗談を言い、またすぐ続きを書くなんて、何でもないことなんです。遠藤さんは雑文を書かなきゃならないときなんか、そうやってネタを拾っていたんじゃないかしら。すぐに書くんですよ。佐藤は「卵かてね、ひとり二つですぞ!」と自慢したとか……。

ある時、美人の女流作家や評論家を狙って入る泥棒が現われて、曽野綾子さんや俵萠子さんとか、犬養智子さんなんかが入られたんです。すると遠藤さんが電話をかけてきて、

「君んとこ、泥棒入ったか?」

と言うのね。

「いや、来ない」

と言うと、

「ついに君は泥棒にも見捨てられたか!」

と喜んで笑うんです。

その後、だいぶ経ってからだったと思うけど、あるタクシー運転手が、「この次は佐藤愛子と戸川昌子の家だ」と言っているのを聞いたと、警察にわざわざ届けたらしくてね。そのことを聞きつけた、読売新聞が感想を求めにきたんです。そこで、私は調子に乗って、

「私の書斎は二階で、だいたい朝の三時か四時まで私は起きて仕事をしている。だから泥棒が来ても階段を上がってくるとすぐ分かる。その時は楠木正成の故事に倣って、糞尿というわけにはいかないけれど、バケツの水や花瓶や机なんかを上から投げつけて退治します」

と言って、これが新聞に載りました。すると、その新聞を握って警察官がやって来て、こんなことをしゃべったら、賊を刺激して危険ですと叱られてね。その時だったか、別の時だったか、記憶が定かでないんですけど、警察が電話に録音装置をつけていったことがありました。

そこへ何も知らない遠藤さんが電話をかけてきて、

「何してんねん？　俺なあ、もう暑うて、暑うて、もうどうにもならんで、身の置きどころがないから、しゃがんでサイダー飲んでんねん」

と話し出した。あの頃は腎臓や何かにいろんな病気を抱えていて、遠藤さんは薬を七種類くらい服《の》んでいた。

「それでやね、小便かてなあ、七色の小便が出るんや」

って言うんです。一日の終わりに警察がやってきて、この話が録音されたテープを検分して、「何ですか？　この人は」と絶句してました（笑）。

そんなことがあって暫くしてから、本当に我が家に白昼強盗が入ったんです。

その時のことはアチコチでしゃべったり、書いたりしましたから、ご存じの方もいらっしゃると思うけど、とにかく賊は逃げて行きました。するとNHKの昼のニュースでそのことが放送されたのね。すぐ北さんから電話がかかってきて、

「おめでとうございます」

遠藤さんは、北さんにも「佐藤は泥棒にも見捨てられた」としゃべっていたのね、きっと。

こういう話をすると、女の人の中には、

「佐藤さんって怒りんぼうで有名ですけど、そういう時は怒らないの？」

と言う人がいる。そんな時「なるほどなあ」と思うのね。常識的なお方はこういうときに怒るんだなア……って勉強になる。

この間も、原発事故の周辺を「死の街」と発言したことが問題になって、大臣が辞めました。でも、それは何がいけないのか。被災者たちを傷つけた、ということらしいんだけど、テレビを見ていても、人の気配はなく、瓦礫の山の中を迷い犬が歩いているだけ。どう見ても、死の街だと感じてしまいますよ。だから、こりゃ大変だ！　ほっとけない、何とかしなくちゃという痛切な気持ちが湧くんです。その何がいけないのかよく分かりません。

今は本当のことを言ってはいけない時代なのね。いつも傷つけた、傷ついたということばかり考えてものを言わなければならないとしたら、人間は萎縮してしまうんじゃないですか。政治家に信念がないなんて批判する人がいるけれど、八方に気を遣っていると信念なんか持てっこない。とにかく小うるさい、小さな世の中になりましたね。

いつだったか、私は「愚弟賢兄」というタイトルで、遠藤さんと川上さんのことを書いたことがあるんですけ

電話魔だった遠藤さんの仕事場

ど、賢兄というのは遠藤さんなんですよ。遠藤さんとはふざけてばかりいたようなんですけど、賢兄としてお説教されたこともあるし、ためになることもいろいろ教えてくれました。

私が書き下ろしや、長いものを書いたときには、必ず電話できちんと批評もしてくれました。それは忌憚のない批評でね。「あそこはもう少し深く突っ込んで書くべきだ」とか、非常に具体的でした。でも、最後には必ず、恩着せがましく言うの。

「俺に批評してもらうっていうのは、ありがたいことなんだぞ。そのありがたみ、分かってんのか?」

ってね(笑)。

電話がかかってくるのは、遠藤さんからばかり。私の方からかけることはありませんでした。あの人は私なんかよりずっと偉い作家なんだから、電話をかけるのもそれなりに考えなければというくらいの弁えはあったのね(笑)。

それに比べると、川上宗薫は電話をかけると、待ってましたとばかりに呼び出し音が一回鳴っただけで受話器を取る人なの。だから気楽で、用があってもなくてもしょっ中、何か腹が立つことがあったら電話をかけていました。ひと頃は毎日のように、宗薫からかかるし、私もかけていましたよ。うちのお手伝いが仲を怪しむくらいでした（笑）。

僕も、一緒に行きたい

遠藤さんは言うまでもないですが、北さんも先に中央の文壇に出ていた人です。それに比べて、宗薫は同輩だし、付き合いも一番深い。弟分のような感じで、「川上さん」というより、やっぱり「宗薫」のほうがしっくりきます。

でも最初に宗薫が、私たちの同人誌『半世界』に来るということになったときは、「今度、川上宗薫が来るんだぞ」と、緊張して待つ、という感じでした。すでに『群像』に二、三回、原稿が載っていましたから。商業誌に載ったというだけで、我々、同人誌作家は尊敬のまなざしを向けていたわけですね。

ところが、宗薫は当時、定時制高校で英語の先生をしていたせいか、やたらに高校生向きの冗談を言うんですが、それがくだらなくて全く面白くない。いっぺんに、彼は尊敬を失ってしまいました（笑）。

それから度々会うようになったんですが、およそ文学の話なんかしたことがない。だいたいが女の話でしたね。彼が先生をしていた高校では、定時制だから年かさの生徒もいて、宗薫は二十歳くらいの娘さんを好きになったんです。それでテストの採点で、本当は四十点くらいなのに、わざと八十点くらいつけたの（笑）。そうしたら、その生徒が、

「先生、これは採点が間違っているんじゃないですか？」

と言いにきた。それで彼は、

「僕の気持ちが分からないのか」

とか言って、キスをしたのね。生徒がそのキスのことを担任に言いつけたので、担任は怒って校長に告げて問題にしようとしたんです。宗薫は厚かましいくせに気が弱いものだから、真っ青になって彼女の家へ行った。そこは酒屋で、隣りは広っぱなのね。そこへ彼女を呼びだして、

「俺には妻もいれば、子もいるんだ。君の心ひとつで我が家が破たんするかどうかが決まる。瀬戸際なんだ」

そう言って土下座して謝ったので、生徒は憐れんで、担任に、大ごとにしないでください、と頼んでくれたんですって。

それからこんな話もあるのね。長崎の高校の先生をしているときのことだけど。アメリカ兵のオンリーに手を出したんですよ。宗薫が教室で英語を教えてい

たら、校庭をそのオンリーとアメリカ兵が横切って来るのが見えたんですって。オンリーがアメリカ兵に言いつけたので文句を言いに来たんだ、ととっさに分かった。「どうしよう」と思っているうちに、校舎の中に入ってきて、自分の教える教室の前の廊下に二人が立っている。とうとう終業ベルが鳴ってしまい、仕方なく教室から出ると、アメリカ兵が近づいて来てペラペラ喋る。生徒は先生がアメリカ兵と英語で会話をするというので、廊下の窓に鈴なりになって見ているというの。でも、宗薫はアメリカ兵が何を言ってるのかさっぱり分からない。仕方なく、

「アイム・ソーリー。ザッツ……」

とは言ったけれど、その後は何を言ったらいいのか分からず、「ザッツ」だけで黙ってしまった。結局、そのオンリーがとりなして、アメリカ兵は帰ってくれたと言うんだけれど、とにかくそんな話がいっぱいあるの。

私はそんなことを面白がる人間で、喜んで聞くものだから、宗薫も私を面白がらせようとして、洗いざらい、話すようになって。笑いながら彼の格はどんどん下がっていった(笑)。その分、私たちの親しさも深まったってわけですよ。

いつも安物のお洒落をしていて、薄紫のストローハットを被って、靴をピカピ

カに磨いてくるんですが、「靴を磨くには電車のシートが一番いいんだ」なんて言って、小刀でシートを切り取りに行ったとか、行きたいと思ったとか……。その当時は敗戦の後で、シートなんかボロボロでしたから、少々切り取ってもわかりやしなかったんですよ（笑）。

ある時、例の薄紫の帽子に大きなチェックの上着を着て電車に乗っていたら、ヤクザみたいな男が、宗薫の帽子をひょいと取って、自分の頭に載せて、

「おい、おにいさん。いい帽子だなあ、これ」

と言われたときは、「生きた心地がしなかった」そうですよ。帽子を返してくれとも言えず、じーっと俯いて身動きもできなかったって（笑）。女の話の次に彼がよくしたのは、いかに自分が弱虫かという話なの。

宗薫は大きな犬を飼っていましたが、それも自分の弱さを犬で補うためだと言うんです。あれは何種だったのかしら、とにかく見たこともないほど大きな犬でした。その犬を連れて散歩をしていたら、信号待ちをしているときに、トラックが横に止まって、運転席にいた三人の男たちが話しているのが聞こえた。

「あれ、犬じゃねえよな？　牛の仔だよな？」

って。三人ともハチマキを締めた強そうな男で、そのうちの一人が、

「なあ、おじさん、それ、牛の仔だよなあ?」

と、聞いてきた。それだけで宗薫はもうオタオタして、素直にすぐ、

「うん、牛の仔」

って、答えた(笑)。今、気がついたんですけどね、宗薫にとって私は強い牛の仔犬みたいなものだったのかも。

よく家に遊びにきて、「他人のうちで飯を食うのが一番楽しいんだ」とか言ってね。寂しがりやでした。うちのご飯なんか、それは粗末なものでね。おにぎりに味噌汁だけの時もあったけど、それをうまいうまいと言って、また食べるのが早いのよ、彼は。私は、「それ以上、あなたの分はないわよ」なんて真剣に怒ったりして。「わかってるよ、ひとり三つずつだろ、ちゃんと勘定してるよ」ってね。まるで子供だったわ。宗薫も私も。

「牛の仔」と散歩する川上さん

　宗薫が水上(勉)さんのことを書いた小説が、水上さんを怒らせて、作家

としてもうやっていけないんじゃないかという瀬戸際のときは、うちへ来て泣くんですよ。そのときはちょうど、翌日から、私は小説の取材で弘前に行かなければならなくて、当時の夫の田畑麦彦もそれについて来ることになっていました。そう言うと、宗薫は、

「僕も、一緒に行きたい」

って、言うんですよ。仕方がないから三人で一緒に行きました。上野から汽車に乗ったら、女の子が隣に座っていた。すると、もうすぐにその女の子の電話番号を聞いているの。今泣いた烏がもう笑ってる、って感じ(笑)。

でも、宗薫は文章が本当にうまかった。書き損じなんか一枚もないんですから。泉が湧くように文章が出てくるのね。私は自分が書くものに自信がなかったから、文章のうまい人は、みんな尊敬して一目置いていました。

浮気ばっかりしていたんで

先月号(二〇一〇年十月号)の『オール讀物』で、平松洋子さんが宇能(鴻一郎)さんのことを書かれていましたよね。宇能さんは東京大学の学生の頃、我々の同人誌に入っていたんですよ。私や宗薫よりも、ずっと年下ですけれど、言葉

の端々にすごく豊富な知識を蓄えている人だということはわかっていましたよ。でもそれをひけらかさないので、私たちはなんだか変わった学生だなあというような認識しか持っていなかった。

私の記憶の中では私の家でトリ鍋でお櫃《ひつ》いっぱいのご飯を食べて、それを窓から吐いたことと、芥川賞を受賞した翌朝十時頃、いきなりやって来て、「芥川賞とりましたよ!」と叫ぶなりテラスのガラス戸をがらりと開けて、「オーソレミイヨォ……」ってね、いきなり庭に向って歌いだしたことです。

平松さんのお書きになったものを読んでびっくりしましたが、でも「なるほどね、納得」という感想も持ちました。「伝説の怪人」という趣の人物になったんだなアってね。学生の頃の宇能さんに私はなぜか好感をもっていましたけど、深く付き合わないままにいつか離れてしまいました。今も懐かしい人です。あの頃、好感を持ったのは、やっぱり宇能さんもヘンな人の範疇に入る人だったからなんでしょうね。

遠藤さん、川上さん、北さんは三大奇人だけれど、そのヘンテコさ加減はそれぞれ違います。遠藤さんは、面白中毒というようなところがあって、話を面白くしようと演出するんだけれど、宗薫は演出も何もしない。地のままでおかしいの。入院しているときでさえ、看護婦を口説いてフラれていたしねえ（笑）。それをすぐ報告する。宗薫がいるとどんな場所でも座が和みました。弱点をさらけ出して、それで皆が笑うことが嬉しい、それで自分も慰められるというようなところがあったんじゃないかしら。

遠藤さんと宗薫は、ほとんど付き合いがありませんでした。宗薫が好きで、尊敬もしていた作家は、吉行（淳之介）さんでした。吉行さんは、誰が見てもハンサムだし、気働きの人でしたね。でも、カッコいいなんていうのは、私には向かないの（笑）。アホなところが全くないのがね。

吉行さんは何でも見抜く人で、「人生の達人」と私は呼んでいました。宗薫が『赤い夜』という小説の中で書いていますが、最初の奥さんと別れて、次の女性と一緒になっていたときのことです。その女性のお腹がどんどん大きくなって、「川上さんの奥さんおめでたですね」といろんな人が言うようになった。けれど、宗薫はパイプカットをしていたので、妊娠するわけがないんですよ。宗薫本人は、

「腹に水が溜まる病気になったんだよ」

と言うんで、私はそれを信じて、

「妊娠じゃないんだってば。あれは病気なのよ！」

って、一所懸命言っていたんです。そのうち、彼女は水を抜く手術をすると言って病院へ入り、ぺたんこのお腹になって帰ってきた。そうこうしているうちに、親戚に子供が生まれたんだけど、貧乏だからその赤ん坊をもらって育てたい、と言いだして、彼は自分の「宗」の字をとって名前までつけてあげたりしてるんです。

その頃、宗薫は浮気相手の女性に、奥さんが「水腹《みずばら》」の水を抜いたという話をしたのね。そうしたら、その話はおかしいと彼女が言い出して、病院に問い合わせをした。すると何月何日に男のお子さんをお生みになりました、って（笑）。

ハナからあれは妊娠に決まってると言っていたのが、吉行さんですよ。吉行さん一人だけ、早くから見抜いて断言していた。他の人も半信半疑だったけど、何しろ宗薫はパイプカットしてるんだし、でもあんな大きなお腹になるほど水が溜まっているとしたら、寝たきりになるはずなのに平気でゴミ出しに出てたのはおかしい、なんて言うようになって、結局、水が溜まったというのを信じたのは、私一人だけだったんです（笑）。後になって、

「妊娠したらオッパイの色だって変わるでしょう？　そんなこと気がつかなかっ

たの?」

と言ったら、

「いや、浮気ばっかりしていたんで気がつかなかった。だから、俺が悪いんだ」

って(笑)。それで水腹の人とは別れて、ウソを見抜いた女性と結婚しました。

三回目の。

宗薫はいつもノホホンとしていて、思うことといえば自分の欲望だけ、というように見えていたけれど、私の夫が破産した時は、ほんとに心配してくれました。

その時、夫のために、自分の家を抵当に入れて金を貸してくれていた友達が二人いましてね。破産したものだからその人たちの家が取られるという事態になったんです。それを救うために、夫は私に、山谷の高利貸のところへ借りに行ってくれと言ったんです。自分は信用がないからってね。

当時は山谷と聞いただけで怖ろしい所だというイメージがありましたしね。その山谷に隠然たる勢力を持っている高利貸と聞いただけで、何が起きるか分からないといった心配があったんです。宗薫はそれを知って、危険だから行くな、という電話を何度もかけてきました。で、私は言ったんですよ。

「じゃあ、あなたは川で溺れかけている人間を見ながら、川岸を知らん顔してあるくことができる？」

宗薫はしばらく考えて、

「だけどね、君は泳げないんだよ……」

結局、私は山谷へ行って、貸さないというのをワアワア泣いて相手を困らせて、借りてきましたけどね。その時、宗薫が「少しなら俺もカネあるから、言ってくれ」と言ってくれたことは、死んでも忘れません。たった一人です。返せるかどうかわからない私にそう言ってくれた人は。

作為がなくて純粋で

色川武大さんとの付き合いは、色川さんが書いた『怪しい来客簿』に私たちがひどく感心して、宗薫が色川さんに手紙を出したところからはじまったんだと思いますよ。宗薫は好きになると、女性に対してだけでなく、誰に対してでも遠慮しないで無邪気にどんどん近づくような人ですからね。

手紙ではなくて、電話だったかもしれませんが、とにかく、まずその作品を宗薫が褒めて、色川さんは来るもの拒まずみたいなところがあるから、「酒飲もう」

「飯食おう」みたいになっていったんじゃないかしら。私もその後について、だんだん色川さんと親しくなっていったんです。

色川さんについては、「独特の人」としか言えませんね。ほかの人とは、どことなく波長が違いました。あの人は誰の、どんな波長とでも合わせられるというか、受け流すというか、好き嫌いのない人だったんじゃないかしら。よくわかりません。でも、私は好きでした。中国でいう「大人」の趣がありました。

色川さんはわけのわからない目によく遭うんです。自分が本を読んでいたら、何者かに襟首を摑《つか》まれて隣の部屋まで引きずられたとか、お酒を飲んでいると、色川さんだけに見える小さな人間が目の前に現れて殴りかかってくるとか……私が、つい好奇心をもって面白がるものだから、そんな話が多かった。でも、色川さんから時々、短篇を褒められることがあって、それが私としては気にいっているところなのに、誰も気づいてくれない。そういうところをピシャリと突いてくれるので、私にとって色川さんは本当に嬉しい有難い友達でした。

ナルコレプシーという病気で、突然、眠っちゃうというのは有名でしたけど、私の北海道の家に来たときも、漁港で魚釣りをすることになって、私も一緒に行ったんですけど、釣りをしているはずが、水溜りに片足を突っ込んでぐうぐう寝ているのにはびっくりしましたね。カンカン照りの下で(笑)。吉行さんもみんなに好かれる人でしたが、どこか気働きが先に立っているように感じられて、私のような野人には少しうっとうしかったです。宗薫をはさんでの付き合いだったので、宗薫が亡くなってからは、色川さんとの付き合いがなくなってしまいましたが、この二人に共通するのは天然なところですね。作為がなくてとても純粋でした。心にないことは言わない。だから信頼してました。自然体のところで触れ合う部分があったように思います。

カルメンとドン・ホセの結末

さて、北杜夫さんは、これまた違うタイプの変人です。教養人というか、育ちがいいというか、その点が我々とは違います(笑)。お育ちのせいで、わりと常識を弁えているところがあるんですけれど、そうかと思うと突如、非常識になる。その点で私たちは友達なんですね。躁うつ病の元祖とでもいうべき存在になりましたが、躁うつとは別に、品がありながら、やっぱりもともとはヘンな人種に入ります。

北さんとは一番長いお付き合いになるんですが、初めて出会ったのは『文藝首都』で、昭和二十五年頃のことでした。私が二十五歳くらいで、北さんは四歳下ですから、二十歳かそこらです。ヨレヨレの学生服を着ていたし、私は彼があの大歌人・斎藤茂吉の子息だとはまったく知りませんでした。

それほど親しくもないときに、ある日、同人会で「佐藤紅緑さんのお嬢さんと聞きましたけれど、有名人をお父さまに持たれて、どんなお気持ちですか」と聞かれたんですよ。

私は何と答えたか、よく覚えていないんですけれど、「何を言ってんのよ。佐藤紅緑なんて言ったって、もう今は知る人もいないわ」とでも言ったような気がします。後になって、北杜夫が斎藤茂吉の息子だということが分かって、「あの野郎！」と思いましたよ(笑)。茂吉と紅緑では格が違います。よくも、ぬけぬけと、という思いで……。

『文藝首都』で一緒だった時代は、よくハガキが来ていたんですけど、それを読んで母も感心していました。ふざけて書いているんだけど、そのユーモアの才能は並のものではない、って。

あの頃、売春防止法が通りまして、この後、男はどうやって性欲を処理したらいいのか、私は、こういう案を出したいというハガキを、北さんに書いたことがあります。

「五十歳以上の未亡人が、青年の性欲の処理の係りになる。そうすると妊娠の心配もないし、性欲を抱えている未亡人にもちょうどいいじゃないか」

という案でした。そうしたら、

「それには賛成ですが、せめて二十年、年齢を引き下げていただくわけには参りませんでしょうか」

と返事がきましたよ（笑）。あの頃のハガキは取っておけばよかったと思うけど、その頃は私も何かと忙しくて……遠藤さんからは電話がかかってくるし、宗薫はいつも一緒だし、北さんにはハガキを書かなければならないんだから（笑）。

北さんは群れるということは、決してしませんでした。私たちが『半世界』という同人誌を作ったときも、北さんは、私や田畑と友達だから付き合ってはいたけれど、『半世界』そのものには入りませんでしたね。そういう点では、付和雷同しない、しっかりした自分の考えを持っている人でした。

でも躁病のときには、株を買いまくってすごかったですよ。信用買いをするものだから、株価が下がると追証《おいしょう》に追われるんです。何しろ証券会社の人が、買う

のを止めるほどだったと言うんですから。北さんは、遠藤さんに借金を申し込んだりもしたんです。躁病だもんだから、

「貸せーっ！」

といきなり言ったりする。そうしたら遠藤さんは、

「貴様！　俺を誰だと思っているんだっ！　俺は貴様の先輩だぞっ！」

と一喝すると、

「すみません」

と言って、しょんぼり引き下がったと遠藤さんは笑ってました。私は年は上でも、幼馴染みみたいなものだから、当たり前のように借金を申し込んできて、私もその頃が人生の中で一番稼いでいた時期だから、つい貸してしまう。それは必ず返してくれました。奥さんが素晴しい方ですからね。私は奥さんを信じていました。それに何のかの言っても、なぜか北さんも信じていたんですよ。なぜかしら？　よくわからないけど。だいたい私は疑うってことが出来ないタチなのね。

いつだったか、吉行さんから電話がかかってきて、

「北さんから八百万円貸してくれと言われたんだけど、どういうわけだか、俺、今なら八百万円あるんだよ。どうしようか」

と、聞かれたから、

「ダメ、ダメ。絶対にダメよ」

って、止めたんですよ。「そうか、それなら止めるわ」ということになったんだけど、そうしたら、五分と経たないうちに北さんから電話がかかってきて、「吉行さんに頼んだんだけど、断られちゃったんだ。三時までにお金が払えないとえらいことになる。愛ちゃん、どうか貸してくれ」

吉行さんに止めておいて、自分で貸す破目になっちゃった。私は、亭主の借金で慣れっこになったというか、鈍感になってしまっていたのね(笑)。遠藤さんからは、「何かあったら、俺に相談せい。一人で考えて物事を進めるな」と何回言われたかわからないけれど、どうしても私は相談しないでやってしまう。

遠藤さんがやっていた劇団「樹座《きざ》」で、「カルメン」を上演することになって、遠藤さんからカルメン役で出てくれと言われたけど、私はこう見えても人前で何かするってことはいやな人間なんです。断わったんだけど、

「北モリがドン・ホセをやるから一緒に出ろ」

って、それはしつこいの。ちょうどその頃、北さんがうつ病と聞いたので、念のために奥さんに電話をかけて訊いたら、ひどいうつだと言う。それで北さんは

うつで出ないだろうから、大丈夫だと思って、北さんが出るなら出る、と言ってしまったんです。

ところが、一ヶ月くらいのうちに、北さんはうつから躁に変わってしまったの（笑）。やむなく出演する破目になったんですが、私は一生懸命にセリフも覚えて行ったのに、舞台で北さんは全然違うことを言ったりする。それで、私も芝居の途中で、

「あんたやるなら、ちゃんとやりなさいよ」

と怒ったりする有りさま。ラストはカルメンがホセに短剣で刺されて幕ということになるんだけど、稽古のときはちゃんと出来ていたのに、本番になると北さんは何を思ったか、私に向かって短剣を振りかぶったんですよ。すると、私の手がとっさに動いてね。持っていた大きな扇子で、振りかぶった短剣を「パシッ！」と受けちゃったの。何だか知らないけど、そうなっちゃったんですよ。そこで音楽が「♪ランラララン、ラララララン」と始まった。それに合わせて、互いに短剣と扇子を「パシッ！」「パシッ！」と受け合いながら、舞台をグルグル廻って斬り合いをする。べつに言い合わせたわけじゃないんですよ。なぜかそうなっちゃったんですよ。劇場はもう大爆笑ですよ。

終演の時間が決まっているから、舞台のそでのほうで「時間が押している」と言ってる声が聞こえるんだけれど、やめるにやめられず、どうしよう、どうしようと思いながら、グルグル廻るばかり。そうしているうちに、何かの拍子で北さんが転んで、手にしていた短剣が飛んだんですよ。それでとっさに、私は落ちた短剣を拾って、自分で自分の胸に突き刺して倒れました。だって、カルメンが死ななきゃ話にならないんだもの。それが丁度、北さんが転んだままになっている上に倒れたのね。私の下敷きになって、北さんたら、「苦しーい！ 百貫デブ！」って。そこで幕（笑）。

いつだったか、

「この頃どうなの？ 躁のほうは」

と聞いたら、

「もう、そんなエネルギーはなくなったよォ」

と言ってました。エネルギーの過剰な人がヘンな人になるとしたら、北さんはもうヘンな人ではなくなったのでしょうか。だとしたらおめでとうと言うべきかもしれないけれど、私は寂しい。とても。

死んだらゴミだよ

最後の一人、中山あい子さんは、おかしな話を持っているというより、大人物でしたね。色川さんとどこか似通ったところがあって、人間が大きい。よく考えれば、この世の暮らしの中では「どうでもいいこと」って沢山あるんだけど、我々凡俗は、なかなかそう思えなくて、怒ったり泣いたりするでしょう。色川さんや中山さんは、そのどうでもいいと思えることが沢山あるのね。だから、本人もらくだし、周りもらくなの。

女流文学者会なんかで笑いが起こると、中山さんはいきなり畳の上に、ダーン！　とひっくり返って、

「ウワァハッハッハ！」

と笑う。それで礼儀を重んじる作家の方からは、「あの方はお行儀が悪い」と眉をひそめられる。でも、中山さんは、そんなことを言われても屁でもないという感じでしたね。「あはは、そうだろうねぇ」という感じでした。

けれども、また彼女なりのデリカシィはあって、例えば晩年は、透析をしなければならないくらい腎臓が悪くなっても、断固として透析をしない。理由を尋ね

たら、透析は国が治療費を負担していて、無料なんですよね。だからしないと言うの。国に対して申し訳ないというんですよ。

中山さんと付き合うようになったのは、中山さんと田辺聖子さんが親しくて、私も田辺さんと親しかったから、田辺さんが上京したときに一緒に食事をしたのがきっかけです。何にでも「ガハハハッ!」と豪快に笑って、何にでもこだわらずに面白がる人だから、私ともやっぱり波長が合いました。私みたいなワガママ勝手な人間でも、中山さんはちゃんと許してくれるような安心感があって、佐渡島や修善寺など、よく一緒に旅行に行きました。女には大人物は少ないけれど、中山さんは、その稀有な一人です。

死んだら葬式なんてしない。献体をすると言うので、

「献体はいいけど、ホルマリン液の中に放り込まれて、プカプカと浮いているのよ」

と脅かしたら、

「どっちにしたって、ゴミになるんだよ。それでいいんだよ」

とノホホンとしてる。「人間死んだらゴミだよ」とよく言っていました。亡くなったときは、献体先の人が来て、白い布で包んで、荷物みたいに抱えてエレ

ベーターに乗って、そして外に待っていた車の中にあった棺桶に入れて、それだけ。車が走り出すとき、娘のマリさんが「バイバーイ」と言って、手をふっていました。この母にしてこの娘あり。とても感動的なシーンでした。私は涙がこぼれました。

中山さんが亡くなってから知ったのが、ずっと私は彼女を一つ上だと思っていたのに、実際は二、三歳上だったということです。でも年齢のサバを読むなんて、中山さんらしくない。マリさんに理由を聞いたら、最初にデビューした雑誌が生年月日を間違えて、訂正するのも面倒くさいから、そのままにしたって(笑)。それまでは一歳しか上じゃない割りには老けているなあ、とは思っていたんですけれど。死んじゃってから、あの人の本当の年を私は知ったんです……。

今でも身の回りに起こったことで、これを分かち合いたいとか、一緒に笑いたいとか、思うようなことがあります。遠藤さんならさぞかし喜ぶ話とか、宗薫が喜ぶ話とか、中山さんが喜ぶ話とか、それぞれにあるのね。そんなときには、遠藤さんが、宗薫が、中山さんがいたらなあと思います。いま、この話をしたら喜ぶだろうというような友達は本当にみんないなくなった——それは、もう何とも言えないくらい寂しいですね。

寂しいですよ。みんないなくなっちゃって。あの人たちがいなくなったってことは、あの時代はなくなった、再びこないってことですからね。それが寂しい。戦争が敗けた時の、貧しいけれど何でもアリの自由な空気が私たちヘンテコな者たちを生かしてくれたと思います。自分の思うままに生きる、いいたいことをいい、したいことをして、余計なことは考えずに生きていられればそれ以外のもろもろの苦労に耐えられたんです。言葉を替えていえば、私たちは厚かましい種族ともいえます。

その厚かましさが許されたいい時代だったんですねえ、という若い人がいるけれど、許されても許されなくても私たちはそうするよりしようがなかったような気もします。考えてみたら、あの時代だって私たちみたいな連中ばかりじゃなかったんでしょうからね。

やっぱり私たちは時代がどうであれ、一種の珍獣だったんでしょうかねえ。私は最後の一匹ですか？

「オール讀物」二〇一一年十一月号

愛子の小さな冒険
大阪万博1970

万博嫌いを公言しているのに、
まさかのレポーターの依頼。
その顚末を雑誌に書いたら、
思いもよらぬ展開に——。

誰のための万博なのか　万博前夜

思いめぐらせば一月末のある日のことである。某テレビの某なる人物から電話があり、万博のレポーターとしてテレビに出演してほしいという依頼があった。

バンパク！

それを聞いて私はゾッとした。ついに来たか、と思った。どういうめぐり合せか、私は昔からこうなると困るなあ、と思っていると、ふしぎにそうなる運命になる人間である。万博が人々の話題に上りはじめた去年の秋頃より、私はこういう事態が来るのではないかとひそかに危惧していたのだ。

そこで、わざと方々で、バンパクなんかつまらんです。なんであんなものやるのか。私は大キライですね。ああいうお祭さわぎは……と声を大にして叫んでいたのだが、それがかえっていけなかった。あまり方々で叫んだのでかえってマスコミの注意を引いたのかもしれない。電話で断わったにもかかわらず、民放の人が四人だか五人だかどやどやと我が家に現れ、しかも、それが揃いも揃って大男のハンサムで、中にOというケンカに強そうな人がいて、

「万博嫌い？　結構ですなあ、嫌いな人にレポーターをやってもらう。それでこそええ報道が出来ると思いますなあ。ぜひお願いしましょう。こいつはいい。嫌いとは結構結構。いや、我々はそういう人を探しとったんです」

と強引に攻め寄せれば、残りの人々も口々に何やらわめき、呆然としているうちに話は一方的に決定して五人男は上機嫌にて帰っていったのである。

今にして思えば今日の私の怒りは実にその日に端を発していたのだ。その時にその一方的な決定に対して私はハッキリ怒るべきであったのだ。ところが私はそのとき怒りそびれた。そのころ私は徹夜つづきの仕事に疲労困憊《こんぱい》し、怒る力さえなくなっていたのである。怒りの力を消耗した佐藤愛子は牙を抜かれた虎のようなものだとさる人がいったが、とにかく私はおとなしい虎となって呆然と万博が近づいて来るのを眺めていたのである。

私は万博について何も知らない。知ろうともせず、知りたいとも思わない。万博についての知識といえば、そのテーマが〝人類の進歩と調和〟ということであるということぐらいなものだった。そうしてただそれだけの知識を持って私は開会の一週間前に、日本政府館のレポーターとして録画を撮るために疲れた身を飛行機に乗せられたのであった。

マンマと敵の術策に

風の強い晴れた日である。千里丘の万博会場は開会を一週間後に控え、冷たい風の中でごった返していた。新聞社や放送局の旗を立てた車がひしめき、うっかりしていると自分の車がどこにいるのかわからなくなる。運転手は殺気立つというより、疲れてフヌケのようになり、交通整理のおまわりさん、また呆然として何を聞いても、

「さあ、そっちのことは知らんなァ」

のいってんばり。その中で道路は掘り返され、砂利が運ばれ、コンクリートがこねまわされ、悠々せっせとまだ工事が行なわれている。プレスセンターの窓から眺めると、七重の塔やブルウの気球のようなものや、とんがった屋根などが重なり合い、その下を蛾のような人間どもが動いているのが見える。

広場では開会式の練習か、赤や薄茶やブルウの制服の一団が、寒風の中を白手袋の手をふって行進している。黄色いバスから子供の一団がゾロゾロ下りて来た。桃色ヘルメット、白ヘルメット、さまざまな外国人、交通整理員、おまわりさん、そうかと思うと子供をオンブしてノソノソ歩いているオッサン……何だか

しらぬがやたらに多勢の人がウロウロしている。何をこんなにウロウロしているのだろうと思うくらいウロウロし、そうしてみな疲れ果てた顔をし、いやいやながらここに集っているように見えるが、いうまでもなく私もその中の一人なのである。

私の役目は先にも書いたように日本政府館のレポーターである。第一日目はそれを見てレポートの内容を決め、リハーサルをする、という予定である。日本政府館へ行くとまだ残り工事の真最中だ。日本館というのは万博のマークである桜の花びらを現している五つの建物から成り立っている。

「真昼の太陽にきらめくシンボルタワー。夜空の照明に映える巨大な五つの円筒建築。日本館は広い会場のどこからでもよく見えます」

と案内書にあるが、建物を見て私はいささか憤然とした。私はいやいやながらこのレポーターを引き受けたとき、可愛らしい後進国の、一番厄介でないパビリオンを、という条件を出しておいたのだ。それをよりにもよって一番でかいのをあてがわれた。

「五つの建物に囲まれた中央広場からは、四十五メートルの長いエスカレーターが正面の一号館に向って伸びています。その全観覧時間およそ二時間……」

その案内書の文章を読んでますますアタマにきた。

「ちょっと、約束が違うじゃないですか」

と今更いきまいても、我が家に来た例の五人男はどこかに姿を隠し、その代りだというインドの大学教授のような風貌の人が困ったような低い声で、「何しろ、私はいきなり代りをやってくれといわれまして……何が何やらわからんままにかり出されまして……」というばかりである。私はマンマと敵の術策にかかった心地しながら仕方なく一号館に入る。

「長いエスカレーターで館内を行くと、夜明け前のうす明りの中に無数の金属パイプが立ち並んでいます。太古の杉木立を暗示するその空間は反射鏡の効果によって際限なく広がっているように見え、時おり鋭く光って日本の歴史の暁闇を表現しています」

ということだが、この四十五メートルのエスカレーターは開会の日まで動かぬという。エスカレーターというものは元来、足で上るようには出来ていない。従ってその一つ一つの段はすこぶる高く出来ているのである。即ちそれを我が足で上っていけというのだ。太古の杉木立が時おり鋭く光って日本の歴史の暁闇を表現していますもヘチマもない。私は尻からげをし、(何しろ一張羅ゆえ)金比《こんぴ》羅《ら》さまの石段を上るばあさんよろしく、よいしょ、どっこいしょと四十五メートルのエスカレーターを上った。ようやく上りつめればそこは古代の日本で、青空を象徴する青いペンキ壁の前に一本の柱が立っている。それは日本古来の神道を象徴するものだそうで、床をつきぬけてそそり立っているのである。

そこから奈良、平安、鎌倉、室町、安土桃山、江戸、明治を経て現代に到るまでの文化の様相が展示されているのが一号館だが、四十五メートルのエスカレーターを上らされた足は、もういい加減にガクガクしている。

何しろ寒い。ものすごい冷え込みだ。建物が出来上ったばかりなので湿気がこもっている。そこへ何年ぶりという寒さだ。冷凍室の中にいるようなもので、酷使に馴れていない我が足は寒さのためにスジが攣《つ》ってどうにもならない。その中でレポートの内容をきめ、明日の録画の場所などを打ち合せる。私はだんだん機嫌が悪くなった。

耐え難きを耐え……

「人類の進歩と調和なんて、いったいどこにあるんですか。え？　そもそも人類の進歩とはどういうことだと思っているんですか。なに？　現代人の食生活？

それがどうしたというんです。現代人がトンカツ食っていることをなにも、こんな場所でわざわざ展示する必要はない。くだらないですよ。小学校の展覧会ナミだ」

「はあ、ごもっとも。そうです。同感です」

インドの大学教授氏はさからってはまずいと考慮したのか、一も二もなく私の言葉に肯《うなず》く、あまり一生懸命に肯きすぎて、もう何もいっていないのに、

「まったく、その通り……」

などとまだ肯いている。そのうちに私はだんだんシリが痛くなって来た。あまりの冷え込みに突如、ジが起きたのである。なにもそんな尾籠《びろう》なことまで書く必要はないといわれるかもしれないが、私は常に率直に事実を描くということを心がけている。つまりそれほど私は耐え難きを耐えたということをいいたいのだ。

私は少女時代、寒さや痛さに耐えるとき「戦地のヘイタイさん」を思うことによって懸命に耐えた。しかし戦地のヘイタイさんがいなくなってしまった今、私は何を思ってこの苦痛に耐えればいいのかわからない。いったい私は何のためにここでジの痛さとコムラがえりに耐えて、見たくもない博覧会を見なければならぬのか。その意味はいったいどこにあるのか？

日本館を出れば外ははや薄暮迫り、雪がチラついている。乗るべき車は探しても見当らぬ。インド教授はつき人の青年に車を探してこいと命じるが、この青年、一向に急いだ様子もなくノソラノソラとそのへんを歩きまわるのみ、誰も彼もが疲れはて、情熱を失っているのである。ようやくやって来た車でプレスセンターへ行く。ここで明日の打ち合せをもう一度やるのである。

プレスセンターでは相変らず報道陣の群、朝と同じく疲れ果てた顔でウロウロし、窓から見ると赤、薄茶、ブルウのさっきの制服の一団、まだ行進、整列をくり返している。ヘルメットで行きかう人々、おまわりさん、工事関係者……驚いたことにはここでは朝も昼も夕方もニュース映画のごとくまったく同一の情景がくりかえされているのである。そのさまを見ているうちに何となく蟻の集団が連想された。蟻が集って何やら一生懸命に働いている。とにかく万博を立派に仕上げようと、それぞれ一生懸命に働いているようだ。しかし蟻と違うところは、その一人一人に蟻のようなイソイソしたところがないことだ。一人一人が仏頂面で働いている。しようがねえからやってるよ、という顔で歩いている。

そのとき我が家へ強引に口説き落としにやって来た五人の男の一人、ケンカ強そうなるかのO氏が現われた。

「やあ、ご苦労さんです。どうですか、ご機嫌は」「よくないですね」

私は待ち構えていたようにいった。とにかく約束が違う。最初の話は開会式の日だけ一日行けばよいという話だった。それなのに今ではパビリオンの録画のために二日、さらに一週間後にもう二日、開会式の中継をやらねばならぬという。それにこの寒さ。食堂へ行っても時間がくるまでは昼食は出来ない。マネージャーを呼んでくれというと、まだ来ていませんという。何時に来るのかと聞くと、さあ、わかりません。待ちに待ってやっと来た料理はまずいことこの上なしだ。こんな調子で四日もつき合わされてはたまったものではない。足は攣るし、ジは痛い……

「ガマンして下さいよ」O氏はこともなげにいい、「ぼくだって昨夜は一睡もしとらんのです。この三カ月、ロクに寝とらんですよ。みんなバテとるんです」

みんながバテとるからこの私もバテろというのか。自分が寝てないから、私にも我慢しろというのか。なぜ私がガマンしなければならない？　イヤだというのをムリに連れ出したのは誰なのか。

「いやいや、お互いに辛いです。ま、いたわり合ってガマンしましょう。もうちっとの辛抱です」

とO氏は向こうへ行ってしまった。

ホテルへ帰ったのは九時である。私はバタリとベッドに倒れ伏したまま、風呂へ入る力もない。しかし私はこれから週刊A誌のために「アングラ芝居を見てアングリ口を開けた私」という情けない文章を書かねばならぬのだ。そのタイトルは週刊A誌のデスクが勝手につけた。私はアングラを見てもうホトホト現代に生きるのがしんどく、辛くなり、ああ、もうとても、ついて行けない。山奥の狸の穴にでももぐって木の葉の布団で眠りたいと滅入った気持になっただけである。しかし膨大な借金抱えてこの世の荒波と戦わねばならぬこの身は「アングラ見てアングリ口を開けた私」といわれれば、猿芝居の猿のごとくアングリ口を開けねばならぬのだ。

ああ、まったく何という世の中だろう。どうして次から次から人間はこう、色んなことを思いつくのか。色んなことを思いつき新奇なものを作り出す、それが人類の進歩だとでもいうのだろうか。万博は人類の進歩を謳《うた》っている。しかし人類の進歩とは何かということについて、いったい誰が、どれほど真剣に考えているのか。我々が今、進歩だと思っているもの、それは大ざっぱにいえば、要するに〝時間の短縮〟それのみではないか。さらにいっそうの〝時間の短縮〟に向って人間は、やみくもに動いている。何のためそんなに短縮する必要があるのか。やたらに時間を短縮し、そうして人間はダメになりつつある。怠け者になりグウタラになり気魄を失い、戦いを忘れ、情熱を失いつつある。万博会場で働くために集った人々のあの顔、あの無気力な呆然と疲れた非人間的な表情は〝人類の進歩と調和〟からはあまりにも遠く悲しい顔ではなかったか。

この大バカヤロウッ

一週間後、私はふたたび万博会場へ赴いた。いよいよ明日は開会式である。会場は一週間前よりももっと混雑し、殺気立っていた。さすがに工事の人の姿は少くなったが、それでもまだあちこちにヘルメット姿が見える。報道関係の車の洪水。

千里丘は相変らずの寒さである。朝からどんより曇っていたのが、昼近くになって粉雪になった。烈風が粉雪を吹き散らす。私はその中で明日の中継放送に備えてリハーサルを行なわねばならぬのである。その場所はモノレールのプラットホーム、烈風吹きまくる一段と高い場所である。そこでリハーサル数十分、やっと終ってプレスセンターに帰って来たら、私の担当である例のインドの大学教授氏、何やら困《こう》じ果てた顔つきで私の前に坐りモゴモゴといった。

「ええと、そのう、出演料のことでございますが……このほどやっと決まりまして」

「はア?」

と私は緊張した。そのときになって私は出演料のことについて何も話合いをせぬままにズルズルとここまで来てしまったことに気がついたのである。(遠藤周作氏はこのことについて後で、「アンタはアホや、オレの倍もがつがつ働いて、オレより貧乏しとる」とハッキリいい給うた)インドの教授氏は私の緊張した顔より気弱く目を逸《そ》らし、

「そのう、実は税コミ×万×千円ではいかがでしょうかというておりますが」

私は声も出ず、まじまじとインド教授を見つめた。私がここではっきり金額を書かぬのはテレビ局に対する思いやりのためではない。何をかくそう屈辱感のためである。その金額に私はほとんど侮辱を感じた。人をゴミムシケラと思うか、と叫びたかった。私は見たくもなく、しゃべりたくもない万博にムリヤリ連れ出され、ジを腫らせ、(ジの薬代だけでも二千円を突破している)足を攣らせ、原

稿の締切りが遅れ、睡眠不足になり、ヒステリイとなり、そうして×万×千円のハシタ金を貰う！　実に私はこの万博のために貴重なる四日間をつぶしているのだ。（今月の借金返済の予定は狂った）「今更、イヤといっても仕方がないでしょう。え？　イヤといったらどうなります？」

私はいった。今や私は怒りを通り越し、笑いたいような叫びたいような、ヤケクソ踊りを踊りたいような心境である。私はマンマとあの五人男にしてやられた。気の毒なのは目の前に悄然と目をしばたたいているインド教授氏である。彼は私のイケニエとしてここにさし出された哀れな小羊だ。小羊にしては色が黒いが、彼の心境は小羊以上におののいている様子である。

「すみません。もう何もかも苦しいことばかりで……」と黒羊はいった。

「みんなガマンさせられているんです……とにかくみんなが……」

みんながガマンをさせられている——？

私は叫んだ。

「では我々にガマンをさせるその元兇は誰です!?　え？　誰が何のためにガマンを強いているんです、その頭目の名をいって下さい」

「それがそのう、頭目といわれましても、そのようなものはおらんのでして……

実際責任者は誰なのか、わからんのでして……」

私はそのとき、〝ほしがりません勝つまでは〟の戦時中の標語を思い出した。戦争に勝つためには、〝ほしがりません勝つまでは〟を合言葉に我慢に我慢を重ねた。耐え難きを耐え、忍びがたきを忍んだ。私たちが懸命に耐えたのは、我が祖国のためであり、天皇陛下のためである。しかし今、いったい私は誰のために我慢するのか。私ばかりでない。この万博開催のために集って来た幾万という人間は、いったい誰のために身を粉《こ》にして我慢しているのか。我々に我慢を強いているもの、それは何なのか？

顔も胴体もないのっぺらぼうの空白が私たちに我慢させている。空白が組織の網をあやつっている。誰もがそれに気づかずに右往左往し、その末端にいる私は無残な犠牲者だ。竹槍持って藁人形を突いた青春時代を経て、四十六歳にして同じようなことをしている。いや、実はもっと悪い。使命感も意義も持たずにやっている。のっぺらぼうの空白にそうさせられている。

ここに集っている人々は皆、何らかの不平不満で膨れ上り、企画の下手なこと、スムーズに行かぬこと、変更ばかりあること等々でアタマに来、A課はB課のせいにし、B課はC課のせいにし、C課はD課、D課はA課のせいにするという有様。批評と愚痴は氾濫しているが、その代り失敗があったとしても腹カキ切らねばならぬ者は一人もいないように出来ている。すべてがヒトゴトで、そのくせ自分のことのように走り廻っている。走りまわってはいるが誰も責任をとる必要がない。

まことに万博こそは現代の縮図である。おそるべき人間性の喪失がここにはある。人はみな真情を失い、思いやりと責任感を捨て、何のためにかくも右往左往しているのかわからぬままに右往左往し、参加の意味も考えずに参加している。ある登山家は、山がそこにあるから登るのだ、といった。しかしここに集った人々は万博があるから集ったのではない。好むと好まざるとにかかわらず集まらされた人々だ。そうして万博はつまらん、なっとらんと悪口いっている。いったい誰がつまらなくしているのか。ではなぜつまるようにしないのか。個人の力はここではどこにもふるえない。目に見えぬものが巨大な力をふるって人間の一人一人を歯車にしている。その一つ一つの責任のなさが、万博をつまらぬものにした。なぜなら個々の歯車は主張を持ってはならぬからだ。ああ、考えてみれば私もその実体なき者のために踊らされている一人だ。これが歎かずにいられようか。

吹雪の中を午後からお祭り広場でもう一度リハーサルがあるという。十人のレポーターが全員集って、東京のスタジオにいる黛敏郎《まゆずみとしろう》さんと話をするという想定のもとに行なわれる。吹雪の中を私は仕方なくお祭り広場へ行った。と、驚いたことにはレポーター自身が来ているのは私一人、あとは皆、代理のアナウンサーが来ているのだ。兼高かおるさんの代役のアナ、兼高さんの声色で何やら万博を賛美し、

「……あたくしはそう思うんですけど、佐藤さん、いかがでしょうか？　万博をごらんになって、一言叫びたいことは？」

という。吹雪の中、私は突如カッとしてマイクロホンに向って叫んだ。

「私は大バカヤロウと叫びたいですね」

居合せたるアナウンサー諸氏、びっくり仰天して私をみつめた。

「はあ、大バカヤロウとね、それはまたなぜですの？」

「何が人類の進歩と調和ですか。調和なんてどこにもない。これだけの人手と時間と金かけて、すべてがおざなり過ぎます」

「はあ、それだけですか？」

私はヤケクソでどなった。

「こんな安い出演料で、上等の感想がいえますか！」

「ハイ、すみません。有難うございました」

こうなりゃ破れカブレ

ホテルへ帰ると粉雪の中をA放送まで集まれという命令である。明日の放送に出演するタレント数十人が一堂に会した最後の打ち合せをするのである。十時何分とやらに天皇陛下がお着きになるから、我々ガチャ蠅《ばえ》はそれまでに会場に入っていなければならぬという。そのためホテル出発は七時。八時には万博会場へ着かねばならぬのだそうだ。私、だんだんアタマに来はじめた。早起きせねばならぬにつけ、朝飯はヌキになると思うにつけ、雪が積りはじめるにつけ頭にくるは×万×千円の出演料であることが我ながら情けなくも悲しい。実際、私は今、カネのために働いているのだ。私の父はよくいった。

「カネのために生きる奴は下種《げす》下郎だ！」

私は今、その下種下郎（いや、女だから下女郎《げめろう》か）となり果てている。私は亡き父に相すまぬと思う。するとまた私は山奥の狸の穴に引っこんで落ち葉かぶって眠り呆《ほう》けたくなるのだ。

「そこで最後にお祭り広場へレポーターの人全員に集っていただくわけですが(知っとるよ、吹雪の中を私ひとりはちゃんと出たんですからネ)そこで東京の黛さんから質問があります。質問は中山千夏さんと兼高さんと佐藤さんのお三人に(チェッ! 三人に〃お〃なんかつけなくていいから出演料をもっと出せ!)なさるそうですからそのおつもりでいらして下さい。そのあと、すぐに太鼓が鳴り響き、阿波踊りがはじまります。そこでですね。そのう、阿波踊りの人たちが広場へ入って来ましたら、どうか皆さんご一緒に……」

踊れというのか、阿波のバカ踊りを!

ふと気がつくと向うの席から例のインド教授氏と私のつきそいであるアナウンサー氏が心配げに私の方を見ている。私は叫んだ。

「冗談じゃないですよ! これ以上、阿波踊りなんか、踊れるかってのよ!」

こうなりゃもう破れカブレだ。私は叫んだ。

「佐藤愛子の名がすたる! 私はやりませんよ。先祖に対して申しわけない! ゼッタイやらん。やらんといったらやらん……」

染色家の木村さんがとりなし顔に、

「では若い人たちに踊っていただいて私たち年より二人はニコニコして、ああ、若い人たちが楽しそうにやってるわ、という顔をしているところを撮っていただいたら！」

「冗談じゃない。私はニコニコもしませんよ！　私はこうしてやる！」

私はゲンコをふりかざした。

「第一、私は年よりじゃない！」

ああ、人情紙のごとし

翌日は案に相違して雪はやみ、晴れ上った朝が来ていた。七時にホテルの前のバスに乗る。バスは万博会場の中まで入らぬというので、入口で下ろされ、そこからサザンクロスというレストランまで歩くのだ。もうホテルにはもどらず東京へ帰るのだから、皆、重い荷物を持っている。雪どけのアスファルトを、引揚者のように鞄を下げてゾロゾロと歩く。それよりレポーターは袂を分って私は烈風吹きつけるモノレールのプラットホームへ行った。そこで黛さんからの呼びかけに対してこの万博で何を見たいか、というようなことをしゃべるのである。（ホントは見たいものなんか何もないヨ）

とにかく寒い。日は照っているかと思うとすーっとかげる。昨夜の雪が凍っていたのを溶かした水がプラットホームのそこここに溜っている。それが次第に草履にしみ込んで（何ぶんにも安モノゆえ）歩くとゴム長のようにボテボテと重ったるい音を立てる。着物の裾はハネだらけ。

盛装した招待客の姿が次第に増えて来た。モノレールに乗ろうと走って、すってんころりんと転んだ娘さんが二人いる。二人、手をつないで走っていたので一緒に転んだのだ。肥った方が起き上れない。やはり重いと打ちかたも強いらしい。お尻押えて唸《うな》っているが、誰も助けようとはしない。往来の人、ただ感心したように眺めている。紙のごとき人情で〝人類の進歩と調和〟のお祭りをたたえようというのか。

黛さんとの話を終ってサザンクロスへもどる。テレビが開会式の模様を伝えているが見る気もしない。大皿のランチが運ばれて来たが、食べる気もしない。ほかのものを食べようとしたら、テレビ関係者はこのランチにきまっていますという。

電気自動車に幸いあれ

何から何まで気にくわないね。私も気が長くなったものだ。これも万博のおかげで鍛えていただいた。まわりのテーブルにむらがっているテレビ関係者の面々、放心したるごとく、気ヌケしたるごとく、呆然とランチを食べるそのさまは、ますます引揚者的な雰囲気を漂わせるのである。

ようやく天気は定まって雲は晴れた。雪どけの水は乾き、春光がパビリオンに反射して眩《まばゆ》い。最後の出演までの空き時間を私はアルバイト学生の運転する荷物運搬用の電気自動車に乗せてもらった。ビニールで囲いをした、モモ色の何とも可愛らしい電気自動車である。坂本九の弟分みたいなニキビのあと充満したる学生さん、運転しながらしきりに一人で呟いている。

「チェッ、こんなん、恥かしいてかなわんわ……長生きするなあ……走った方がよっぽど早いわ……友達が見たら何てゆうか……恥やな、こんなん……」

電気自動車はとりどりのパビリオンの間をチョロチョロと走った。

「ねえ、楽しいやないの、あたし、これ気に入ったわ。ここで一番気に入ったの、これやわ」

と私は大阪弁でいった。私の機嫌は少し直って来た。

「あんた、学生さん?」

「はあ、A大学です」

「いいアルバイト見つけたわね。愉快でしょう」

「愉快やないですよ。楽《らく》までこんなんに乗ってウロウロせんならんのかと思《おも》たら、ユーウツやな」

しかし私はいつまでもそれに乗っていたかった。それに乗って町々を通り野を越え橋を渡り、万博も出演料も借金も忘れてどこまでもガタガタと揺られて行きたかった。

「文藝春秋」一九七〇年五月号

なにが進歩と調和だよぅ　宴のあと

マゾヒスト現わる

ある日のことである。

私が机に向って仕事をしていると、卓上の電話が鳴った。

「もしもし、こちらはK×テレビでございますが、えー佐藤先生のお宅でございますか」

という丁重な声には、まだ当方が何もいわぬ先から平身低頭の響きがある。

「えーと、いつぞやは『文藝春秋』でたいそう、そのう……やっつけられまして……」

「あっ、万博の……」

私は思わず叫びそれからハッと直感した。

万博の閉会式!!

またしても私はそれに駆り出されるのではないか!

私は忍び寄る不幸に対する直感力は鋭い方である。不幸といっては大袈裟《おおげさ》かもしれないが、気に喰わぬ事態の到来を察知する動物的本能が強い方だ。万博の開会式にいやだというのを無理やりに連れ出され、日本政府館というパビリオンのレポーターとしてテレビで感想を述べさせられたのは、忘れもせぬ半年前のことである。

粉雪吹きすさぶ千里の丘陵、まだ出来上らぬ万博会場の砂利やセメントやトラックや建材の間を行ったり来たりして痔を起し、出演料の少なさに激怒し、そのようなことに激怒せねばならぬ我が身の上を悲しみ、テレビで万博の悪口をいって、あの女は口を開けば悪口しかいわぬ女だ、などと悪評を受け、以来、半年の間、万博という字を見れば顔をそむけ、万博の話題出ればむっつり口をつぐむ、という風であったのだ。

「その節はいろいろいわれましたが、佐藤さんがお怒りになるのは重々、ごもっともと思っとります……」

電話の主はあくまで丁重慇懃《いんぎん》にそういい、私の動物本能が察知したごとく、万博閉会式のテレビにもう一度、レポーターとして出てほしいというのであった。

私は呆れた。K×テレビはマゾヒストが揃《そろ》っているのではないかとさえ疑った。その数日後、電話の主はわざわざ上京し、

「佐藤さんにかかると、何を書かれるかわかりませんので、おそろしゅう思《おも》とりますんですが……」

とビクビクを装いながら（と睨んだはヒガ目か）あの手この手と攻め寄せて、とうとう私は彼の前に威張りながら屈服したのであった。世間ではどう思っているかしらぬが、実際私は人がいい。すぐ怒るくせにすぐに屈服する。

浅学の身にはわからん

閉会式の前日、私は飛行機に乗った。実は私は開会式の時に日本館を見たほかは、何ひとつ見ていないのだ。新聞の万博記事にもソッポを向いて来た。万博に

ついて知っていることといえば、むやみやたらと多勢の人が押しかけて、疲れた疲れたとブウブウいって帰って来ることぐらいなものである。その数や日に四十万、五十万という数だそうだ。

なぜそんなに多勢の人が万博へ行くのか。万博にはそんなに面白いことがあるのか。ただのもの珍しさが、人を動かすだけなのか。

私はそんなことが知りたくて万博へ出かける気になったといっていい。午前十時、車が万博会場に近づくと、はや遥かに群集の行列が見えた。車を降りて近づいて行ったが、その行列の先頭はどこにいるのか見当もつかない。

「これは何の列ですか」

と聞けば、アメリカ館だという。整理員が何やら声を涸《か》らして叫んでいる。しばらく行くとまた別の行列に出会う。空は晴れ日は輝き、色とりどりのパビリオンが残暑の日射しの中で疲れ果てたように佇《たたず》んでいる。私は三菱未来館というのに入った。

最初の部屋は〝日本の四季〟とかで、貰った案内書には、

よく見ればなづな花咲く垣根かな

の芭蕉の句と、

名月や畳の上に松の影

の其角《きかく》の句から説明が始まっている。

「日本は世界でもまれに見る四季の変化に富んだ国ですが、現在都会などではその四季感は薄らぎ、かつて日本人が暮しの中で味わい謳《うた》って来た心は忘れられようとしています」

その通り、私は昨日も町の花屋で、色つけされたススキや、何やら得体のしれぬ羽を赤や黄に染めた花（？）を見て、人間が生活の便宜のために自然を侵害するばかりでなく、もう自然を必要としなくなったということをまざまざと知らされたばかりである。花は凋《しぼ》むから美しいのだ。凋まぬ花、埃《ほこり》かぶったまま、半年も一年も赤々としている花、いったいどんな感受性が美しいと思うのか。

「未来に向っての新しい生活空間創造の中でその伝統を生かし、再創造して行くことは、これからの私たちに与えられた大きな課題の一つではないでしょうか」

浅学の身にはいったいどういうことなのかよくわからぬが（再創造とは何かもっとわかり易くいってくれ）大体、この文章がこの万博の全体を象徴しているとみてよいような気がする。いうならば邪淫《じゃいん》の戒を説く坊さんが、妾のところへ通っているようなもので、

「よく見ればなづな花さく……」

などと呟きつつ、そのなずなを引っこ抜いている。

私は突如、もの凄い音響の中にブチ込まれた。ブチ込まれたといえば大仰《おおぎょう》かも知れないが、トラベータなるエスカレータの兄弟分みたいな（つまり動く歩道）ものに一足乗せるや、好むと好まざるとにかかわらず、逆巻く嵐の映像の中へと連れ込まれたのである。これはホリ・ミラー・スクリーンという新技術だそうで、上下、左右、前後、どっちを見ても波と暗雲が逆巻いている。そのもの凄い音響に辟易《へきえき》して逃げ出そうと思えども、悲しいかな私は自分の足で歩いているわけではないのだ。トラベータが私を進ませている。後へもどりたくとも戻れず、前の人を追い抜いて進みたくも追い抜けぬ。またそのトラベータののろいこと。ここで大地震が起きたらどうなるか、とふと心配になる（私は強そうに見えて、案外、心配性なのだ）。

　やれやれ、やっと嵐の間を通り抜けた、とほっとしたのも束の間、今度は火山だ。さっきはブルウだったが今度は焔の色だ。床面には溶岩流、天井面には燃える雲、トラベータはのろのろ運転。

「ここであなたは通路を抜けて神秘をたたえる宇宙空間に吸い込まれて行くので

す」

ということだが、さっきから大地震の心配に胸押しつぶされている私は、もう神秘をたたえる宇宙空間に吸い込まれたくないという一念でいっぱいである。五十年後の日本の空、五十年後の日本の海、五十年後の日本の陸。次々に何やら見せられたが、絵本に出てくるような色とりどりの花咲き乱れた（しかしその花は何の花やらよくわからなかった。少なくともなずなではなかったね）庭園の向うに富士山が見え、カッコウが鳴いていたということだけ覚えている。

富士山にカッコウか！

これが、なずなの代りですかな。

なつかしき隠忍との再会

私はだんだん意地悪な心情になって来た。お前は口を開けば悪口しかいわん、お前の文章には憤激という言葉が多すぎるぞ、とお怒りの読者がおられるようだが、憤激を押えると女は底意地が悪くなるのである。

意地悪の瞳ぎらぎらと光らせて次へ進めば、また、ここに怪しき装置がある。曰く、ブラウン管のないテレビの原理を応用して作られたシルエトロンというものだ。台の上で何人かの女の子が音楽に合せてツイストをやっている。それが正面のウロコ型にでこぼこしたスクリーンに巨人の影法師となって映るのである。このとき、一人のオッサン、のこのことステージに上った。コウモリ傘を腕に掛けカメラとズックの鞄を肩から交叉して麦藁帽子をかぶっている。その格好でオッサンは踊り出した。もしかしたらこういう人が、野球の私設応援団長を買って出たりする人かもしれない。私は思わずニッコリした。このニッコリはまさに価千金のニッコリである（と自分では思っている）。私の意地悪はここで少し直った。私は踊るオッサンの中に〃なずな〃を見たのだ。自然を見たのだ。都会の文明の中で、もう取りもどしようもなく、私などが失ってしまったその素朴な好奇心が私をなごませたのである。

「すべてを見終え、あなたはプラザを出て、再び三菱未来館の姿を見上げます。未来がここにある。それは幻想ではなく、この国の空と海と陸の明日の姿、あなたの足音、自然と科学の調和を生み出す未来への挑戦のドラマ、これは人間の叡《えい》智《ち》の伽藍《がらん》なのです」

私は〃人間の叡智の伽藍〃から外へ出た。外には相変らずの長い行列。万博会場取り巻く車。空を蔽う排気ガス。日本庭園のカサカサと元気のない樹木。自然と科学の調和はいったいどこにあるのか。富士山が見えて、カッコウが啼《な》く？五十年先にはカッコウは死に絶えているのではないのか。富士山は切り崩されて、おとなの遊園地になり、フリーセックスの乱痴気の場となっているのではないのか！

私は何も三菱未来館に恨みがあるわけではない。数多くのパビリオンの中で、たまたま見たのが三菱未来館であったというだけのことだ。これだけの展示館、展示物を作るために寄せられた情熱と智恵と力に対して私は敬意を払うに吝《やぶさ》かではない。ここに謳われているものは多分人類の夢なのであろう。そして夢は楽しければ楽しいほどよく、美しければ美しいほどよいのだということができるかもしれない。

しかし背中に火をつけられているのに、

「カチカチと音がするのは何だろう」

「ここはカチカチ山ゆえ、カチカチと音がするのよ」

「なるほど、なるほど。……ボウボウと音がするのは何だろう」

「ここはボウボウ山ゆえ、ボウボウと音がするのよ」

「なるほど、なるほど」

と感心しているうちに、背中が燃えて大ヤケド。カチカチ山のタヌ公のようなことにならぬよう、お互いに気をつけたいものである。

それにしてもこの炎天の下の人々の群、動かぬパビリオンの行列（実際には動いているのだが、後から後から人が連なるために、動かぬように見えるのだ）は、私には隠忍という字に見える。それは私たち戦争体験者にとっては懐かしい文字だ。新聞やラジオや学校や隣組の寄り合いで、私たちは「隠忍」という言葉を見せられ聞かされた。日本は隠忍に隠忍を重ねたが、ついに米英と戦うことになり、戦争に勝つために隠忍し、ついに負けてまた隠忍自重をいきかされ、隠忍の結果の平和繁栄、進歩と調和の中で再びなつかしき隠忍と再会している。

「十一時から十二、一、二と、三時間も待っとんのやでエ、人を何と思とるんか！」

と怒っているおじいさんがいたが、何千の行列の中で怒れるはおじいさんひとり。誰も同調しない。ちょうど、戦争中、配給物の行列に並んでいるときがそうだった。

ところでそうして三時間も四時間も待って、いざ入ったパビリオンで、いったい何をどういう風に見たかといえば（私は注意して観察していたが）ほとんどの人々が何も見ていないのには驚いた。人々はただ、行列を作ってゾロゾロと歩いているだけである。汽車の窓の外を流れる景色をただぼんやりと目で追っているように、歩くにつれて目の前に現われる展示物にただ目をやっているだけだ。見ようとしないが、勝手に向うから目の中に入ってくるので見る、という見方である。

それでも〝見た〟ことに満足して人々は帰って行く。それでも何やら〝見た〟ことは見たのだ。ただ〝見た〟だけで何も感じない。何を見ても驚かない。宇宙船を見ても、月の石を見ても（魚屋の店先でサンマの値段を見たときの方が、よほど感動が現われる）。驚きはしないが、しかし好奇心はそれで満足させられたのであろう。万博とはどんなものか、という程度の好奇心は。

〝万博の敵〟再び怒る

夕方、私はプレスセンターに立ち寄った。ここで明日の閉会式のテレビ中継で、万博についての感想を述べるための打ち合せをするのだ。プレスセンターのK×テレビの部屋の窓から、私は古戦場を見るような気持で遥か彼方《かなた》に見えるパビリオンの屋根屋根を眺めた。灰色の雪空の下で、開会式のパレードの練習が行なわれていた広場が見える。ヘルメットをかぶった工事関係の男たち、疲れはてた報道関係者、おまわり、自衛隊員、パビリオンホステス、見学者の群などが、右往左往していたプレスセンター前の道路は、いま九月の夕暮の中でひっそりしている。窓近くに置いたテレビで奥村チヨが歌っている。声を消しているので、映像がシナを作ってパクパク口を開けている。

半年前の同じ日、私はこのテレビの画面で一人の男が一人の女を足蹴にし、

「このスベタ！　出ていけ」

と叫んでいるところを、寒さと疲労と空腹に呆然として眺めたことを思い出した。はや六カ月の月日が過ぎ、秋が来たのだ。今日のこの賑わいも明後日には消える。やがて秋風の中にパビリオンの取り壊しが始まり、そうして〝人類の進歩と調和の未来都市〟は幻の都のようにかき消えてしまうのだ。百万坪の土地に一兆円の金、そこに投じられた何万という人のエネルギーと情熱が冬の訪れと共に忘れ去られて行くのだ。そう思えば万博の敵といわれた私の胸にも、一抹《いちまつ》の感傷が流れたのである。

翌日は閉会式である。その夜、私はホテルの一室で四分間で万博についての感想をしゃべる練習に夜を更かした。その日のリハーサルでは私のおしゃべりは長

過ぎて、いいたいことの半分もいわないうちに四分が過ぎてしまったのである。

「いいです、いいです、明日は適当に納めて下さい」

とテレビ局の人はいった。どうやらあたりの気配は私に対して戦々恐々たる気分であることは、プレスセンターK×テレビの部屋に入った時から感じていたことだ。どうやら私は〝ウルサ型〟ということになっているらしい。本誌の五月号以来、怒ると何を書くかわからん、という怖れがテレビ局の面々の表情に出ている。

「いいです、結構です、すみません」

が口癖になっているお方がおられる。こう恐懼《きょうく》されると私たる者、やはり律義な心情になる。私はその恐懼に報いるために、午前二時までかかって、四分きっちりに感想をいい納める文章を練ったのであった。

翌朝は七時半にホテルを出る。開会式の時と同じくエライ様がおいでになる前に、我々ガチャ蠅は会場入りをしておかねばならぬのである。秋の声を聞いたが、日射しにはまだ夏の強さがある。その日射しの中で放送時間を待つ。放送する場所はEC館のテラスの上である。どうやらエライ様がお着きになって閉会式が始まったらしい。やがて蛍の光が聞えて来て、やっと私のしゃべる番が来た。

「三月から九月までの半年の間に、六千万人の入場者があったというので、万博は大成功だったといわれております……」

と私は始めた。〝進歩〟といわれているものがもたらした公害に悩みながら、進歩と調和を謳うお祭をしているというのも妙な話ではないか、というようなことをいう。テレビカメラの傍の黄シャツのおにいさんが、あと二分とキューを出した。よしよし、この分ではちょうど、うまい具合に話が納まりそうだ。この後、私はこの万博の人の波を日本人のエネルギーだという声があるが、それはエネルギー以前のものであること、そのエネルギーの素をエネルギーに変え、そうして突っ走る科学技術の進歩を阻止する力にしたい、ということをいうつもりである。

ところがである。

「私がここに見たものは……」

といったとき、突然、耳に入れたレシーバーがウツロになった。黄シャツのおにいさんは「あと二分」と出しているのに、レシーバーはウツロになったのだ。や、や、や、と思う折しも、司会の黛さんの声が、

「どうも有難うございました。色々なご意見が出ましたが……」

というのが耳の中で破裂した。

私はレシーバーを引き抜いた。黄シャツのおにいさんの怯《おび》えた顔が、私の形相のものすごいことを教えている。

「すみません」

「相すみません」

「どうも、申しわけないことで……」

「皇太子さんの挨拶のあたりで延びまして……」

「そのため七分も時間が押してたもんですから……心をオニにして切らせていただきました……」

テレビ局の人々は口々にいった。

「では私は皇太子のためにチョン切られたと、そう解釈していいんですか！」

「いや、皇太子さんのせいというわけではありませんが、佐藤首相が、これまたゆっくりと朗読しましてねえ」

「では皇太子と佐藤首相のためですね！」

ついに相手方は黙した。せっかくここまで機嫌をとって来たのに、最後にすべての苦労が水泡に帰した、という沈黙である。

「どうか、ひとつ、お手やわらかに」
「何とか、ごかんべんを……」

贋マゾヒストの手紙

ああ、私も人がいい。人がよすぎるからこんなことになる。人がよすぎるからオニになる（ちっともおかしな理屈じゃない。ちゃんと私なりに筋は通っている）。私は二分間しゃべってチョン切られるために、わざわざ嫌いな飛行機に乗ってこんな所までやって来た。私の話が三十秒でも延びるとひとに迷惑がかかると思って、夜中の二時までかかって、四分に納まる感想を考えた（大した感想でないにしてもだ、とにかく一生懸命にやった）。

私はトボトボと帰途についた。もはや憤激の嵐は私には訪れぬ。あるいは私の顔はパビリオンの行列に並んでいた人のそれと同じであったかもしれない。すなわち隠忍の顔だ。人間が機械や時間に駆使される時代に生きる人間の顔だ。

我が家へ帰って数日して、K×テレビの人から手紙が来た。さる日、平身低頭スタイルで私をおびき出しに来た贋《にせ》マゾヒストだ。

「先日はお忙しい中をご無理を申し、わざわざお出かけいただきまして有難うございました。おかげさまで、好評で一同、有難く感謝しております……」

　このときになって私は俄然、アタマに来た。隠忍が消し飛んで憤激の大爆発が起った。

「好評とは何だ、好評とは‼」

　私は叫んだ。四分を二分にチョン切ったのがよかったというのか！

　それから私は口をつぐみ、秋風吹く我が荒庭を眺めて改めて毒づいた。

「なにが進歩と調和だよう！」

　その声は空しく、スモッグ立ちのぼる曇天に消えたのである。

「文藝春秋」一九七〇年十一月号

オンバコのトク

愛子の自選傑作小説ベスト3

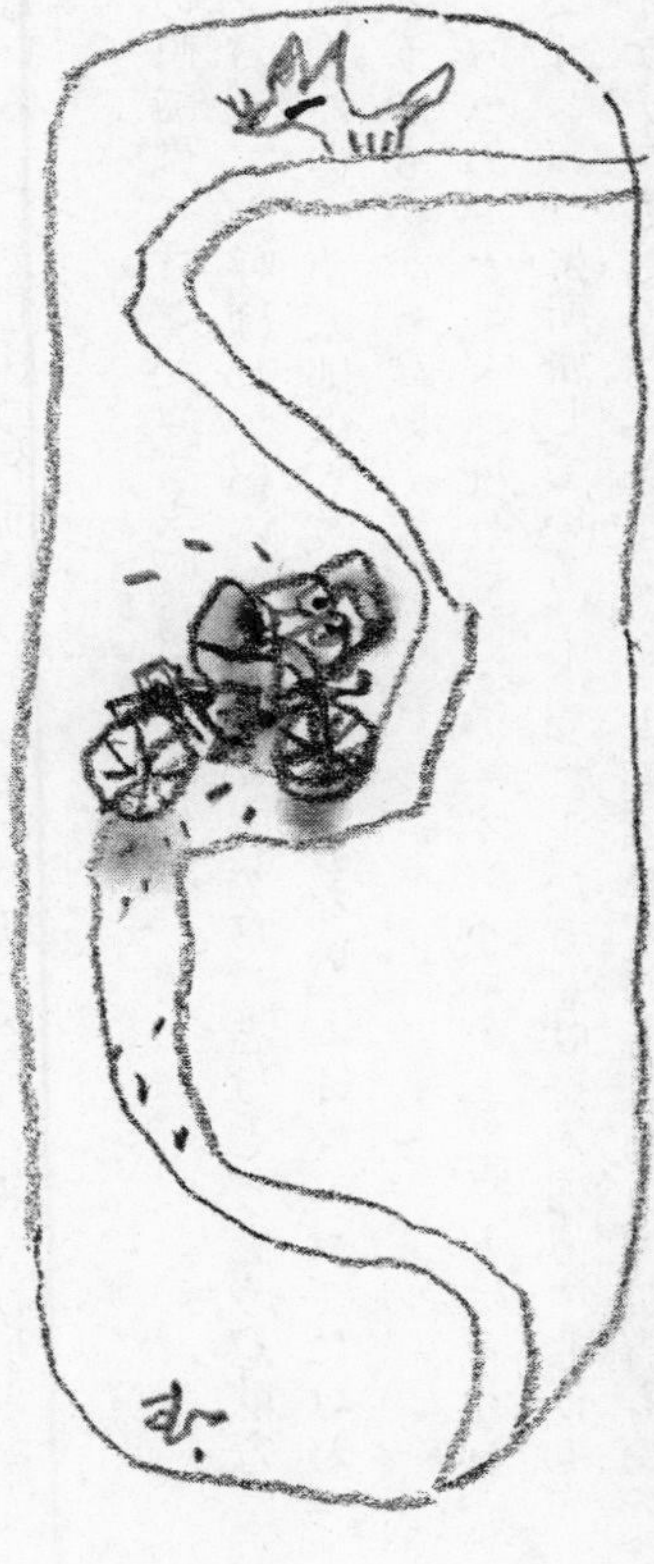

村上豊・画

1

小村徳太郎は小村トメの息子である。

兄に英吉がいる。

その他に木田英四郎という兄と、タマという姉がいる。木田英四郎とタマの父親は木田英助である。

英吉と徳太郎の父親は誰かわからない。

徳太郎には妹もいる。しかし妹の名前はわからない。妹の父親の名もわからない。

小村トメはこの町では「オンバコ」と呼ばれている。

いつから「オンバコ」と呼ばれているのか、「オンバコ」とはどういう意味なのか、誰にもわからない。徳太郎にも英吉にもわからない。「オンバコ」にはわかっていたのかどうかもわからない。

徳太郎は「オンバコのトク」と呼ばれている。「オンバコのトク」とは「オンバコのところの（オンバコに所属している）トク」という意味であろう。しかし英吉はただ「エイケチ」もしくは「エイケツ」と呼ばれるだけである。英吉も徳太郎と同じくオンバコの息子であるが、「オンバコのエイケチ」とは呼ばれていない。

小村トメの母親は天草の人間だという。名前はわからない。

徳太郎はこの祖母のことを「うちのマゴばあさん」という。徳太郎は祖母の名前を知らない。年も知らない。

小村トメの父親の名もわからない。トメも徳太郎も英吉もそれを知らない。

小村徳太郎は大正九年に生れた。

生れた月日はわからない。

生れた場所は北海道ウララ郡ウララ町チキシャブのオニゴロシの浜だという。

しかし「オニゴロシの浜」という名の浜は、ウララ町の地図を探してもどこにもない。

古老に訊《き》いても、

「知らね」

という。

「ウララ町にはババゴロシという地名はあるが、オニゴロシというのは聞いたことねえ」

と古老はいう。

オニゴロシはババゴロシの間違いではないかという人もいる。ババゴロシはウララ町から北東のニシュウチヤへ向う山の中である。昔、出稼ぎに出た息子の後を息子恋しさの一念で追って行った老婆が、山道に迷って谷底に墜死した、その場所をババゴロシというのだ。

徳太郎はチキシャブのオニゴロシの浜の、ドングリの葉蔭で生れたといわれている。この地方ではイタドリのことをドングリという。

太平洋から吹き上げる上風《かみかぜ》と、アポイの山から吹き下ろす下風《しもかぜ》に揉《も》まれて、この町の海岸沿いには樹木らしい樹木は育たない。風に痛めつけられて屈《かが》まった柏《かしわ》の木と、ばかでかい葉を粗々しく重ねているイタドリばかりが生い茂る。

そのイタドリの葉の重なりの蔭で、徳太郎は生れたという。

たまたま昆布拾いに海岸へ来た老婆が赤子を産んでいるオンバコを見つけ、そのへんに転がっていた欠茶碗《かけぢゃわん》を拾って臍《へそ》の緒を切り、イタドリの葉っぱに包んで渚へ行って海の水で洗った。それから自分の腰巻を外し、それで赤子を包んで連れて帰った――。

それが徳太郎の誕生について知られているすべてである。徳太郎という名は誰がつけたのか、わからない。

その老婆もどこの誰か、わからない。

徳太郎がどんな子供であったかを知っている人は誰もいない。徳太郎には幼な友達というものが一人もいない。彼は小学校へ上っていない。

オンバコは年中、徳太郎を背中に背負っていた。片時も離したことがなかった。徳太郎はまるで、オンバコの背中に出来た瘤《こぶ》のようだった。嵐《あらし》の日、吹雪の夜、誰も泊めてくれる人がいない時は、馬小屋や橋の下で寝た。オンバコは背中から徳太郎を下ろしてしっかりと懐《ふところ》に抱いた。そのオンバコとトクの背中には氷が張った。

オンバコは徳太郎にいった。

「お前はアタマいんだから、ガッコ行かなくてもいい。オレがおぶって歩くんだから」

オンバコは徳太郎が歩けるようになってもまだ背中に背負っていた。それで徳太郎は海辺に育ったのに泳ぐことが出来ない。読み書きも、数の計算も出来ない。時計を見ることも出来ない。

学校へ行く年になってもオンバコはまだ徳太郎をおぶっていた。

ウララ小学校の工藤先生は徳太郎にいった。

「小村徳太郎、明日からガッコい来なさい。私が本も帳面も買ってあげるから、家へ帰らないで、小使いさんと一緒にガッコへ泊ってもいいから、これから一年生の生徒として一番おっきな生徒と一緒に坐りなさい」

そのとき徳太郎は幾つだったのかわからない。

徳太郎が学校へ行くと、オンバコは徳太郎を探しにやって来た。徳太郎は運動場を逃げ廻り、便所の中に隠れた。授業時間になるとオンバコはひとつひとつ教室を覗《のぞ》いて廻った。といっても教室は全部で三つである。

オンバコは徳太郎を見つけた。

「この野郎、また生徒ン中入ってナニしてんだ！」

徳太郎は教室から引きずり出されて、殴られた。

町の子供たちは徳太郎を見ると、

「ヤーイ、ヤーイ、ホイトッ子！」

と悪態《モン》をついた。オンバコは、本気で怒ってどこまでも子供を追いかけた。

「このショッタ者が！」

拳《こぶし》をふり上げて威嚇《いかく》した。

徳太郎の姉のタマは誰にも相談しないで、芸者になって祭の山車《ヤマ》に乗った。

「オンバコ、あんたの娘、山車に乗ってるよ」

と町の女がいったので、オンバコは怒って海の中へ入って行った。

「なーに、誰が止めたって、上らね」

そういって、どんどん入って行った。

タマは、

「なーに、誰が何したって芸者やめね」

といった。

オンバコは臍まで海の中に入ったが、死ぬのを思い止《とど》まって上って来た。

「芸者なんぞになって、オラ、恥かいた」

とオンバコはいった。

戦争が始って徳太郎がエトロフ島へ行くことになった時、オンバコは、

「ヘイタイさん、ご苦労さん！」

といって徳太郎に敬礼した。徳太郎はどうしても兵隊に行きたかったのだが、

「お前じゃ兵隊に行ってもテッポ撃てないべ」

といわれて、エトロフ島へ雑役に行かされることになった。

「おっかさん、オレ、ヘイタイに行くんでないんだよ」

徳太郎は訂正したが、オンバコは、

「ヘイタイさん、ご苦労さん！」

とまたいった。徳太郎は、

「ではおっかさん、行くがー……」

といって、オンバコと別れる悲しさに涙をこぼした。

徳太郎はエトロフ島で穴を掘ったり、守備隊の病兵の看護をしたり、屍体《したい》を海岸で焼いたりした。しかしそこはエトロフという島だったか、クナシリだったか、本当はよくわからない。

マゴばあさんが死んだのは徳太郎が幾つの時のことだったか、わからない。

オンバコが亡くなったのも、幾つの時だったかわからない。

英吉も死んだ。

妹はどうしているのかわからない。

徳太郎は一人で、チノミウリの鉄橋の下に住んでいる。

2

徳太郎はシリエトの秋祭で「東京の女」と出会った。

東京の女が何者なのか徳太郎は知らない。名前も年も知らない。東京から何の用があってこのウララへ来ているのかもトクは知らない。

「トクさん……」

東京の女は徳太郎の名前を親しそうに呼んだ。

「この間、市丸で会ったわね。私のこと憶《おぼ》えてる?」

徳太郎は、

「うん」

といって横を向いた。

「ほんと?　憶えてるの?」

「うん」

横を向いたまま返事をした。

市丸というのはウララ町の官庁街ともいうべき「ウララ十字路」のバス停横のヤキトリ屋である。役場へ福祉の金を貰《もら》いに行った帰り、徳太郎が自転車を押して市丸の前まで来ると、店の中から声がかかって徳太郎は呼び止められた。

呼び止めたのは市丸の主人の市丸五助である。昔、徳太郎は市丸五助の父親の多助に可愛がられて、イカの足をよく貰った。イカの足が頭よりも好きだというわけではない。

「トク、イカ食うか?」

といわれて遠慮して、

「足がいい」

と答えた。それからというもの、市丸では息子の代になっても徳太郎を見ればイカの足をくれる。

店の中に入ると、カウンターの椅子《いす》に、白い帽子をかぶった女が腰をおろしていた。五助がイカの足を焼くのを待ちながら、徳太郎が見るともなしに見ていると、女は生ビールを飲み、口に咥《くわ》えたヤキトリの串《くし》を横に引きながら徳太郎を見た。

「この人が有名なトクさん?」

女は馴《な》れ馴れしくいった。

「太鼓の天才って、あなた?」

女は徳太郎の思惑には取り合わずにいった。

「一度聞きたいわ。トクさんの太鼓……」

徳太郎が黙っているうちにイカの足が焼けたので、徳太郎はそれを新聞紙に包んで貰って市丸を出た。

「そのうち、太鼓聞かせてね」

という涼しい声が耳の中に流れ込んだ。

東京の女は今日もこの前と同じ白い正《しょう》チャン帽をかぶり、黒いズボンに白いセーターを着て、シリエト神社の鳥居の前に立って笑っていた。

「今日、ここのお祭だからトクさんが太鼓叩《たた》くんじゃないかなと思って、来てみたのよ」

女はいった。

「太鼓叩く？」

徳太郎はいった。

「いや、叩かね」

「どうして？」

「叩かなくてもいいっていうんだ」

「誰が?」

「神社にいる人だよ」

「神社にいる人? 神主さん?」

「そうじゃあないよ」

「じゃあ誰?」

「誰だがしらねけど、太鼓叩かなくていいっていうんだよ」

徳太郎は女の方を見ないようにしながらそれだけいった。

「どうして? どうしてそんなことをいうのかしら。なぜトクさんに叩いてもらわないのかしら」

「叩かなくてもいいってね。そういうんだよ」

女は徳太郎より背が高い。徳太郎はちらっと女の顔に目をやって逸《そ》らした。

シリエトはウララ町の西の外れに近い、小さな漁港を持つ百軒ばかりの漁民の集落である。ウララ町の秋の祭礼は、九月の初めから中旬にかけて、各集落ごとに順を追って行われ、最後は九月十五日のウララ神社の大祭で秋の祭礼はすべて終了する。

シリエトの祭の前日は、シリエトの東隣の集落、イカタイの祭礼だった。そしてその前はシリエトの西の隣、オニウスの祭礼があった。徳太郎はイカタイでもオニウスでも太鼓を叩いた。エプエとムコチでは叩く太鼓が備えられていないので叩かなかった。

シリエトに太鼓がないわけではない。だがシリエト神社で供え物のアキアジを三方《さんぼう》に乗せるために、半紙の皺《しわ》を伸ばしていた親爺《おやじ》は、向うを向いたまま徳太郎にいった。

「今年は太鼓は出さね」

「どしてだあ?」

「倉庫から出すのがメンドくさい」

シリエト神社は街道に沿った新築の神社である。二年前に新築するまでは、現在の社の背後の山の上にあった。下から社まで行くのに、百十段の石段を上らなければならない。それを億劫《おっくう》がって参詣する漁民が少くなって行くので、自治会長が思案した結果、社《やしろ》を下の街道沿いに下ろすことにしたのである。

新築の社は街道に向ってコンクリートの鳥居が立ち、細い玉砂利の参道が真直に通っているその奥にある。社の規模に較べて、鳥居は立派すぎるかもしれない。賽銭箱《さいせんばこ》はなくて、社の開き戸に郵便受のような口が開いている。社の開き戸には平素は大きな南京錠が掛っているが、今日は左右に開け放たれ、中で七、八人の漁師が車座になって酒を飲んでいるのが見えた。

秋祭にふさわしい晴れ上った日である。海の青と空の青は、子供の貼絵のように単純な濃淡に分れ、それぞれの青さで光っている。街道を挟んで向き合う低い家並は、祭礼の提灯《ちょうちん》とか菊の造花を門口に懸けて、午《ひる》近い太陽の真下で静かである。若者たちの神輿《みこし》の声が低い家並の背後からワッショイッワッショイッと聞えて来るが、姿はまだ現れない。

「トクさん、神社でお神酒《みき》いただいた？」

東京の女はあやすような声で訊《たず》ねた。

「いや、飲まね」

徳太郎はまだ横を向いたまま答える。間を置いて少ししゃべった。

「昨日はイカタイの祭だったんだ。イカタイで、『トクさん、太鼓やってくれ』っていうもんだからね、一日叩いて、夜、酒飲ましてもらって今朝になったんだ。うちへ帰るのも面倒《メンド》だからと思ってそのままここへ来たら、昨夜の宵宮で飲んだ湯呑だの皿だの、ひとりで片づけているじいさんがいたから、可哀そに思って手伝ったんだよ」

「そうなの、それはご苦労だったのねえ」

女は母親のようにいい、

「手伝ったのにお酒、飲ませてくれないの？」

「イカタイじゃ、て（い）っぱい飲ませた上に、小豆《あずき》の握り飯《ママ》も食え、それ、秋アジの鍋も食えってね。そんなにいっぺんに食えねえから、握り飯《ママ》三つ、新聞に包んで持って来たのをここで食ったんだ」

「お茶は？」

「お茶なんかないよ」

女はいった。

「いいわ、待ってなさい。トクさん、私が行って何か貰って来るわ」

「いいよう、そんなものオレ、飲みたくねえよ」

トクはいったが東京の女は、砂利道を走って行き、社の段々の下から中の男たちにいった。

「すみませんけどねえ、お酒少し下さいよ」

「酒か、いいよ、やるよ」

「なんぼでも飲めよ、樽《たる》ごとやっか」

「ここへ上って飲めばいいよ」

「いいの、向うで飲むから。それから肴《さかな》も何かちょうだい」

「イカの刺身がある。これ持ってくか。焼いたのもあるぞ」

「両方ちょうだい。浜で飲むの。その方が気分がいいんだもの」

東京の女と漁師たちが、そんなふうに大声にいい合うのが徳太郎の耳に聞えて来た。女は両手に五合瓶と湯呑と、イカの入った紙皿を抱えて戻って来た。

「トクさん、貰って来たわ、ほら、浜へ行って飲まない?」

「うん……でも、オレ……いいよ」

「遠慮しないでよ。折角もらって来たんだから……」

「うん」

東京の女は街道を横断し、漁師の家と家の間を縫って、砂浜へ出た。その後ろから徳太郎はついて行った。東京の女はひと月前の暴風雨が運んで来た、砂浜の埋れ木に腰をかけた。

「さあ、トクさん、飲みましょう」

「うん」

徳太郎は女の足許《あしもと》から少し離れた砂の上に坐って、女とは反対の方に顔を向けている。女は湯呑に酒を注いで徳太郎に渡した。

「お刺身もあるよ、ほら」

徳太郎は湯呑を受け取って大事そうに顔をさし出し、唇の真中でほんの少しチュッと酒を吸い上げた。

「あーあ、いーい酒だなあ……」

思わず溜息をついた。そしてまた、飲むのを惜しむように、そーっと湯呑に口を近づけて、ほんの少しチュッとすすった。

「トクさんの家、どこ?」

「オレの家はチノミウリだ。チノミ川のすぐそばの、海のそばだ」

「そう……ここから遠いのね」

徳太郎はそれには答えず、

「ずーっと若い頃、オレはこのシリエトの港でツミトリしてたことがあるんだよー」

と呟《つぶや》くようにいった。

「ツミトリてのは、木材をイカダにして、沖の親船まで運ぶんだ。昔はこの港は賑わったもんだよう。山から木を切り出して、どんどん、ここから運んだもんだ。それは賑やかだったんだよう。あんときは、釜から飯《ママ》を食ったもんなあ……」

徳太郎は遠い幸福を偲《しの》ぶように水平線に向けた目を細めた。

「釜から飯《ママ》、食ったもなあ……」

「釜から？　そう……」

女は徳太郎の横顔に目を向けた。

「たいていは芋とか、貰って来た団子とか、乾飯《ホシママ》とか……ひとつにして煮たやつ食うんだよ」

「ふーん、そうなの」

女はいった。

「あんまりうまそうじゃないわね」

「うん、うまくねえ」

女が笑ったので、トクは少し打ちとけた気持になった。

「だけどオレは毎日飯《ママ》食べなくてもいいんだよ。三日も四日も食べなくて平気なんだ。食うときは一週間分くらい食うけどね」

「そうなの？　それは都合よく出来てるのね」

と女はまた笑い、自分も酒を飲んだ。

「ねえ、トクさんの家ってどんな家?」

「オレの家は寒いのよ。今はいいけど越年《オツネン》になったら飯《ママ》もなにもカチンカチンにしばれてしまって下から風は入る、上から猫は落ちてくる……」

「どうして猫が落ちるの?」

「猫も寒いんだべし」

「猫飼ってるの? トクさん」

「どっから来たんだか、集ってニャーゴラニャゴラ鳴いて、どたンといったら猫の野郎、落《オ》ってんのよ」

女はまた大きな声で笑った。女が笑うたびに徳太郎の気持は少しずつ開けてくる。

「ねえ、トクさん。トクさんのこと、どうしてオンバコのトクっていうの?」

「みんな、うちのおっかさんの名前知らないからオンバコっていうんだよ。小村トメっていうんだけど、みんなそれを知らないんだ」

「だからオンバコっていうのはどういうことなの?」

「だからさ、おっかさんの名前、みんな知らねからオンバコっていうんだよ。

おっかさんの名前は小村トメ。オレは小村徳太郎だ。死んだマゴばあさんがいったよ。トク、お前の名前がうまくないんだ。小村徳太郎。ソンばっかりしてダメだ。あんまり人がよすぎるんだ。何でもやってくれっていわれるとホイホイいってやる。やらせる時ばかり明日来い、はア金もくれる米もくれる。やっちまったらぜーんぜん。だからオレ、バカくさくてやってられねえからやめちまうんだ。そしたらみないうんだ。トクは何やっても途中で投げるからダメだ、って……」

「そうなの、トクさんっていい人なのね。それでトクさん、しつこいようだけどオンバコっていうのはどういう意味なの？」

徳太郎はそれには答えず、酒をチビリチビリ飲んで、水平線の、もっと遠くを見る目になった。

「うちのマゴばあさんは天草の人なんだ。いーい声なんだよう。飯《ママ》あったためるこれくらいの籠《かご》の中にオレさ入れて、こうやってゆすりながら、オレの守りをしてくれたんだ。マゴばあさん、飴《あめ》売りをしてたんだよう。頭に平らな桶上げて、クルクルーッと廻る風車つけて、小太鼓叩いて歌ったんだ。

〽アメはァ　かえりィ

おさかで　なめりゃァ

きょうとの　はてまでェ
甘いものォ……
ってね、歌ってね」
徳太郎はしゃべり始めた。
「マゴばあさんは歌が上手《ジョズ》でね、
〽松のォォォォ
馬のたづなをォ
青よ、これからァ
おじさんのォォ
借金を払って歩くだよォ
って歌えば、馬はピーンと耳立てたもんだ。うちのかあさんの兄さんのね、小村安太郎という人の借金、毎日毎日、馬に乗ってね、払って歩いたんだよ。うちのマゴばあさん。そして崖から河へ落ちたんだ。馬でもやっぱしキィーキィーって泣いたってよ。柳にひっかかって死んだんだ。
うちのおっかさんは背は高くねえけどね。どこまで行っても、どこへ泊っても、オレばちゃんと抱いて寝てくれたかあさんだよ。かあさんはいつもいってたよ。お前はとてもいい子であった。お前はホントはアタマいいんだからって。うちのかあさんもいーい声だったんだよう。

〽アメはァ　かえりィ
　おさかで　なめりやァ

ってね、マゴばあさんの歌った歌、思い出して歌いながら畑の草取りしたんだよ。いーい声だなァ、誰が歌ってんだか、と思ったらうちのかあさんだ。みんな道に立って聞いたんだよう。……」

徳太郎の声には子守歌を歌う母親の優しさがある。それは打ち寄せるのどかな春の波音のようでもあり、草原を渡って来るそよ風のようでもある。

東京の女はそれに聞き惚《ほ》れた。

3

オンバコは函館の老人ホームで死んだ。

オンバコが老人ホームへ行くとき、徳太郎は町田旅館の建前を手伝っていた。

建前では神主が来て祝詞《のりと》を上げる。

それから紅白の幕張って、餅を撒《ま》いて、魚、野菜、神さまに上げたいろいろな物をひとつにして大鍋で炊いて食べ、酒を飲む。歌を歌い、手を叩いて囃《はや》す。

そのときオンバコは、それまで徳太郎が見たこともなかったようないい着物を着て、病院の看護婦と二人で現れた。看護婦もまた白衣でなく、紺の洋服の胸にバッジをつけていた。

「小村徳太郎さん……この人の息子さん、いますか?」

と看護婦がいったので、徳太郎は慌《あわ》てて答えた。

「何の用だい。ここは今、建前で、たいしたおめでたいとこなんだよう……」

するとオンバコは徳太郎をじっと見ていった。

「トク、オレどこへ行くんだかわからねんだけど、看護婦さんが連れて行くっていうから行くよ」

看護婦がその後を引き取っていった。

「函館の養老院へね。本人が行きたいっていうから連れて行きますよ」

徳太郎は看護婦に向っていった。

「ここに立派な息子というものがいるのに、それに兄貴もいるのに、なぜそんなことするんだあ」

「でも、本人が行きたいっていってるのよ」

看護婦は冷然といった。

「たとえ本人が行きたいっていったって、どこさ行くんだかわかりもしない者が、いくら生活の金もらったからって、行きたいっていうものかい……」

徳太郎が怒ったので、オンバコはいった。

「徳太郎、お前《マイ》も元気で暮せよ。オレは行くからな」

「どこ行くんだよう、かあさん……」

「どこだか知らねえけども、看護婦さんが連れて行くっていうから行くよう……」

そうしてオンバコは看護婦に肩を押されるようにして去って行った。それが何年何月のことだったか、わからない。

「じゃあ、かあさん。仕方ねから行ってこいよう。いずれはまた興行で行くかもしんないから、そのときは何か口に合うものいろいろ持って行くからなー」

徳太郎はオンバコの後姿に向っていったが、オンバコはそのままふり返らずに、ただ肯《うなず》いて行ってしまった。オンバコは背の高い看護婦の半分くらいしか背丈がなかった。

その後、徳太郎は時雨《しぐれ》湯でカマ焚《た》きをやっていた。それからカマ焚きをやめてチンドン屋をやった。町へ来たサーカスについて網走や旭川や留萌《るもい》を廻った。外にもっと沢山《たくさん》の町を廻ったが、その全部はわからない。

またある日、時雨湯に戻ってカマ焚きをした。それから釧路へ行った。

釧路では紙芝居屋の家に住み込んだ。飴を作ったり、親方の後ろから自転車に紙芝居を乗せて押して歩いたり、拍子木を叩いたりした。その合間に紙芝居の説明の稽古をした。

親方は帰って来ると必ず将棋をさしながら酒を飲んだ。飲むと動けなくなって、徳太郎が背負って二階へ連れて上った。そのうちに親方は仕事に出ず、徳太郎が一人で紙芝居をするようになった。

ある日、徳太郎が帰って来たら、親方と細君が目を赤くして洟《はな》をかんでいた。

「どうしたんだい、親方、泣いてるのかい？」

徳太郎が訊《き》くと、親方はいった。

「トク、あのな、お前……どんなこと聞いてもびっくりするなよ」

「びっくりするなといわれたって、聞いてみねえうちは何ともいえないよ」

徳太郎がいうと、親方はまた新しい涙をこぼした。

「お前のおっかさん、死んだんだよ……」

親方はそういって、函館の老人ホームからの死亡通知書を見せた。それから親方は、

「トク、お前、悲しいだろう、遠慮せずに泣け」

といった。

「明日か明後日《あさって》か、やのあさってか、お骨《こつ》を取ってやるからな。お前はどこも行かないで、ここを死ぬ場所と思ってここで暮せばいいよ」

と親方はいった。

徳太郎は表へ出て、蜜柑《みかん》の空箱を探して来て、銀紙を買って中に貼った。親方がいつ骨を引き取ってくれてもいいように、仏壇を作ったのだ。

それから又、毎日、紙芝居をした。親方は徳太郎にお前は阿寒《あかん》を廻ってくれ、といった。それで徳太郎は紙芝居の道具と飴の入ったガンガン（石油缶）を背負って、汽車に乗って阿寒へ行った。

今日か明日かと待っていたが、オンバコの骨はいつまで待っても届かない。老人ホームへ金を送らなければ、向うからは送ってくれないのである。親方が送ってくれなければ徳太郎には金がない。あっても字が書けない。

徳太郎は親方にいった。

「親方、オレ、ここにいればおっかさんの骨、取ってくれると思ってがんばってやってるが、取ってくれるものか取んないもんだか、わからないから、すんませんが暇下さい」

するると親方はいった。

「お前、行くのか、トク。ずいぶん人の常識がねえな。お前という男は恩というものがわからないもんだね」

徳太郎は銀紙を貼った蜜柑箱を背中に背負った。

「オレはそういう正しくない人の下では働けないから暇下さい」

徳太郎は親方から一銭の金も貰《もら》ったことがなかったので、ウララ町へ帰りたいと思っても帰ることが出来なかった。それで仕方なく阿寒まで歩いた。

阿寒まで歩いた徳太郎は、阿寒の小野という肉屋に住み込んだ。

小野肉屋の親爺《おやじ》も酒飲みだった。細君と娘が肉を拵《こしら》えている傍《かたわら》で、豚の臓物で商売用のヤキトリを焼きながら酒を飲んだ。

小野肉屋の親方は、徳太郎のことを「トク」と呼ばないで「タロちゃん」といった。そこには大きな犬がいて、それも「タロ」という名前だった。

「タロちゃん!」

と親方が呼ぶと、犬が尾をふって「ワン」といい、徳太郎が、

「何だい」

といった。

親方は徳太郎を豚殺しに連れて行った。

雪の中を親方と徳太郎は、馬橇《ばそり》を引っぱって山の奥へ入って行った。馬橇は馬が曳《ひ》くもので人間が曳くものではない。徳太郎はそれを引っぱってどんどん歩いていった。

腹が減ってならないが、どんどん歩いた。漸《ようや》く山奥の一軒家に辿りついた。そこでは百姓をしながら豚を飼っている。

豚は殺されることを予感して、キイーキイーッと鳴いた。小さな黒い目がピカーッと光った。脚を縛って木にぶら下げる。反り返った咽喉《のど》を出刃庖丁《ぼうちょう》でスッと切る。血がダーッと流れて雪に染《し》み込む。血はどんどん流れ出て、やがて赤黒い細い筋になり、滴《しずく》になって止《や》む。

木から下ろして皮を剝《は》ぐ。大きな鋸《のこぎり》を首に当てがってゴシゴシ切って落とす。脚も切り取る。臓物を取り出す。それらを皆、馬橇に乗せて引っぱって歩き出す。

親方は農家で酒を飲んでいる。

「お前、先へ行け」

と親方はいった。肉が温かいうちに検査場へ持って行って検査済の判コを押して貰わなければ、肉が凍ってしまうと認めて貰えない。徳太郎は腹が減って目の前が昏《くら》くなり、何度も脚がもつれた。


徳太郎はコタノガ炭山へ豚肉を売りに行かされた。豚肉の切身を包みにしたものを何十も箱に入れて背中に背負った。

「こんちは。毎度ありがとうございます。阿寒の小野肉屋の、わたしは若い者です。肉持って来ました」

親方に教えられた通りに丁寧にいった。親方は肉が全部売れたら、その売り上げの一割をやるといった。徳太郎は腹が減ってならないが、肉が全部売れないので食物を買うわけには行かない。腹が減ってまた脚がもつれた。目が廻って来た。

――まさか、オレ、なんぼバカでも売り上げからもの買って食うわけに行かね……。

徳太郎は思った。

ヘトヘトになって歩いていると、子供連れの女が通りかかった。

「奥さん、わたし、阿寒の小野肉屋の若い者だけど、肉、買いませんか。買わねなら全部、あげてもいいよ」

女は立ち止って、

「肉？　見せて」

といった。そして女は箱の中の肉を全部買って、釣銭はいらないといった。

徳太郎はその釣銭でパンを買って食べた。

徳太郎が帰って来ると、親方はヤキトリを焼きながら酒を飲んでいた。酒を飲みながら売り上げを勘定した。徳太郎は親方にいった。

「親方、オラ、腹減ってとっても目が廻って歩けなくなったで、一番安いパンがあったから、それを買って食べたよ。釣銭三銭、いらねえって女の人がいったもんだから」

親方はしげしげと徳太郎を眺めて太い鼻息と共にいった。

「どういうもんだか……お前は全く……どこまで行っても正直だなア……」

「そうだよ」

と徳太郎はいった。

ある日、親方の細君が訊いた。

「タロちゃん、どしたの？　なんか心配ごとでもあるのかい？」

丁度そのとき徳太郎はオンバコの骨のことを考えていた。

「おかみさん。オレ、おっかさんの骨、引き取りたいんだよ。オレのおっかさんの骨は函館にあるんだけど、オレは字も書けねし、金もないから、どうしたもんだかと思ってね、毎日考えてるんだよ」

徳太郎が渡した老人ホームの通知書を細君は見ていった。

「お前はよく働くから、私が特別にお金を送って、おっかさんの骨は貰ってあげるよ」

間もなくオンバコの骨が函館から送られて来た。骨は木箱に入って、白い布で包まれていた。外側は厚紙で包装され、「取り扱注意」の札が附いていた。

徳太郎はオンバコの骨を山奥の寺に預けることにした。甕《かめ》を買って来て、木箱の骨を移し変えた。

「おっかさんやい、オレはまだ当分、小野さんのところで働かねばなんないから、すまないけれどもおっかさん、山の寺に預けるよ、いいかい」

骨は甕に納った。徳太郎はそれを背に負い、紅白の団子とリンゴを買って、市街を外れて山道を登って行った。

山奥の寺では狐に鶏を盗《と》られたといって、住職が箒《ほうき》をふり上げて走っているところだった。徳太郎が、

「こんにちは」

というと住職は追いかけるのをやめた。

「おすさん、すまねけれど、お骨、預かって貰いてと思って来たんだが」

徳太郎は甕を背負ったままいった。

「すまねけれど、立派なお釈迦さんのところへ祀《まつ》ってくれるかい」

「いいとも、いいとも」

住職は奥へ入って袈裟《けさ》をつけて現れた。甕を祀り、紅白の団子とリンゴを供えて経を上げた。

徳太郎は夜道を歩き通して、夜が明けた頃に小野肉屋へ帰って来た。

親方はまだ酒を飲んでいたが、徳太郎を見るといった。

「今日はこれから豚殺しに行かきゃなんねぞ」

豚を殺したり、売りに行ったりして、何年経ったかトクにはわからない。親方はだんだん酒癖が悪くなり、酒に酔うと喧嘩をして警察に連行されるので、その

度に徳太郎は貰い下げに行った。

外の人に乱暴をすると警察に連れて行かれるので、親方は徳太郎に向って物を投げるようになった。

「出てけ！　このバカタレ！」

と親方は徳太郎にコップを投げた。

コップは徳太郎の額に当った。

「親方、そんなことといわねで」

と徳太郎はいったが親方はまた皿を投げた。

それで徳太郎は小野肉屋を出た。

4

徳太郎は紙芝居屋、風呂屋のカマ焚き、チンドン屋、見世物、劇場の旗持ちや幕引き、ビラ配りなどの外に、墓掘りや町の焼場の屍体処理係もした。

チンドン屋をしていた時は、鉦《かね》の代りにフライ鍋を叩くのがうまくて評判だった。全道チンドン屋コンクールで、一晩中フライ鍋を叩いて二等になったこともある。

紙芝居屋をしていた時も、フライ鍋を叩きながらやって来た。字が読めないので、絵を見て勝手に物語を作るのが面白いと、人気があった。しかし数の勘定が出来ないので、釣銭をいい加減に渡す。それで商売が成り立たなかった。

町の焼場の屍体処理係をしていた時、死人に着せた着物を、翌日オンバコが着ていたという噂が立った。また妙齢の女が死んだとき、それを焼かずに朝まで抱いていたという噂も立った。「技師長」と呼ばなければ、焼き方に差をつける、という噂もあった。

大黒座の旗持ちやビラ配りをしていた時は「宣伝課長」といわなければ返事をしなかった、ともいわれた。

しかし浜館《はまだて》町長は役場の若い者に向って徳太郎のことを話すときはいつもこういって褒《ほ》めた。

「小村徳太郎、学校には上らず、何も勉強したわけではないけれども、芝居や浪花《なにわ》節《ぶし》を通じて会得したそれらの義理人情、信義に厚いことなど、見習うべきである」

浜館町長はまた、助役の頃、当直や残業の夜などに徳太郎を呼んで浪花節を唸《うな》らせた後、ラーメンやそばを取ってやると、自分は食べないで、ラーメンのどんぶりを持って母親に食べさせに走って行ったという話もした。町長はいった。

「無智な者ながら、この孝心を我々は見習うべきである」

徳太郎と英吉はカズコという女と三人で暮していたことがある。カズコは徳太郎と英吉との共同妻だったと町の人は皆、思っている。

カズコは初めは徳太郎の女だった。英吉が十円のパンを八円に値切って買って来て、徳太郎にそれを与え、「すまないけどカズコを一晩貸してくれ」といったという噂もある。

カズコをめぐって、兄弟喧嘩はしょっちゅうだ、相撲を取って勝った方がカズコを「やるんだ」と見て来たようにいう者もいた。

しかし浜館町長は「トクは童貞にちがいない」といっていた。光雲寺のだいこくも同じ意見である。

「トクはありゃ、キンヌキだべや」

という人もいる。町の運動場の塀の蔭《かげ》で、女の子にいたずらをした、という人もいる。それを聞いて、トクはそんなことはゼッタイにしない、と怒る人もいる。

ある時、徳太郎は冷凍人間になって死んでしまった、という噂が町に流れた。

徳太郎は三十万円貰って北大の実験で冷凍人間になった。一旦《いったん》死んだが生き返った。しかし又、死んでしまったという噂である。

それはウララ町の「ウララ報知」という新聞の一面に出た。

「小村徳太郎氏の死

日本医学界に貢献」

そういう見出しである。それを書いたのは「ウララ報知」の社長である佐竹青《せい》嵐《らん》である。

英吉は役場の坂本さんのところへやって来た。

「トクの金、貰いたいんだけど」

「トクの金って何だい？」

「冷凍人間になって死んだんで下った金だ」

「そんなもの、ないよ」

「トクは冷凍人間になって死んだので、お礼の金が下ったんだ」

「だからそんなことは役場は知らねえっていってるんだよ」

「学校へ半分寄附して、その半分が役場に残ってるんだ」

「だから、そんなものは一銭も入ってないんだよ！」

「トクの金、くれ!」

仕方なく坂本さんは、自分の財布から五百円札を一枚出して英吉に渡した。英吉はそれを持って帰った。

そのとき徳太郎は浅草の花屋敷の前の見世物小屋で働いていた。

徳太郎の芸名は「ピーマ」という名だった。だが特別に客の前で何かの芸を披露したわけではない。

「ただ今から女ターザンが、鶏を食べるところを行います。鶏から、蛇も食べます」

徳太郎はそんな口上をいった。親方は、

「ピーマ、もすこし、何とか、口上らしくやれや」

といった。

「女ターザンは、山の中に長い間、いました。山にいればマムシを食べるけれど、東京だから普通の蛇を食べます。蛇も皮なんか剝《む》かないんだよ。頭、投げて、クーと血を吸うわけね。ホントにやるんだから。看板にちゃんと書いてあるんだからね。その通りにやらなければ嘘ついたことになるからね。この見世物はインチキだということになれば警察は許さないからね。鶏は羽ついたまま、頭かじって血、グーッと飲んで、それからガリガリ食うんだよー。鶏は生きたまま食われるからね、コッココッコと鳴くんだ」

徳太郎はまた奥で太鼓を叩いた。女ターザンは昼夜五回にわたって鶏を五羽食べた。女ターザンは徳太郎が握り飯を食べているのを黙ってじーっと見た。

「おじさん、ピーマって何かい。八百屋で売ってるピーマかい。あのピーマは食べられるけど、おじさんは食べられないね」

「そうだよ、オレは食べられないよ」

女ターザンと徳太郎はそのような話をした。

「おじさん」

「ん？」

「何、食べてるの？」

「鶏の焼いたやつだよ」

「おじさんは鶏に味つけて食べるんだね」

「そうだよ、おかしいかい」

「おかしいよ」

そういって女ターザンと徳太郎は笑った。

ある日、徳太郎はウララ町へ帰って来た。徳太郎がウララ町に着いたのは日が暮れて間もなくである。町のとっかかりにある太田花屋へ、

「おばんです」

といって入って行くと、太田花屋はびっくりして大声を出した。

「トク、お前……冷凍人間になって、いつ生き返って来た？」

「親方、何だい、冷凍人間て……」

「トク、お前、冷凍人間になって死んだけど、一旦生き返って、また死んだっていう話、町の者で知らないもんはいねえよ」

「親方、オレは死んでないよ、生きてるよ」

太田花屋は慌《あわ》てて、

「ばあさん、表の戸を閉めろ」

と叫んで徳太郎を奥へ連れて入った。

「トク、今、お前の姿が見えたら、トクの幽霊が出たって町中、えらい騒ぎになるからな」

太田花屋はそういった。

徳太郎は生れて初めて、ちゃんとした畳の上に寝た。徳太郎を寝かせると太田

花屋は町長の家まで走って行った。

「町長さん！　トクが帰って来た！　トクは死んでないんだよ！」

太田花屋は玄関に上らぬうちから叫んだ。

冷凍人間の噂の元は何なのか、誰にもわからない。「ウララ報知」の佐竹青嵐は徳太郎が現れる数日前に心臓麻痺で急死したのである。

「オレのことなんか、いてもいなくてもよさそうなもんだが、オレがいなくなるとみんな思い出すのかなあ」

　と徳太郎はいった。

5

英吉は徳太郎の倍もあるような大男だった。

英吉は小学校へ行く代りに、本田牛乳屋で牛番《ベコ》をしていた。大きな握り飯《ママ》を二つと牛乳を一升貰って、毎日、牛番《ベコ》に出かけた。

「郵便自動車が通ったら、この弁当と牛乳飲むんだよ」

本田牛乳屋の細君にそういわれて、放《ママ》牛してある山へ行った。郵便自動車は通らないけれども腹が減ったので、握り飯を食って牛乳を飲んだら眠くなったので寝ていた。

すると牛が一頭、群から離れて山を下り、芋畑に入った。芋畑の持主が怒りに委《まか》せてそのへんの杭《くい》を引き抜いて山へ走って上ると、英吉はうまごやしの日溜《ひだま》りで昼寝をしていた。芋畑の持主は英吉の尻を杭で殴ったので、英吉は泣きながらどこかへ行ってしまった。

本田牛乳屋の細君が近所の人と一緒に探し廻ったら、英吉は山の上の熊笹の中で饅頭を食べていた。饅頭は近くの菓子屋でかっ払って来たのだ。

英吉は一度に八杯から十杯の飯《ママ》を食べなければ身が保てないのである。本田牛乳屋の細君は饅頭の代金を払い、そしていった。

「なんもお前は悪気でかっ払ったんでねんだから、いーいよ。お前は十杯も飯食わねばいられない身体《からだ》なのに、オレが食わせてやらなかったのがいけないんだ。罪に落さないから、その代り一所懸命に働けよ」

「うん」

といって英吉はまた牛《ベコ》番に行く。牛は、

「もーお」

と鳴いて英吉のそばへ寄って来る。

英吉は牛の乳房に顔を寄せて舐《な》めてやったり、抱いて撫でてやったりする。

「芋畑へ行っちゃなんねえぞー」

というと、

「ンもー」

と鳴く。

けれども本田牛乳屋が牛の数を減らしたので、英吉はオンバコと徳太郎のところに帰って来た。

そのとき英吉の年は幾つだったのか、わからない。

徳太郎と英吉は何歳ちがいなのか、わからない。

英吉が死んだ年もわからない。

英吉が死んだのは、オンバコが死んだ後だ。わかっているのはそれだけである。

その日、徳太郎は時雨《しぐれ》湯でカマ焚《た》きをしていた。木の皮や鋸屑《のこくず》をリヤカーで引っぱって来て焚口にほうり込んで焚く。灰をリヤカーに積んで浜へ捨てに行く。何度もそれをくり返した。何度目かに灰を捨てて帰って来たら、時雨湯の親方がいった。

「トク、今日はオレがカマ焚くよ」

「どしたの、親方」

徳太郎が訊《き》くと、親方はいった。

「トク、びっくりするな。お前の兄貴が今死んだ」

英吉はその日、神社の石垣を造る手伝いをしていて、石を抱え上げたまま、突然死んだのだ。

徳太郎が英吉に会ったのはその前の晩である。英吉はカズコと二人で徳太郎のいる千鳥アパートへ来た。徳太郎は英吉と喧嘩をして二人と別れ、ひとりで千鳥アパートにいたのだ。そこは汽車の線路のすぐそばで、もと海産物倉庫であった建物を、三つに仕切りしてアパートにしたものだ。

「何の用だ?」

と徳太郎が訊くと、

「べつに、何の用でもない」

と英吉は答えた。

「どこへ行くんだ?」

と徳太郎が訊くと、

「んー、うちへ帰るんだ」

と英吉は答えた。

「そうか、なら今晩、うちへ泊って行くか？」

「いや、帰る」

「したら風呂の券、やるから風呂へ入って帰れ」

徳太郎は時雨湯で給料代りに貰った券を英吉にやった。英吉はその券を千鳥アパートの隣の米屋へ持って行って古米と交換してもらい、二人でラーメンを食べ、焼酎《しょうちゅう》を二杯飲んで歌を歌いながら、米を背負って浜の小屋へ帰っていった。

英吉もオンバコの血を引いて歌はうまいのである。

「〽アメはァ　かえりィ

おさかで　なめりゃァ」

同じ歌を何度もくり返し歌った。その翌日、英吉は死んだのだ。

英吉が死んだことを聞いて、徳太郎はわあわあ泣きながら道を歩いた。

「トク、どしたんだ？　なに泣いてる？」

通りかかった男が声をかけたが、その顔も見ずに、

「兄貴が死んだんだよう……」

そういって又、わあわあ泣きながら歩いて行った。

ベッチャリの百姓木村為吉《ためきち》のマゴばあさんの目がだんだん見えなくなって行ったので、そのうち全く見えなくなった時、手を引っぱってもらおうと考えて女の子を貰った。その子がカズコである。

カズコはどこで生れたのか、親はどこの人間なのか、わからない。年もわからない。

カズコという名前は誰がつけたのかもわからない。

木村のマゴばあさんはカズコを可愛がって育てたが、息子も娘も、息子の嫁も、その子供らも、みんなでよってたかってカズコを虐《いじ》めた。カズコは物置きの中に入れられて、皆の残り物を食べさせられていた。

木村のマゴばあさんはカズコを憐んで、オンバコに頼んだ。

「どうかオンバコ、米一升と豆やるからカズコをお前の家へ連れて行ってくれないか」

それでオンバコは米と豆を貰って、カズコをオニウシの浜に近い小屋に連れて来た。

カズコの目は突然吊《つ》り上って黄金色に光ることがある。すると自分の頭髪を一本ずつ抜き始める。暫《しばら》くすると目は元通りになり、髪の毛を抜く手も止る。それはカズコが三つか四つの頃から始ったことだという。

それをくり返すうちに、前頭の毛髪はなくなってしまった。生えても生えても後から後から、毛髪は抜かれるのだ。それでオンバコはカズコの頭を古布で包んで後ろで縛った。

目が吊り上って毛髪を抜くときは、カズコに憑《つ》いている白い狐が暴れる時なのだと、不動寺の坊さんがいった。不動寺の坊さんは憑きモノを落す術に長《た》けているが、その術を施すにはカズコの生年月日が必要なのである。

「見ればまだ若いんだべさ」

坊さんはカズコを、と見こう見していった。

「十一、二三、四五六、七、八、か……九か二十か……いや二十三、四か六か……」

徳太郎も小さいが、カズコはその徳太郎よりも頭ひとつ小さい。子供のようにも、また年増女のようにも見える。

生年月日がわからないために、カズコは狐を落してもらうことが出来なかった。

カズコは英吉の妻として戸籍に入ったが、いつのことか、徳太郎にはわからない。それはあくまで生活保護の金を余分に貰う方便であったと徳太郎は考えている。しかし夫婦になった証拠にカズコは英吉のことを「とうさん」と呼んだ。

カズコを英吉の戸籍に入れるとき、役場の坂本さんは便法上カズコの生年月日を英吉のそれと同じにした。そもそも役場では英吉の生年月日もいい加減に作成しているのである。それは「大正六年十一月三日」である。

役場の坂本さんは英吉にいった。

「エイケツ、いいんでねえか。世間が何といったって、男のとこさ女入れば奥さんも同じでねかい。オレが認めるから抱いて寝るなり、どうでもすれ。オレが証人になるよ」

英吉とカズコは一体、どういう関係なんだ、と人に訊かれる時、徳太郎は答えた。

「うん、まあ、早くいえば夫婦と同じようなもんだという人もあるけども……ま、そうでないかとも思うけども……よくわからね」

「それでもトク、エイケツとカズコ、二人で寝てるとこ見たって人がいるぞ」

そういわれて徳太郎は答えた。

「オレとこはどんなことあったってお客さんくるわけでないし、布団だって余分にあるわけでないんだし、仕方ねから二人で寝てたんだべさね」


徳太郎と英吉とカズコは三人連れ立って、ガンガンを下げて墓所を歩いた。この地方では葬式の後や彼岸の頃には、葡萄の葉に赤飯や菓子を乗せて墓前に供える。徳太郎と英吉とカズコはそれをガンガンに集めては、オンバコにも食べさせ、自分たちも食べた。ずーっと長い間、そんな生活をしていた。

余った分は莚《むしろ》に乾《ほ》して貯蔵しておき、雪や雨の日はそれを煮て食べた。

英吉とカズコはとても仲がよかった。

徳太郎と英吉はよく喧嘩をした。

カズコは徳太郎を怖がっていた。

カズコはときどき、

「とうさん、ちょっと行ってくるよ」

そういって出て行った。あっという間に山を越えて遠くの方まで行ってしまう。英吉は心配して捜しに出かけた。

「あのやろ、また行きやがったな。こっちは飯食《ママ》いたくてハラ減ってんのに」

ブツブツいいながら、のたりのたり山を登って行く。カズコは山の中の、草がもうもう生えたところにいつも寝ていた。

冬が近づくと、英吉とカズコは町田旅館で薪《まき》造りの仕事をさせてもらった。英吉が木を切り、更に薪にするとカズコが束ねて軒下に積み上げる。

三時休みになると、お茶と饅頭が出た。英吉とカズコは木株に腰を下ろして、お茶を飲み、饅頭を食べた。

町田旅館の細君は並んでお茶を飲んでいる二人の後姿を見て思った。

――いったい、こういう人間同士は、どんな話をするものか……。

細君は納屋《なや》の中を片附けながら耳を澄ました。暫くしてカズコがいうのが聞えた。

「とうさん」

英吉がいった。

「なによ」

「今日は寒いねえ」

「お前、風邪ひくなよ」

「だいじょぶだあ」

二人はまた黙って茶を飲み、饅頭を食べた。

英吉は薪を割り、カズコはそれを束ねて軒下に積んだ。働いている間、二人は何もしゃべらなかった。

英吉がまだ生きている頃のことだ。カズコの腹がだんだんと大きくなって行った。木村為吉の息子の嫁と娘がそれに気がついて、産婆《さんば》会長の五十嵐《いがらし》ナミのところへ相談に行った。

「こんな女、子供もっても自分で始末も出来ないも。とっても子供、養って行かれないもね」

木村の嫁はそういって、五十嵐ナミに堕胎を頼んだ。五十嵐ナミはカズコをしげしげと見て、

「困ったな、こりゃやな」

と思案した。

「折角、この世に授かったものを堕《おろ》すっていうことはどうも考えられないね。なんとか出来るもんじゃったら、誰が養ってもいいから、もたせたほう、いんでね

か」

気の短かい木村の嫁は、

「ダメ、ダメ」

と大声で遮《さえぎ》り、

「あんたは他人《ひと》のことだからそんな暢気《のんき》なことをいうけど、いったい、どうやって子供育てるんだ。父親がハッキリしねものを」

そういって怒って、カズコをウララ病院へ連れて行った。ウララ病院の産婦人科の医師は、カズコを眺めて首をひねりながらいった。

「待てよ、そういわれても本人を見ればとても優しい女だよなあ……しかしこれは、赤ン坊でももたせれば、案外よく面倒みるんでないかと思うんだけどもなあ……」

木村の嫁はますます怒った。

「子供はしょってれば育つというもんでねんだ。後先のこと考えねえで子供作るもんだから、カズコやエイケツやトクみたいなのが出来るんでねえの！」

結局、カズコは手術台に上った。

胎児はもう搔爬《そうは》では取り出せない大きさになっていた。カズコは手術台の上に仰向きになって、目を大きく開けたまま、ポロポロと大粒の涙をこぼした。

手術の間中、カズコは目を開いたままだった。そうして時々、その両の目尻から太い涙が左右に流れた。

「あれでもやっぱり、何とかして子供ほしかったんだね」

と看護婦たちは後でいい合った。

その日、徳太郎と英吉は、二人で漁業市場から貰って来た鯖《さば》を煮て食べていた。食べ終ると二人で病院へ行き、カズコの腹から取り出したものを受け取って火葬場のカマで焼いた。

焼く前に二人は箱を開けて中を見た。

「女の子だな、兄貴」

徳太郎がいった。

「キレイな子供だなあ、兄貴」

英吉は、

「うん」

といって、箱の中を見ていた。

「可哀そうになあ。できるもんであれば、あのままもたせればいかったなあ

「……」

「うん」

徳太郎はボール箱の蓋《ふた》をして、それを焼いた。

「トク、エイケツが孕《はら》ませたカズコの子供、堕したんだってな」

町の者にそういわれると、徳太郎はいった。

「なんも、うちの兄貴ひとりの子供じゃないよ。はじめはどっか山ン中でいたずらされて出来たんだけども、うちの兄貴ともちょっと混ったんだべかね。兄貴の顔もちょっと入ってるから。なんも、うちの兄貴ひとりの子供じゃないよー」

6

英吉が死んだので、役場の坂本さんは徳太郎にいった。

「トク、何だったらオレが証人になるから、奥さんでもいい、義理の女でもいいからカズコと一緒ンなればいいよ」

それでカズコは徳太郎の戸籍に入った。カズコは、

「エイケツは優しいけど、トクだらすぐ怒るからイヤだ」

といっていたが、英吉のことを「とうさん」と呼んでいたように、徳太郎のこ

とをそう呼ぶようになった。

徳太郎はカズコが「映画見たいな」といったので大黒座へカズコを連れて行った。大黒座の大西さんは機嫌のいい時は、無料で入れてくれる。徳太郎とカズコは土曜日のオールナイトを一番前の席で仰向いて見た。

「映画というもんは、何でもいいから、食べていなければうまくない」

徳太郎はそういって、煎餅《せんべい》とスルメを買って来た。二人はそれを食べながら半分裸の女が次々に出て来る映画を見た。

「とうさん、この映画、一番おもしろいね」

「そうだよ」

「とうさん、あの女の人、きれいだね」

「そうだよ」

そういって見ているうちに、カズコは徳太郎に寄りかかってとろーっと眠る。

「こら、起きれ」

「はい」

といって起きる。またとろーっと眠る。

「こら、起きれ」

徳太郎は怒ってカズコを叩いた。

徳太郎とカズコは喧嘩ばかりしていた。

カズコは相変らず、ときどきふっといなくなった。捜しに行くと山の中で寝ていた。

英吉は根気よくカズコを捜しに行っては連れて帰っていたが、徳太郎は英吉のように捜しに出かけなかった。行くときもあれば、行かない時もある。行きかけて途中で他のことを思い出すと、その方へ行ってしまったりした。

それでカズコは二日も三日も山の中にいた。アネチャの猟師が鉄砲を持って山を歩いていると、カズコが出て来て声をかけた。

「おじさん」

「何だね」

「おじさん、どこの人?」

「どこの人だっていいじゃねえか」

猟師はそういって行き過ぎようとしたが、ふと面白半分に、

「お前、腹減ってるんだべ。飯、食わせてやろうか」

といってみた。

「はい、食べたいよ」

「よし、食わせてやる」

猟師は山を下り食堂へ連れて行ってラーメンを食べさせた。

「もっと食うか？」

「いや、もういい」

「そんならここから帰れ」

「はい」

食堂を出て歩き出すと、カズコは猟師の後ろから歩いて来る。どんどん歩いたら、カズコもどんどん歩く。歩みをゆるめるとそばへ来て、カズコはいった。

「おじさん、キンタマありますか？」

猟師が気味悪がって逃げると、カズコはいった。

「おじさん、なんも逃げなくてもいいよ」

役場の坂本さんはウララ病院の院長と相談して、カズコに不妊手術をほどこすことに決めた。

「カズコ、お前、もう子供出来ねように、婦人科のモノ、取ってしまうんだよ」

徳太郎はカズコに教えた。

「そうでなければ山で寝てる間に、また子供もってしまうもな。いいかい?」

「うん、いいよー」

とカズコはいった。

ウララ病院の婦人科の医師はカズコの子宮を取った。

カズコの放浪がひどくなって来たので、役場の坂本さんは徳太郎にいった。

「トク、お前がカズコの監督をきちんとしないじゃ、精神病院へ入れるしかないよ」

坂本さんは町長と相談して決めたのだった。

「考えてみると病院へ入れるのと、こうしてるのと、どっちが可哀そうだかわからないよ。やっぱり病院へ入れるのがいい。うん、そのほうがいい……」

坂本さんはひとりで合点してカズコをフカガワへ連れて行った。丁度、秋の祭礼の季節でトクは忙しくあちこちの祭で太鼓を叩いていた。

坂本さんに連れられたカズコは、新しいきれいな花模様の布を頭にかぶせてもらっていた。

カズコはトクが太鼓を叩いている屋台の下へ来て徳太郎を見上げていった。

「とうさん、それじゃあ行ってくるよー」

「そうか、カズコ、行くのか」

徳太郎はドーン、ドーンと太鼓を叩くと、笛吹きの男が、ピーヒャラヒャラピーと笛を吹いた。

「向うへ行ったら、よーく、看護婦さんのいうこと聞くんだよ」

「うん、よく聞くよ」

「それなら行ってこい」

そういって徳太郎はドーン、ドーン、と太鼓を叩いた。

「そのうち、行ってやるからな」

「うん、待ってるよ、とうさん」

そういってカズコは坂本さんに連れられてフカガワへ行った。

それから長い冬を経て、やっと春が来た。春が来たので徳太郎は風車をつけて、自転車で街道を走っていた。そしてふとカズコのことを思い出した。

徳太郎はフカガワへ行く気になった。

「フカガワはどう行くんですか？」

徳太郎は人に訊《き》きながら自転車を走らせた。

どんどん、どんどん走った。

どれくらい走ったか徳太郎にはわからない。山の麓《ふもと》に家がパラパラと固まっているところを抜けると、寂しい草ッ原の向うに病院があった。後ろは山だった。もうすっかり夜になっていたが、事務所に入っていった。

「ウララ町の小村徳太郎ですが、すみませんが小村カズコに会わせて下さい」

「小村カズコさんの？　あなたは何です？」

「わたしはとうさんです」

と徳太郎はいった。

暫《しば》く待っていると看護婦がカズコを連れて来た。

カズコは青い木綿のズボンと上着を着て、両手がブルブル慄《ふる》えていた。相変らず頭の半分は毛がなかった。カズコは痩せ衰えて、猿のガイコツのようだった。

「カズコさん、この人、わかるかい？」

看護婦が聞くと、

「うん、わかるよ」

とカズコは徳太郎をじーっと見つめていった。

「いろいろ話したいことある？」

「うん、あるよ」

「じゃあ、ここで話しなさい」

「うん、話すよ」

そういってカズコはじーっと立っている。看護婦が部屋を出て行ったので、徳太郎はいった。

「カズコ、お前、痩せたなあ……病院入れば髪の毛むしらなくなるかと思ったが、やっぱりむしってるんだなあ」

「とうさん、オレ、ここへ来てもやっぱり、目、ピカーと光るんだよ。白い狐がまだいるんだよ」

「そうか」

徳太郎は考えた。

「それならカズコ、一回うちへ帰るか？　お前見ると、これから生きるんだか死ぬんだかわからなくなって来たよ」

「とうさん、オレ、帰りたい」

「よし、待ってろ」

トクは病院の前のよろず屋へ入って行った。

「タバコもなんも買わねで、こんなこと頼むの悪いけど、すんませんけど、電話貸して下さい」

「あ、いいよ、どうぞ、使って下さい」

「すんませんけど、この番号のところ、廻してもらいたいんだけれどもね」

よろず屋のかみさんが廻してくれた電話番号は、役場の坂本さんの家である。

「もしもーしっ、坂本さんかい？」

「おお、誰だ？」

「わたし、トクさんです」

「おお、トクか、何だ」

「あの、すまないけども課長さん、どうもこの病院に置いたら、なんだか、死ぬんだか生きるんだかわからないのよ。ひとまず連れて帰りたいと思うんだが」

「何の話だ、トク。どこにいる？」

「オレ、今、フカガワへ来てるんだよ」

「おどろいたもんだな。何の話かと思えばカズコのことかい」

坂本さんはいった。

「しかし、ま、しようがない。一回、連れて帰って来いや。オレから病院へ電話しとく」

　翌朝早く徳太郎が病院へ行ったら、カズコは事務所で待っていた。徳太郎が入って行くと、カズコは飛んで来て徳太郎の首にしがみついた。

「とうさん……今日、帰るんだね」

「ああ、帰るんだよ。今日これから帰るんだ」

　首ッタマにしがみつかれたまま、徳太郎はカズコが可哀そうになって涙をこぼした。

　徳太郎はカズコを自転車の後ろへ乗せてウララ町へ向って漕《こ》いだ。ゆっくり漕いでいるうちに夜になった。どこの町かわからないが旅館があったので、そこへ行った。

「こんばんは。すみませんけどもこの人、もう痩せて痩せて、全然、食べもの食べてないんです。お客さんの残ったものでもいいからお願い出来ませんか」

「せっかくだが、うちは今、忙しくてダメだよ」

　断られて次の旅館へ行った。

「おばんです。すみませんけども、泊るだけでいいんです。少しならお金、持っているんで、心配しないで泊めて下さい」

「ダメダメ。うちは今日は満員なんだよ」

徳太郎とカズコは駅の裏の踏切小屋に入って、ジャムパンを買って来て食べた。

「とうさん、オレ、なんか辛いもの飲みたいよー」

「いいよ、それじゃあ何か買って来てやる」

徳太郎は小屋を出てビールを一本買って来た。前歯で蓋《ふた》を開け、少し飲んでカズコに渡した。カズコはゴクゴク飲んで全部飲み乾《ほ》し、

「とうさーん」

というと、いきなり徳太郎の乳首のあたりを摑《つか》んだ。

「いや、カズコ、何すんだ……」

驚いて身体《からだ》をずらせるとカズコは、

「とうさーん」

とまだ胸に手を伸ばしてくる。

「やめれ、カズコ、やめれ、やめれ」

徳太郎は小屋の中を逃げ廻った。

「いやいや、いかにオレが男でも……」

徳太郎はいった。

「あんまりそんなことされると気持悪くなるもな……」

カズコは急に静かになって、ジャムパンを食べている。徳太郎はそのカズコをしみじみと眺めて呟《つぶや》いた。

「可哀そうになあ……やっぱ、生みの親を思い出したんだね。オレをおっかさんだと思ったんだべさ……」

役場の坂本さんは、またカズコを病院に入れた。今度は函館の病院だった。徳太郎は坂本さんと一緒にカズコを送って行った。

その季節はいつだったか、徳太郎には思い出せない。

函館に着いたのは日が暮れる頃だった。駅を出ると大きな自動車が寄って来て、運転手と坂本さんは何か話をした。そして徳太郎とカズコと坂本さんはそれに乗って、海岸の道をどこまでも走った。漁火《いさりび》がちらほら見えるのはウラ町と同じだった。だが海と反対の方向には、山の高いところにまで灯《あかり》が這い上っていて、それが人の家の電燈の光だといわれても徳太郎には信じられないほどだった。

「とうさん」

とカズコはいった。

「うん？」

「これが函館だの？　きれいなとこだねえ」

「そうだよ」

「とうさん、どこ行くんだべ」

「いいから黙って乗って行くべ」

「とうさん」

「うん？」

「オレについてる白い狐、マゴばあさんが何とかしてご祈禱《きとう》上げてもらいてえと思ったけど、一銭も金ないから上げてもらうこと出来なかったんだよー」

「うん、わかってる。お前はいい子供であって、そういうものがついてるからそうなってるんだ。これから何とかして頼んで、必ずご祈禱あげてもらうから」

「たのむよ、とうさん」

そうして山の上の精神病院へ行った。そこには賑やかな灯もなく、山の下に僅かに暗いランプを灯《とも》した家が、じっとしゃがんでいるような格好で五、六軒あるだけだった。

徳太郎は坂本さんにいった。

「坂本さん、見れば何だか粗末なような病院で、また痩せてしまうんじゃないか
とオレ思うんだが」
坂本さんは、
「シーッ」
といって病院の入口を入って行った。
病院の板廊下は歩くと、ゴトンゴトンと大きな音を立てた。鼠色の詰襟《つめえり》を着た
黄色い顔の男が出て来て、坂本さんと挨拶を交した。それから男は廊下に立った
まま、黙ってカズコの顔を見た。
と、カズコの目がツーッと吊り上って、少しばかり伸びた髪の毛がピンと立っ
た。
「何だろう？　これは？」
と男はいった。
「いや、この人はこういう人なんで……」
と坂本さんは恐縮していった。男はまた黙ってカズコを見つづける。カズコは
徳太郎に向っていった。
「とうさん、オレ、ここへ入るのかい？」

「そうだよ、今からここでずーっと長く暮すんだからな。その代り、何か辛《つら》いことがあって、いよいよ困るということになったら、いつでも迎えに来るから。また、死ぬときはちゃんとお骨も取ってやるからな」

「うん」

とカズコはいった。カズコの目から光は消えて、吊り上った目尻ももと通りになった。

徳太郎は途中で買った葉書をポケットから取り出して坂本さんに頼んだ。

「すみませんけど、ここにオレの住所と名前、書いてもらいたいんだけど」

坂本さんは書いた。

——ウララ町字チノミウリ、橋の下
小村徳太郎行
徳太郎はその葉書をカズコに渡した。

「お前はなんにも書かなくていいから、困ったときはこのまま、ポストに入れろ、いいか、わかったかい」

「わかったよ、とうさん」

カズコはその葉書を手に持って、鼠色の服を着た男に連れられて、廊下を遠ざかって行った。

7

東京の女はいった。

「それでどうしたの?」

トクはいった。

「どうもしないよ」

「カズコさんからその葉書は来ないの?」

「うん、ぜんぜん」

徳太郎は目を細めて、海を見たまま呟いた。

「どうなったんだべな。死んだとも生きたとも、なんもいってこないのよ」

「そう……」

東京の女はいった。

よく笑う東京の女は、だんだん笑わなくなっていた。女も徳太郎が目をやっている沖の方へ目をやった。徳太郎はいった。

「だから今、考えてみればね、なんぼなんでも、なんとかして死ぬまでうちにいてもらいてと思うもね。誰だったっけか、こういうのよ。『かまわねから、ワン公みたいに縄かけとけばいいんだ』ってね。そういうわけにはいかないわね。相手が生きてるんだからね。なにも悪気で逃げるんじゃないんだ。やっぱり生きてるもんだから、どこでも歩きたいからね。けどどうかすれば逃げることばっかり考えてんのが困るんだ」

「ほんとね。それが困るわね」

東京の女は歎息《たんそく》した。

「逃げたまま、好きにさせとくってわけには行かないしね」

「うん、人間だからね。何といっても」

と徳太郎はいった。

「あれからもう何年経つか。かれこれもう、大分、年とったんでねえかな。なんぼぐらいになるべなあ。ちょっと見れば頭は白髪《しらが》ンなったように見えるけども、まずいつ見ても顔は丸いから相変らず若く見えるんだがね。それで背もあんまり高くない。また歌ッコうまいんだよ。

『カズコは元気で、歌ッコ歌ってたよ』

ってね、いつだったか、役場の坂本さんが函館へ行って、帰って来ていったことあったけどね。それも大分、前の話だよ」

徳太郎はもう空になった湯呑の縁に口をつけてすする真似をした。

「お酒、なくなったわね。もっと貰って来ようか」

「いンや、もういい」

「遠慮しなくていいのよ」

「いンや、もういいよ」

酒はいらないが、徳太郎はもっと話をしたい気持だった。けれども女が立ち上ったので、徳太郎も立った。

徳太郎はシリエト神社の鳥居の前で女と別れた。神社の前にはもう人影はなく、参道の奥に開けたままになっている拝殿の中には西日が射し込んだまま、誰もいなかった。

「サヨナラ、またね」

と東京の女はいった。

「うん……」

徳太郎は女の方を見ないで、

「サヨナラ」

不器用にいった。

「サヨナラ」という言葉を、これまで徳太郎は使ったことがなかった。「サヨナラ」といい合って別れるような付合の相手は、徳太郎の生活の中にはいなかったのだ。

あの女はどこへ帰るんだろう？

徳太郎は女に背を向けて歩きながら思った。

徳太郎が他人に対して関心を持ったのは初めてだ。

東京の女は徳太郎の話をとても熱心に聞いてくれた。

徳太郎の話を熱心に聞いた人間に、徳太郎は生れて初めて出会った。

だがなぜ、東京の女が徳太郎の話を熱心に聞いたのか、徳太郎にはわからない。しかしわからなくても徳太郎は別にかまわない。東京の人にはオレの話が珍しいのかなあ、と思った。

そしてすぐ、徳太郎は別のことを思った。なぜ、そのことが頭に浮かんだのか、わからないが、

――そうだ、おっかさんの骨、取りに行かねばなんないな。

と思ったのだ。

ウララ町界隈《かいわい》の秋の祭礼は、このシリエトの祭の後、ウララ本町の大祭が行われて終りになる。ウララ町の大祭の後は、エリモの住吉神社の祭がある。

ウララ神社の大祭で太鼓を叩いた翌日、徳太郎は自転車を漕いでエリモへ向った。住吉神社で太鼓を叩きながら、

——そうだ、阿寒へおっかさんの骨、取りに行かねばなんね。

とまた思った。

オンバコの骨を阿寒の山奥の寺に預けてから何年経つか、徳太郎には思い出せない。その寺の名前も徳太郎は知らない。阿寒の山の奥、としか憶《おぼ》えていない。

住吉神社の祭が終った日、徳太郎は神主にいった。

「神主さん、神主さんのお蔭でご飯も食べさせてもらって、お酒も飲ませてもらって、体も火照《ほて》ってあったかくなってるから、これからおっかさんの骨、もらいに行ってくるよ」

神主は驚いて、

「これからって、トクさん、自転車でかい」

「そうだよ」

「阿寒までかい」

「そうだよ」

エリモから阿寒まで、自転車で何日かかるものか、誰も自転車で行った者がいないからわからない。

握り飯を五つ握って貰って、徳太郎は自転車を漕いで出かけた。

神社を出て坂道にさしかかった頃、急に強い北東の風が吹いて来た。このへんではこの風のことをオロマップ風と呼んでいる。

「トク、この風にどこさ行くんだ」

通りかかった男が声をかけたが、その声は風にち切れて徳太郎の耳には届かず、徳太郎は自転車を降りてしっかりとハンドルを握り、風に向って出来るだけ頭を低めて押し進んで行く。風が通り過ぎると頭を上げて自転車に乗り、また降りては自転車を押して行く。

右手で海は暗灰色に濁ってのたうち廻っている。

風はピィーと空を鳴らして駆けてくる。

海と山に挟まれた一本道を、徳太郎は右へ吹き寄せられたり、左へ戻ったりしながら、だんだん小さくなって行った。

それがウラ町の人間で、徳太郎を最後に見かけたただ一人の人である。

そのまま徳太郎は帰って来ない。

町の人は徳太郎がいないことに気がついたが、そのうちにひょっこり帰って来るだろうと皆、思っている。誰ひとり、徳太郎は死んだかもしれないとは思わない。

誰も徳太郎のことを心配していない。

徳太郎のことを忘れているが、しかし誰もがすっかり忘れきっているわけではない。

一九八一年「小説新潮」三月号初出
『加納大尉夫人　オンバコのトク』（めるくまーる）所収

自作解説★私の作家人生、最高の作品

この作品には、北海道の別荘で出会った小村徳太郎さんというモデルがいます。発表した時は誰も評価してくれず、話題にもなりませんでしたが、たった一人、色川武大さんがすごくほめてくれて、私にとっては大切な作品です。

トクさんは少し知的障害があるおじさんなんだけど、損得のない純真な人間でね。妹にも知的障害があって、放浪してはそこいらの男にいたずらされ、妊娠をくり返すので、施設に入れられることになったんです。トクさんはそれが寂しく、悲しく、心配でたまらない。それでハガキを買ってきて、役場の人に頼んで役場気付で自分の名前を書いてもらい、それを妹に渡して「困ったときはこのままポストに入れろ」っていう。トクさんは字が書けないので、ハガキの文面は白いままです。そのくだりに、色川さんがとても感心してくれたんだけど、でも、それは私の筆の力ではなくて、実際にトクさんから聞いた話なんですよ。

彼はチンドン屋をしていたことがあって、太鼓の代わりにフライパンを叩く。それがすごく上手で子供に人気があったという話を聞いて、私は神社のお祭りの演芸会でトクさんの叩く太鼓を聞きたい、といいましてね。私の依頼でトクさんが出演することになった。当日、楽しみに会場に坐っていたら、トクさんがやってきて、「先生、俺、みんなに『トクなんかが太鼓叩くな』っていわれた」って、いいつけに来たんですよ（笑）。それを聞くなり私は、「なにーっ！」って怒りましてね。若い衆がびっくりして、「おい、先生がトクに太鼓叩かせないなら帰るって怒ってるぞ」と。それで慌てて皆で太鼓を探したけれど、ないのね。仕方なく太鼓の代わりに空き樽を持ってきてトクさんに叩かせた。彼は天才だから、空き樽を叩きながら、即興で「山の上の先生（佐藤さん）のおかげでこうして樽を叩けるのがうれしい」って歌う。それはもう見事なもので、彼をいじめた連中も「トク、てえしたもんだ！」って急に評価が上がったんです。それからトクさんはしょっちゅう家に遊びに来て、いろんな話をしてくれました。町の人はトクさんを差別していましたが、差別しながら愛してもいました。けれど、愛されても愛されなくても、トクさんは何も変わりませんでしたよ。「オンバコのトク」は私の作家人生の中で、最高の作品だと私は思っています。

〝仏の愛子〟と
〝怒りのお聖〟

女性作家は自分が読みたいものを書く!
二人が考える楽しい年齢の重ね方。

佐藤愛子×田辺聖子

佐藤　われわれ年代の大正末期生まれの人間には、それこそ〃もったいない病〃があるんですよ。だから外国へ行っても、ちょっとお金を使いすぎると、残りはあといくらあるかしら、なんて考えたり、同行者が高い土産を買ったと言っては腹が立ってきたりで、愉しかるべきものが憂うつになったりするわけですよ。だから愉しい人生というのは、私にとっては、この〃もったいない病〃を駆逐したのちにやってくる（笑）。実は、この間の初めてのヨーロッパ旅行が楽しかったのは、費用全部が出版社持ちだったからなの（大笑い）。

私は昔、貧乏時代があったせいもあって、だいたいがけちなんですよ。すぐに、「こんな高いものを買ってしまった」とか「あとでとりかえに行こう」とか、買い物一つするだけで二、三日あれこれ思いわずらうのよ。私はこれがいかんと思ったのね。そういう点を、五十の声を聞きしより、少しずつ克服するよう努力したんですよ。損しても「かまへんわぁ。また働きゃアええわぁ」って気持ちね。

田辺　私は昔っからそんな気持ちがあるのよ。大阪人は値切るのがうまい、なんて言われるけど、私なんか値切るの嫌いやから、香港《ホンコン》の買い物ってあまり好きじゃないの。高い買い物をしたって、働いてその分くらいまたもうけるわ、っていう気があるのね。税金をポンととられても、ヤイヤイ言うのがじゃまくさいの。文句言うくらいなら、もうけたほうが早いわっていう気があるのね。こう思うのは、年代に関係があるのかもしれないわね。

佐藤　ええ、そうね。

田辺　愛子さんが北海道に別荘をお建てになったのも、「かまへんわぁ」っていう気持ちだったの？

佐藤　いえいえ、もう何かくたびれてきて、あくせく東京のまん中で暮らしているのがいやになったのね。とにかく東京からのがれたい。別に北海道でなくても、九州でも山陰でも、どこでもよかった。

田辺　でも、やはり雄大な景色言うたら北海道がええわ。

佐藤　だけども、北海道のその土地は、丘の上の一軒家になるわけで、四百メートル近く水道を引くのに、モーターを四台つけないと水が上がらないと、あとで知ったの。電柱は十本立てなければ電気がこない。そうか、そんなら私の電柱を十本立てよう、なにしろ住めるようにしなけりゃ、ってわけでね。そうすると、土地は安かったんだけど、そのことを考えるとたいして安い土地ではなくなったわけですよ。

来た人は、みんなあきれ返るのね。「まあ、こんなところにあんたひとりでよく建てた」って必ず言いますよ。普通の人ならやらないかもしれないことを、思い切ってパッとやってのけるというのは、ものすごい愉しみというかおもしろいことね。

田辺 それは愛子さんがひとりでやってるからね。

佐藤 あの家を建てたときに、亭主がいなくてほんとうによかったと思いましたよ。亭主がいたら反対してますよ。

田辺 もちろんそうですよ。愛子さんはひとりでいる愉しみがあるのね。

女の決断でできたカモカ連

佐藤 だいたい田辺さんも忙しいのに、どうして〝カモカ連〟なんてつくって、毎年、阿波踊りをしているの?

田辺 〝カモカ連〟のそもそもの始まりはねぇ、取材旅行先でみんなとお酒飲んでるときに、「阿波踊り、一ぺん見に行きましょかァ」いうことになったの。すると、「それは見に行くより踊ったほうがおもしろおまっせ」「ほな、踊ろやないの」「踊っても、二人三人じゃ目立たへんから、人ぎょうさん集めて、連《れん》作らんとあきませんで」と、どんどん話が大きくなって、「やろやないのォ」ということになったの。

同行した挿し絵画家の高橋孟さんが、徳島生まれで、すぐ徳島へ電話して宿を手配したり、浴衣屋さんに電話したりでね。同じことやったら、そろいの浴衣に〝カモカ連〟という名前かおっちゃんの似顔絵を散らしたのを着ようやないか、というので話がどんどん発展していくわけ。

そのときは、みんなお酒飲んで気ぃ大きくなっていたわけだけど、あくる日になったら、男連中、こな(いかにも打ちひしがれたように)なってるの。おっちゃんなんか「ゆうべ酒飲んで、えらいこと言うてしもた。どないしよ」ってしょげてるからね、私、「やったらええやないの。おもしろいやんか」って言ったのね。

川野(田辺聖子さん夫) 男ってのは、はたして人が集まるかどうかとか、いろいろ考えるわけですよ。女の人は「やったらええやないか」って前後の見境なく、パッと走る。佐藤さんの決断とおんなじことですよ。男は想像力が強すぎると、自然に決断がおそくなるわけですよ。ごめんね、佐藤さん……(と、ほんとうにすまなさそう)(笑)。

佐藤　いやいや、確かに男の人のほうが細心ですよ。女の人は、やってから考える、というところがあるわ。

北海道の家だって、途中で予算をオーバーしちゃって、最初の二年くらいは、二階は壁なし、天井なしで暮らしてましたよ。家具だってなくてね、簡易ベッドをおいただけでしたよ。まるで昔の兵舎さながらでね。そんな妙な家、だれだってあきれるんだけど、お金ができると少しずつ壁をはっていったり（笑）、五年は愉しみましたよ。

田辺　だんだん年とるにつれ、形に固執するようになる人も多いのに、その点、愛子さんは柔軟ね。

佐藤　だけど、すべてをそのように考えられるようになるまでに、なかなか歳月がかかったわね。やはり、五十過ぎたからこそ、そういうふうに思えるのね。それから、断固言うけどね、北海道に快適な家を建てた、ということが愉しみだったんじゃなくて、むちゃくちゃな形で建てた、ということが私の愉しみだったの（やっぱりそれは佐藤さんの女王的な発想ですよ、と、おっちゃん、ため息をつく）。

田辺　そうねぇ。

佐藤　女王ならば、もっとりっぱなお城に住みますよ！（笑）

田辺　その辺は男と女の価値観の違うところね。小説などでも後世に残る文学を物にしよう、と頑張っている人もあるけど、私などは、自分がまず愉しもうということで書いてるわけ。「スヌー物語」とか「隼別王子の叛乱」とかのロマン物を書いて、自分で喜んでいるのよ。こういうふうなことは、男の作家はあまりしないわね。

佐藤　そうそう、それはあるわね。

田辺　男の作家は、だれが見ても傑作と言われるものを書こうと思うわけでしょう。私は自分が読みたいものを、自分が書く！　愉しむ能力って、男より女のほうがよけい持ってるのと違うやろか。世間では女の愉しみが少ない、特に主婦は愉しむのがへただと言うけど、あれはうそや思うの。

佐藤　いままでは、女に生活力がなくて、愉しむ方法を知らなかったでしょう。でもいまは、お金を稼ぐ人も多いし、社会もそういうふうに開かれてきたから、男よりも大胆な愉しみ方をするかもしれない。

田辺　女はこれからもっと、いろいろ発見をすると思うわ。特にわりと年いった女たちは、そうなるわ。

佐藤　海外旅行も娘たちばかりではなくて、主婦も行くようになったでしょう。強いのよ、女盛りは。英語なんてできなくても、どんどん出てゆくでしょ。私もエジプトのカイロでね、「窓にカーテンをつけなさい」と言うべきところを、「レース、カーテン！」なんて叫んだりして……（笑）。

老婦人と青年の恋

佐藤　私自身の本音を言うと、もう五十五才を過ぎると、愉しみなんて特に考えてするべきものじゃなくて、自然の成り行きで、なっていくものだと考えるようになるの。むしろ、死ぬ日までなんとかうまいぐあいに持っていきたい、ということのほうを考えるわ。なにも無理に美しい老女になろうとしなくたって、自然におばあさんになっていくしね、そろそろうまいぐあいに死ぬための心の準備をしとかにゃあという気分があるの。

田辺　私はまだ、もうちょっとそんな考え方ってできないわ。いま、ものすごく仕事がえらいから、少し楽をしたいなぁ、ということばっかりね。まだ何か、ほかに愉しみがあるかもしれないと思ってもいるしね。

佐藤　私はいまが最高だという感じはありますよ。なにしろ、花の盛りは苦労だらけだったんだもの。ただね、死ぬとき、若い人にやっかいかけたくないなんて言う人がいるけど、私は平気でやっかいかけられるようになりたいと思うの。だいいち、かけなきゃ生きてゆけない場合が多いもの。

田辺・川野　それはむずかしいわぁ。

佐藤　一つの境地ですよ。

田辺　でもねぇ、愛子さん、その前にまだ愉しいことっていっぱいあると思うわ。

この間、おっちゃんたちとアメリカ旅行したときにね、上品な老婦人と二十七、八才ぐらいの青年と、絶対にあれは親子ではないというカップルを何回か見たのよ。

佐藤　それは女が金持ちなんだ！

田辺　でも、そのアラン・ドロンみたいな青年がとってもやさしいの。コートを着せてあげたりして、かいがいしく世話をしているわけなの。感じよかったわねえ（と、おっちゃんに同意を求める）。

佐藤　金のためにこの野郎はいちゃつきやがってと思うからね、私なんかは。

田辺　私はロマンチックなのかもわからないけど、そういう雰囲気じゃなかったのよ。男のほうがものすごくやさしいもの。

佐藤　いや、それはわからんよ、外国の男って口がうまいから（笑）……。

田辺　だって、とってもやさしかったよぉ。あんなん、私、お金でできへんと思うわ。

佐藤　いや、できる、できる、できる（と、強く主張）。

田辺　愛子さんて、私の夢をぶっこわすから（笑）……。

佐藤　五十才を過ぎてから若いツバメを持っても、しわが見えるんじゃないかと、光線を後ろから受けるようにすわったり、気をつかうことばっかり多くなるもの。聞くところによると、下半分のブラジャーというのがあるんだそうね。要するに持ち上げブラジャーよ。その持ち上げブラジャーをはずすと、ダラァーンとしちゃうから、絶対にはずさんと、けなげな努力をしている人もいるそうですよ（笑）。

田辺　（言葉もなく笑いこける）

佐藤　若い恋人ができて、持ち上げブラジャーを買いに行くときは、ほんとうに悲しくなるんじゃない？

田辺　悲しいかなぁ。だけど、自然のままつくろわないでっていうのはダメなのかしら？

佐藤　やっぱりほれたら、少しでもそういうふうにしたくなるじゃないの。

田辺　そうかしらねぇ。

佐藤　興ざめされたらいやだっていう気持ちは、だれだって働くでしょう。それから、私たちはおへその上までくるパンツを昔から愛用してたでしょう。でも若い恋人をつくったりしたら、気持ちも若くなって、花柄のパンティーをはくわけですよ、ええ。そうすると相撲取りじゃあるまいし、その上にポテーッとおなかの肉がたれるのは……いかんねぇ（一同、爆笑）。

田辺　そういうわけで、五十才からの愉しみに恋愛を入れること、私は不賛成ですね。（いとも悲しそうに）でも、それがなくなったら中年の女性の愉しみってなくなっちゃうわ。

愛子さん、別に持ち上げブラジャーなんか使う必要のない間柄の愉しみっていうのもあるやないの。あるわよ。

佐藤　つまり、セックスしないわけ？

田辺　なにも、そんな、愛子さん（笑）……。

川野 電気消したらええ。（笑）

佐藤 だって相手がつけたがったらどうするの（笑）。

田辺 男と女だって、日本の将来についてとか、日中友好についてとか、いろいろしゃべることあるじゃないの（笑）。私はますます恋愛も精神的になってきてるのよ。いろいろおしゃべりして、そこはかとなく色けを感ずる程度でやめておくっていうのも愉しみだと思うわ。

川野 男と女だからなぁ。真っ暗にしたらええのや。相手が電気つけよう思うたらな、そのときは……

佐藤 足がけにして押し倒すか（笑）。しかし、私みたいに想像力が豊かだと不幸ですよねぇ（笑）。

田辺 でも、アメリカで見たようなあんな関係が、これからの日本でもふえると思うわ。老婦人はお金を持ってて、若い気の合う青年といっしょに旅行しましょう、って出かけても、それは別にかまへんと思う。ただ、そんなときはしゃべるってことが大事になるのよ。しゃべるってことがセックスだと思うんですよ。

佐藤 だけど六十才の女と二十五、六才の男が、何をしゃべってたんでしょうね。

田辺　接点はいろいろあるんじゃない？

佐藤　いや、むずかしいねぇ。

田辺　たとえば邪馬台国というテーマで話すとするでしょう。そうすると、もしそれに興味がある人だったら血わき肉躍るから、二十才であろうが六十才であろうが……。

佐藤　しかし、いまどき邪馬台国に興味ある若者をさがすのはむずかしいですよ。だいたい私なんか疑い深いからだめね。もし、若い男が声をかけたとしても、あのばばあは金持ってるであろうかと思って、近づいてきたな、なんてすぐ思うから（笑）。

田辺　あら、女の人のよさとかかわいらしさって、持ち上げブラジャーとかへそ下パンティーぐらいで揺らぐもんじゃないと思うのよ。体とか老いとか、そんなんもっと超越してもいいと思うのよ。

佐藤　若い男がみなそう思ってくれるとは限らないし、あなたロマン派なのねぇ。

田辺　そうかしら。私も初めはいまの若い男の子ってなんだろう、ホントに、と思っていたけど、だんだんいろんなタイプがいるものだと思えてきたわ。

佐藤　心当たりあるのね、いろいろ。さっきから力説してるのよ。しつこく言ってるのよ(笑)。

〝仏の愛子〟と〝怒りのお聖〟

田辺　でもこのごろ、海外旅行っていちばん手近なストレスの発散方法になったわね。

佐藤　田辺さんのこの間のアメリカ旅行は、気の合った人といっしょで愉しかったでしょう。

田辺　それがね、ホテルがとれてなかったりで、逆にカッとすることが多かったの。

佐藤　田辺さんでも、やっぱりカッとくるかしらね。

田辺　私はこのごろカッとくるばっかりよ。

佐藤　じゃ、私と反対ね。私は〝怒りの愛子〟を返上して、いまや〝仏の愛子〟だからね。

田辺　私がいまや〝怒りのお聖〟になったから(笑)。前はおもしろいことが先に目について、あとで怒りを発見したけれど、このごろは、まず怒れるの

（笑）。でも、これはやっぱり更年期障害のせいよ。まあまあ、という度合いが少なくなったの。

佐藤 私は許容量が多くなったわよ。田辺さんのは仕事のしすぎよ。私も仕事をたくさんしたときですよ、〝鬼の愛子〟って言われたのは。減らしてから仏になりつつあるんですよ（笑）。

田辺 ところで愛子さんの旅行のほうは愉しそうだったわね。

佐藤 それは愉しかったわよ。ほら、平素〝怒りの愛子〟で鳴らしているから、ミスがないように、かかわった人はみんな死にもの狂いでね。そりゃ気分よかった（笑）。

田辺 いま、私が〝怒りのお聖〟になっても、だれもこわがらないし、それはやはりその人のニンやからしようがないよ（笑）。旅行してて、つくづく愛子ちゃんにはかなわんと思った（やっぱり女王さんやなあと、再びため息まじりにおっちゃん）。

佐藤 ふふふ……。

田辺 それは生まれつきのものだから、われわれがいくらあがいたってだめなの（笑）。だいたいロンドンから帰るんだって、飛行機ん中で、ひじ掛けはね上げて、横になって帰らはるんだから(笑)。それはもうさすがですよ。

そういう話を聞いてたから、アメリカでしょっちゅう愛子さんのことが浮かんでくるの。そう思うと、よけい怒るわけです。罪もない同行者に当たり散らしてね(笑)。やっぱり怒らずに旅したかったわよ。

佐藤 田辺さんも仕事を減らして、また、〃仏のお聖さん〃に戻ってほしいわ。それでこそ田辺さんらしいもの。ところで、昔の女の人は何を愉しみにしていたんだろう、子どもから手が離れたあとは?

田辺 たくさん子どもを生んで、なんでも全部女がやって、子ども育て終えたら、余命いくばくもなかったのよ。最後の子を結婚させたら、間もなくバッタリで、もう〃恍惚《こうこつ》〃が待っているだけだったんでしょう? いまみたいに子どもが手を離れてから、長い女の人生がある、っていうのは有史以来初めてと違うかしら。

私の母は七十四で、マンションでひとり住まいしているの。はり絵をやって、書道も習ってて、ずーっとつづけてるの。犬養孝先生の万葉講座も伺ってててね、「あかねさすゥ……」なんて朗詠してる。

佐藤 一九八〇年は、もっともっと女の能力も伸びるし、女の愉しみ方も広く深くなる年でしょうねえ。女は家にだけいるべきだという意見は、どんどん引っ込んでいくんじゃないかしら、これからは。

田辺 そう、そうあればいいけれど、いまの若い子たちを見てるとどうかしら。だって、なんですか、さだまさしの「関白宣言」なんて、なんだろ、あの歌。

佐藤 私はあの歌聞いたことないけど、何かそのことで、あなた書いていたみたいね。でも北海道では、少なくともわが家では、はやってはいなかったっ！（笑）

田辺 別に怒るほどの歌詞でもないわ、あれ。

佐藤 最後くらい〝怒りの愛子〟で締めたいわよ（笑）。

「主婦の友」一九八〇年一月号

たなべ・せいこ

1928年大阪府生まれ。大阪の金物問屋に勤める傍ら、同人誌「文藝首都」、その後「大阪文学」に参加。64年「感傷旅行《センチメンタル・ジャーニィ》」で芥川賞、93年『ひねくれ一茶』で吉川英治文学賞、94年菊池寛賞を受賞。長く直木賞の選考委員を務めた。2019年没、享年91。

エッセイ　我が老後

とりとめもなく髭の話

つれづれに夏目漱石の「硝子戸の中」を読んでいると、こんな一文に出会った。

「電話口へ呼び出されたから受話器を耳へあてがって用事を訊いて見ると、ある雑誌社の男が、私の写真を貰いたいのだが、何時《いつ》撮りに行って好いか都合を知らしてくれろというのである。私は『写真は少し困ります』と答えた」

そういう書き出しである。漱石はその雑誌が人がわざとらしく笑っている顔を沢山載せているのを不快に思っていたので断わろうとした。そこで、

「あなたの雑誌へ出すために撮る写真は笑わなくっては不可《いけな》いのでしょう」

といった。すると相手は笑い顔は必要ないという意味のことをいったので、漱石は応じることにした。

約束の日に男はやって来た。漱石は写真を二枚撮られる。「書斎は光線が能《よ》く透らないので、機械を据えつけてからマグネシアを燃《も》した。その火の燃えるすぐ前に、彼は顔を半分ばかり私の方へ出して、『御約束では御座いますが、少しどうか笑って頂けますまいか』と云った」

そこまで読んで私は少し笑った。昔の写真師は、写真機を立て、頭から黒い布を被って左手にマグネシアを掲げレンズを覗いて右手でシャッターのひもの先のシャッターボタンを押したものだ。「顔を半分ばかり出して」というのはその黒い布から顔が半分出ていたのであろう。その様子が目に見えるようで、私はついおかしくなったのである。漱石の次の文章は、

「私はその時突然微かな滑稽を感じた」

とあって、やっぱり漱石もおかしさを感じたのだ。そう思うと改めて笑えてきたのだが、笑いながら私は感心した。

「顔を半分ばかり私の方へ出して、『御約束では御座いますが、少しどうか笑って頂けますまいか』と云った」

この描写の後に私なら、おかしさを強調する何らかの言葉をつけ加えてしまうだろう。だが漱石はそんな余計な言葉はつかわない。

「然し同時に馬鹿な事をいう男だという気もした」
とつづけているだけだ。そこに何ともいえないおかしみが生れている。饒舌はいけない。饒舌はユーモアを損なう。悲しみも損なう。そんなわかり切ったことを、今更のように反省しつつ、次を読む。

「私は『これで好いでしょう』と云ったなり先方の注文には取り合わなかった。彼が私を庭の木立の前に立たして、レンズを私の方へ向けた時もまた前と同じ様な鄭寧な調子で、『御約束では御座いますが、少しどうか……』と同じ言葉を繰り返した。私は前よりも猶笑う気になれなかった」（傍点佐藤）

ここでまた私は笑い且《かつ》感心した。カメラマンのおかしさにも増して、漱石自身のおかしさがぐっときた。ぐっときたのはそのユーモアの才能に対してばかりでなく、その時の漱石のむっとした気持が私自身の経験を踏まえて、手にとるようにわかるからであった。

後日写真は送られてくる。その写真の漱石はカメラマンの注文通りに笑っている。漱石は「中《あて》が外れた人のように」それを見詰め、この写真は「何《ど》うしても手を入れて笑っているように拵《こしら》えたもの」だと思う。漱石は四、五人の人にその写真を見せた。すると皆が漱石が思ったのと同じように、「どうも作って笑わせたものらしい」という鑑定を下した。

「私は生れてから今日までに、人の前で笑いたくもないのに笑って見せた経験が何度となくある。その偽りが今この写真師のために復讐を受けたのかも知れない。

彼は気味のよくない苦笑を洩らしている私の写真を送ってくれたけれども、その写真を載せると云った雑誌は遂に届けなかった」

漱石はそう結んでいる。私はまた笑った。

カメラマンたちは、なぜかポートレートは笑い顔でなければならないと、かたくなに思い決めている。彼らはカメラを覗きながら必ずいう。

「笑って下さい――」と。

漱石は「少しどうか笑って頂けますまいか」と鄭重にいわれているが、私なんぞは、

「笑って下さい――」だ。

――ソラきた！

と私は思う。怒り出したいが怒るわけにはいかないので、ただ情けなく、ニガ

ニガしく思いながら、お義理のようにちょっとだけ唇をゆるめるのである。

我が家の庭の真中に紅梅がある。客間の丁度前に枝を広げているのが目につくせいか、たいていカメラマンは私を梅の木の傍に立たせる。そしていう。

「その枝にちょっと手をかけて、何か想いに耽《ふけ》るというような……遠くを見る目になって下さい」

——やっぱりきた！

そうくるだろうと予想していた通りだ。もう何人ものカメラマンが同じことをいっているのである。そして、

「少し、にっこりして下さい……」

とつづく。（不思議なことは、世に名の出ている写真家の先生方にそういうことをいうお方は一人もおられない）

以前はこんな時、カメラマンの傍に必ず担当編集者がついていて、何かと話しかけてくれたものだ。時にはカメラマンの方から「何か話しかけて」と頼んでいる。話しかけられるとそれに答える。するとしゃべることによって顔が自然にゆるむのである。だがこの頃はつき添いの編集者はいるのだが、なぜか黙って見ているだけだ。カメラマンの方も「話しかけて」とはいわない。現場はシーンと鎮

まって、被写体である私は「晒《さら》し者」といった趣になり顔が硬直してくる。その硬直を自分でほぐさなくてはならないのだ。

「笑って下さいといわれてもねえ、おかしくもないのに笑えませんよ。女優じゃないんだから」

といってみたりするのは、喧嘩をふっかけているのではない。しゃべって顔をほぐそうとしているのだ。

「私の兄（サトウハチロー）はね、よくこういったもんですよ。写真を撮られる時、必ず笑えっていわれるだろ。そういう時は、こういってやれ、『ハイ、笑い賃五千円いただき』って」

そんなつまらないことをいったりするのも、自作自演で笑いを呼ぼうとしているからである。

なぜあなた方はむやみに笑えというんですか、とある時私は問うた。するとカメラマンはこういった。

「男性の場合は笑顔でなくてもいいんですが、女性の方はやっぱり、華のある写真にしたいもので」

華？

私はもの書きである。もの書きになんで華が必要なんだ、と私は思う。もの書きは人気商売ではない。人気があろうとなかろうと、人の顰蹙《ひんしゅく》を買おうと買うまいと、己れの気持の赴くままに進んでしまう厄介な性《さが》の持主がもの書きになるのだ。というより、なるしかないからなるのである。（この頃は必ずしもそうではなくなったらしいが）

私が学んだ旧制高等女学校は学問知識よりも「品格」を重んじる校風を誇る学校だったので、卒業生の大方が「品格派」である。その品格派の一人がある時、私の講演を聞きにきて、その後で私はこういわれた。

「あなたの講演、下品だったわよ。一緒に行った人はあなたのファンだったんだけど、行かなきゃよかったっていってたわ」

困ったことにはそういわれても、私には自分の下品さがわからない。

いつだったか南の方の何とかいう島国へ行った人からこんな話を聞いた。そこではタラ芋ばかり食べていて、橋の上から川に向ってウンコをする風習なので、ほとほと閉口した、という話だった。その話をその時（下品だといわれた時）私は思い出した。つまり私は「タラ芋食って川を目がけてウンコする」民族のようなものなのだ。タラ芋ウンコの人たちに、下品だと怒ってもしようがないのである。それが彼らにとって「生れた時からのあるがままの姿」なのだから。

――「本当のこと」を語るということは下品になってしまうということだ。上品ぶってる奴は上っ面をとりつくろって真実から目を背けているから上品でいられるのだ――そういいたかったが、やめた。ファンだったけど幻滅した、といった友達はどこの人かと訊くと、「鎌倉彫のお仲間」だということで、それ以来、鎌倉彫と聞くと私はムナクソ悪くなる。

大分前のことだが私の愛読者だという若い娘さんからこんな手紙を貰った。彼女は中学生の頃から出版社勤めを希望していて、高校生になってからはS社を目ざして必死の勉強をした。大学の卒論は「佐藤愛子論」である。彼女はS社の入社試験の第一次に受かった。第二次は面接である。面接員は彼女の履歴書を見ながら訊いたという。

「あなたは佐藤愛子が好きなの?」

「はい」

と彼女は頷《うなず》いた。すると間髪入れず、端にいた面接員がいった。

「こりゃダメだ。協調性がない……」

そして彼女は落っこちて、悲憤に暮れて私に手紙をよこしたのである。

「私と一緒にS社を受けた友達は、本当はどっちでもいいという気持だったんです。私とのつき合いで受けただけなんです。私の半分も勉強してないんです。なのに友達が受かって私の方が落ちるなんて……」

彼女の悲憤はわかる。「佐藤愛子が好き」なんていわなければ多分受かっただろう。しかし私はS社の気持もわかる。現代を生きる上で必要欠くべからざる条件は「協調性」なのだ。協調性のない者は組織の中では使えぬ奴、奇人変人となる。そして周りに迷惑をかける。（佐藤愛子を好きだといったからといって、その人が佐藤と同様の人間であるとは限らないとは思うけれども、この面接員はよくよく用心深い人だったのであろう）

組織には組織の論理がある。それを怪《け》しからんとはいくら私でもいわない。だからS社と聞いてもムナクソ悪くなることはないのである。

ポートレートの主が奇人気儘《きまま》者なら、奇人気儘の写真を出せばいい。私はそう思う。無理に「華」など添える必要はない。ポートレートの面白さはそこにある筈だ。カメラマンに親しみを持てば自ら笑顔になるだろう。ムカついている時はムカついた顔を写せばいい。佐藤愛子ってなんて傲慢な顔してるの、と見る人が思うなら、そう思ってくれて結構だ――。

と常々、そんなふうにしつこくいっている私なのである。にもかかわらずなぜか、ああ、なぜか、「笑って下さい」といわれると、

「ソラ、きた！」

と思いながら、「ニィ」と笑っている。いったいこれはどういうことなのであろうか。自分で自分を苦々しく思いながら、この次は笑わんぞ、笑うもんか！と決心していながらその場になるとやっぱりニィ……。

漱石の出来上ってきた写真が「気味のよくない苦笑を洩らしている」という行《くだり》を私はくり返し読んだ。そして愉快になった。

「漱石大先生にしてそうなのか……」

という気持だった。

この世を生きるということは、こういうことなのだろう。何ごとも真直、一気貫徹というわけにはいかないのがこの世の（人間の）面白さかもしれない。強気、傲慢、怖いもの知らず、非妥協……その中からふと顔を出す弱気。私にも漸くそういう人間の面白さがわかるようになったらしい。

選挙戦たけなわの街角で、この騒々しさは我慢ならぬ、面白くないといった面持ちの老人を見かけた。立候補者があっちに走りこっちへ走りして、通行人と握手をしている様を冷やかに見ている。その彼に向って立候補者が近づいて行き、白手袋の右手をさし出している。私は渋滞中のタクシーの中からそれを見て、選挙に立とうとする人はこうでなくてはならないのだなあ、と嗟歎《さたん》する思いだった。「こうでなくてはならない」というのは、「このように臆面もなくならなければならないのだなあ」という意味である。あの老人の機嫌の悪そうな顔を見れば、私なら敬遠するだろう。けんもほろろに拒絶されるか、クルリと背中を向けられるか、へたをすると罵られる怖れがある顔つきだ。

しかし候補者は無邪気なニコニコ顔で迫っていく。今にどうなるか。私は固唾を呑む思いだ。と、その時老人の手はしぶしぶといったふうに白手袋に向ってさし出されたではないか。その顔は相変らずの平家ガニさながら、しかし白手袋に握られた手は、喜色溢れる候補者が二度三度と打ち振るのに委《まか》せている。私がムカつきながらカメラの前でニィと笑うように。その光景にしみじみと親愛の微笑を投げかけながら私のタクシーは前進したのであった。

夏目漱石は髭《ひげ》が似合う。（いきなりだが、ここでまた話は漱石に戻るのである）似合うというよりも、髭が定着している顔である。つれづれに髭のない漱石の顔を想像しようとしたが、どうしても想像出来ない。明治の男性には髭を蓄えている人が多い。例えば森鷗外も髭を生やしているが、彼の場合、髭はその顔に定着していない。男の顔は髭が定着するのとそうでないのに分れるように私には思われる。それは髭に年季が入っているかどうかの問題だろうか、あるいは顔の造作によるものか、自負心、権威意識のありようによるのか、と私は考える。

老いぬれば身内友人次第にみまかり、些事に煩わされることもなく、仕事に追われることもなく、簡素な暮しなれば、日々の入用も少く収入の減少に思い煩うこともない。要するに暇なので脈絡もなく髭について考えたりするのである。

もっとほかに考えることはあるだろう、この国のこと、政治、経済、教育、ひいてはこの国の人々のこと、「文明の進歩と人間の幸福について」など、考えることは沢山ある。それはわかっているのだが、先日も若い男が「草食系男子」になったと心配している人から話を聞かされたが、

「――なるようになったんですねえ……」

というだけである。こうなることは四、五十年前からわかっていたことだ。私

などその頃は血気盛《さかん》であったから、この日のくることを心配して大いに男性にハッパをかける文を書いたりしゃべったりして、そのため「男に敵する者」と見なされたこともあったが、いったん出来た世の流れを変えることは不可能であることを漸く悟った今日この頃であるから、

「それごらん、私のいった通りになったじゃないか！　今になって何を騒ぐ！」

などとはもう決していわない。「でも女性がそれを望んだんでしょう？」くらいしか。

そこでつれづれに髭について考える。

講談社の創始者野間清治の髭はぶ厚い上唇にかぶさるほどの立派なものだった。昭和十二年頃のこと、私の父が野間社長を訪問した時、Nというもの書きのタマゴが同伴したのだが、帰宅するとNはこんな報告を母にしていた。

野間社長は黒羽二重の紋つきの羽織を着て大ソファに坐っていた。そこへ大粒の苺が運ばれてきた。社長は太い人さし指を横にして、

「あの髭をですな。あの髭をばおもむろにこう掬い上げましてな。一口で……大粒の苺を一口で食ったんです……」

小学生の私は傍でそれを聞いていたが、

「うーん、そうか……」

深く納得した。私は野間清治という人物が「世のため国のために役立つ日本人を育てる」という目的をもって少年倶楽部や少女倶楽部を作ったということをそれらの誌上で読み知り、子供心にエライ人だと尊敬していたのだ。野間社長の(写真で見知っている)その立派な髭は、社長の高い志と信念の象徴のように感じていた。今でも私は大粒の苺を見ると野間清治を思い出す。

髭というものはその顔にひたと定着していなければならない——。それが私の髭論の核をなしている。ひと頃(昭和の終りが近い頃だったか)青年たちに髭がはやったことがあった。髭が似合う顔か似合わぬかは無頓着に(私感では髭が似合わぬ丸顔に限ってなぜか生やしていた)生やしたり、落したり、顎だけにしてみたり、その時々の気分に委せて面白半分に髭をいじくっているという感じだった。それは男が信念や自己責任感を捨てた証左のように私には思われ、実にニガニガしかった。そんな考えを持つようになったのは野間清治の髭への敬意が元かもしれない。

古くからの友人の永田力画伯の髭にも私は敬意を抱いてきた。永田さんの髭もひたと定着していて、漱石と同じく髭のない永田さんの顔を想像することが出来ない。その髭の由来は？　と（わざわざ電話をかけて）問うたところ、四十五歳の頃、剃刀《かみそり》負けのブツブツが出来たのがきっかけであると、甚だ拍子ヌケのする答だった。もしかすると漱石の髭も似たような動機だったかもしれない。しかし動機はどうであろうと、漱石、永田、野間のお三方の髭は「三大定着髭」ともいうべき髭界の模範である。「文は人なり」というが、髭もまた人なりといえよう。髭が定着するには本来の顔の造作もあるだろうが、男としての人生への気構えの問題であると私は確信する。

髭の中には「よせばいいのに」と思うのがある。日本が無謀な戦争に突入した頃に二度総理大臣となり、敗戦直後に自殺をした近衛文麿の髭がそうだ。

「近衛はんは意気地のうて、頼りのうていかん」

何かにつけて一家言ある「裏の井上のおばさん」は母を訪ねてきては決ってそういった。

「あのチョビ髭、あれが気に入りまへんな。あれは鼻の下の長いのんをごま化すために生やしたんやと、わてはニランでますのや」

その時も私は野間清治の苺の話を聞いた時のように、「納得」という気持になった。井上のおばさんは、

「隠すつもりが、あの髭で却って鼻の下の長いのんに気がつくのやがな」

ともいっていた。

もしも近衛文麿が漱石風、永田風野間風の髭にしていたら、おのずからその運勢も変ったのではなかったろうか。ヒットラーのチョビ髭もどうもいただけない。彼は何と思ってあの形を考え出したのだろう？　これが自分に似合うと思ってのことだったのか、あれを権威の象徴として決めたのだろうか？　甲高い絶叫調の演説と大仰な身ぶり、歩き方。それらはあの髭とふしぎに調和していた。絶妙に悲喜劇的な髭だった。

四十年前、離婚した私のモト夫は会社倒産の借金の山を背負って、債権者から逃げ廻る身の上になっていた。そんなある日、私は渋谷の横断歩道で向うからやってくる彼とぱったり出会った。さながらタワシのようなというか、鍾馗《しようき》のようなというか、黒々とした剛《こわ》い髭を顔中に生やし、黒髭の中で目だけキョロキョロさせて彼は歩いてくる。私を見つけて、

「やァ」

と妙に懐かしげにいった。

「どうしたの、そのヒゲ」

冷然と私はいった。

「これかい?」と彼は髭を指さし、ニヤリとして答えた。

「目くらましさ」

それは借金取りの目をくらますための変装髭のつもりなのだった。だが、タワシか鍾馗か、はたまたハリネズミか、という顔は目くらましどころかいやが上にも人の目を惹くのである。

「いったい……」

何を考えてるのだ、だいたいがそんなふうだから……といいたかったが、今は別れた身の上だ。ヤキモキしたのは昔のこと、今は気楽なおかしさが先に立って、

「じゃあね、元気で」

「うん、そっちもな」

そういい合って通り過ぎたのだった。これを擬装髭と名づけたい。

まったく髭にもいろいろある。


『これでおしまい　我が老後7』(文春文庫)所収

沢村校長の晩年

愛子の自選傑作小説ベスト3

村上豊・画

1

沢村正剛《まさたけ》はこの三月二十一日に七十五歳の誕生日を迎えた。彼は私立女子高等学校の校長を三十年勤め、退職後は水彩画を楽しみ、それに飽きると釣りを、ある時は盆栽、またある時は俳句をひねるなどし、今は棋譜を相手に一人碁を打つのが気に入っている。時には昔の教え子が訪ねて来たり、結婚式に招かれたりもする。子供の教育についての相談を受けることもあるが、そんな時は穏やかな口調で、この時代の流れの中ではもはや自分の経験など役に立たなくなってしまったという感慨を語るだけである。

彼の妻は三年前に亡くなった。二人の息子は二人とも教職に就いていて、長男はこの家からバスで四ツ目の新興住宅地に住み、次男は隣県にいる。妻の死後、長男は一人暮しになった父を心配し、(その妻も昔、彼の優秀な教え子だったこともあり)頻《しき》りに同居を勧めるのだが、彼は頑固にそれを断っているのである。

人々は皆、正剛のことを真面目で包容力のある人物だといい、厚い信頼を寄せていた。しかし本当をいうと彼は神経質で、人一倍気に障ることが多い小うるさい小心者なのである。彼はそれをよく知っていて、それ故に努力をつづけてきた。それは校長としての三十年の生活の間に身につけた処世の癖といってもいいかもしれない。偽装とまではいい切れないにしても、処世の諦念が作った人となりだったといえよう。

彼の死んだ妻の名は正子という。長男は勇也、その妻は忍である。次男は真次。妻はまだない。勇也の妻、忍はこの頃、正剛の目にかつては常に漂っていた温和な微笑の小波が消えていることに気がついた。

「やっぱりお寂しいのよ。お母さまが亡くなったから」

と忍は勇也にいった。彼女は見るからにしっかり者であることを思わせる大きな目と濃い眉が印象的な女で、高校の頃から正剛を人格者だとして尊敬していた。中学生の二人の子供に、

「母さんがお父さんと結婚したのはおじいちゃまの息子さんだったからよ。お父さんって、若い頃はほんと、風采が上らなくてモテない人だったのよ」

と憚らずにいう。

「おじいちゃまは本当に愛情の深い方。愛妻家で有名だったのよ。お父さんとは大違い」

ともいう。確かに正剛は誰もが認める愛妻家だった。だが本当をいうと、それ

ほど正子を大事に思っていたわけではなかった。正子は彼にとってはまことに「暑くるしい」女だったのである。純真といえば純真で、正直で無邪気だった。だがその分、彼にはそれが暑苦しかったのである。

正子の見合の写真を高校時代からの親友の柳原に見せた時、柳原は即座に、

「これは中年になると危ないぞ。太るぞ」

といった。

その通り、愛くるしいぽっちゃり型が年と共に愛くるしさを失うと、搗《つ》きたての餅の山のようになったのである。

だが正剛はそのことについて正子にどうこういったことはなかった。太った女は彼の好みではなかったのだが。更にいうと彼は乳房の大きな女も好きではなかった。世間で巨乳をもてはやすのが、不思議というより不愉快だったくらいである。正子がこれ見よとばかりに誇示するのもいやだった。風呂上りの正子は裸のまま彼の前に立って、両の手に余る乳房をゆさゆさと揺さぶって挑発したりした。男はみな大きな乳房が好きだと思いこんでいるのが小癪だった。しかし彼は固く目をつむって正子の挑発に応じた。遠い日のことだ。思い出すだけでも口の中が苦くなるのである。

子供を産むと正子の乳房は特大のまくわ瓜のように前方に向って突き出た。乳は赤ン坊が飲みきれぬほどに湧き出るので乳房は固く張る。正子は痛い、痛くて眠れないと泣いた。正子にせがまれて彼は乳首に口をつけて乳を吸った。何ともいいようのない妙な味だった。彼はそれを口の中に溜めておいて、後で吐き出した。このホルスタインめ、と心の中で毒づいた。だが正子に泣かれると、彼はおとなしく乳を吸った。

正子が遺した日記には、彼女がたいそう幸福だったこと、その幸福は正剛を夫にしたおかげだと書かれていた。生れ変ってきた時も必ず夫婦になりましょう、きっとですよ、きっとね、と彼に呼びかけている。彼は憮然としてそれを読んだ。そして自分の薄情さを思った。それから長い吐息を洩らした。長い旅がやっと終った、というような吐息だった。

はっきりいうと彼は正子のすべてが、一から十まで気に入らなかったのである。だが正子への世間の評判は至極よかった。正子さんが笑うと春風が吹くようでした、と弔辞を読んだ人もいる。ほんとにいい方でしたねえ、善意の方……と皆がいった。

「──いい方」か……。

その時彼は思ったのだった。世間というものは真実がわからんもんだと。正子は確かに何かにつけて笑う女だった。いつも笑っているのは善良ということになるのか。笑うべからざる時でも笑っているのは、つまり鈍感だということではないのか。彼女の幸せを作ったのは俺ではない。彼女の鈍感さだ、と彼は思いつづけてきたのである。

年をとってから妻に先立たれるのは、命を絶たれるよりも辛いことだろう、と柳原はいった。柳原の妻は華やかな美人で有名だったが、五年前に大腸癌の手術をしてから、転移を心配して愚痴っぽくなった。痩せこけて容色が衰えたことを気に病んで、いっそ早く死んでしまいたいといい暮している。だが柳原は妻がどんなに老い衰えようと、一日でも長く生きてほしいと願っていた。女房がいない日を想像すると目の前が暗くなると彼はいった。君は何もいわないけれど、いわない分、君の気持はわかっているつもりだ、と。

正剛は返事に困り、「うむ」といっただけだった。俺の人生は我慢の人生だった。彼は常々そう思っているのである。だが今は晴れて一人になれたのだ。退職し、妻は死んだ。二人の息子は独立した。彼は一人である。無理に温和な微笑を口辺《こうへん》に宿す必要はないのだ。抑制も我慢もいらない。笑いたくなければ笑わない。この自由さは柳原にはわかるまい――。

正剛はそういう気持を「うむ」という返事に籠めたのであった。

2

朝八時、玄関の年代を経たガラス戸がガチャガチャと音を立てる。それが聞えてくると正剛はいやァな気持が顔に出た。赤松光江が来たのである。光江は忍が頼んだ家事の手伝いで、坂の下の商店街の裏通りに住んでいる建具屋の女房である。夫は凝った鎧戸《よろいど》や細かな葭戸《よしど》などの細工が得意だったので、上顧客を沢山持っていたのだが、建築様式の変化から顧客が減って今は家業を辞め、仕事場を貸店にしてまあまあ気楽に暮している。光江が働く必要はないのだが、「頼まれれば断れない性分」なので、それに「沢村先生を尊敬申し上げている」ので、お世話をさせていただくことにしました、といつもいっている。

「お早うございます、先生……」

そういう朗らかな高い声は、大工場の作業開始のサイレンのようで、それから一気呵成というか一瀉千里というか、

「お変りございませんか。今日一日、お邪魔いたします。ありがとうございます。お世話させていただきます。今日はいいお天気で何よりでございますわ。けど、冷えますですよ。風はありませんですが薄氷が張って……」

と長い長い挨拶が始まり、それは彼が返事をするまでつづくのである。初めのうちは彼も立ち上って出迎え、「やあ、ご苦労さん」といったりしていたのだが、今は広縁の籐椅子に坐って新聞を広げたまま答えない。

――お変りございませんか、だと？

その一言に彼はもうムカついているのである。昨日の夜までここにいたんじゃないか。おとといも先おとといも、その前も、毎日来ているのに「お変りありませんか」とはどういうことなんだ……と。

大声でしゃべりながら彼女は半コートを脱ぎ、エプロンをかけ、頭にナイトキャップ風の網をかぶる。

「先生。あったかくしていらっしゃいますか。薄着をしていらっしゃるんじゃありません？　お風邪を召したらいけませんですよ。大事なお身体なんですから。大切な先生にお風邪をおひかせしては、私、若奥さまに叱られますわ、ほんとに」

と一人で笑っている。（何がおかしい、と彼は思う）笑い声は聞えるが、彼女

はまだ姿を現してはいないのである。やがてしゃべりながら広縁に来て、改めて、

「お早うございます、先生」

と挨拶をする。正剛は新聞に読み耽っているポーズをとって一言、

「お早う」

というだけである。

「遅くなりましてすみません。（べつに遅くなんかないよ、と彼は思う）出がけに主人が背中の膏薬を貼り替えてくれだなんていうものですから遅くなってしまいました……あ、ストーブは？　もうついてますのね。（当り前だ、今は何時だ、ストーブをつけなくてこうしていられるわけがないよ、と彼は思う）灯油は？　大丈夫かしら。少し足しておきましょうか。ほんとに今日は冷えますですよ。大丈夫ですか、毛布をお持ちしましょうか」

「いりません」

と正剛。

「では膝掛けでも？」

「ここにあります」

と正剛。

「あ、もう掛けていらっしゃるんですね。ストーブは大丈夫ですか。灯油は?」

と同じことをくり返す。正剛は答えない。

「あら、満タン。ご自身でお入れになりましたのね。すみませーん。私がもう少し早く来ればよかったのに、ほんとにうちの主人は我儘で、これから先生の所へ伺うっていってるのに、背中の膏薬を」

「ストーブに灯油を入れるくらい、なんてことないんです。ぼくは病人じゃないんだから」

語気も鋭く正剛はいう。

「そんなに老いぼれちゃいませんよ!」

「あらまあ……」

と嬉しそうな大声がそれを受け、

「老いぼれだなんて、誰もそんなこと思っちゃいません。先生は矍鑠《かくしやく》としていらして、とてもお年には見えません。亡くなった奥さまもお若く見えましたけど、ほんとにお二人ともいつも穏やかないい方だって、この辺でも評判でしたもの……」

正剛は口を噤む。一言いうとそこから新しいおしゃべりが始まるのだ。彼は立ち上り、碁盤に向き合った。碁に没頭する形をとることで、光江のおしゃべりを阻止するしかないのだった。

しかし光江はよく働く女だった。綺麗好きで丁寧な掃除をする。正子は「四角い座敷を丸く掃く」というやつだった。欠け茶碗を平気で使った。注意をすると、「ちょいと欠けてるだけ、口を怪我するわけじゃなし」といった。彼は本棚や机に正子が拭き残した薄埃を拭いたものだ。電話機についた手垢をこすったり、急須の茶渋を落したりした。それを思い出しては彼は、光江が綺麗好きで働き者であることを喜ばなければならないと自分にいい聞かせるのである。

だがそうは思うものの、光江が廊下を四ツん這いになってフウフウいいながら雑巾がけをする姿を見苦しく感じずにはいられない。何のことはない、踏み潰された断末魔の蛙がうろついているようだと思う。

彼は光江にモップを使うことを勧めたが、光江はなぜか四ツん這いに固執するのである。

ある日、光江はおからを煮て持ってきた。光江はおからを煮るのが得意だといい、人参、牛蒡、椎茸、コンニャク、油揚にレンコン……と指を折って数え上げ、このおからにはそれだけ入っているので栄養満点であるといった。

「ぼくはもう年だから、栄養なんて考えなくていいんです。だからそういう心配は無用です」

と彼はいった。そのおからはお世辞にもうまいとはいえない代物だったからである。だが光江は、

「あらア……」

黒々と描いた眉をうねらせて、

「そんなことおっしゃってはいけませんわ、年をとればとるほど栄養はたっぷりお摂りにならなければ。先生が碁ばっかり打っていらっしゃるのは栄養が足りないからですわ」

といい張った。

正剛はおからをこっそりゴロ太に食べさせた。ゴロ太は正子が近所から貰ってきたブルドッグ系の雑種である。その家ではブルドッグのブリーダーを始めたところ、どんな油断からか雌ブルが雑種犬と交《まじわ》ってしまい、口ばかりむやみに大きくて耳の垂れた妙な犬が生れてきた。こんな犬は捨てるしかないといっていると

ころへ正子が行き合せて貰ってきたのである。

ゴロ太はどんな物でも喜んで食べる。本当は喜んでないのかもしれないが、とにかく与えられた物は何でも食べるのだ。

おからの器がきれいになっているので、光江はまたおからを炊いてきた。彼はまたゴロ太に食べさせた。そうしてゴロ太にやればやるほど、おからはくるのである。ついに彼はいった。

「赤松さん、おからはもう沢山です。実はあまり好きじゃないのでね、努力して食べてるんですよ」

だが光江は何も感じず、

「健康を保つためには努力が必要ですわよ、先生」

というのであった。

光江はまた、じゃが芋サラダもよく作ってきた。ゴロ太はそれも食べた。大ぶりのガマ口のような口をパクリと開けて、彼が投げ入れてやる芋サラダをひと呑みにするその様は、犬というよりもワニザメのようだった。今まで彼はこの家にゴロ太がいることを忘れているくらい無関心だったが、今は腹心の部下とでもいうような親身な愛情を抱くようになっていた。何という料理なのか、色々な野菜と揚げた魚が、酸っぱいとも辛いとも甘いともいいかねる、ドロドロの中に浮いていてにんにくの匂いがプンプンする料理の時は、さすがのゴロ太も躊躇するように正剛を見上げた。

「食えんか？　お前でも」

何ともいえない親近感から思わずゴロ太の頭を撫でたのだったが、彼がゴロ太に触れたのはゴロ太がこの家に来てから初めてのことだったのである。ゴロ太は迷うように何度もドロドロを嗅いでいたが、暫く経って彼が見た時は器のドロドロはきれいになくなっていた。

「食ったのか、あれを！」

思わず感動してゴロ太の頭を抱き寄せると、その口からは何ともいえない妙な匂いが漂ってきた。

3

穏やかな晴天がつづき、庭の梅の蕾《つぼみ》はほころびかけている。突然鶯《うぐいす》が啼いた。

「ホーホケキョウ……」

凜として艶やかな啼き声だった。今年の初音である。正剛が碁盤から目を向け

ると梅の小枝が揺れていて、一羽の鶯が軽やかに枝から枝へと移っている。その動きを見守っているとまた、

「ホーホケキョウ」

と啼いた。ケキョ、ケキョ、ケキョと詰ってから、ひときわ高らかに、

「ホーホケキョウ……」

この声を聞けといわんばかりに啼く。年をとると鶯の声にも昔はなかった感慨が湧くものだ。今年もこうして鶯の声を聞くことの有難さ、これぞ至福の時というべきか……しみじみそう思いながら更に耳を澄ます。その時、けたたましい裏声が叫んだ。

「ホーホケキョウ！」

竹箒を持った光江が現れて叫んだ。

「先生、先生！　鶯が来ています、鶯が……ほら、梅の枝に……ごらんになって下さい。鶯ですよぅ……」

鶯は驚いて飛び立ってしまった。

「あらら、いっちゃった……来てたんですよ。戻ってこないかしら、鶯ちゃん、戻っておいで！　ホーホケキョウ、ホーホケキョウ……こっちの水《みーず》はあーまいぞ

……あ、これは蛍でした……」

正剛の頬は引き攣った。顳顬《こめかみ》が怒張していくのが自分でもわかった。口が開いたのは、息が詰ったからである。

「あーらら、行っちゃった……」

心臓が高鳴っていた。いいたい言葉は、「黙ってくれ」いや「帰ってくれ」だったが、開いた口があぐあぐして言葉にならなかった。彼はよろよろと立ち上って茶の間へ行き、血圧計で血圧を計った。上が百八十で下が九十だった。彼は水差しの水を飲み、深呼吸をした。それから座布団を枕にして畳の上に寝た。

鶯は隣家の庭へ行ったらしい。そのあたりから啼き声が聞えた。

「あら、啼いてる……先生、先生、啼いてますよぅ……」

光江が庭から上って来る気配に、彼は急いで起きてよろよろと広縁へ戻った。横になっているところを見つかると、大騒ぎになるだろう。それがたまらなかった。光江がしゃべりながら近づいてくる。

「先生、見ました？　こんなに小さくて可愛いんですよぅ、鶯色して……あら、鶯が鶯色なのは当り前ですけどねぇ」

一人でけたたましく笑っている。

「梅に鶯って昔からいいますけど、ほんとですわねえ。お庭には桃も桜もあるのに、わざわざ梅にくるなんて、梅の蜜がおいしいのかしら、香りが好きなんでしょうか。それとも花が可愛いから？」

それを打ち切るように正剛は「赤松さん！」と呼んだ。声が慄《ふる》えている。

「赤松さん、鶯が来てる時は黙って、静かにしてるものですよ。それが年に一度来る鶯への礼儀だ……」

すると光江はいった。

「礼儀！　そうですわねえ。やっぱり先生はおっしゃることが違いますわ。それで先生は黙って静かにしてらしたんですねえ。私はまた、ご存知ないのかと思って……だからお教えしなくちゃと思って……失礼しました。ほんとに私ってどうしてこんなにオッチョコチョイなんでしょう、うちの主人もしょっちゅう、いいますんですよ、昨日もねえ……」

「もういいから、少し静かにしてくれませんか。ひどく疲れるんだ」

あなたと話してると、と彼はつけ加えたが光江は気にも留めず、

「あらまあ、いけませんわ。先生、おやすみになって下さい。お床をとりましょう。お熱はどうです？　大丈夫ですか？」

と額に手を当てにくる。その時、玄関で声がした。正剛は憤怒の余燼《よじん》に胸を灼かれ、額に迫る光江の手から逃れようと顔を横に引きながら、

「ほら、誰か来ましたよ、早く行って……行って下さい」

ハイハイと慌てて走って行く。間もなく「やあ」といって柳原が現れた。正剛は顔のこわばりを直す暇もなく、

「やあ」

と答えた。

「いつ来ても機嫌の悪い顔をしてるなァ」

柳原はいいながら向き合う椅子に腰を下ろし、

「まいったよ、まったく……」

両手で頭をかりかり掻いた。

「どうした？　奥さんの具合、よくないのか？」

「うん？　うん……」

と手を止めていい淀んだ。柳原の妻はこのほど、癌の転移の心配があって検査入院をすることになったのだが、入院の前夜、彼女は突然興奮して、柳原を難詰し始めた。それは柳原も忘れていたほどの遠い昔の彼の浮気についてである。相

手は柳原が働いていた出版社の同僚だったが、彼女には夫がいたこともあって、数回関係を持っただけで終っていた。お互いにものの弾みというか、ほんの出来心といった関りだったのだ。

だが何も知らぬ筈だった妻は、どういうわけかそれを知っていたのである。知っていながら何もいわず、しかも決して忘れず、沈黙の中で怨みを熟成させていたのだ。それが今になって突然火を噴いた。柳原はいった。

「やきもちを焼くならもっと若い時にしてもらいたかったよ。病み窶《やつ》れたざんばら髪のばあさんに怨みつらみをいい立てられてみろ。たまらんぜ」

「それで謝ったのか?」

「謝ったさ。否定されると興奮していい募るタチだからね。謝れというから謝ったんだ。するとますます興奮して……見てくれ、これだ」

と手の甲の二筋の傷を見せた。

「君はいいよ。羨ましいよ。いつ来ても悠然と仏頂面をしてる。昔の君はいつもニコニコしてる大人《たいじん》という趣だったものな。だが今の仏頂面こそ本来の君なんだろ? 君は一人になって安息を得たんだな……」

そして柳原はしみじみ、

「一人暮しってのは悪くないもんだねえ」

といい足した。

正剛はこの仏頂面のわけを柳原に話したい誘惑に駆られたが、いおうとしていえなかった。柳原のような暢気な男にこの仏頂面の裏側をわからせようとしても無駄だろう。つまりそれほど、それは些末事だということだった。手伝いが鶯の啼き真似をしたのが憤怒の元なんだといえば、柳原はいうだろう。「いいじゃないか、それくらい」と。

だが、俺はその些末事に苦しむ男なのだ。理解されようがされまいが、俺はそうなんだ、と正剛は思い、ますます苦々しい顔になるのであった。

4

この家にはゴロ太のほかに、正子が可愛がっていた猫がいる。名をエリザベスという。正子がどこからか拾ってきたのだろう、気がつくといた。茶色と黒が混った汚ならしい猫だが、正子はエリザベスと呼んで可愛がっていた。甘い声で、

「エリちゃんや」

と呼ぶと、「ニャア」と答える。答えるのは正子に対してだけで、他の者には極めて無愛想である。正子の死後もその前も、彼とエリザベスはそっち、こっちはこっち、という体《てい》で暮してきた。

そのエリザベスのために、光江は「かにかま味」「かつお味」「しらす味」などのキャットフードを次々に買ってくる。エリザベスは勝手に近所をほっつき歩いては、気に入ったもの——残飯や虫や鼠を見つけて食べているのだろう、キャットフードは始終残っている。

「エリちゃん、どして食べてくれないの。今日のは高いのよ、上等よ、まぐろ味とトリ肉風味を合せてるのよ。おいちい、おいちい、さあ、召し上れ……」

そして「あら行っちゃった……どこへ行くの、エリちゃん、エリちゃん」というけたたましい声が聞え、「あいたっ！　なにすんの、エリちゃん！」という叫びが聞えた。エリザベスが光江をひっかいたのであろう。正剛は少し笑った。

「先生、エリちゃんはどこで寝てるんでしょう？」

と光江は訊きに来た。

「知りませんな」

正剛は短く答える。この頃は話しかけられただけでわけもなくムッとくるようになっているのである。

「よくお風呂場の足拭きの上に丸まってたもので、可愛いお布団を作ってあげたんですよ。あの足拭きは大分擦り切れてますから、フワフワ、ぬくぬくで、とっても可愛いのを……」

いいながら光江は脱衣籠を抱えてきた。中に赤い麻の葉模様の布団が入っている。正剛はちらと見て、

「それが気に入らんのでしょう、きっと」

「まさか！　どうしてですぅ？」

光江は大袈裟に（と正剛は思う）目を丸くし、

「あの足拭きはあったかくも何ともないでしょうに……ほら、こんなに柔らかくて、フワフワ、ぬくぬく……先生、触ってみて下さいませよ」

とさしつけるが、正剛は頑固に触れようとしない。

「どこで寝てるんでしょう、エリちゃんは。お風呂場には寄りつかないみたいなんですよ」

「猫だって好みがあるだろうからね。人間がいいと思っても、猫の方はどうだかわからない。迷惑なのかもしれない。猫だけじゃない、これは人間にもいえるこ

とです。みんなそれぞれ、感じ方、考え方が違うんでね。十人いれば十色の好みがあるもんだ。だから、よかれと思ってしたことでも、相手には迷惑かもしれない。そういう弁《わきま》えが大事だとぼくは思うね！」

なにもそこまで長広舌を振うことはないと思いながら、止らなかった。

「ほんと、ほんと、ほんとですわねえ。先生のお側にいるといろいろ勉強になりますわ。でもエリちゃんはどうしていやなんでしょうねえ。こんなにフワフワであったかいのに……」

「だ、か、ら」

と声に力が入った。

「だから、どうしてといったってしようがないんですよ。猫の気持を人間がわかるわけがないんだ。犬にチョッキを着せたり帽子をかぶせて散歩させてる飼主がいるでしょう。あれだってね、犬は閉口してるにちがいないんだ」

「でも先生、私は犬も喜んでると思いますわ。嬉しそうに歩いてますもの」

「嬉しそう？　それはあなたがそう思って見るだけのことでしょう……犬はモノがいえないからね」

「でも、うちの小玉《コダマ》ちゃんは……小玉ちゃんにもこれと同じお布団を作ってあげたんですよ。そしたらとっても喜んで離れません」

「だからいってるでしょう。それぞれ違うって。あなたのタマとうちの」

興奮の余り彼はエリザベスという名を忘れた。

「うちの……猫とは性質が違うんですよ！」

「先生、うちのはタマじゃなくてコダマですわ」

光江はいった。

「それに『うちの猫』なんていわないで、エリちゃんと可愛く呼んであげて下さいませよ」

それから三日ほどして正剛は便所の狭い手洗いの横に、小菊を挿した一輪挿しが置いてあるのに気がついた。一輪挿しは勇也と忍が新婚旅行で行った唐津の土産で、そう高価な物ではないが、彼と正子にとっては記念の品である。正子はそれを大事にして、自分の部屋の整理箪笥の上にずっと飾っていたのである。

それが勝手に便所に移動されていて小菊が活けられている。一輪挿しの下には赤い布の花瓶敷き（というより小座布団といった方がいいようにふくらんだ）が敷いてある。猫の籠にあったのと同じ麻の葉模様である。

彼はすぐに光江を呼んだ。唐津焼の花瓶には、こういう華やかな色は合いませんよ、やめて下さいとはっきりいった。あらそうですか、いけませんか、可愛くていいと思ったんですけど、といって光江は素直に片づけた。だが、同じ日、彼は碁盤の四つの脚に、赤い麻の葉の靴下が着けられていることに気がついた。

「赤松さん、赤松さん……」

その声に怒気が籠った。

「これは何ですか、これは?」

息切れして話がつづかない。光江はいった。

「いけなかったでしょうか? 碁盤を持ち運びなさるもので床や畳がこすれて傷がつきます。それにこのお家は寂しいですから、少しでも華やぎをと思って……」

「いいから……説明はいいから、これを取って下さい。この家はぼくの家なんです。床がこすれようと傷になろうと、赤松さんは心配しなくていい。ぼくの好みに合せてほしいな」

それだけいうのがやっとだった。怒りが心臓を締めつけ息苦しくなった。口を開けてハァハァ、と息を吐いた。光江は驚いて、

「先生、お具合が悪いんですか、苦しいのはどこです? おっしゃって下さい。

「ここですか？　こっち？」

駆け寄って正剛の背中をこすった。その光江から糠味噌の匂いがムッと押し寄せてきた。

5

「世に憎むべきは善意である」

正剛は日記にそう書いた。

「悪意には立ち向いようがある。しかし底ヌケの善意には立ち向いようがない」

光江のすることなすことが彼の気に障るのである。時折、光江は仏壇の前に坐って鉦を鳴らす。必ず三回、

「チーン、チーン、チーン」

と鳴らすのである、すると彼はムッとした。居合せた柳原がそれを聞いて、

「なんだ？　ありゃ？」

といぶかしんだ。

「ばあさんだよ、手伝いの」

吐き捨てるようにいった。柳原は尚もいぶかしんでいった。

「なんで鉦を鳴らすんだ？」

「知らんよ」

正剛はまた吐き捨てた。

「オレも知りたいよ……」

それ以来、柳原は光江を気に留めるようになった。

「あれは例の秋葉原のメイド喫茶の真似かね？」

といったこともある。光江は黒々と染めた前髪にレースの縁取りをした白い布をつけている。

「知らんよ」

その時も吐き捨てるように正剛はいった。

柳原と碁を打っていた時、正剛は大きなクシャミをした。すると忽《たちま》ち光江が毛布を持って飛んできて、正剛の肩に掛けた。春も酣《たけなわ》をすぎた頃で、しかもその日の気温は高かった。

「毛布は暑いな」

正剛はいったが光江はかまわず、

「でもお風邪を召してはいけません。こういう時節は油断が風邪のもとです」

肩に掛けた毛布を隙間のないように押え、尚もぽんぽんと叩いて出て行く。光江がいなくなると正剛は毛布をかなぐり捨てた。その様を柳原は呆気にとられたように見ていた。

「練歯磨のチューブのな」

いきなり正剛はいった。

「使ってるうちに中身が減って上の方が空いていくだろ。すると必ず中身を下から押し上げて、詰めてあるんだ」

「気を利かせてるんだな」

柳原はいった。

「いちいちひねり上げなくても、すぐ出るようにしてあるんだろ?」

「そうなんだ、それがムカッとくるんだ」

柳原は碁盤から目を上げて正剛を見た。

「なんでだ?」

「とにかくムカつくんだ。わからんだろうな。だがムカつくんだよ、俺は」

「わからんではないがね。だが俺にいわせると贅沢だな」

と柳原はいった。

正剛は辣韮《らっきょう》が好物である。しかし光江が持ってきた辣韮を彼は食べない。意地でも食わんぞ、という気持になっているのである。冷蔵庫には庭の梅の実で作ったジャムやら、海苔の佃煮やら、得体の知れぬ小瓶が並んでいる。彼は毎夜、冷蔵庫を開けて中を検分する癖がついた。昨日はなかった小瓶が増えているのを見ると、待ち構えていたように不機嫌の虫がぬっと立ち上るのである。何も増えていない時は気が抜けた。

月に一度、忍は長男の嫁としての責務から顔を出す。忍は冷蔵庫の中の物の匂いを嗅ぎ、目を凝らし、指の先で掬《すく》って舐めてみるなどしてから惜しげもなく捨てた。押入や整理簞笥の引き出しの中を調べた時は、

「お父さま——」

改まって正剛の前に正坐していった。

「よろしいんですか？　ずいぶん、我が物顔に振舞われていらっしゃいますよ、お父さま……」

整理簞笥の一番上の引き出しは、ハンカチやタオルやナプキンなどが入っていて、平素無造作に取り出したりほうり込んだりしているので乱雑になっているが、それなりに使い勝手がよかったのである。それがハンカチ、タオルなどそれ

ぞれ用途別に束にされてリボンが掛っている。見た目はきれいですけど、ここは陳列棚ではありませんからね、手間がかかって却って困りますでしょう？　と忍は光江の耳に届けとばかりに声を張り上げた。

ある日、忍はまた、

「お父さま――」

と正坐した。玄関脇の応接間の飾り棚に大きな達磨が載せてあったのだ。

「応接間に達磨はおかしかありません？　ここのお家はイッパイ飲屋じゃないんですから……」

光江はそれを商店街の福引で引き当てたのだった。あんまり立派なので私の家なんかよりもこちらさまの方が達磨さんも本望だと思いましてねえ、と光江は忍にいった。

「あのねえ、赤松さん、この家は沢村正剛の家なんですよ。あなたはあなたのお家で達磨を飾るなり何なり、したいようになさればいいじゃないんですか。なにもここへ来てまで出しゃばらなくたって……」

「でも、立派な達磨さんだと思いますけど。これは四等賞品だったんですよ。もうひとつパンダの大きな縫いぐるみがあって、好きな方を選べたんですけど、私、達磨さんにしましたの」

「それなら尚のこと、お宅に飾っておくのがよろしいわね、そんなに気に入ったのなら」

「パンダの方がよかったでしょうか」

「いいえ、だ、か、ら、そういうことじゃなくて、私がいってることは、……いいですか？　この家へ、あなたの、好みを持ちこまないで下さい、ってことなんですよ！」

と忍は金切声になった。忍は正剛の前へ来てペタンと坐り、殆ど泣き声になっていった。

「お父さま！　どうしましょう！　どうすればいいんでしょう！」

美しい顔が赧らんで、瞳が燃えているのを正剛は気持よく眺めたのであった。

達磨はそのまま、飾り棚の上に坐っている。光江は忍のことを、頭がよくて美人でしっかり者で、たいしたお方ですわ、才色兼備とはああいう方のことをいうんでしょうねえ、と褒めそやす。優しくて、舅思いで、よく気がついて、先生もお幸せですわ、という。彼女は心からそう思っているようだった。

6

翌々年の春、勇也は教頭として長野市の高校に転勤になった。忍は正剛のことを心配しながら、勇也に従って長野へ行ってしまった。夫婦が東京を離れる日、正剛と光江は門の前で挨拶に来た二人を見送った。光江はエプロンの裾を握って、

「忍さんが来て下さったお蔭で私もいろいろ教えていただき、ほんとに勉強になりました。ご恩返しもしないままにお別れするなんて……」

そういって涙を拭いた。

忍が来なくなったので、冷蔵庫の中は惣菜の入った器や小瓶で忽ちいっぱいになった。いつのまにか玄関の花台に招き猫が坐っていて、麻の葉の座布団を敷いている。

忍からは時々、その後の様子を心配する手紙がきた。忍は光江にも、手紙を出した。お父さまは仙人のように暮しているのが好きな人だから、余計な世話は焼かない方がいい、とくり返し書いた。それに対して光江は実直に返事を出した。

「ご心配いりません。私がついております。誠心誠意、お尽ししますからご安心

下さい」

それを読むと忍はすぐにペンを取り、

「誠心誠意でなくていいのです。お尽しなくてはならないとあまり堅くお考えにならないで下さい。とにかく静かにしてあげて下さい。お父さまはほうっておかれるのがお好きな人なのですから」

書くうちに気持が高まってきて、

「おわかりいただけましたか。どうか、わかって下さい。余計な世話をやかないこと！　それが一番肝腎なのです」

書く字に力が籠った。光江からはすぐに返事がきた。

「ほんとに舅孝行な忍さま。心から感心いたしました。お委せ下さい。くれぐれもご心配ないよう。粉骨砕身、お尽しします」

そのうち忍から正剛にこんな手紙がきた。

「──勇也はこう申します。そんなにヤキモキするな。彼女の存在はお父さまの活性化のもとかもしれないよ、というのです。人は何かしら闘うものがある方が元気が出るのだそうです。そう考えるのがこの際、一番かもしれません。お父さま、負けないで頑張って下さいませ」

夏の初め、夜半になってから急に冷え込んできたので、正剛は毛布を取り出そうと起きて押入を開けた。そして思わず、

「なんだ、こりゃあ——」

と声を上げた。押入の上段も下段も布やら紙やらの包みが幾つも重なっていて、毛布がどこにあるのかわからない。包みはひとつひとつ、ガムテープで留めてある。彼は怒りに委せてそれらを畳の上に投げ出し、力委せにテープを引き剝して漸く毛布を見つけた。夏用の寝巻を通して夜中の冷えが身に染みた。寝床に戻り毛布で身体をくるむとクシャミが二つ、つづけざまに出た。これで風邪をひいて熱が出ればいいと思った。この憤りを共有できる忍がしみじみ懐かしかった。

二日後、久しぶりに柳原が来た。真夏のように暑い日だった。正剛は顔を汗だらけにして光江が作った卵酒を飲んでいた。彼は夏風邪をこじらせたのである。あの夜の毛布の一件が原因であることは間違いなかった。彼は光江にいった。

「とにかく、いろんな物を包むのはやめて下さい。不自由でしようがない。あなたの整理好きはこの家には向かない」

語気荒くいったのだったが、その後で彼は殆ど無理やりに卵酒を飲まされる羽

目になったのである。

「このクソ暑いのに卵酒か。大丈夫か、おい」

柳原がいうと、そばにいた光江がいった。

「柳原さま、風邪には卵酒と昔から決っていますわ」

「そうかもしれないが」

柳原はいいかけて光江を見、つづけるのをやめた。光江がいなくなると正剛に向き直ってしみじみいった。

「しかしなあ、沢村。君の我慢はせいぜい卵酒を飲まされることくらいだろ。俺のことを思って我慢しろ」

柳原の妻は入院をつづけているが、柳原が行くと白い眼でジーッと見て無言のままでいる。それほど弱ったのかと思うと、隣りのベッドの中年女とはよくしゃべって笑い声を立てたりしている。

「あいつを生かしているのは俺への怒りだな。おそらく怒りがエネルギーを与えているんだよ。人間は馴れる、諦める、忘れるの三つの能力を神から与えられていて、だから生きて行けるのだと思っていたがね、忘れないから、諦めないから生きつづけるということもあるんだな」

そういって帰って間もなく、柳原の妻は死んだ。病院からの報《し》らせで柳原が行った時は彼女はもう息絶えていた。そのことを柳原は葉書で報らせてきた。

「ほっとしたような、可哀そうなことをしてしまったような、いうにいえない、気の抜けたような気持だ。だがあいつもこれで楽になっただろう」

その葉書を盗み見したのか、光江は正剛の前へ来て、改まっていった。

「柳原さま、お辛いでしょうねえ。お気の毒ですわねえ。何と申し上げたらいいのか……心からお悔み申し上げます」

ぼくに悔みをいわれても、といって正剛が光江を見ると、彼女は泣いていた。

7

それから一年経った。その間、勇也は海外教育視察団の一員としてヨーロッパ各地を廻る旅に出た。その旅には英語に堪能な忍も同行した。帰国後、忍は才質を見込まれてメディアに登用される機会が増えて忙しくなり、正剛の様子を見にいく暇はなくなった。忍がテレビでイギリスの教育について話している姿を正剛が見ていると、いつの間にか光江が一緒に見ていた。

「まあ、なんてすてき、なんてご立派なんでしょう！」

くり返しいって感心し、それからは「忍先生」と呼ぶようになっている。

そうしてその年も暮れ、漸く春が来ようとしている頃、忍は一年半ぶりで正剛を見舞った。

「お父さま、お久しゅうございます。すっかりご無沙汰してしまって……」

いいながら玄関を上ってくる忍を、光江は走り出て迎えた。

「あら、忍先生！　ようこそおいで下さいました。すっかりお偉くなられて……何と申しましょうか……光栄ですわァ、私」

そして、

「先生、先生……忍先生がお見えでございますよ……」

奥に向って叫んだ。忍は足早に広縁へ向った。座敷を横切り広縁への仕切りの障子を開けて、

「お父さま！」

驚愕して大声を上げた。

「お父さま……まあ……なんて……」

と絶句した。

正剛は赤い毛糸のチャンチャンコを着て、同色の毛糸の帽子をかぶっていた。チャンチャンコの胴には黄色の横段が編み込まれている。帽子の先端は三角形に突っ立っていて、先っちょにボンボンがついている。ボンボンの色は黄色に緑が混っている。彼はその姿で碁盤と向き合っていた。彼がふり返るとボンボンが揺れた。

「お似合いになってますでしょう？」

後ろから光江がニコニコといった。

「お風邪をひかれませんようにと思って私が編みましたの」

正剛の足もとにエリザベスがいた。うずくまって、不愉快そうな尖った目をあらぬ方に向けていた。その首には綿を入れてふっくらさせた麻の葉模様の首輪が結ばれていて、金の鈴がついていた。それはエリザベスの黒と茶色がゴチャゴチャと混っている、一見剛毛のように見える毛並に全く似合っていなかった。

「オール讀物」二〇〇八年八月号初出
『院長の恋』（文春文庫）所収

自作解説★こだわりの描写

憤懣がこの作品のテーマでしょうかと聞かれたんですけど、そんなことを声高に叫んでいる話ではありません。ただ、途方に暮れているだけなんです。

定年後のやもめ生活を楽しむはずだった沢村校長が日記に「世に憎むべきは善意である」「悪意には立ち向いようがある。しかし底ヌケの善意には立ち向いようがない」と記したように、最後は鈍感が勝つ、ということですわ。この小説でこだわって書いた細かい描写がありましてね、それは鶯の声に耳を傾けていたのを邪魔された主人公が、怒りを面に表わさずに、黙って茶の間へ行って血圧を計るところ。そこのところで爆笑した、という葉書をくださった小説誌の元編集長がいて、嬉しかったですね。

作家・佐藤愛子 99年の歩み

誕生から最初の結婚 （0歳〜26歳）

1923年	24年
誕生 作家の佐藤紅緑とシナ（元女優の三笠万里子）の次女として11月5日、大阪に生まれる。これに4年先立つ19年に姉・早苗が生まれていたが、当時、紅緑は四男一女をなした先妻ハルとの離婚が成立していなかったため、入籍はその2年後の21年となった。先妻との間に生まれた長兄・八郎が詩人のサトウハチローである。	**「私の故郷」西宮へ転居** 父・紅緑が東亜キネマ所長に就任したのにともない、一家は兵庫県鳴尾村字西畑（現・西宮市）に転居する。この後、女学校卒業まで西宮で過ごすことになる。

36年	43年	45年
甲南高等女学校に入学　同い年で後に盟友となる遠藤周作も同じ通学電車で灘中学に通っていた。《後になってから、遠藤さんは関西で中学生だった頃、女学生の私の気をひくために、電車の中で吊革にぶら下がってサルの物まねをしたとか言うようになったんですけど、全然でたらめ（笑）。中学生のときの初恋の相手だなんて、口から出まかせをまことしやかに言ったり書いたりするので、私はあちこちでそれを打ち消すのに往生しました。》（『それでもこの世は悪くなかった』より） 41年に女学校を卒業し、東京・雙葉学園英語科に入学するが、3カ月で中退して帰郷。太平洋戦争勃発。この戦争で異母兄の弥が戦死。もう一人の異母兄・節も広島で原爆を受けて亡くなった。	**見合い結婚**　陸軍航空本部の主計将校と見合いで結婚。夫の任地、長野県伊那町（現・伊那市）で新婚生活を送る。 翌44年、長男誕生。	夫の東京転任で岐阜県大井町（現・恵那市）の婚家へ身を寄せる。婚家は医院だったため人手も多く、食料も豊富だった。8月、終戦。 《放送はピーピーガーガーという雑音と一緒に始まった。私たちは天皇陛下のお声を初めて聞いたのだが、それは荘重なものではなく、予想に反した甲高い声だった。》（「文藝春秋」２００５年９月号）

45年	翌年、復員した夫と長男と共に千葉県東葛飾郡田中村（現・柏市）に転居するが、軍隊での腸疾患治療がもとでかかった**夫のモルヒネ中毒に悩まされる。**47年、長女誕生。
49年	**文学を志す** 田中村での生活を書いた原稿を父・紅緑に褒められたことで作家を目指し、父の紹介で、元は新潮社の編集者で作家の加藤武雄に原稿をみてもらうようになる。 **父・紅緑死去** その父が6月に死去したのを機に夫と別居（51年に死別）、東京都世田谷区上馬町（現・上馬）に移っていた実家に戻る。子供二人は夫の実家に引き取られた。

作家デビューから直木賞受賞（27歳〜46歳）

50年	**「文藝首都」同人となる** 保高徳蔵が新人育成のため創刊した同人雑誌「文藝首都」に加入してデビュー作「青い果実」を発表。同作で文藝首都賞を受賞。同人仲間に、『血脈』の着想を与えた北杜夫や、後の結婚相手である毎日新聞学芸部記者・田畑麦彦らがいた。 戦争で失われた青春を取り戻すかのようなこの時代は、小池真理子との対談（本書177頁〜）で「あのころは、のらくらも堂々とのらくらしてた（笑）」「お金がないというのは、やっぱりとても自由なことでした」と述懐されている。

53年	56年	60年
実家を出奔して放浪の旅　母・シナとの喧嘩で実家を出て、信州伊那谷に1カ月滞在していたところ、毎日新聞社を辞めた田畑麦彦が訪ねてきて、共に関西旅行へ。やがて結婚へのきっかけとなる。東京へ戻り、四畳半のアパートを借りて実家から独立。聖路加病院に庶務やハウスキーパーの職を得て、およそ2年半勤務する。ちなみに当時、同院では日野原重明が院長補佐を務めていた。	**二度目の結婚**　田畑麦彦と結婚し、世田谷区太子堂に新居を定める。披露宴が4月1日だったため、冗談だと思った招待客もいた。結婚後は夫妻共に執筆に励み、田畑、後に官能小説で大家となる川上宗薫らと同人雑誌「半世界」を創刊。以降、順調に作品を発表、59年には初の単行本『愛子』を刊行する。一方で、「半世界」の経費を背負い込むなどの夫・田畑の浪費癖に振り回される。「それでまた勘定を払わされたってわけなのね。あの連中ときたら、いつだってあなただけは、欠かさずに誘うんだから……で、いくら払ったの？　ねえ、払わされたのはいくらなんです……」という「ソクラテスの妻」の主人公の台詞に、当時の状況が垣間見える。	**娘・響子誕生**　上馬の実家を売却して結婚当初から同居していた母・シナとの共同出資で自宅を新築する。

63年	65年	67年
芥川賞候補に 「ソクラテスの妻」「二人の女」が立て続けに芥川賞の候補になる。 前年、田畑麦彦は第1回文藝賞を受賞している。 《だが『ソクラテスの妻』をきっかけに私は「悪妻の見本」として婦人雑誌などから短文の注文が来たりして（中略）「悪妻の見本」は次第に「悪妻の横綱」になり、やがて男性攻撃の第一人者という趣になっていく。マスコミに乗りたいと思ったわけではなかったが、なにぶんにも手許不如意のため断れず、情けないことに悪妻、男性攻撃がメシの種になった。》（『淑女失格』より）	**直木賞候補に** 「加納大尉夫人」が直木賞の候補になる。「『加納大尉夫人』は自信作だったんですよ。それが落とされたんで私、『訳のわからん選考委員の選ぶような賞はいらん』って（笑）。平気でそういうこと言ってたんですよ」（「オール讀物」13年11月号） 順調な作家生活の傍ら、私生活では前年に夫の田畑が設立した視聴覚教材作成販売会社の資金繰りに追われるように。 少女小説も手がけ、またこの頃からエッセイの依頼も増えるが、原稿料は夫の負債返済のために右から左へ消えていった。	**莫大な借金を負う** 夫・田畑の会社が設立3年にして倒産。《「ゼロが八ツ……ホントなの？　これ億？」（中略）「そうだ」夫はいった。それだけだった。（中略）たった三十人の社員で、僅か二年の間に二億三千万の負債――》「戦いすんで日が暮れて」より）

債権者対策という夫の提案で翌68年に離婚。偽装のはずが……。《杉と辰彦は偽装離婚をした。当然、辰彦の戸籍の妻の欄は空いている。香苗をそこへ入れるのはた易いことだ。》（『晩鐘』より）

69年

直木賞受賞　夫の倒産、離婚の顚末から執筆した『戦いすんで日が暮れて』で直木賞を受賞。受賞を機に各出版社からの依頼が殺到し、その原稿料と講演料で数千万円の借金を返済していった。

受賞を知ったのは川上宗薫が入院していた虎の門病院で、借金取りとの攻防に重ねてさらなる騒動になるのではと、受賞をためらうところを川上が説得する。《「しかし、ゼニは入るぞ」ゼニ……。その一言は私を貫いた。その一言に私は我を忘れた。気がつくと、「お受けします」といっていた。》（『九十歳。何がめでたい』より）

松本清張は「男っぽい筆つきのようだが、女性の繊細な感覚で裏打ちされている」と選評に述べた。

人気作家として、そして娘、孫との日々 （47歳〜74歳）

72年

母・シナ死去　亡き父を描いた『花はくれない——小説佐藤紅緑』（67年刊）に続き、母を描いた『女優万里子』を74年に刊行。

75年	79年	80年	89年
「オンバコのトク」など数々の小説、エッセイの舞台ともなる北海道浦河町に別荘を建てた。	**女流文学賞受賞** 書き下ろし長編『幸福の絵』で女流文学賞を受賞。	**娘と世界旅行** 娘・響子と共にタイ、インド、エジプト、ギリシヤ、イタリア、イギリスを巡る旅に出る。旅行記『娘と私のアホ旅行』によれば、帰国の機内で手に取った新聞の広告欄にふと自分の名前を発見し《旅行に立つ前に出版された私の書き下ろしの小説を週刊誌がゴシップ風に取りあつかったらしいその広告だ。途端に目から火花が散った。カーッときた。》と24日間を憤怒で結んでいる。88年には、響子の結婚によりしばし一人暮らしに。	**『血脈』執筆開始** 佐藤紅緑、サトウハチローをはじめ破天荒な佐藤家の系譜を描き出す長編小説『血脈』第一部の連載を始める。以降、93年より第二部、97年より第三部と書き継がれてゆく。《親きょうだいのことを書いて飯の種にしようなどというつもりはまったくありません。私は、『血脈』を書くことによって、この厄介な一族を理解しようとしました。理解しようということは、結果として、愛するということなのだということが、今になって分かります。》（『佐藤家の人びと――「血脈」と私』より）

91年		2000年
孫・桃子誕生　娘の響子のもとに孫娘が生まれる。孫と二人で撮影したコスプレ写真を年賀状にすることが20年間の慣例となる。94年には二世帯住宅を新築。同年撮影された年賀状用写真は『孫と私の小さな歴史』の表紙にもなっている。響子は同書に《このトトロの着ぐるみを見つけた時は嬉しかったです。（中略）すぐさま孫と自分の分二着、買ってきてくれ、と頼まれました。結構、いい値段だったのに、こういうお金は惜しまないんだな、改めて「ヘンなばあさん！」と思いました。》とコメントを寄せている。	**大作を上梓し、「九十歳」ブームへ**（75歳〜現在99歳）	**『血脈』で菊池寛賞受賞**　12年にわたった『血脈』の連載が完結し、この業績により菊池寛賞を受賞。受賞については長らく書き続けたことへの〝ご苦労さん賞〟であろうと述べている。翌01年に『血脈』上中下巻として刊行。03年には演出・久世光彦、脚本・中島丈博でドラマ化。母・シナを宮沢りえ、愛子を石田ゆり子が演じた。

12年	16年	21年	23年
『晩鐘』執筆開始 自身最後の小説作品と位置づけた『晩鐘』の連載を始める。14年に完結、単行本刊行。「かつて夫であった男」として本作の題材になっている田畑麦彦は08年に他界している。	**『九十歳。何がめでたい』がベストセラーに** 91歳で連載を開始したエッセイをまとめた単行本が大きな話題に。《人間は「のんびりしよう」なんて考えてはダメだということが、九十歳を過ぎてよくわかりました。》	**『気がつけば、終着駅』がロングセラーに** 傑作エッセイやインタビューをまとめた19年刊行の単行本がヒット。ブームはなお続く。	11月5日に１００歳を迎える。

ラストメッセージ

みんないなくなってしまった

オール讀物に「晩鐘」を書いたのが、私の最後の小説です。何年頃だったか思い出すのが面倒です。調べればいいのですが、なにも大作家じゃなし、そんなことどうでもエエやないの、といいたくなってしまいます。何もかも面倒くさい。億劫《おっくう》です。

秋になれば私は九十八歳になります。九十八という歳はつまり、そんな歳なんですね。何もかも面倒くさい。なるようになればよろしい、と思ってしまう。大雑把な記憶ははっきりしているけれど、細かいこととなるとわからなくなる。わからなくても別に困らないから、わからないままにほうっておく。人の名前なんて、覚える必要を感じないので覚えません。忘れるのではなく、ハナから覚える気がないのです。それでも以前は顔は覚えましたけれど、今は顔も覚えない。

「ごめんなさい。すっかりボケてしまって」

といえばそれですみます。家の者はそれに馴れて、すっかりボケ婆さんあつかいを心得ているのがいっそ気らくでいいのです。

「晩鐘」を書き終えた後、することもなくぼんやりしていました。そこへ小学館の女性週刊誌から七枚ばかりのエッセイの連載依頼が来ました。丁度、暇でしたので「エッセイ」なんて上等のものではなく、ただの身辺雑記なら気らくに書いてもいいという軽い気持で引き受けました。軽い気持で引き受けたので、連載の期間などは決めていませんでした。だらだらとつづけているうちに、驚いたことには七年の歳月が経っていて、ひと頃は軽く書けていたのが、次第に呻吟《しんぎん》するようになって来ました。初めの頃は毎週書いていたのが隔週になり、隔週書くのも苦しくなって「今週はお休み」になり、それがつづいたりしているうちに「書ける時に書く」という至極身勝手な運びになりました。担当のKさんは寡黙な人物で、催促というものは一向にしないし、無理なようならやめにしますか、ともいわず、ただ、「原稿出来ました」という私の電話を待っているというあんばいで、作家としてはまことに有難い稀有《けう》なお方でした。しかし別の考え方からいうと、編集部では私の身辺雑記など「あってもなくてもいい雑文」になっていたからだろう、中止をいい出すと怒り出されると思っていえなかったのではという友達がいて、「あっ！　なるほど」と思い、最後の原稿を渡した時、Kさんにそのことをいいますと、

「いや、そ、そんなことは決して」

と吃って、ひたすら恐縮しているのでしたが、そんな時に、「いや、実はそうでした」などという正直者の編集者はまずどこを探してもいないでしょうね。

そうして私の作家活動は終止符を打ったわけですよ。あの「締切」に追われるというやつ、あれは本当に寿命を縮めます。Kさんのような温和で寡黙な人は、一言も何もいいませんでしたが、いわれなくてもこちらとしては、頭の中でひねもす勝手に「締切締切」とひそひそ声が呟いているのです。こう見えても私は律儀なタチで、一旦とり決めたことは不眠不休で守らねばならぬ、という決意を持っているもので、およそ五十年か六十年を、「締切」に呪縛されて生きて来たといってもいいくらいなのです。

作家の中には締切無視をしても一向に寿命の縮まらない野坂昭如さんのような大人物もいましたが、私はこう見えて小心者なのです。

昭和何年頃だったか忘れましたが、毎日新聞に野坂さんが連載小説を書いていて、同時に私は雑文を連載していたことがあります。ファクシミリなんて結構なものがない時代でしたから、たいていの雑誌社、新聞社は担当かオートバイに乗ったお使いさんが原稿を受け取りに来ていました。

その時の私の担当記者は朝比奈くんという青年で、彼は野坂さんの担当でもありました。野坂さんといえば都合が悪くなるとすぐに姿をくらますので有名でした。どの出版社の人も野坂さんには手を焼いていましたが、雑誌と違って新聞は毎日のことで、しかも野坂さんの小説は夕刊の連載でしたから、朝比奈くんの苦労は筆舌に盡《つく》し難いものだったと思います。

私の家の玄関につっ立っている朝比奈くんが、

「摑まらないんです。奥さんにもわからない。どこにもいないんです。今日の夕刊の原稿なんです……」

といって、殆《ほとん》ど涙目になっていた姿は、九十八歳の呆けた私の頭にもありありと残っています。せめてもの慰めに、と私は貰い物の清酒を進呈して激励したのでしたが、朝比奈くんにしてみれば、「酒どころか!」という気持だったでしょう。

その後のことはわかりません。野坂さんの小説はどうなったのか。そのうち私の連載も終り、自然に朝比奈くんとは疎遠になりました。野坂さんとはその後、何かのきっかけで親しくなり、一緒に共通の故郷である神戸へ行ったこともありましたが、締切が来ると行方不明になることについて、訊きたいと思いながら訊くことが出来ませんでした。あまりに繊細で極度に小心な人であるような気がしたからだったと思います。

それから何年か、何十年か経った頃のことです。それ以来毎日新聞とはずっと縁がなかったのですが、ある日突然、毎日新聞の朝比奈豊と墨書された手紙が来ました。朝比奈豊とはあの朝比奈青年のことであるとはすぐ気がつきましたが、あの、我が家の玄関に呆然とつっ立って、「どこにもいないんです、野坂さんは」と訴えていた青年は、今は「毎日新聞社長」に出世していたのでした。手紙は晩餐への招待でした。私たちは豪華な宴席で感慨無量の再会を楽しみました。その宴席が感慨無量なのは野坂さんの存在があったからです。私と朝比奈社長は野坂さんを懐かしんで、大いに悪口をいったのでした。その時野坂さんはもう亡くなっていたと思いますが、もしかしたら闘病中だったかもしれません。そのへんのことになると濃霧の中に迷い込んだようで、もう右も左もわからんという迷い子の気分になります。

私の文章の師であった北原武夫先生、親友だった川上宗薫(「女と見れば美醜年齢問わず口説きまくるのに、佐藤愛子だけは手を出さなかったのは本当か?」とよく訊かれましたが、川上さんは私を女ではなく仲間と見ていたのでしょう)、川上さんとおみき徳利のように毎夜、銀座通いをしていた菊村到(お酒は一滴ものめないのにいつもトマトジュースだけで最後まで川上さんにつきあっているような珍しい人でした)。会うと必ず「困ったことがあったらオレに相談せえ。一人で勝手に考えてつっ走るなよ」といばっていうのが口癖だった遠藤周作。……思い出を辿れば際限がありません。みんないなくなってしまって、もう思い出の中にしかいないのです。女学校時代のグループも、ナガボンという親友を一人残してみんないなくなりました。ナガボンは大阪から時々電話をかけて来て、

「アイ公、元気?」

といい、

「うん、元気よ」

というと、

「そうか、よかった。そんならネ」

といって電話を切る。私は単にアイコと呼び捨てにされるだけでなく、アイ公と公をつけて呼ばれていました。落語に出てくるクマ公、ハチ公の公です。アイ公と呼んでくれるのもナガボン一人しかもういません。

「どうしてみんな、こう早く死んでしまうんだろう」

とぼやいていると、孫は、

「自分が死ななすぎるんだよ」

といいます。

「なるほど、そういうことか」と私は素直にいって頷くほかないのです。

本書は、以下を文庫化したものです。

文春ムック　オール讀物創刊90周年記念編集
「佐藤愛子の世界」(2021年7月発行)

＊本書には、今日では不適切とされる表現がありますが、
当時の時代状況を鑑み、底本のままとしました。

DTP制作　エヴリ・シンク

文春文庫

愛《あい》子《こ》戦《せん》記《き》
佐藤愛子《さとうあいこ》の世界《せかい》

定価はカバーに表示してあります

2023年6月10日　第1刷

編著者　佐藤愛子《さとうあいこ》
発行者　大沼貴之
発行所　株式会社　文藝春秋

東京都千代田区紀尾井町 3-23　〒102-8008
TEL　03・3265・1211㈹
文藝春秋ホームページ　http://www.bunshun.co.jp
落丁、乱丁本は、お手数ですが小社製作部宛お送り下さい。送料小社負担でお取替致します。

印刷製本・大日本印刷
Printed in Japan
ISBN978-4-16-792058-6

（　）内は解説者。品切の節はご容赦下さい。

佐藤愛子
なんでこうなるの
我が老後
「この家をぶッ壊そう！」。精神の停滞を打ち破らんと古稀を目前に一大決心。はてさて、こたびのヤケクソの吉凶やいかに？　抱腹絶倒、読めば勇気がわく好評シリーズ第二弾。（池上永一）
さ-18-3

佐藤愛子
だからこうなるの
我が老後3
締切り間際に押しかけられつい貸した百万円。ところが相手はいつの間にやらトンズラしていた、それも我が家の車で！　疑惑のK事件を皮切りに、まだまだ続く猛烈愛子さん奮闘の日々。
さ-18-4

佐藤愛子
そして、こうなった
我が老後4
モーレツ愛子さんの、過激で愉快なシリーズ第四弾。「リコンしたおじいちゃんのこと、アイしてた？」と孫に聞かれて慌てたある日、本人が訪ねてきて……。などなど傑作エッセイ満載。
さ-18-6

佐藤愛子
それからどうなる
我が老後5
齢八十を祝われて、長生きがそんなにめでてえか、といいたくなる。私の元気のモトは憤怒なのだ、と「怒りの佐藤」の筆はますます血気盛ん。過激なる老後の身辺雑記、シリーズ第五弾。
さ-18-12

佐藤愛子
まだ生きている
我が老後6
花散るや　この家の婆ァ　まだ死なず——中山あい子の献体に死を思い、中学生の株式学習に驚き、ヨン様に熱中する主婦を嘆く。世の変遷を眺めつつ、心の底の本音を探る円熟エッセイ。
さ-18-15

佐藤愛子
わが孫育て
「あの人、結婚しないで、どうして妊娠したの？」テレビを見て根掘り葉掘り質問する六歳の孫との攻防戦を始め、日常のことから お金のこと、国家の一大事まで、歯に衣着せぬエッセイ集。
さ-18-16

佐藤愛子
老い力
いかに上手く枯れるか！　著者50代から80代の現在まで、折に触れ記した「老い」についての〝超〟現実主義な言葉たち。読めばなぜか心が軽くなる、現代人必読、傑作ユーモアエッセイ集。
さ-18-17

（　）内は解説者。品切の節はご容赦下さい。

佐藤愛子
院長の恋
若い女に振り回され、常軌を逸していく——頼もしい理想の上司が、ここまで情けない男になるなんて。秘書が見た「恋」の姿を哀切に描く表題作他四篇。絶品ユーモア小説集。（河野多恵子）
さ-18-20

佐藤愛子
お徳用愛子の詰め合わせ
有名無名を問わぬ長い付き合いの人々、天皇家、お金、家族。歯に衣着せぬ率直さと情にもろい人柄が伝わる軽妙で深いエッセイ。佐藤愛子の多彩でパワフルな魅力満載のお得な一冊！

さ-18-22

佐藤愛子
楽天道
容姿を磨くだけでなく、年齢なりの賢さと知恵があってこそ人生は充実する。90年の人生修行でつかんだ、常に上機嫌で生きるための「やけくそ楽天主義」名エッセイ集！

さ-18-25

佐藤愛子
晩鐘（上下）
老作家のもとに、かつての夫の訃報が届く。共に文学を志した青春の日々、莫大な借金を抱えた歳月の悲喜劇。彼は結局、何者だったのか？　九十歳を迎えた佐藤愛子、畢生の傑作長篇。

さ-18-27

佐藤愛子
血脈（全三冊）
物語は大正四年、人気作家・佐藤紅緑が、新進女優を狂おしく愛したことに始まった。大正から昭和へ、ハチロー、愛子へと続く佐藤家の凄絶な生の姿。圧倒的迫力と感動の大河長篇。

さ-18-29

佐藤愛子
孫と私のケッタイな年賀状
初孫・桃子の誕生以来20年、親しい友人に送り続けた2ショット年賀状。孫の思春期もかえりみず、トトロやコギャルはては晒し首まで、過激な扮装写真を一挙公開！（阿川佐和子）
さ-18-32

佐藤愛子
凪の光景
謹厳実直に生きていた丈太郎、72歳。突然、64歳の妻・信子が意識改革!?　高齢者の離婚、女性の自立、家族の崩壊という今日まで続く問題を鋭い筆致でユーモラスに描く傑作小説。

さ-18-33

（　）内は解説者。品切の節はご容赦下さい。

安野光雅
絵のある自伝
昭和を生きた著者が出会い、別れていった人々との思い出をユーモア溢れる文章と柔らかな水彩画で綴る初の自伝。心温まる追憶は時代の空気を浮かび上がらせ、読む者の胸に迫る。
あ-9-7

赤塚不二夫
これでいいのだ
赤塚不二夫自叙伝
「これでいいのだ！」の人生観で波瀾万丈の生涯を楽しんだ不世出の漫画家・赤塚不二夫。この自叙伝から、赤塚ギャグに息づく〝家族〟という真のテーマが見えてくるのだ！（武居俊樹）
あ-50-1

明石家さんま　原作
Ｊｉｍｍｙ
一九八〇年代の大阪。幼い頃から失敗ばかりの大西秀明は、高校卒業後なんば花月の舞台進行見習いに。人気絶頂の明石家さんまに出会い、孤独や劣等感を抱きながら芸人として成長していく。
あ-75-1

井上ひさし
四十一番の少年
辛い境遇から這い上がろうと焦る少年が恐ろしい事件を招く表題作ほか、養護施設で暮らす子供の切ない夢と残酷な現実が胸に迫る珠玉の三篇。自伝的名作。（百目鬼恭三郎・長部日出雄）
い-3-30

磯田道史
無私の日本人
貧しい宿場町の商人・穀田屋十三郎、日本一の儒者でありながら栄達を望まない中根東里、絶世の美女で歌人の大田垣蓮月——無名でも清らかに生きた三人の日本人を描く。（藤原正彦）
い-87-3

海老沢泰久
美味礼讃
彼以前は西洋料理だった。彼がほんもののフランス料理をもたらした。その男、辻静雄の半生を描く伝記小説——世界的な料理研究家辻静雄は平成五年惜しまれて逝った。（向井　敏）
え-4-4

小川三夫・塩野米松　聞き書き
棟梁
技を伝え、人を育てる
法隆寺最後の宮大工の後を継ぎ、共同生活と徒弟制度で多くの弟子を育て上げてきた鵤《いかるが》工舎の小川三夫棟梁。後世に語り伝える技と心。数々の金言と共に、全てを語り尽くした一冊。
お-55-1

（　）内は解説者。品切の節はご容赦下さい。

大竹昭子
須賀敦子の旅路
ミラノ・ヴェネツィア・ローマ、そして東京
旅するように生きた須賀敦子の足跡を生前親交の深かった著者がたどり、その作品の核心に迫る。そして、初めて解き明かされる作家・須賀敦子を育んだ「空白の20年」。（福岡伸一）
お-74-1

大杉　漣
現場者《げんばもん》
300の顔をもつ男
若き日に全てをかけた劇団・転形劇場の解散から、ピンク映画で初めて知った映像の世界、北野武監督との出会いまで——。現場で生きぬいた唯一無二の俳優の軌跡がここに。（大杉弘美）
お-75-1

小田貴月《たか》
高倉健、その愛。
孤高の映画俳優・高倉健が最後に愛した女性であり、養女でもある著者が、二人で過ごした最後の17年の日々を綴った手記。出逢いから撮影秘話まで……初めて明かされる素顔とは。
お-79-1

海音寺潮五郎
明智光秀をめぐる武将列伝
日本史上の武将たちの史実の姿に迫った大人気シリーズから、明智光秀とともに天下を競った武将たち、道三、信長、秀吉、家康らの評伝を集めた愛蔵版。
か-2-62

鹿島　茂
渋沢栄一　上　算盤《そろばん》**篇**
生涯で五百を数える事業に関わり、日本の資本主義の礎を築き、ドラッカーも絶賛した近代日本最高の経済人。彼の土台となったのは、論語と算盤、そしてパリ仕込みの経済思想だった！
か-15-8

鹿島　茂
渋沢栄一　下　論語篇
明治から昭和の間、日本の近代産業の発展に深く関わりながら、九十まで生きた後半生を、福祉や社会貢献、対外親善に捧げた渋沢栄一。現代日本人に資本主義のあり方を問い直す一冊。
か-15-9

かこさとし
未来のだるまちゃんへ
『だるまちゃんとてんぐちゃん』などの絵本を世に送り出してきた著者。戦後のセツルメント活動で子供達と出会った事が、絵本創作の原点だった。全ての親子への応援歌！（中川李枝子）
か-72-1

（　）内は解説者。品切の節はご容赦下さい。

かこさとし
だるまちゃんの思い出 遊びの四季
ふるさとの伝承遊戯考

花占いに陣とり、ゴムひもとびにかげふみ……かこさんが生涯にわたり描き続けた〈子供の遊びと伝承〉。貴重なカラーカット絵が満載の、日本エッセイスト・クラブ賞受賞作。（辻　惟雄）

か-72-2

清原和博
清原和博 告白

栄光と転落。薬物依存、鬱病との闘いの日々。怪物の名をほしいままにした甲子園の英雄はなぜ覚醒剤という悪魔の手に堕ちたのか。執行猶予中1年間に亘り全てを明かした魂の「告白」。

き-48-1

児玉　博
堤清二　罪と業
最後の「告白」

セゾングループ総帥だった堤清二が人生の最晩年に語った言葉は、堤家崩壊の歴史であると同時に、家族への怨念と執着と愛の物語であった。小川洋子氏激賞の大宅賞受賞作。（糸井重里）

こ-46-1

佐野眞一
旅する巨人
宮本常一と渋沢敬三

柳田国男以降、最大の業績を上げたといわれる民俗学者・宮本常一の生涯を、パトロンとして支えた財界人・渋沢敬三との対比を通して描いた傑作評伝。第二十八回大宅賞受賞作。（稲泉　連）

さ-11-8

佐々木健一
辞書になった男
ケンボー先生と山田先生

一冊の辞書を共に作っていた二人の男、見坊豪紀と山田忠雄はやがて決別、二冊の国民的辞書が生まれた。「三国」と「新明解」に秘められた衝撃の真相。日本エッセイスト・クラブ賞受賞。

さ-69-1

佐々木健一
Mr.トルネード
藤田哲也 航空事故を激減させた男

1975年NYで起きた航空機墜落事故。誰も解明できなかった事故原因を突き止めたのが天才科学者・藤田哲也。敗戦からアメリカへわたった彼の数奇な運命とは？（元村有希子）

さ-69-2

城山三郎
「粗にして野だが卑ではない」
石田禮助の生涯

三井物産に三十五年間在職、華々しい業績をあげた後、七十八歳で財界人から初めて国鉄総裁になった〝ヤング・ソルジャー〟の堂々たる人生を描く大ベストセラー長篇。（佐高　信）

し-2-17

（　）内は解説者。品切の節はご容赦下さい。

城山三郎
もう、きみには頼まない
石坂泰三の世界
第一生命、東芝社長を歴任、高度成長期に長年、経団連会長を務め、大阪万国博覧会では協会会長を務めるなど、"日本の総理"〝財界総理〟と謳われた石坂泰三の生涯を描く長篇。
し-2-23

俵　万智
牧水の恋
旅と酒の歌人・若山牧水は恋の歌人でもあった。若き日を捧げた女性との出会い、疑惑、別れに、自ら恋の歌を多く詠む著者が迫る。堺雅人氏も絶賛のスリリングな評伝。　（伊藤一彦）
た-31-10

中村　徹・松本博文
天才 藤井聡太
史上最年少でプロ棋士となった藤井聡太の活躍は、想像のはるか上を行く。師匠・杉本昌隆、迎え撃つ王者・羽生善治、渡辺明、精鋭揃いのライバルたちの証言が明らかにする天才の素顔。
な-79-1

七崎良輔
僕が夫に出会うまで
幼い頃から「普通じゃない」と言われ、苦しみ続けた良輔。片思いと嫉妬と失恋に傷つきながら、巡り会えたパートナーと幸せを掴むまでを描く愛と青春の自伝エッセイ。　（ホラン千秋）
な-83-1

新田次郎・藤原正彦
孤愁〈サウダーデ〉
新田次郎の絶筆を息子・藤原正彦が書き継いだポルトガルの外交官モラエスの評伝。新田の精緻な自然描写に、藤原が描く男女の機微。モラエスが見た明治の日本人の誇りと美とは。（縄田一男）
に-1-44

蜷川実花
蜷川実花になるまで
好きな言葉は「信号無視」！　自由に生きるためには何が必要なのか。様々な分野を横断的に活躍する稀代のカリスマ写真家が語る、人生と仕事について。初の自叙伝的エッセイ。
に-24-1

羽生善治
羽生善治　闘う頭脳
ビジネスに役立つ発想のヒントが満載！　棋士生活30年を越え、常にトップを走り続ける天才の卓越した思考力、持続力、発想力はどこから湧き出るのか。自身の言葉で明らかにする。
は-50-1

（　）内は解説者。品切の節はご容赦下さい。

福田和也
乃木希典
旅順で数万の兵を死なせた「愚将」か、自らの存在をもって帝国陸軍の名誉を支えた「聖人」か？　幼年期から殉死までをつぶさに追い、乃木希典の実像に迫る傑作評伝。（兵頭二十八）
ふ-12-6

星野　源
よみがえる変態
やりたかったことが仕事になる中、突然の病に襲われた。まだ死ねない。これから飛び上がるほど嬉しいことが起こるはずなんだ。死の淵から蘇った3年間をエロも哲学も垣根なしに綴る。
ほ-17-3

三好　徹
チェ・ゲバラ伝　増補版
世界記憶遺産として南米だけでなく全世界で人気を誇る英雄・ゲバラ。裕福な一族に生まれた男は、なぜ医者の道を捨て、革命に身を投じたのか？　不朽の傑作評伝。新章追加。
み-8-13

みうらじゅん　編
清張地獄八景
松本清張を敬愛するみうらじゅんの原稿を中心に、作家や映像化に携わった役者、夫人や元同僚による清張に関する記事、清張自身が書いた手紙や漫画などたっぷり収録。入門書に最適。
み-23-9

文藝春秋　編
向田邦子ふたたび
飛行機事故で急逝した向田邦子の死を惜しみ、文壇関係者らが寄せた追悼文、弔辞、回想からその素顔に迫る。若き日のポートレートなど百余点の秘蔵写真も収録、全魅力が蘇る一冊。
む-1-24

文藝春秋　編
向田邦子を読む
作家としての軌跡、思い出交遊録、家族が見た素顔――今なお色褪せない向田邦子とその作品の魅力を、原田マハ・小川糸・益田ミリ・小林亜星らが語り尽くす。永久保存版の一冊！
む-1-28

太田　光
向田邦子の陽射し
向田邦子を誰よりも讃仰している太田光による最も誠実なオマージュ。太田が選ぶ、「読む・観る向田邦子作品」ベスト10も収録。向田ファン、向田邦子を読んでいない太田ファンへ。
む-1-40

向田和子
向田邦子の遺言
どこで命を終るのも運です——死の予感と家族への愛。茶封筒の中から偶然発見した原稿用紙の走り書きは、姉邦子の遺言だった。没後二十年、その詳細を、実妹が初めて明らかにする。
む-9-3

村上世彰
生涯投資家
二〇〇六年、ライブドア事件に絡んでインサイダー取引容疑で逮捕された風雲児が、ニッポン放送株取得の裏側や、投資家としての理念と思いを書き上げた半生記。（池上　彰）
む-17-1

森本俊司
ディック・ブルーナ
ミッフィーと歩いた60年
小さなうさぎの女の子ミッフィーの絵本は、多くの国で翻訳され、世界中の子どもたちに愛されてきた。作者ブルーナに取材をしてきた著者がその生涯をたどった本格評伝。（酒井駒子）
も-31-1

本橋信宏
新・AV時代
全裸監督後の世界
テレビ業界でテリー伊藤に鍛えられ、１９９０年代のＡＶ業界に革命を起こしたＳＯＤの高橋がなりなど、社会の良識から逸脱し破天荒な試みをする人々を濃密に描いた傑作。（内田英治）
も-32-1

山川静夫
私の「紅白歌合戦」物語
令和元年暮れに七十回目を迎えた紅白歌合戦。昭和四十九年より九年連続で白組司会を務めた元ＮＨＫアナウンサーだから書ける舞台の裏側。誌上での再現放送や、当時の日記も公開。

や-13-6

若松英輔
小林秀雄　美しい花
稀代の批評家・小林秀雄。ランボーやヴァレリーの翻訳、川端康成ら同時代作家との交流の中で己のスタイル＝詩法を確立していく様を描き出す、真摯な文学者の精神的評伝。（山根道公）
わ-24-2

文藝春秋　編
高倉健
Ken Takakura 1956–2014
２０１４年11月10日、83歳で亡くなられた高倉健さん。日本映画の黄金時代そのものだった健さんの、清廉高潔な生き方と魅力を余すことなく伝える追悼本の決定版。
編-2-56

（　）内は解説者。品切の節はご容赦下さい。

五木寛之
杖ことば
心に残る、支えになっている諺や格言をもとにした、著者初の語り下ろしエッセイ。心が折れそうなとき、災難がふりかかってきたとき、老後の不安におしつぶされそうなときに読みたい一冊。
い-1-36

上野千鶴子
おひとりさまの老後
結婚していてもしてなくても、最後は必ずひとりになる。でも、智恵と工夫さえあれば、老後のひとり暮らしは怖くない。80万部のベストセラー、待望の文庫化！　（角田光代）
う-28-1

上野千鶴子
男おひとりさま道
80万部を超えたベストセラー「おひとりさまの老後」の第二弾。死別シングル、離別シングル、非婚シングルと男性〝おひとりさま〟向けに、豊富な事例をまじえノウハウを指南。（田原総一朗）
う-28-2

上野千鶴子
ひとりの午後に
世間知らずだった子供時代、孤独を抱えて生きていた十代のころ……。著者の知られざる生い立ちや内面を、抑制された筆致で綴ったエッセイ集。　（伊藤比呂美）
う-28-3

上野千鶴子
上野千鶴子のサバイバル語録
「万人に感じ良く思われなくてもいい」「相手にとどめを刺さず、もてあそびなさい」——家族、結婚、仕事、老後、人生を前向きに生きたいあなたへ。過酷な時代を生き抜く140の金言。
う-28-4

奥野修司
看取り先生の遺言
２０００人以上を看取った、がん専門医の「往生伝」
「治らない患者さんのための専門医になる」決意をし緩和ケア医療に専心、がんで亡くなった医師の遺言の書。日本人が安らかに逝くために「臨床宗教師」の必要性を説く。　（玄侑宗久）
お-28-5

岡田斗司夫
レコーディング・ダイエット決定版　手帳
岡田斗司夫氏考案の「レコーディング・ダイエット」を実践するための手帳。日々の食べたものと体重と、体脂肪率を記録して、自己管理の習慣を身につけて、太らない体に「変身」しよう。
お-29-3

（　）内は解説者。品切の節はご容赦下さい。

加納朋子
無菌病棟より愛をこめて
愛してくれる人がいるから、なるべく死なないように頑張ろう。急性白血病の告知を受け仕事も家族も放り出しての緊急入院、抗癌剤治療、骨髄移植——人気作家が綴る涙と笑いの闘病記。

か-33-5

川上未映子
きみは赤ちゃん
35歳で初めての出産。それは試練の連続だった！　芥川賞作家の鋭い観察眼で「妊娠・出産・育児」という大事業の現実を率直に描き、多くの涙と共感を呼んだベストセラー異色エッセイ。

か-51-4

勝間和代
2週間で人生を取り戻す！　勝間式 汚部屋脱出プログラム
収納破産状態の自宅を、一念発起して「断捨離」。すると、生活全般の質が向上した！　著者の「仕組み」作りの力を存分に発揮して構築した、一生リバウンドしない片付け術を大公開。

か-79-1

倉嶋　厚
やまない雨はない　妻の死、うつ病、それから…
伴侶の死に生きる気力をなくした私は、マンションの屋上から飛び下り自殺をはかった……。精神科に入院、ようやく回復するまでの嵐の日々を、元ＮＨＫお天気キャスターが率直に綴る。

く-23-1

鈴木秀子
死にゆく者からの言葉
死にゆく者たちは、その瞬間、自分の人生の意味を悟り、未解決のものを解決し、不和を和解に、豊かな愛の実現をはかる。死にゆく者の最後の言葉こそ、残された者への愛と勇気である。

す-9-1

立花　隆
臨死体験（上下）
まばゆい光、暗いトンネル、そして亡き人々との再会——人が死に臨んで見るという光景は、本当に「死後の世界」なのか、それとも幻か。人類最大の謎に挑み、話題を呼んだ渾身の大著。

た-5-9

辰巳芳子
食といのち
母娘2代にわたって日本の風土に適した食を探求してきた料理家が、「食といのち」をめぐり、福岡伸一氏ら各界の第一人者四人と対談。いのちを養う粥、スープのレシピも収録。

た-73-2

（　）内は解説者。品切の節はご容赦下さい。

オンナの奥義 無敵のオバサンになるための33の扉
阿川佐和子・大石　静
こんなことまで話しちゃう？　還暦婚のアガワと背徳愛のオオイシが、結婚・仕事・不倫から下着選び・更年期対処法・理想の最期まで、とことん語り尽くす。赤裸々本音トーク！
あ-23-26

芸者論 花柳界の記憶
岩下尚史《ひさふみ》
新橋演舞場に身を置き、名妓たちと親交のあった著者が、芸者の成り立ちから戦前、戦後の花柳界全盛の時代までを細やかに描写。和辻哲郎文化賞を受賞した、画期的日本文化論。（平岩弓枝）
い-75-1

直面（ヒタメン）三島由紀夫若き日の恋
岩下尚史
昭和三十年頃、「金閣寺」執筆前後の三島由紀夫と恋愛関係にあった女性が、半世紀の封印を破り、著者に初めて語った三島との恋の顚末。三島由紀夫像が一新される歴史的証言。（中江有里）
い-75-4

ひとりでは生きられないのも芸のうち
内田　樹
ウチダ先生と一緒に考える結婚のこと、家族のこと、仕事のこと。現代社会を生きのびるための示唆にあふれたエッセイ集。特別座談会「お見合いは地球を救う」を併録。（鹿島　茂）
う-19-9

街場の憂国論
内田　樹
壊れゆく国民国家、自民党改憲案の危うさ、とまりつつある経済成長、ポスト・グローバリズムの世界――この国はどうなるのか？　現代日本の抱える問題を解きほぐす内田流憂国論。
う-19-24

ほの暗い永久《とわ》から出でて 生と死を巡る対話
上橋菜穂子・津田篤太郎
母の肺癌判明を機に出会った世界的物語作家と聖路加国際病院の気鋭の医師が、文学から医学の未来まで語り合う往復書簡。未曾有のコロナ禍という難局に向き合う思いを綴る新章増補版。
う-38-1

斜め下からカープ論
オギリマサホ
プロ野球選手とパンチパーマ、菊池涼介の帽子のつば真っ平ら問題、歴代ユニフォームの勝率や選手の改名事情など。独自の視点で分析したカープ愛溢れる文章＆イラスト。（西川美和）
お-77-1

文春文庫　最新刊

猪牙《ちょき》の娘　柳橋の桜（一）　佐伯泰英
柳橋の船頭の娘・桜子の活躍を描く待望の新シリーズ

陰陽師　水龍ノ巻　夢枕獏
盲目の琵琶名人・蟬丸の悲恋の物語…大人気シリーズ！

写真館とコロッケ　ゆうれい居酒屋3　山口恵以子
すれ違う想いや許されぬ恋にそっと寄り添う居酒屋物語

舞風のごとく　あさのあつこ
共に成長した剣士たちが、焼けた城下町の救済に挑む！

駆け入りの寺　澤田瞳子
優雅な暮らしをする尼寺に「助けてほしい」と叫ぶ娘が…

クロワッサン学習塾　伽古屋圭市
元教員でパン屋の三吾は店に来る女の子が気にかかり…

逃亡遊戯　歌舞伎町麻薬捜査　永瀬隼介
新宿署の凸凹コンビVS.テロリスト姉弟！　ド迫力警察小説

万事快調《オール・グリーンズ》　波木銅
女子高生の秘密の部活は大麻売買!?　松本清張賞受賞作

ほかげ橋夕景〈新装版〉　山本一力
親子の絆に、恩人の情…胸がじんわりと温かくなる8篇

運命の絵　なぜ、ままならない　中野京子
争い、信じ、裏切る人々…刺激的な絵画エッセイ第3弾

愛子戦記　佐藤愛子の世界　佐藤愛子編著
祝100歳！　佐藤愛子の魅力と情報が満載の完全保存版！

映画の生まれる場所で　是枝裕和
映画に対する憧憬と畏怖…怒りあり感動ありの撮影秘話

キリスト教講義〈学藝ライブラリー〉　若松英輔　山本芳久
罪、悪、愛、天使…キリスト教の重大概念を徹底対談！